過ぎ行く風はみどり色

邪険な扱いしかしなかった亡き妻に謝罪したい——一代で財を成した傑物・方城兵馬の願いを叶えるため、長男の直嗣が連れてきたのはなんと霊媒師。自宅で降霊会を開いて霊魂を呼び寄せようというのだ。霊媒のインチキを暴こうとする超常現象の研究者までもがやって来て、方城家に騒然とした空気が広がる中、兵馬が密室状態の離れで撲殺されてしまう。霊媒は方城家に悪霊が立ち籠めていると主張、かくて調伏のための降霊会が開かれるが、その席上で第二の惨劇が起きた——方城家を襲う奇怪な連続不可能殺人の謎に挑むのは、飄々とした名探偵・猫丸先輩！　著者初期を代表する傑作長編。

登場人物

方城兵馬……………引退した不動産業者
方城多喜枝…………兵馬の長女
方城勝行……………多喜枝の夫
方城成一……………多喜枝の息子
方城美亜……………多喜枝の娘
方城直嗣……………兵馬の長男
藤重左知枝…………兵馬の次女、故人
藤重圭吾……………左知枝の夫、故人
藤重左枝子…………左知枝の娘
清里フミ……………方城家の家政婦
清里栄吉……………フミの夫、故人
穴山慈雲斎…………霊媒
神代知也……………正径大学心理学科助手
大内山渉……………正径大学心理学科助手
猫丸……………………成一の学生時代の先輩

過ぎ行く風はみどり色

倉 知 淳

創元推理文庫

GONE WITH THE GREEN WIND

by

Jun Kurachi

1995

過ぎ行く風はみどり色

図版作成　濱中利信

序章　三つの風景からなるプロローグ

その一

こうしていると風の色まで見えるよう——。

母さんは幼い私を膝に抱き上げて、よくそう云っていた。

庭の、まんなか辺りにたったひとつ置かれたベンチで、五月の風に体のすべてを預けるように、ゆったりと座って。

——ほうら、左枝子《さえこ》、ご覧なさい。風が木の枝をあんなに揺らして——、風が光って、色づいていくのが見えるみたいでしょう。新しく芽生えた葉っぱの色に染まるように——少し恥ずかしそうに、それでもとっても嬉しそうに——みどり色にきらめいていくのが見えるでしょう。きれいねえ——母さんはね、こんな五月の優しい風が大好き。こうやっていると、母さんの体の中にも、左枝子の体の中にも、眩《まぶ》しいみどりの風が吹き抜けて行くみたいよねえ——。

庭の木々の梢《こずえ》を、風が通り過ぎるのを見上げて、母さんはよくそう云っていた。膝の上の私を片手で支え、もう一方の手で私の髪を、それこそ風のようにかすかに撫でながら——。そうやって庭でくつろぐ母さんの顔は、新たな命を息吹き始めた若葉の輝きにも似て、眩《まばゆ》いばかりに思えたものだった。

父さんを愛し、そして私を愛してくれて――、あの頃の母さんの笑顔は、神々《こうごう》しいまでに輝いていたっけ。それは幸せに満ち足りた、安らぎと安堵感から溢れるもの――。

母さんは、きっと幸せだったんだろうな――。

私は近頃よくそう思う。

決して長くはなかったその生の中で、愛する喜びと、愛されるおののきと、そして私という小さな命を育《はぐく》んだいとおしみを――幸福感を、両の手に余るほどに、精一杯抱きしめて生きたのだろう。

母さんの真似をして、ベンチに浅く座り直す。ちょっとお行儀が悪いけれど――。そうして上体を反《そ》らせて、柔らかな五月の風に包まれる。

少し湿った土の匂い。

風が流れて行く。

大きく深呼吸――。

五月。

母さんの好きだった季節――。

清々しい風がみどり色にさんざめく、美しい五月。

もちろん私もこの季節が大好き――。

けれども反面、この美しい時を心の奥底から満喫できないでいるのも確かなこと。

あの、信じがたい悪夢みたいな——さながら悪魔の徹底した嫌がらせのごとく——事故が起きたのもこの優しい季節だった。

十七年前。

父さんと母さんと、そして私の身体の自由と——あの頃、五歳の私が持っていた世界のすべてを、一瞬で根こそぎ奪ってしまった、あの忌わしい事故。

小さかった私には、その時の記憶などまったくといっていいほど残ってはいない。けれども、悪魔の気まぐれの爪跡は今でも確かな形で、私の身体に残されている。

だけど、そのことを苦に思ったことなんて、ただの一度だって私にはない。悲劇を悲劇として受け入れる分別を持つには、私はあまりに幼かったし、なにより私は母さんの娘なのだから——。

優しく、美しく、溢れんばかりの微笑みを絶やさなかった、あの母さんの娘なのだから——。

だから私は、私の身体が周りの普通の女の子達と違ってしまったことを知ってからも、決して神様を恨んだりしないように生きようと決心した。

でも、でもこのところ私は少しおかしい。

こうして、もの想いに耽《ふけ》る時間が長くなっている。庭のベンチに一人、五月の風の中に身をゆだねながら——。

このところ急速に思いのままにならなくなってしまった私の心。

こうして気に入りの場所で、うららかな春の陽射しを浴びて、みどりの風のざわめきに耳を傾けている時も――私の心は勝手にどこかに飛んで行ってしまっている。

どこへ――。

もちろん私はその答えを知っている。

だけど、私は戸惑いを抑えられない。

たった一、二度しか会ったことがないのに――。言葉さえ満足に交わしたこともないのに――。

あの人のもとへ――。

どうしてだろう。

ふと気がつくと、あの人のことを考えている。

どうしてだろう。

なぜ、胸がこんなに苦しいのかしら。まるで、鉛の玉か何かが胸の奥につかえてしまったように。

どうしてだろう。

切なさが、居ても立ってもいられないほどに、内面から身体を圧迫する。

泣きたいような、苦しいような――不思議に胸が詰まる感覚。

恋。

ううん――多分、違う。恋なんかじゃない。ただ淡く、ほのかな憧れ――。

私は、この不思議な感覚をそう解釈することにしている。

でも、だけどどうして、こんなにこれほど心が甘く締めつけられるのかしら。

これがそうなの——恋するということなの？

私は、初めて覚える感覚に、ときめき、うろたえ、かすかに怯え、そして身もだえするように戸惑っている。

母さんも、こんな想いを味わったのだろうか。震えるみたいな胸の内を、父さんにだけそっと打ち明けたのだろうか。父さんは、そんな母さんを包みこむように抱きしめたのだろうか——。

母さん、私、どうしたらいいの——。

困惑のうちに、私は呟いている。

だけど——もちろん応えは返ってこない。

風だけが、私の髪を涼やかに揺らして行く。まるで、幼い日々に母さんがそうやって梳《す》いてくれたように——。

風が冷たくなってきた。

たそがれが迫ってきている。

ベンチの背もたれから身を起こし、私は、傍らの松葉杖にゆっくり手をのばす。

そして、願うのだ——。

神様、神様お願いです、どうぞ私のこの想いが、あの人に届きますように——。

その二

暗い部屋だった。

四面の壁には、厚く、重い布地で織られた暗幕が張り巡らされている。暗幕は厳重に部屋を封印し、外界からの光は完璧に、ことごとくシャットアウトされている。厳として外光を拒否するこの暗黒の空間では、中央に灯された一本の蠟燭だけが唯一の光源であった。

部屋の造りは洋間であるが、和室に換算すれば優に二十畳ほどの広さだろうか――。心許ないほど頼りなげな蠟燭の炎には、この広い闇を駆逐する能力など期待できそうにない。蠟燭の灯りは、その周囲だけを、仄《ほの》かにぼんやりと照らすだけである。

もし、神の視点というものがあるとしたら――この部屋の天井を、ガラスのように透視することができたとしたら――薄闇の中央に、光のドームがぽっかりと置いてあるかのように見えたに違いない。あたかも、何らかの呪法で作られた結界のごとくに――。

そのドームの両端に、背中を半ば闇に溶かすようにして、二人の男が座っていた。

一人は老人だった。

高価そうな紬《つむぎ》の着物を無造作に着こみ、柔らかな絞りの兵児帯《へこおび》をざっくばらんに締め上げている。頭髪をほとんど失っているため殊《こと》の外《ほか》広く見える額と、長い歳月が刻んだ気難しげな皺《しわ》が穿《うが》たれた面《おもて》。強い意思を暗示する、真一文字に結ばれた色褪せた唇。猛禽類を連想させる落ち窪んだ眼窩《がんか》の奥には、傲岸《ごうがん》そうな力を湛《たた》えた両の瞳が、この年齢の老人にはそぐわぬ鋭い光を放っている。しかし時折、その老練と狡猾を兼ね備えた目の色に、不安と恐れの影がよぎるのを見逃すわけにはいかない。老人は真摯な、どことなく思いつめたような表情で、対座する相手の様子を凝視していた。

もう一人は初老の男だった。

こちらの男も和服姿だったが、老人の仕立てのいい紬に対して、荒い織りの木綿――修行僧の作業着めいた、どちらかと云えば作務衣《さむえ》に近い、質素な出立《いでた》ちである。それでもこの初老の男が、老人に決して劣らぬ一種異様な威厳じみた気配を身体全体から蒸散しているのは、あながちその容貌のためだけではあるまい。蟇蛙《ひきがえる》を正面から圧縮したような不気味な面構えは、好《こう》好爺《こうや》という表現から程遠い。一筋縄では捉えきれそうにない不敵に歪んだ唇だけでも、善男善女をして畏怖せしめるに足る、ある種の狂気を感じさせる。それにも増して今、この瞬間のこの人物から察知できるのは、いわく云い難い一種の妖気であった。

すなわち、集中力。

狂的な世界に片足を突っこみかけた者だけが発散する、特殊な、鬼気迫る迫力。

まさに彼は今、そうした異常なまでの精神の高揚を維持している。堅く目を閉じ、歯を食い縛り、昇り来る血液に蟇蛙のごとき面相を朱に染めて。こめかみの血管が切れよとばかりに膨れ上がる。

紬の着物の老人は、相手の変化を見落とすまいと、固唾《かたず》を飲んで成り行きを見守っている。

ややあって——蟇蛙面の男の瞼《まぶた》が、ゆっくりと開いた。ぎりぎりと軋《きし》みを立てるように、それは緩慢な動きだった。同時に食い縛った口が、力を抜くことなく開き始める。怪魚が腭《あぎと》を、その獲物を噛みちぎる際に広げるように——ひと仕事終えた悪鬼が、満足の中で眠りに就く前にする欠伸のように——ゆるゆると、唇が、歪んだ形に開かれる。

そして、その口中から静かに、白い霧状の物がゆっくりと流れ出してくるのを、老人は見た。

重く、濃度の濃い、重量感のある気体だった。

霧は、次から次へと湧き出してくる。

渦巻くように、互いにまつわりつきながら、霧は降下して——やがて蠟燭の僅かな熱に煽られて、ひと固まりになって上昇して行く。霧は後から後から、途切れることなく吐き出される。ふわりと下降し、緩やかに上昇し、空中に広がって行く。あるいは濃く、あるいは薄く——。広がった霧は、まるで自らの意思を持つ物のごとく、舞い、遊離し、そして分散する。それでもまだ、男の口からの霧の発生は止まることを知らない。

老人は目を見張った。

膝の上の掌《てのひら》が汗ばみ、思わず知らずそれを握り締めている。すべらかな着物の膝が、老人の手の間で皺くちゃになる。しかし老人には、そんなことを意に介している余裕などなかった。心底驚嘆していた。

エクトプラズム――。

この「実験」に入る前、そう告げられた。

体内の霊気を浄化集中し、視認できるまでに高めてから、物質の形で体外に放出する。高度な霊能力と、研ぎ澄まされた感覚を持った霊媒にのみ可能な業《わざ》である云々――。

だが今の老人は、事前の解説を反芻《はんすう》するだけの分別すら失っていた。

――これで願いがかなう。

老人の胸は、我知らず歓喜に高鳴り始めている。ここ数年来――世間との関係を隔絶し、蟄《ちっ》居《きょ》してから――感じたことのない興奮だった。

――間違いない、こいつは本物だ。

裂けんばかりに両の眦《まなじり》を開いたまま、老人は身を乗り出していた。

――この男ならば、きっとできる。きっとやってくれる。会える、会って話ができる、初江《はつえ》、初江――。

いつの間にか、亡き妻の名を口にして呟いていることに、自らは気がついていない。その姿には、一代で財を成し、一時期とはいえ「昭和の福澤桃介《ふくざわももすけ》」とまで称された頃の理知の輝きは感じられない。

老いに霞み始めた頭で、近頃老人は亡くしてしまった妻のことばかり考えている。

若い時分は仕事にかまけて、家庭を顧《かえり》みることなぞ思いもよらなかった。妻など、体《てい》のいい無給の女中としか見ていなかった。いや、むしろ虐《しいた》げ、苛《さいな》み、疎《うと》んじ、辛く当った。苦労して買い集めた株が、意に反して値崩れした際には、八つ当りに手を上げることもしばしばだった。自らが典型的日本人型仕事人間であり、第一線を退いたとたんにこうして頭脳が衰えるとは、予想だにしていなかった。

だからこそ、老人は人一倍死を恐れた。いや、死そのものではない。死んで後、あの世とやらで妻と相見《あいまみ》えるのが恐ろしかった。

老人の妻は、三人の子供を育て上げると、まるで使命を終えたかのようにひっそりと病を得、あっけなく他界した。若い頃の――博奕打ちにも似た、一匹狼の相場師の妻として過ごした、心労と気苦労が彼女の寿命を縮めたのかもしれない。

――初江、初江――。

妻に謝罪せねば、恐ろしくて死ぬこともならぬ。

老いという名の病魔に蝕《むしば》まれ、もはや論理性を失いつつある老人の脳髄には、このことだけが引っかかって、片時も心休まる日がない。

――初江、初江、近頃お前がそばにいるのを感じるのだ、近くにいるのが判るのだ。だが、話ができぬのがもどかしい。儂はお前と話したいのだ、会って話がしたいのだよ。しかし、もうすぐだ。きっと会える。この男が必ずやってくれる。お前に会える。会って許しを乞おう。お前から宥罪の印をもらうまで、儂は死んでも死に切れん。だから待っていておくれ。初江――。

乱舞を繰り返す不思議な霧を見すえながら、老人は、そっと手をのばして傍らに置いた茶椀を手に取った。

何の変哲もない、古ぼけた、見るからに安っぽい茶碗。幼拙な波の絵が描かれた、粗悪な釉《うわぐすり》を軽く塗って雑に焼いただけの簡素な茶碗。

しかし老人にとっては、これが現世と彼岸を結ぶ、ただひとつの拠《よりどころ》に思えてならなかった。

妻の遺品からこれを見つけた時の少なからぬ衝撃。貧しかった青年時代。今となっては妻との唯一の旅行と云える、質素な新婚旅行。その旅先の厳島《いつくしま》で買った、揃いの夫婦《めおと》茶碗の片割れ。とっくに壊れて捨てたものと思っていた。妻はこんな物を、後生大事に取って置いていた。思い出の、たったひとつの縁《よすが》として――。

妻の心持ちが不憫だった。

――初江、待っていなさい。きっとこの男がお前を呼んでくれる。その時には必ず謝ろう。お前を大切にしてやれなんだ儂の罪を。だから初江、許しておくれ、儂を許しておくれ――。

老人は、枯れ果てて細くなった皺だらけの指で、静かに掌の中の茶碗を撫でさすっていた。

その動きに呼応するかのように、蠟燭の炎がちらりと、かすかに揺れた。

その三

「なあにを辛気くさいツラしてやがんだよ、お前さんは。ほれ、呑め、ぐいぐい呑め。だいたいお前さん、アレだよ、あんな新宿駅の人混みの中でバッタリ出くわすなんて、物凄い偶然だよ。それで僕がこうして奢《おご》ってやろうって云ってるんじゃないかよ。さあ、呑め、ガバガバ呑め。遠慮するんじゃありませんよ」

「はあ」

「はあだってやがる。お前さんは相変らず暗いね、夜中の墓地でお経詠《よ》むみたいな声出しやがって――。何を沈みきってるんだよ、お前さんは。久しぶりに気のおけない学生時代の先輩に会ったんだ、もうちょっと嬉しそうな顔したってバチは当らんと思うけどね」

「はあ、すみません」

「それがいけないんだよ、お前さんは――抹香くさい声出しやがって。トーンが暗いんだよ、トーンが。ずっしり重たくなっちゃうんだよなあ、お前さんが口開くと。一段と磨きがかかったな、お前さんの暗さは――まあ、そんなもん磨きがかかったってどうにもならんけど――。なあ、成一《せいいち》、何かイヤなことでもあったのかよ、お姉ちゃんにフラれたとか、さ」

「いえ――別にそんなんじゃありませんけど」

「そりゃそうだよな、お前さんがお姉ちゃんにフラれるわけないもんなあ――前々から女嫌いで通ってるんだから、フラれたくっても付き合いも何もあったもんじゃないだろうからな」

「別に僕は女嫌いなんかじゃありませんけど――」

「でもそうじゃないかよ、学生の時分から女なんて近づけもしなかったしさ――一時はお前さん、ホモなんじゃないかって噂が立ったこともあるんだぞ」

「だ、誰が云ったんですか、そんなこと」

「僕が」

「――変な噂立てんでくださいよ」

「だって仕方ないじゃないかよ、ほら、お前さん見てくれは悪くないんだからさ、女連中がきゃあきゃあ云って、よく八木沢《やぎさわ》だとか僕なんかが時の氏神頼まれて――その度にお前さん、つまんなそうな顔して断ったじゃないかよ。だから僕は先手打ってそういう噂流してさ――僕だってイヤだったよ、そんなくだらない噂話するのなんて。でもお前さんのためを思って、僕はわざわざ――」

「あの――先輩」

「なんだよ」

「僕、近々家に帰ろうと思いまして――」

「何だ、もう帰るって云うのか」

「いえ、そうじゃなくて――実家の方に」

「何云ってるんだよ、お前さんの実家って確か世田谷じゃなかったっけ」

「ええ、そうですけど」

「何なんだよ、たかだか家に帰るくらいで墓地の土饅頭《どまんじゆう》に目鼻つけたみたいな深刻な顔しやがって」

「はあ」

「あ、そう云や、お前さん、何だかジイさんとすったもんだあって追ん出て来たんじゃなかったか」

「ええ」

「俺の目の黒いうちは家の敷居は跨《また》がせん、とか何とかジイさんに引導渡されたって話、聞いたことある」

「はあ——まあ、そうです」

「その家に帰るってんだな」

「ええ」

「ははあ、ジイさんくたばったか」

「やめてくださいよ、縁起でもない。そうじゃなくって、先日母から電話がありましてね」

「ジイさんくたばったって」

「違いますってば——母の云うことには、ここんとこ祖父の様子がおかしいって」

「なるほど、くたばる寸前か」

「だから人の家の祖父を勝手に殺さないでくださいよ。——体も弱ってきてるそうですが、それより頭の方がはっきりしなくなってきて」

「早く云っちまえば、ジイさんボケちまったってこったな」

「ええ、まあ」

「それで、本格的にヨイヨイになっちまう前に一度会いに戻って来いって、お袋さんにそう云われたんだ」

「そうです――ただ、それだけじゃなくて――」

「なんだよ、バアさんも死にそうなのか」

「祖母はとっくに亡くなってます。そういうんじゃなくて、何だか家中ごたごたしてるそうでして――」

「ははあ、ジイさんの葬式の支度だ」

「もう、よしてくださいよ、しつこい人だなあ――。つまり――母の電話じゃ要領を得ないんですが――なんでも叔父が幽霊を見たとかで」

「なんだよそりゃ、随分藪から棒だね」

「はあ、よく判らないんですけど、叔父はそれ以来すっかりそっち方向に凝ってしまって、怪しげな霊能者だか何だかを連れて来て――そうしたら今度は祖父がすっかりその男に肩入れして――祖母の霊を呼び出させるとか息巻いているそうなんです」

「うひゃあ、今時凄い話だね」

「はあ、その上、母が――」

「なんだよ、まだあるのか」

「ええ、なんとか祖父の霊能者狂いをやめさせようと、大学の心理学の――超心理学って云うんですか、そうした方面に詳しい研究者に頼んで、霊能者のインチキを暴くんだって――そんな騒ぎになってるそうでして」

「何なんだよそれ、お前さんの家は金曜スペシャルかよ。家庭内水曜特バンやってどうしようってんだよ」

「はあ、ですからそういうごたごたを止めるように、帰って祖父を説得してくれって、母が──」

「でもお前さん、そりゃアレだぜ、その勝負、泥仕合になるのは目に見えてるぞ」

「泥仕合、ですか」

「うん、神がかりと科学、これは昔っから延々と続いているエンドレスな──いわば不毛の戦いでね。霊能者の力を信じてる連中にとっては、科学者なんて唯物論に偏《かたよ》った視界の狭い偏狭なヤツらだってことになるし、科学者にすれば、霊能者なんぞすべてインチキで、そんなもの信奉する連中なんてアナクロな、魔女裁判時代の尻尾を引きずった低劣なヤツらってことになる。それで双方とも、なんとか相手を捩《ね》じ伏せようってんで、古今東西を問わず色んな形で論争やら実験やらが繰り返されてきてね──アメリカなんかじゃ裁判沙汰になるのも珍しくないんだけど──結果は今もって出ずじまい。だいたい、平行線になるのは初めっから判りきったことじゃないかよ。元々こうした問題は、まだまだ人間の知恵じゃ割り切れない次元の問題なんだからな──『信じるか、信じないか』。つきつめて考えれば、この一言に集約されちまう問題だからな」

「でも──どうもその霊媒、本物らしいんですよね」

「本物？——へえ、お前さん、そういうの信じるタチだったっけ」

「いえ、まあ、一概に否定できないなと、そう思いまして——それに祖父は、なんですか、エクトプラズマ？」

「エクトプラズム、だろ」

「ええ、そう、それです。その実験を見せられたそうでして——それですっかり信用してしまったみたいで」

「へえ、そいつは豪気だね。今時エクトプラズムの実験なんかやって見せる霊媒なんぞいるのか」

「ええ、祖父だけは見せられたそうでして——だいたい先輩、エクトプラズムって何なんでしょうね」

「なんだよ、お前さん、そんなことも知らんのか——物を知らない男だね、まったく。エクトプラズムってのは心霊科学の用語でな、トランス状態にある霊媒の体から出てくる煙みたいな物のことだ。確かフランスの何とかって博士が、ギリシャ語のエクストとプラズマを合成して造った言葉だったと思ったけど——。十五世紀頃にはもう一般にも流布《るふ》していて、その頃には第一物質とかマーキュリーとかって怪しげな呼び方で知られてたらしい。ほら、胡散《うさん》くさい雑誌なんかで写真見たことないか、こうやって口から煙が出てて、それが人の顔になってたりするやつ」

「ああ、あれですか、それなら知ってます。見たことありますよ。人の口から綿飴みたいな物が出て、人間の形になってる写真。バンダナみたいなのを頭に巻いた、若い女の姿がもやもやっとできてるの」

「ああ、その写真なら有名だな。エセル・ポストパリッシュとかって霊媒がペンシルバニアでやった降霊会の時のやつだ。シルバー・ベルってインディアンの娘の霊を降ろしたという触れ込みの写真だ」

「——どうでもいいですけど、先輩、変なこと知ってますね」

「変なことじゃないよ、今日日《きょうび》これくらい、少しでもオカルトに興味のある小学生だって知ってるぞ。お前さんが物を知らないだけだよ」

「はあ、そいつは、どうも——」

「しかしアレだね、そんな本格的な霊媒がいるなんて魂消《たまげ》たな。ちょっと珍しいぞ、面白いなこりゃ」

「面白がってる場合じゃないですよ。僕の家にしてみたら大問題なんですから」

「ま、そりゃそうだろうけどさ。それで、お前さん、帰ってみるつもりなのか」

「ええ、家のことも気になりますし、従妹にもしばらく会ってませんから——」

「従妹って——ああ、例の身体の不自由な」

「ええ」

「従妹さんって、ほとんど外にも出られないって話だったたな」

「ええ——」

「そりゃ気の毒にな。——おいおい、またお前さんはそうやって真っ暗になって考え込みやがる——お前さんが暗い顔して、ジイさんの心霊狂いが治るわけでもあるまいし」

「それはそうですけど——ただ、何となく悪い予感がして——」

「予感って——そう云やお前さん、よく予感とか何とかって云ってたな、学生の頃から」

「ええ——まあ」

「悪いクセだよ、お前さんの。万事消極的で、行動を起こさないのを予感とか何とか云い訳してさ」

「別にそういうわけでもありませんけど——」

「まあ、そう考え込むんじゃありませんよ。お前さんがそうやってると、周囲の空気が真っ暗になるんだから——。さあ、呑めよ、ぐいぐい呑め、くだらないことぐちぐち考えてる暇あったらぐびぐび呑め。さあ呑め、ほれ呑め、倒れるまで呑め。あ、おねーさん、ここ、海鮮サラダと厚揚げと鳥カラ揚げね、それとこいつにお銚子お代わり、僕にはウーロン茶お代わり、お願いね。さあ僕の奢りだ、遠慮するな、ほれ呑め、やれ呑め、気絶するまで呑め。何だったら一升壜で頼むか、つまみももっと取っていいぞ、何でも好きな物頼めよ」

「——随分景気いいんですね、先輩」

「ああ、景気いいぞ、今大仕事にかかってるんだ、えらく忙しい」

「仕事って——珍しいですね、先輩が仕事してるなんて」

「人聞きの悪いこと云うんじゃありませんよ。働かざる者喰うべからずってね、僕だって立派な労働者だ。毎日額に汗して労働に勤《いそ》しんでる、聞ーけばーんこーくのろーどーしゃあっ」

「判りましたからそんな大きな声で唄わんでください。相変らずだな、ウーロン茶で酔っぱらうんだから――」

「別にウーロン茶で酔ってるんじゃないよ、こういう店で液体呑んでりゃ誰だって酔った気分になるもんだ」

「先輩、下戸《げこ》なのに」

「下戸だからこそ、だよ」

「そんなもんですかね――それで先輩、一体何の仕事してるんですか」

「へへ、今はナイショだ。ただな、こいつが成功した暁には日本中がひっくり返る」

「日本中がって――また変なことに首突っ込んでるんじゃないでしょうね」

「変なこととは何だよ――まあ、楽しみに待ってなよ、えらい騒ぎになるからな、きっと」

「はあ、当てにしないで待ってます、猫丸《ねこまる》先輩」

第一章

少なくとも昼前には帰る心づもりではいた。

そのためにわざわざ、何の予定もない日曜を帰宅の日と決めたのだ。それが何のかのと、さして差し迫ってもいない用事を作り、それにかこつけ出そびれて、結局こうして着いたのは三時近くになってしまっている。やはりどこかに気後れがあるようだ。

いずれにせよ、もう十年も帰っていないのだから、今さら午前が午後になったところで大した違いはあるまい――。方城《ほうじょう》成一はそう思いこむことにした。彼は先程から数分、ためらう気持ちの赴《おもむ》くままに、ずっと門の前に佇《たたず》んでいる。

門柱は、四角く切り出した花崗岩《かこうがん》を積み上げたものだった。扉は細い鉄棒を格子文様に編んだ物で、そこに、これも鉄でこしらえた蔦《つた》の飾りを絡めてある。凝った意匠の門扉だった。門の左右に延びている鉄柵の向こうには、庭の木々が、成一の頭上にまで覆いかぶさるように繁茂している。門柱には白い陶器の表札が嵌《は》めこまれており、毛書体で「方城兵馬《ひょうま》」と、この家の主の名が掲げられていた。

敷居が高い——とは、いささか古めかしい言葉ではあるが、なるほどこんな気分には実に当を得た表現だと、成一は一人苦笑した。正直云って、気が重い。

当座必要な日用品だけを詰めこんだ大きな布バッグを肩にかけ直すと、成一は意を決して鉄の扉を押し開けた。独り暮らしのささやかな家財道具は、まだ中野のアパートに置いたままだ。祖父との会見如何によって、いつまたあそこへ舞い戻ることになるやも知れない。アパートはここから、新宿を経由してほんの四十五分足らずの道程だが、にもかかわらず成一はこの十年、ただの一度もこの成城の生家に足を踏み入れていない。このたった四十五分の隔たりも、成一にとっての高い敷居の一部であると云えそうだ。

門を入ると、前庭の植え込みの向こうに懐かしい家が見えた。

木造二階建て、瓦葺きの入母屋《いりもや》造り。

豪壮華美な個人邸宅が贅を競って建ち並ぶ世田谷の高級住宅街にあっては、別段珍しくもない平凡な日本家屋である。ただ、その敷地の広大さは抜きん出ており、門から玄関までだけでも飛び石が二十三個必要なのだから、推して知るべしというところだろう。

成一は、その緩やかな弧を描く石の道を伝って玄関へと向かった。

右手には庭が広がっている。

カツラ、ユリノキ、シロダモ、クスノキ、ホオノキ、タイサンボク、オガタマノキ——あくまで無秩序に、種々雑多な木々が、統一性などまったく無視して植えられている。ただひとつ共通して云えるのは、どの樹も十メートルを超える大木であること——それが覇《は》を競うように、てんでに枝を伸ばして密生している。庭というより、もはや小さな森とでも呼んだ方が似つかわしいかもしれない。傾きかけた五月の太陽を惜しむように、争って背伸びするみたいに——木々はその緑の枝を健《すこ》やかに天に向かって広げている。そして、木々に守られるかのように、円形に開いた中央の空間には芝が敷きつめられている。その緑の絨毯の真ん中に、深い泉の中心からミルクが湧き出たみたいに色鮮やかに、白い木製のベンチがひとつ——。

まだ置いてあるのか、あれは——。

ベンチに目を止めると、成一はそう呟いていた。つと、胸の疼《うず》きを覚える。鈍い棒の先でつつかれたみたいに、むず痒く、くすぐったいようにかすかに苦く、甘い感慨。

若くして死んだ、そして美しかった叔母のお気に入りの場所だった。静かな午後のひととき、よく叔母はあのベンチで過ごしていた。読書、編み物、そして何を思っていたのか物思いに耽って——ゆったりと背もたれに体をあずける、あのたおやかな姿が今でも目に浮かぶかのように思える。叔母の亡き後は、彼女の忘れ形見があの場所を引き継いだ。左枝子もよく、あそこで一人時を過ごしていた——。

二十三個目の飛び石を渡りきると、大きな破風《はふ》のついた軒が頭上に迫っていた。

古い木造家屋。古びてはいるが、それだけにどっしりとした景観。成一が生まれる前から——そして現在まで変らぬ、人をくつろがせる木の質感。

玄関は、擦りガラスを挟み込んだ目の細かい格子戸だった。

成一は少しためらったが、ここまで来て引き返すのもおかしなものだと思い直して、引き戸を開けた。

玄関の様子は、何から何まで変っていない。艶やかに磨かれた上がり框《かまち》も、靴箱に入り切らない家族の靴が三和土《たたき》に整然と並んでいるのも、孔雀を象《かたど》った気恥ずかしいくらい大げさなスリッパ立ても、そして「家」特有の独特な匂いすらも——。見事なくらい十年前と変っていない。子供の頃の写真をいきなり突きつけられたような、そんな当惑と甘ずっぱい想いに、成一はしばし足を止めた。

家族の靴と少し離れた位置に、二対の履き物が揃えて置いてある。どうやら来客中らしい。片方は気取ったデザインの茶色い革靴で、もう一方は草履《ぞうり》だった。それもかなり履き古されていて、薄汚れて全体がぺしゃんこになっている。鼻緒も今にも千切れそうにくたびれているのが、きれいに掃き清められた三和土にはいかにもアンバランスな印象を与えていた。

靴紐を解こうと上がり框に腰かけて成一は、先日来何度も繰り返し考えていた思惑を頭の中で転がしていた。母からの電話を受けてから幾度も、祖父と対面する場面をシミュレートしているのだ。

久しぶりに会う肉親というのは、いわく云い難い照れくささを感じる。ことにああして、決して円満とは云えぬ別れ方をした祖父が相手だ。もちろん別段、心底いがみ合っていたというわけでもない。物の勢いというものだ。祖父は、自分の思い通りにならないとすぐ癇癪を起こす人間だったし、成一もまだ二十前で若すぎた。通した意地がついずるずると、十年の長さに亙ってしまっただけの話である。意地を張り合った相手が、年老いて気弱になっているときては、どう扱っていいものか対処に困る。居丈高に出るのも大人げないし、露骨に機嫌を取るのも、さすがに面白くない。かと云ってあまり優しく接しても、老人の矜持《きょうじ》を傷つけることになるだろう。はてさて、どうしたものだろうか——。

「まあまあまあまあ、成一坊っちゃま」

いきなりけたたましい声が、騒々しい足音と共に近づいて来た。成一が顔を上げると、清里《きよさと》フミがふくよかな身体を震わせて廊下を駆けてくるところだった。

「まあまあまあ、今日お帰りになるんなら電話でもくだされぱいいじゃありませんか、ホントに坊っちゃまはお人が悪い。まあまあ、お久しぶりで、お帰りなさいませ」

柔和な細い目を、しきりにしばたたかせてフミは云う。少し老けたみたいだな——身もだえせんばかりに歓迎の意を表してくれるフミを見ながら、成一はそう思った。短く切り揃えた髪にも、だいぶ白い物が目立つようになっている。成一が家を出た時には四十半ばだったから、もう五十五、六にはなっているはずだ。それでも子供の頃よじ登って遊ばせてもらった、こんもりとした小山のような体軀には衰えが見られない。

「まあまあ、本当にお懐かしい、ええ、ええ、奥様から坊っちゃまがお帰りになるって聞きましてね、お部屋もお掃除してお布団も干しておきましたよ——あらまあ、どうしましょう、今日お帰りだと知らなかったものですから、御馳走、何も用意してないんですよ、あら困りましたね、どうしましょう、ホントに坊っちゃまには驚かされてばかりで、困ってしまいます」

「気にしなくていいさ。それにもうその坊っちゃまはやめておくれよ、僕だってもうすぐ三十なんだから」

「何をおっしゃいますか、坊っちゃまはいくつになっても坊っちゃまじゃありませんか――それより、ホントにもう困りましたね、坊っちゃまがお帰りになったらまっ先に、お好きなチキンのクリーム煮、作ってさし上げようと思ってましたのに――今日はご用意してないんですよ」

「本当にいいってば、それは――明日でもあさってでもいいしさ」

「あらまあ、それじゃ坊っちゃま、ずっといらしてくださるんですか」

「うん、まあ一応、そのつもりだけど――」

「まあまあまあ、それはようございました、嬢ちゃまも美亜《みあ》ちゃまもお喜びになりますよ。あらまあ、そんな所にいらっしゃらないでお上がりなさいませよ、今お茶でも淹れますから」

その年齢と丸々とした体形には相応しからぬ身のこなしで、フミはさっさと成一のバッグを取り上げる。機関銃のような矢継ぎ早の早口も、少しも変っていない。

「今日は会社は？　お休みですか」

「うん、日曜だからね」

「あらそうですね、日曜日でしたわね、私、うっかりしてまして――ねえ坊っちゃま、少し痩せたんじゃないですか、お食事ちゃんとなさってるんですか」

「うん、まあ、適当にね」

「適当にですって――ホントにもう、坊っちゃまはお気楽なんですからねえ、少しもお変りなくて、困ってしまいますわねえ」

フミはもう三十年以上も、住み込みの家政婦としてこの家の一切を切り盛りしている。万事につけて時代がかりで、喋り方にも、時代劇に出てくる旧家の女中頭といった趣さえ感じさせる。しかしもう家族の一員と云っていい存在であり、成一にとっては第二の母親とでもいうところだろうか――。

大きな体を丸めて、かいがいしくスリッパを揃えるフミの背中を見ていると、心なしかこわばっていた気持ちが和《なご》んでくるのを、成一は感じていた。

微苦笑しながら成一が、ふと人の気配に目を上げると、階段の上に左枝子が姿を現した。

「嬢ちゃま、嬢ちゃま、ほら、坊っちゃまのお帰りですよ」

フミが大きな声で告げた。

左枝子――。

何か声をかけてやろうと思ったが、言葉が見つからぬままに成一は口を閉ざした。

この前会ったのは正月の休暇――妹と三人で外食した時だったからほぼ五ケ月ぶりだが、肩の下まで流したさらりとした黒髪も、透明感すら感じさせる白い頰も、ほのかに色づいた小さな唇も――会うたびごとに、左枝子は美しかった母親に似てくる。グレーのロングスカートに白ブラウスの修道女めいた出立ちではあったが、そうした地味な装いも、その清冽な優美さを引き立てこそすれ、決して損ねてはいない。ただ、容姿が鮮やかなだけに、右脇の下の無骨な松葉杖が一層痛々しい。苦い罪悪感が、痛痒にも似た後ろめたさを伴って、成一の胸をちくりと刺した。

成一が無言で見守るうち、左枝子はゆっくりと左手を伸ばして、壁の金属バーに触れた。方城家には、至る所にそうした鉄パイプが張り巡らされている。バレエのレッスン教室か何かのようで、木造の家にはそぐわない景観だが、これは左枝子の歩行を助けるため、祖父の兵馬が取りつけさせた物である。無論階段の壁にも、勾配と平行する角度で鈍色《にびいろ》のバーの連なりが光っている。

その金属バーで体を支え、松葉杖を器用に操って階段を降りながら左枝子は、

「成一兄さん――」

と、震えるように云った。

「本当に帰ってきてくれたの？」

驚きのあまりかその声は、感情を圧《お》し殺したように抑揚を失っていた。それでも、抑え切れない喜びが溢れてこぼれそうではあった。だから胸を衝かれて成一は「ああ」と小さく答えることしかできなかった。

＊

成一兄さんが帰ってきた。

私の兄さんが帰ってきてくれた。

兄さんが家を出てしまってからかれこれ——そう、もう十年にもなる。

私はまだほんの子供だった。

兄さんが進路の問題で、お祖父さまと諍《いさか》いして出て行ってしまったと聞かされても、私にはまったくちんぷんかんぷんだった。お祖父さまが兄さんを追い出したとばかり思い込んで、泣いて抗議した覚えがある。

「そうか、そうか、成一がいなくなると左枝子が淋しくなるんだったな、これはお祖父ちゃんが悪かった、ご免よ、ご免よ」

お祖父さまはおろおろして、私の頭を撫でて慰めてくれた。けれども決して、兄さんを呼び戻すとまでは云ってくれなかった。よほど腹に据えかねていたのだろう。

兄さんが家にいない淋しさに耐えられるようになるまで、随分時間がかかったように思う。かなり長いこと、夜になるたびに「お兄ちゃんがいない、お兄ちゃんがいない」とむずかっては、フミさんを手こずらせていたものだ。どうにか我慢できるようになったのは、美亜ちゃんが話し相手になってくれるくらい大きくなってからだろうか——。

兄さんはずっと家に帰らないし、私はこんな身体だからあまり外へは出られない。だから兄さんと会えるのは、一年にも数えるほどしかなかった。大抵伯父さまか伯母さまか、美亜ちゃんに連れて行ってもらって外で一緒にお食事するくらい——。

私にはそれが不満だった。

兄さんが家に戻ってきてくれればいいのにと、ずっと思い続けていた。

神様、神様、お願いです、どうぞ兄さんが帰ってきてくれますように――。

願いは、聞きとどけられた。

兄さんは帰ってきてくれた。

もちろん兄さんは、私の本物の兄さんではない。母さんの姉さんの子供なのだから、正確には従兄――でも、私は小さい頃からそう呼んでいる。兄さんは兄さん以外の何者でもないのだから。

いや、幼い私にとって、兄さんはそれ以上の存在だった。早くに両親を亡くした私には、父親代わりと云ってもいいかもしれない。

兄さんはいつでも私のそばにいてくれた。

私を守ってくれていた。

今にして思えば、あの頃の兄さんは中学生であり、高校生だったはずだ。遊びたい盛りの年頃だったろうに、そんな時、学校が終ると、すぐにすっ飛んで帰ってきてくれた。

兄さんはよく「お土産」を持って帰ってくれたっけ。それは、いい匂いのする花の首飾りだったり、つるつるした珍しい形の石だったり、フミさんや伯母さまには内緒の駄菓子だったり――他愛のない物だけど、私にとっては何物にも代えがたい宝物だった。

兄さんはそうして、いつでも私のそばにいてくれた。外に出られない私を気遣ってくれていたのだろう。優しい私の兄さん――。

神様、神様、お願いです、どうぞ兄さんがこれからいつまでも家にいてくれますように――。

＊

二階の自室で荷物を開き、楽な服装に着替えてから成一は階下に降りた。

居間では、フミと左枝子がお茶の用意をしていた。

「お祖父さんは、どうしてるの」

成一はソファに座りながらフミに尋ねた。気は進まないが、こうなったらできるだけ早く祖父との対面を済ませてしまいたかった。

居間は母家の東の角にあり、南側と東側が全面ガラス張りで、庭の景観が一望できるようになっている。ソファがすべて外向きに配されているので、鬱蒼とした小さな森が眼前に迫ってきてすこぶる眺めがいい。採光効果は抜群で、晴れた日には木漏れ日が溢れこんで来るのだが、いつの間にか雲が出てきたようで、今は幾分薄暗い。

東側のガラスからは、兵馬の居室である離れの建物も見える。能舞台の橋がかりのような、屋根つきの渡り廊下が母家から繋がっているのが、ここからもよく見渡せた。

フミは温めたティーカップを布巾で拭きながら、

「今、直嗣《なおつぐ》さんがお見えになっていて、あちらで――」

と、ガラスの向こうの離れを目で示し、

「お話しになってらっしゃいます」

「ああ、叔父さんが来てるの」

直嗣は成一の母の弟で、京橋《きょうばし》で画廊を経営している。

「それと、お祖父さまが最近お気に入りの変ったおじさん」

左枝子が杖を使っていない左手で、シュガーポットを並べながら、そう付け加えた。

「誰だい、その、変ったおじさんって」

「アレですよ、穴山《あなやま》――穴山なんとかって、霊媒だか霊能者っておかしな人です」

フミが云うと、左枝子がくすくす笑って、

「穴山慈雲斎《じうんさい》。直叔父さんが連れてきて、お祖父さまはすっかり気に入っちゃったの――フミさんはお気に召さないみたいだけど」

「当り前ですよ、あんなおかしな人」

「どうしてフミさんは気に入らないんだい」

成一が聞くと、

「だって随分薄汚れた格好しているんですよ、ホントにもう、近寄っただけでも匂ってきそうで――おおイヤだこと」

フミの人物評は、相変らず単純明快である。

「まったく旦那様ときたら、お道楽にも程があります。坊っちゃまからも意見して差し上げてくださいませよ、あんまりおかしな人を家に入れないようにって」

白い割烹着を震わせて、ぷりぷりしながらフミはキッチンへ入って行く。左枝子がおかしそうに笑うので、成一もつられて苦笑した。普段よほど酷評しているのだろう。

「それで――母さん達は？　やけに静かみたいだけど」

「伯母さまは長唄のお稽古だとかで、近所の奥さん達と出かけてる」

「長唄――？　パッチワークの教室はどうしたんだ」

「去年でやめちゃったみたい」

「七宝焼きは？」

「それはおととしまで」

「――相変らずあちこち顔出してるのか」

「そんなこと云っちゃ悪いわ、伯母さまだって息抜きが必要なんだろうし」

家のことは万事フミに任せっきりの母に息抜きが必要とも思えなかったが、成一は敢えて異を唱えないことにした。

「父さんは」

「伯父さまは朝早くからゴルフ」

「美亜もいないのか」

「うん、クラブの練習だって」

「しょうがないな、日曜なのにみんな出かけてるのか」

「坊っちゃまも美亜ちゃまみたいに、少し活発ならいいんですけどね」

フミがティーポットを手に、戻ってきて口を挟んだ。

「ちょっとはスポーツでもなさったらどうですか。もう少し陽に焼ければ逞しくおなりになるのに」

文句を云いながらも、フミの口調はどこかはしゃいだものを感じさせる。左枝子のカップに砂糖を入れたり、なにくれとなく世話を焼くフミの姿に、成一も気持ちが安らぐのを覚えていた。長いこと忘れていた、不思議な感じのするやすらぎだった。

フミの淹れてくれた紅茶を飲みながら、そっと左枝子の横顔を観察する。

長い睫《まつげ》が、奥床しい曲線を描いている。

化粧気がまるでないにもかかわらず、唇のかすかな色づきも鮮やかである。

左枝子――。

胸の奥に暗いさざ波が立ち、ざわりと騒ぐ。

その心のざわめきは、義務を放棄した時の、あの胸を重くするような後ろめたさにも似たものだった。無論、恋愛感情などとは程遠い。義務――。この幸薄い従妹を守る――それは成一の生涯に課せられた務めだった。少なくとも成一はそう信じている。物語の騎士《ナイト》のごとく左枝子を守ること――左枝子を安心して託せる、そんな相手が彼女に現れるまで――さながら、王子が迎えに来るまで姫君に騎士が付き従うように――。成一にはそうしなくてはならない理由があった。だがしかし、現実にはこうして十年近くも、そばにいてやることができなかった。それは、己の弱さと意気地のなさを成一自身、思い知るには充分すぎる事実だった。

ため息交じりに成一がカップに手を伸ばした時、廊下を軽やかに踏み鳴らす駆け足の足音が響いた。キッチンを勢いよく突っ切って、美亜が野兎みたいに飛びこんでくる。

「ねえねえ、フミさん、大変大変」

食堂を跳び跳ねるように通過して、美亜は居間に駆けこんできた。十七歳、都内の私立高校に通っている。ショートカットと、早くも陽に焼けた健康的な肌の色が男の子のようだ。

「わっ、兄貴だ、帰ってきたんだ」

成一の姿を認め、棒立ちになって美亜は目を丸くした。

「ああ」

「なあにさ、その暗いリアクションは。兄貴ってばもうちょっと気の利いた挨拶できないの。陰気なんだからさ、まったく」

「そんなことより美亜、お前こそその格好は何なんだ」

「何なんだって――何がさ」

ショートパンツから伸び出た、長くて細い脚を見下ろして美亜は問い返す。

「クラブの練習じゃなかったのか」

「そうだよ」

手にしたままのスポーツバッグとテニスラケットを、成一に示してうなずく。

「そんな格好で学校行ったのか」

「日曜の練習の時は私服ＯＫなんだもん。あ、そうか、女の子に縁がない兄貴としては刺激が強すぎちゃうわけか」

「バカ、みっともないって云ってるんだ」

「どこがよお」

美亜はぷっとふくれて、

「カッコいいじゃない。見てよ、このカモシカのような脚線美。いやあ、電車の中で視線が痛い痛い」

「それより美亜ちゃま――」

と、フミが横から、

「何ですか、大変大変って」

「あ、そうだっ」

美亜はぴょこんと飛び上がった。

「兄貴なんかからかってる場合じゃなかったんだ。フミさん、お茶お茶、お客さん来てるんだよ。今門の前でばったり会っちゃってさ、応接間にお通ししといたから」

＊

お客さま――。

美亜ちゃんの言葉に、私の胸がことりと高鳴った。

もしかしたら、あの人かもしれない。

そういえば今朝から、何となくそんな気がしていた。何だかいいことがありそうな――そんな感じが。

そうしたら兄さんが帰ってきてくれた。

そしてその上、ひょっとしたらあの人に会えるのかもしれない――。

「お客さんって誰だ」

兄さんが美亜ちゃんに聞いている。

「ほら、ママに聞いてない？　正径《せいけい》大学の心理学の学者さん達」

やっぱり――やっぱりあの人だ。

神代《かみしろ》さん――。

胸の高鳴りが激しくなる。

あの人に会える。どうしよう、どうしよう、どうしよう――。

頬が上気するのを抑えられない。

「神代さんと大内山《おおうちやま》さんっていうんだけどさ、超能力とか研究してるんだって。まだ若くて――なんとかって教授の助手なんだって」

美亜ちゃんがそう云っている。

「お祖父ちゃんがさ、おかしな霊媒とか何とかに夢中になっちゃったでしょ。パパとママも、そんな変な人信じちゃダメだってとめたんだけど、お祖父ちゃん、ぜんっぜん聞く耳持たなくてね」

「ああ、それで母さんが呼んだって話だったな」

と、兄さん。

「うん、パパの知り合いの知り合いとかが、そのなんとかって教授と親しいみたいでさ、それで紹介してもらったんだって。こないだ二人で来てくれて、お祖父ちゃんの説得してたけどダメだったみたい」

「ガンコだからな」

「そうだね、でもこういうケースは説得に時間がかかるんだって。何度も話し合って、そういう非科学的なものなんか信用できないって説明しなくちゃダメなんだって——そう云ってた。ねえねえ、兄貴もちょっと会ってみたらどう、なかなかアカデミックな雰囲気でカッコいいんだよ。話も結構面白いしさ」

「いや——僕はいいよ」

「何云ってんのさ、またそういう暗いリアクションして。ほんっと兄貴ってば人嫌いなんだから——。ダメだよ、パパもママもいないんだから、兄貴が相手しなくっちゃ。ほら、お客さん待ってるんだからさ、早く立って」

「おい、よせよ、引っぱるなよ」

「ぐずぐず云わないの、ほらあ、早く——あ、そうだ、お姉ちゃんはこの前会ったんだよね、今日も少し話聞いてみる?」

突然美亜ちゃんに尋ねられて、私はどぎまぎしてしまった。

そう、このあいだも、神代さん達はお祖父さまの説得にこの家に来て――私と美亜ちゃんとで少しの間お喋りをしたんだった。そして、その時から――私の心は私のものでなくなってしまった。

重い銛《もり》みたいな物に射抜かれたように――切なく、苦しく、締めつけられて――あの人の物静かな、それでいて熱意に溢れた言葉の一つ一つが私の魂に突き刺さる。どうしていいのか判らないまま、私はじっと俯いているだけだった。

今日もまた、あんな風に感じるのかしら、切なく、苦しく、締めつけられるように――。

だけど、会いたい――会ってあの人の側にいたい。

でも、それには、あの、深い苛立ちにも似た心苦しさが絶えずつきまとう。

二つに引き裂かれた私の心。

どうしよう、どうしよう、どうしよう――。内心の動揺を美亜ちゃんに気取られないように、

「ええ――後で、ね」

そう答えるのが、私には精一杯だった。

*

気乗りしないまま、美亜に強引に引き立てられて成一は応接間に入った。

部屋には二人の若い男がいて、成一達が入って行くのと同時に立ち上がって一礼した。

背広姿の、どちらも三十前くらいの年格好だろうか――一人はスラリとした長身の、彫りの深い顔立ちで、もう一人は中背でやや小太りの、もっさりした印象の男だった。

「お待たせしました、これ、ウチの成一兄貴」

物怖《ものお》じしない美亜が、二人に成一を紹介する。天真爛漫であっけらかんとしたところが美亜の長所だが、悪く云えば少々無作法ではある。仕方なく、成一は二人の青年に頭を下げた。

「はじめまして、私どもは正径大学人文学部心理学科の綿貫《わたぬき》教授の下で、超心理学を研究している者です」

二枚目の方が如才なく挨拶し、掌を隣の小太りの方に向けて、

「こちらが大内山」

「そしてこちらが神代、です」

互いに相棒を示して紹介する。なかなかいいコンビのようだ。テーブルの上には、大学の名前の入った大判の茶封筒が置いてある。

「ご丁寧にどうも――あ、お楽に――おかけください」

と、成一は二人の若い研究者をソファに落ち着かせてから、

「母から話は伺っています。祖父のためにわざわざご足労いただきまして、誠に申し訳ありません」

改めて礼を云うと、美亜が隣で顔を伏せてくっくと笑っている。成一が堅い挨拶をするのがおかしいらしい。口下手とは云っても、成一とて会社勤めをする立派な社会人だ。何がおかし

い——とばかりに、テーブルの下でそっと美亜のむき出しの脛《すね》を蹴飛ばしておいて、

「あの——あいにく祖父は来客中のようで、申し訳ありませんが——」

「ええ、例の霊媒とやらですね、玄関に草履がありましたからすぐ判りました」

と、神代が端正な顔をしかめて苦笑し、

「また何やらありもしないまやかしごとを、お祖父様に吹き込んでいるのでしょうが——構いません、少し待たせていただきます」

決然として云った。どうやら成一が祖父と対面できるのは、その後ということになりそうだ。祖父はなかなか忙しい。

「すみません、待たせちゃって——ウチのお祖父ちゃん、ガンコだから大変でしょう」

と、美亜が云う。神代は首を振って、

「いえ、慣れていますから——それに、これも仕事の一環と我々は考えていますので」

「こうしたこともお仕事なんですか」

成一が疑問を口にすると、神代は、

「ええ、それをご説明するには、私どもの研究について知ってもらわねばならないんですが——」

と云い淀んだ。それに被《かぶ》せるように、

「聞かせて、聞かせて」

美亜がはしゃいだ声をあげ、

「神代さん達のお話、面白いんだもん。どうせあたしも兄貴も暇だしさ」

膝を乗り出して催促する。神代は少し照れたように笑って、

「そうですか――では、簡潔に申し上げますと、我々は一般で云うところの超常現象――つまり、既存の科学では割り切れないような不可解な現象を、精神心理学と統計学の方面から研究解明していこうとしておりましてね。我々の方ではこれをサイ研究――Ｐｓｉと綴りますが――そう称しております。そして、透視、テレパシー、予知などのＥＳＰ――いわゆる超感覚と呼ばれているものですが――そうした、普通ではちょっと考えられない精神活動など、まあ、少し不思議な力のことですね、そういう現象をサイ現象と呼び、我々はこれらを、科学的に解明するのを目的としています。ところがこうしたサイ現象、超常現象は、現実には有り得ないと思われている不思議な現象なわけですから、どうしても一般の方の理解が得られにくい。現に今、私がパラサイコロジーの用語を並べたら、成一さんは少し困ったようなお顔をなさいましたね、こいつはどうも胡散くさいな、と――そういう反応でした」

「いえ、別にそんなつもりは――」

「お気遣いなく、それが概《おおむ》ね一般の方の反応ですから。サイ研究にはどうしてもそうした、一種怪しげな、胡乱《うろん》さがつきまといます。なぜか――と云えば、こうした不可能現象は、宗教や俗信と非常に結びつきやすいという側面があるからです。虫のしらせ、狐憑き、神がかり、神のお告げ――こう表現した方が、一般の方には取っつきやすいようですね。不思議な現象は、人知を越えた神仏の力だと説明された方が受け入れやすいのです。古今の宗教が、そうした奇

跡を見せつけて信者を集めるように――」

物静かな調子で神代は云う。

きりりとした涼しげな眉と、思慮深そうな目もとが印象的な青年である。

「そうかなあ、あたしは虫のしらせって云うより、超能力って云われた方がしっくりくるけどなあ」

美亜が口を挟むと、神代は穏やかな微笑を浮かべて、

「それは美亜さんが若いからですよ、ご年配の方になるとそうはいかない」

「そんなもんかなあ」

「そうですよ」

と、今度は大内山が口を開いて、

「それにインチキ宗教に騙されるのは、若い人も多いですよ」

ぼそぼそと、呟くように云う。こちらは丸顔で、ぶよりと弛《たる》んだ頬と顎のラインがいささか鈍重さを感じさせる。その容姿に相応しいのっそりとした喋り方で、大内山はさらに、

「教祖様の超能力は、神から授かったものだ――などという教義を信じ込まされて。これも超常現象と神秘主義をうまいこと絡めて、人を騙すわけですがね。そういうのに引っかかるのは、若い人も少なくないんです」

「ああ、そうか、そういうの信じちゃう人っているもんね」

美亜がうなずくと、神代が微笑したまま、

「それから例えば、死後存続はサイ研究にとって重要なテーマの一つなのですが、これも問題が問題だけに、安易なスピリッチュアリズム――つまり心霊主義と結びつきやすい。すなわち、魂の浄化だとか、極楽往生だとか、死後の世界だとか――云ってみれば、前近代的な宗教的世界観ですね。そういった安直な精神主義、神秘思想と、純粋なサイ現象を一般の方は切り離して考えるのが難しいわけです。だからどうしても一般には、サイ現象はイカサマ宗教家やニセ超能力者が使う怪しげな術だ、と、そういう認識になっているようなんです」

神代は、渋く深みのある声で訥々《とつとつ》と話す。

「そうした認識は、我々のように正面からサイ研究に取り組もうとする者にとって、大いに妨げになるのです。一般の方の理解を得て、研究をしやすい環境を作ることも、今の我々には必要なことなのです」

「ですから先ほど、神代が仕事の一環だと申したのもそういうことでして――」

と、大内山が言葉を引き継いで云った。

「インチキやイカサマの詐術でもって、超常現象の専門知識のない人達を騙す連中の暗躍を食い止めるのも、我々の仕事の一つだ――というのが、私どもの師である綿貫教授の主張なのです」

小肥りの大内山は、陰気な口調でぼそぼそと、

「また、少しでも我々の研究を、色々な方に理解していただき、正当に、あくまでも科学的な視点でサイ研究を見てもらうように蒙《もう》を啓《ひら》く――それも私達の仕事なんです」

「なるほど、それで祖父を説得しに来てくれているわけですか」

成一が問うと、神代が力強くうなずいた。

超能力の研究者だと聞いて、成一はもっと狂信的で頑迷な人物のイメージを持っていたが、どうやら早とちりだったらしい。想像していたよりずっとまともだ。どちらも誠実で実直そうである。神代は大学助手というより、有能な若手ビジネスマンと称しても通用しそうな風貌だし、大内山もどこにでもいそうなありきたりな青年だ。難を云えば、大内山の方は少し陰気でマニアックな感じがしないでもないが——。

「ねえねえ、それじゃあさ、ユリ・ゲラーとかミスター・ナントカとか、ああいうテレビに出てる超能力者はニセモノなの」

美亜がそう聞くと、

「美亜さんはどう思いますか」

神代は反対に問い返してきた。美亜は少し首をかしげて、

「うーん、どうかな——そりゃ中にはトリック見え見えのもあるけど、半分くらいは本物なんじゃないかな、スプーン曲げるのとかさ」

「ほほう、美亜さんは肯定派なんですね」

神代は面白そうに薄く笑う。

「別にあたしは、あんまりそういうの信じる方でもないんだけど、友達には結構いるよ、占いとかおまじないとか信じてるコとか——そういうコ達と話してると、やっぱ超能力って本物な

んだねって話になるもん」

「でしょうね。しかし実は、我々サイ研究に携わる者には、ああした連中は評価が低いんです。むしろ苦々しく思っている先生方が圧倒的でしてね——あれは社会に害毒を流す、と」

「えー、どうしてえ、テレビであんな凄い力見せてるじゃない」

美亜が不満そうに云う。成一も続けて、

「確かにああしてテレビを通じてトリックを使って、超能力を標榜するのは、あなた方にとっては不愉快かもしれませんけど——害、ですか？　なにもそこまで考えなくてもよさそうなものだと思いますけど」

「いいえ、そこで、です——」

神代が静かな口調で遮って、

「先ほどの、一般の方の認識の問題になってくるわけです。テレビに映る自称超能力者を見て、確実にそれを信じ込む人もいるんです。美亜さんのお友達のように、若い女性を筆頭として、普通の大人の視聴者も——全面的とは云わないまでも、半信半疑になる——そうすると、世間に何となく、そうした不思議な力を信じる風潮が生まれてくるわけです。オカルトブーム、ですか。これは社会心理の方面から『社会的規範の同調と変化』ということで見ても興味深いのですが——まあ、それは置いておいて——。そんな土壌が培《つちか》われると、連中が悪徳商法の領域に踏み込むのに、もうあとほんの半歩、というところになってしまう」

「悪徳——と云いますと、霊感商法とか、そうしたことですか」

成一が云うと、神代は形のいい眉を寄せて、

「ええ、連中はそうした『信じる』もしくは『あるかもしれない』という心理につけこんで来るんです。曰く——お宅の病人が治らないのは先祖の供養を怠っているからだ。水子の霊が祟《たた》っているから、あなたは今後幸せにはなれない。家相が悪いからお祓《はら》いをしなくてはきっと悪いことが起きる——そうやって法外な値段の壺や多宝塔、印鑑などを売りつけるのが連中の手口です。人々の『もしかしたら』という気持ちを逆手に取る、実にあくどい卑劣なやり方ですね。我々はそうした連中のインチキを暴き、被害者を増やさないようにしなくてはならない——綿貫教授はそうおっしゃっています」

神代は感情をあまり表さずに、穏やかな口調で要点を正確に話す。沈着冷静な秀才タイプとでもいうのか、かなり頭の切れる男のようだ——成一はそう見て取った。

「へー、それじゃ、今ウチに来てるあの人もインチキなの」

美亜がそう云い、大内山が、

「もちろんです、我々はそう判断しています」

ぼそりと答える。丸顔で、アンパンに切れ込みを入れたみたいな細い目が、少し不気味に光る。

「でも、お祖父ちゃんは何か買わされたなんて云ってなかったけど」

「いや、今のところはナリを潜めているだけでしょう」

と、大内山。神代が後を引き取って、

「こう云っては失礼ですが——兵馬氏はかなりの資産家のようですからね。獲物が大きいと睨んで、慎重になっているんでしょう——なに、ご心配なく、我々がきっとバケの皮を剝がしてご覧に入れます」

自信たっぷりに請け合ったところで、フミがお茶を運んできた。ワゴンを押して部屋に入って来るフミの、丸々とした体の後ろに、左枝子が影のように付き従っていた。

＊

「すみませんねえ、旦那様は前のお客様がまだお帰りになりませんので——もう少しこちらでお待ちください」

フミさんがそう云いながら、神代さん達にお茶を勧めている。

私はそっと、目立たないように、美亜ちゃんの隣に体を滑りこませた。松葉杖を置く時に、大きな音を立てないように気を遣った。別に、こそこそなんてする必要はないのだけれど——何となく気恥ずかしい。あの人の、神代さんの注意を引かないように、じっと、静かにしていよう。目立たないようにしていよう。今はそれだけでいい——神代さんと同じ部屋にこうしていられるだけで。身じろぎもしないで、神代さんが兄さん達と話すのをおとなしく聞いているだけで、それでいい。あの人の息遣いさえ聞こえてきそうな、ここでこうして——。

「では、ごゆっくり」

給仕を終えたフミさんが出て行ってしまうと、

「それで、大学でもそうした——超心理学、ですか、そういった研究をご専門にされているんですね」

兄さんが云った。どうやら今まで、神代さん達のお仕事の話をしていたらしい。

「それが、実は——本当の専門は社会心理学でしてね」

と、神代さんは低く、よく響く声に、少し照れ笑いを含ませて云った。

「集団内の維持機能と、目標達成機能の分析解明——が主なテーマでして。簡単に云えば、集団の凝集性と規範の変化の相関関係などを研究しています」

「何それ？　ちっとも簡単じゃないじゃない」

美亜ちゃんが呆れたように云うと、神代さんは決まり悪そうに、

「判りにくいかもしれませんけど、そっちが本業で——実際には、正径大には正式なサイ研究機関というのはないんです」

「——ないんですか」

と、兄さん。神代さんはそれを受けて、

「ええ、実のところ正径大だけではなく、日本には公的なサイ研究機関は存在しないんです。多くは民間の研究団体か、大学の心理学教室で本業の合間に研究を続けているのが現状でして——。我々の『正径サイ研究会』も、綿貫教授が個人的に設立した研究団体でしてね。教授がお忙しいので、我々のような若い助手が主にこちらの研究をしている——と、まあ、そういう

わけです」

「日本は超心理学のステージでは、諸外国から大きく立ち遅れておりまして――」

と、今度は大内山さんが、ぼそぼそと話しだす。

「欧米では、近代超心理学の父として知られるライン博士の設立した、デューク大学の超心理学研究所をはじめとして、各国の大学に公式の研究機関があります。もちろんそれらは、他の科学部門と同等に遇されていまして――どこの国にもありますよ――アメリカのハーバード大学心理学研究特殊委員会、スタンフォード大学、テキサス大学、ワシントン大の物理学研究室、ドイツのフライブルク大学、オランダのユトレヒト大学、スコットランドのエジンバラ大学――数えればキリがありませんね」

大内山さんは、こうした自分の専門のことになるとよく喋る。失礼だけど――のめり込みすぎてちょっと恐い感じがする。イヤな言葉だけれども、「おたく」とでも云うのだろうか――。

「日本ではちょっと考えられませんが、海外では昔から、多くの科学者がサイ研究に真剣に取り組んでましてね――」

大内山さんはまだ続ける。

「英国では、オックスフォード大とケンブリッジ大の超心理学研究会が合同発展して、ロンドンの超心理学研究協会が設立されました。これがなんと、一八八二年のことです。百年以上も前に、そうした正式の研究所が作られているんですね、イギリスでは。それからイタリアでは、ユーサピア・パラディーノという特殊能力者を、精神病理学者ロンブローゾや生理学者リシュ達が、公的研究委員会を作って本格的に調査しています、これが確か——ええと」

「一八九二年」

神代さんが助け船を出す。さすが。

「うん、そう、一八九二年です。さすが。ロシアでも——まあ、唯物論を標榜していたスターリンの時代は、さすがにサイ研究はタブーでしたが——旧ソ連の頃、一九六七年にモスクワ・レニングラード間でテレパシー実験が行われています。その年にソ連がサイ研究機関に費やした予算は、実に二千万ドルを超えていたそうです」

のったりとした口調で云って、大内山さんは言葉を切った。やっぱりちょっと気味が悪い感じがする。

「残念ながら日本には、そうした公的な研究機関はありませんが——」

神代さんが物静かに言葉を添える。

「それでも民間の研究所、もしくは寸暇を惜しんで研究に没頭している各大学の先生方の努力で、それなりの成果は上がっているわけです」

「日本の研究者の成果、ですか——それはどういったものですか」

と、兄さんが聞く。自分も企業の研究室にいるから、興味があるのかもしれない。

「そうですね、例えば——電気通信大学の佐々木教授は、超心理現象の過程を物理的に機器測定する試みを続けておられます。念写する際の『念場』を、シリコン・ダイオードの起電力を利用して捉える——というような」

「うひゃあ、何それ、わけ判んない」

と、これは美亜ちゃん。

「それから、心理学者の本山博先生はご自分で『宗教心理学研究所』をお作りになって、精神物理学の方法で超心理学を解明しようとなさってます。つまり、精神状態の変化に対応する脳波、脈波、心電図、呼吸、皮膚電気反射――など、そういったものを測定実験する方向ですね。また、物理工学の橋本先生は、超物理学の構想を提唱なさって、ご自身で念力測定器などの各種装置を考案――」

「ねえねえ、そんなややこしいことよりさあ――」

と、美亜ちゃんが神代さんの言葉を遮って、

「はっきり云っちゃって、超能力ってホントにあるの？」

「随分端的な質問ですね――」

と、神代さんは笑いを含んだ声で、

「美亜さんは――肯定派でしたよね。やっぱりあると思いますか」

「うーん、やっぱあるんじゃないかなあ、きっと。ほら、よく云うじゃない、超能力ってそんなに不思議なもんじゃなくって、誰もが持ってる能力なんだって――。そういうさ、凄い力が自分の中に眠ってるって考えると、ちょっとカッコいいもんね」

「なるほど、いい答えです――サイ能力が特別な能力ではない、というのは古くからある説ですからね。左枝子さんはどうです？　あると思いますか」

いきなり神代さんが聞いてきた。

心臓が喉元まで跳ね上がる。

そんな──急に声をかけるなんて──。

私は、自分でもおかしいくらいに狼狽していた。

胸がどきどき高鳴って考えがまとまらない。こんな時、どんな風に答えればいいんだろう。

どうしよう、どうしよう──。

「ええ──私もきっと、あると思います。難しいことはよく判りませんけど──あったら素敵だなあ、と」

耳が熱くなっているのが、とてもよく判って恥ずかしい。それに、なんて間の抜けた返事をしてしまったのだろう。おバカさんみたいに思われなかったかしら。

神代さんは──意地悪だ。急にあんな風に聞かれたら、誰だってびっくりして満足に受け答えなんかできっこない。どうして私なんかに突然話を振ってくるの──。私なんかに──。

もしかして、私が黙ったままだったから、気を遣ってくれたのかしら。私が退屈していると思って、わざわざ私のために──。

同情──それとも優しさ──。

あの人は親切な人だから私に気を遣ってくれた──。

神代さんは、私のことを少しは気にしてくれているのだろうか。

私は頬の火照《ほて》りが治まるまで、それからしばらく、下を向いたままでいるしかなくなってしまった。

*

「成一さんはどう思いますか？　あると思いますか」

左枝子の次に鉾先《ほこさき》を向けられて、成一は少しの間逡巡した。しばらく考えて、慎重に言葉を選びながら成一は口を開いた。

「そうですね、多分あるんではないか――と思います。あなた方はやはり信じてらっしゃるんでしょうね」

「ええ、もちろん」

神代が微笑んで顎を引いた。

「サイ現象は、ごく当り前の自然現象だと思っています」

「ねえねえ、やっぱりさあ、それって科学的に証明されてるの――超能力があるって」

美亜が聞くと、今度は大内山がうっそりとうなずいて、

「当然です。そうでなければ、これほど多くの科学者がサイ研究に力を入れるわけはありませんからね」

「へー、じゃあさ、どういう風に証明できるの？　あ、難しいのはナシにしてさ」

「そうですね、簡単な例で云えば――」

大内山は、にたりとした笑みをこぼして、

「ゼナー・カードを使った実験が判りやすいでしょうか――これは別名ESPカードとも呼ばれる物で、トランプの大きさのカードに丸、四角、星形――」

「あ、それ知ってる、テレビで見たことあるもん」

美亜が大きな声を出す。

「あと、十字架の模様と波の形――だっけ？　確か五種類のマークが書いてあるカードじゃなかったっけ」

「そう、奇術師のお陰でゼナー・カードも有名になりましたからね。その五種の図柄が五枚ずつ、計二十五枚で一組です。これを――」

と、大内山はちょっと美亜の顔色を窺って、

「――まあ、詳しい手順は省略しますが――これを裏返しにしたり遠くに置いたりして、マークを当ててもらうわけです。純粋な数理的確率論からすれば、当る確率は五分の一――つまり、二十パーセントになることは、どなたにも判るでしょう。ところが実験の結果、四十パーセントから六十パーセントの的中率で当てた被験者が何人も出てきました。中には、十数回の平均値が七十二パーセントという驚異的な数値を示した人までいた。これはもう偶然ではあり得ません、やはり何らかのサイ能力が働いたと考える他はありませんね」

「へー、凄おい」

美亜が云い、

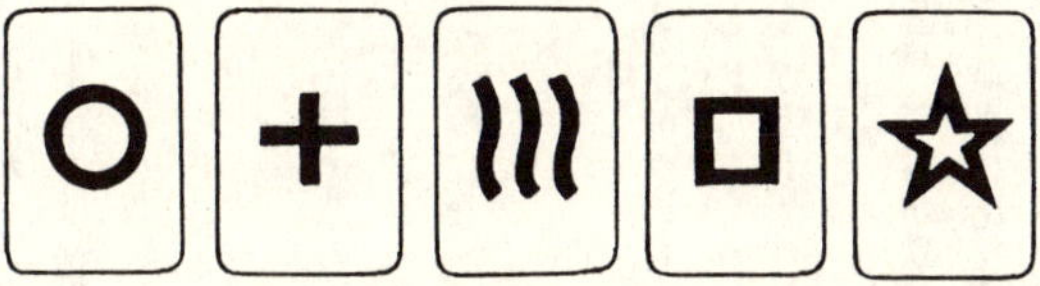

ESPカード

「なるほど、判りやすいですね」

成一も思わず呟いた。聴衆の反応に構わず、神代が煙草を取り出しながら冷静な口調で、

「失礼、吸ってもいいでしょうか――我々は綿貫教授の指導の下、現在までで三千六百名ほどの被験者に協力していただいて、データを収集しています。その半数近くが、有意であると、結果を示しているのです」

「三千六百人っ」

美亜が感嘆の声を上げるのを、神代は煙草の先を振って制して、

「それが科学的な証明に繋がるのです。できるだけ多くの実験例から結論に到達する――そうすることで初めて、その結論は確かな物になるんです。それが厳正な科学の目というものなんですよ」

静かに、そう云い切った。

そこへ、ト、トンとリズミカルなノックの音がして、扉が開いた。

ひょいと顔を出したのは直嗣だった。

光沢のある生地の襟なしシャツと、胸ポケットにさりげなくネッカチーフなど突っこんでいるのが、少々キザである。

「やあやあ、これは若き研究者諸君、ご再訪歓迎しますよ」

皮肉っぽくにやにや笑いながら、直嗣は応接間に入ってくる。そして入口の所に立ったまま、

「またぞろ親父の説得ですか。親父ももう年ですからね、あちこちガタが来ている。あまり長

いお話は体に毒ですから、せいぜいお手柔らかに頼みますよ。――おや、成ちゃんじゃないか、帰ってたのか」

　片手をひょいと上げて、満面の笑みを見せる。四十を少し出ているはずだが、その仕草は青年のように若々しい。

「叔父さん、今ねえ、神代さん達に超能力の話聞いてたんだよ」

　美亜が云うと、直嗣は片方の眉をちょっと吊り上げて、

「ほほう、それは俺も聞きたかったな、面白かったかい」

「うん、少し難しかったけど――でも超能力ってやっぱり本当にあるんだって」

「そりゃそうだよ、だから叔父さんも前から云ってるだろう、世の中には常識で捉えきれない不思議なことがたくさんあるって。現に慈雲斎先生は――ああ、そうだ、成ちゃんはまだ会ってなかったんだったな、紹介しよう――先生、慈雲斎先生」

　直嗣は廊下に向かって呼びかける。それに応じてのっそりと部屋に入ってきた人物を見て、成一は少なからずぎょっとした。

　銀と黒が入り混じった髪を撫でつけた、初老の男だった。

　背はあまり高くないが、蟇蛙を正面から押し潰したみたいな、どことなく両棲類じみた顔には、何とも云えない迫力がある。数えきれないほど水をくぐったと思われる、洗い晒しの作務衣のような着物を纏っていた。薄い皺の間に光る鋭い眼光と、不機嫌に結んだ唇。一見して、かなり変った世界の荒波に揉まれて生きてきた人物だと判る。

「先生、これが甥の成一です。成ちゃん、こちら穴山慈雲斎先生、高い霊能力を持つ霊媒でいらっしゃる」

直嗣に紹介され、成一はいささかたじろぎながらお辞儀をした。慈雲斎も、むっつりと軽く返礼する。一種異様な緊張感が全身にみなぎり、特に尋常でないのは、その瞳の鋭い輝きだった。街中で出くわしたら、避けて通らずにはいられないだろう。

慈雲斎は、そのぎらつく目を成一から離すと、ぎょろりと神代と大内山を睨みつけた。

「お前達はまた来ておるのか、しょうこりもなく――」

慈雲斎の歪んだ唇からもれる声は、しゃがれて低く、聞きづらかった。それでもそこに秘められた悪意の発露だけは、成一にも充分感じ取れる。

「それでまた、科学だの物理だのと取るに足らん戯言《ざれごと》をぬかすのだろう。お前達には何も判っておらんのだ――霊の世界は、お前達がしたり顔で振り回す、科学などというちっぽけな枠で捉えられるものなどではないわい。もっと遙かに遠大で、計り知れぬ深遠なる世界――それは原初の記憶じゃ。生きとし生ける物、万物がこの世に存在するための宇宙の法則だ。我ら人間が垣間見ることができるのは、その大いなる御心のほんのごく一部でしかない。高々数十年の生しか許されぬ人間などが、神秘なる秘法を解き明かそうなどとは傲慢だとは思わんのか。早早に立ち去るがよい。お前達は黴くさい研究室とやらに閉じこもって、せいぜいくだらぬ科学とやらにしがみついておるのが似合いだ。愚にもつかぬ現世の権威を後生大事に守りぬいて、お前達の盲信する数式にでも熱中しておればよいのだ」

「お言葉ですが、穴山さん、我々には我々のやり方がありますので――」

慈雲斎が明らかに挑発しているのにもかかわらず、神代は平静な口調で、

「我々の科学的検証が信じられないのなら、穴山さん、どうして例のエクトプラズム実験を、我々に見せるのを拒むのですか。兵馬氏はそれを見せられて、ひどくあなたをご信頼なすったと聞いています。あなたのエクトプラズムを採取できれば、こちらにはその幽体を、分子レベルで分析して調査できる設備もあります。もしそれが一点の曇りもまやかしもないものなら、私どもにも見せていただいてもいいはずではないでしょうか」

静かで淡々としているが、切り口は鋭い。すると慈雲斎は、くわっと目を見開いて、

「まだそのようなことを云うか、このたわけ者めが。神聖なる霊力を不浄に濁った目でしか見られぬうつけ者め。あれは聖なる力だ、神に許された不可侵の法力なのだ。お前達のような不埒《ふらち》な輩の玩具にするものではない」

「見せられないとなると、やはり何か不都合がある――と、我々はそう判断するしかないようですね」

神代は云った。

なるほど泥仕合だ――成一はそう思った。先日偶然出会った、学生時代の先輩もそんなことを云っていた。科学と霊能者の論争は、泥仕合になるに決まっている、と。奇《く》しくもそれが眼前で繰り広げられているのを、成一は興味深く見守っていた。

「物質に傲《おご》り物事の本質を見失った愚かな者よ、神聖なる力を認めようとしない愚昧《ぐまい》な者ども

よ——霊をないがしろにする者には、必ずやその頭上に神霊が災いをもたらすであろう。——よかろう、こうしよう。今日、私は兵馬氏から降霊会を開くよう、正式に依頼された」

「降霊会——？」

大内山がくぐもった声で問い返す。

「さよう、兵馬氏の亡き細君の霊を呼び出すように、とな。私はそれを引き受けてきた。その降霊会の末席を汚すことを、お前達に許そう。そしてその常識に霞んだ目でとくと見るがいい、深遠なる霊の世界の奥深さを——これでどうだ」

「結構ですね、ぜひ参加させていただきます」

と、神代が云った。慈雲斎は、ぐるりと首を巡らせて、

「直嗣さんはどうだ、この者達を呼ぶのは反対か」

「いや、それはもう願ったり叶ったりです。彼らがいてくれて先生の降霊会が成功すれば、姉も義兄も、もう先生のお力を疑ったりしないでしょうから」

「よかろう、では日時は追って知らせる、直嗣さんに聞くがいい。楽しみに待っていることだな、お前達の不浄に穢《けが》れた愚者の瞳が瞠目される時を——」

と慈雲斎は不意に、

「そなたが成一さん、か」

成一の方へ向き直って云った。

「はい」

ぬめりとした両棲類じみた目に射すくめられて、成一は背筋がざわりとするのを覚えながらもうなずいた。

「聞き及ぶところによると、長いことここには帰っていなかったということだが」

「はい、そうですけど――」

「いかんな」

慈雲斎は唇を歪めた。

「人には自ずと居るにふさわしい場所というものがある。踏み留まらねばならぬ場の力の流れに逆らってはならぬのだ、それも自然の摂理だ。まあよい――そなたにもいずれ判る時が来よう。では、これで失敬する――いや、見送りは結構」

そう云い置いて、慈雲斎はドアの外へと姿を消した。ほう――と、張りつめていた部屋の空気が、吐息のように緩む。一陣の黒い風が過ぎ去ったかのようだった。霊媒の強力な個性と影響力は、相当なものである。殊に、意味不明の捨て台詞を残された成一は、一言もない。

「ウソみたい――やっぱ、なんか変だよ、あの人」

緊張感から解放された美亜が、むき出しの長い脚をぽんと投げ出して云った。

「変な神様か何か取り憑いてるみたいでさ、恐いよ。ねえ、お姉ちゃん」

「ええ、そうね、少し恐かった」

左枝子も細い肩を震わせて云う。それを執り成すように直嗣が、

「失礼なこと云っちゃいかんな、ああいう人は多かれ少なかれ、神がかりなところがあるもん

だよ。きっと、霊界と人間界を行き来している影響だろうな」

「でもさあ、神代さんも大内山さんもインチキだって云ってたよ、ねえねえ、そうなんでしょ」

　美亜に云われて、神代は苦笑し、

「少なくとも我々はそう判断しているわけでして――」

　と、言葉を濁したのは直嗣への遠慮からだろう。

「まあ、彼の降霊会とかに出席する許しを得ましたからね、その時に結果ははっきりするでしょう。――さて、では今度は僕達が兵馬氏にお目にかかってくるとしましょう、では失礼します」

　神代は大内山を促して、応接間を出て行った。大内山はあたふたと、テーブルの上の茶封筒を抱えてついて行く。「超心理学臨時出張講座」と「霊媒対研究者第一ラウンド」は、こうして幕を閉じた。

　十年ぶりに帰ってきた成一には、いささか骨の折れる見物だった。こんなことが一般家庭の応接間で催されるとは、確かに普通ではない。母の云う通り、思いのほか家の中はごたごたしているようだ。帰って来いと母がしきりに勧めたのも、なるほどうなずりる。

「さあて、夕飯前に軽く勉強なんかしちゃおうかなあ。お姉ちゃんも部屋、戻る？」

　美亜が左枝子を誘って二階へ上がって行ったので、成一は直嗣と共に居間に戻ることにした。祖父との会見はまだ果たせそうにない。

直嗣が云い出して、紅茶のカップを重ねて二人で持った。直嗣は見かけによらず、マメで家庭的なのだ。

家の中央を突っ切る形の廊下を通り、キッチンへ入る。ガラス壁の居間に行くには、このキッチンと、さらに食堂を経由しなくてはならない。

キッチンでは、フミが夕食の支度を始めている。

成一達が重ねたカップを流しに置くと、フミは「あらまあ、まあまあ、申し訳ありませんねえ」と、大げさに感謝の意を表した。

食堂を通り――居間の大ガラスに面した、庭を見渡すソファに腰を落ち着けた。

時刻は五時を回ったところか――木々の梢の間から垣間見える曇り空が、少し薄暗くなっている。直嗣がソファに、呑気そうな顔でくつろいでいるのをみると、どうやら夕食を共にするつもりなのだろう。この年で未だに独身の叔父は、成一がいた頃にも、よくこうやって夕食時になるとやって来た。「フミさんの手料理が一番」とは本人の弁だが、実のところ、マンションで一人夕食を摂《と》るのがわびしいのだろう、というのが家族の一致した見解だ。

「ねえ、叔父さん――」

成一は、庭の樹の枝を野鳥が飛び移るのを目で追いながら云った。

「あの霊媒だとかって人物、一体どういう人なの?」

「ああ、なんでも以前は天台宗の坊さんだったらしい」

ソファに深く腰かけ、片方の膝を両手で抱えた気取った仕草で直嗣は云う。

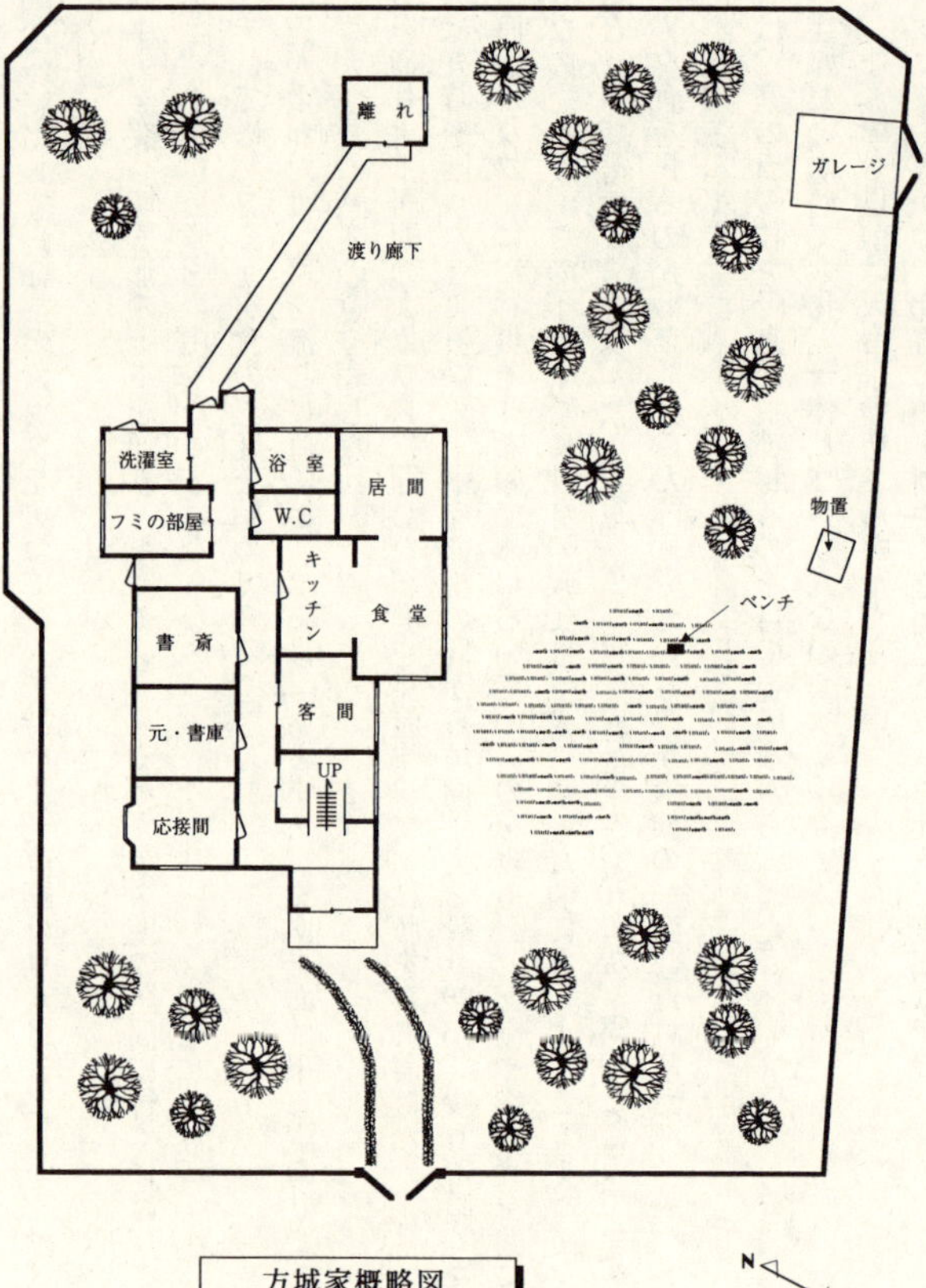

方城家概略図

※二階（住居スペース）は省略

「ある日、夢枕に阿弥陀如来《あみだにょらい》が立って、その導きで宇宙の真理を悟ったそうだ。それから鞍馬《くらま》山《やま》に籠もって三年間修行を積み、霊力を身につけた。その後はああして霊媒として、悩める衆《しゅ》生《じょう》を苦悩から救済するために働いている――ってことだ。詳しいことは俺も知らんがね」

どうして天台宗の僧侶が鞍馬山に籠もるのかよく判らない。尋常ならざる迫力の持ち主といえども、どうもあの男は胡散くさいように成一には思える。どちらかと云うと、大内山達の主張に軍配を上げたい気分だった。

「それで、叔父さん、実のところどうなのかな――あの霊媒、本物なの?」

「もちろんだよ、本物だ。それになかなかユニークだろう」

直嗣は、にやにや笑った顔を成一に向け、

「相当な人物だと思わないかい、あれだけの雰囲気はニセモノだったら出せないぜ」

「それは――確かにただ者じゃないと思うけど――叔父さんは本気で信用してるみたいだね」

「当然だとも――ははあ、成ちゃん、俺がこうも真剣に信じきってるんで変に思ってるな」

「うん、まあ――」

だいたい直嗣は天邪鬼《あまのじゃく》な人なのだ。独身主義を貫いているのも、傍目にも儲かりそうもない画廊の経営を諦めないのも、皆この天邪鬼な気質からだ。周囲に縁談を勧められたり、つまらない道楽商売はやめた方がいいと意見されたり――そうして、人に何事か云われる度に、それとは違った行動に出る。そうした、いわば一家の変り種とも云うべき叔父の性癖を知っているからこそ、成一にはどうも解せない。ああいう特異なキャラクターに出会ったら、鼻で笑って、頭からバカにしてかかる方が直嗣らしい。

「そりゃまあ、以前の俺だったら洟《はな》も引っかけなかっただろうさ——」

と、直嗣はにやにや笑いを顔に貼りつかせたまま、

「って云うより、面白がって、なんとかイカサマを暴いてやろうとちょっかい出してたかもな。でも、一度あの先生の心霊実験を見せてもらったらもういけない。俺は知り合いの画家のところで立ち会ったんだけど、それがもう、凄いの凄くないの」

「どんな具合に？」

「もう大変な騒ぎさ、皿は飛び交うわ、椅子は浮き上がるわ、気味の悪い声は聞こえてくるわで——もちろんイカサマなんてナシだぜ。それ以来、俺もすっかり宗旨変えしたよ」

「なんだか叔父さんらしくないけど——」

成一が云うと、直嗣は気取った仕草で肩をすくめて、

「ま、俺も年取ったってことかな——でもな、成ちゃん、そういう不思議な現象ってのは本当にアリだぜ。俺もこの目で見るまで信じなかったけど——テレビの超能力番組の云い草じゃないが、科学じゃ解明できない未知の力が世の中にはあるって、最近つくづくそう思うんだ」

直嗣はそう云ったが、口元ににやにや笑いがかすかに残っていたので、どうも成一には本気に思えなかった。

電話が鳴った。

短く二回鳴ってワンブレイク、二回鳴ってワンブレイク——内線電話の鳴り方だ。これも十

年前と変っていない。階段の昇り降りがきつい左枝子のために、一階と二階を結ぶ内線電話は、この家では必需品なのだ。

電話機は食堂にある。成一と直嗣が振り返り、同時に腰を上げると、キッチンからフミの丸丸とした体が飛び出してきて、受話器を取った。

「はい、あ、旦那様、はい――はい、かしこまりました、今すぐ」

通話は短かった。

電話は祖父からだったらしい。祖父が離れに隠居してから、そちらにも線を引いたようだ。

「親父、何だって？」

直嗣がソファの背もたれごしに声をかけると、フミは白い割烹着の腰に手を当てて、少し困ったように、

「ええ、風が出てきたから、お庭に水を撒いておけと――夜中に離れに埃が入るのが気になるとおっしゃいまして」

「こんな時間にかい――いいさ、俺と成ちゃんとでやっとくよ、フミさん忙しいんだろう」

直嗣は気軽に立ち上がる。

「あらまあ、そうですか、では申しわけありません、お願いします、ホントに申しわけ――」

ありませんっ、と叫びつつフミはキッチンに駆け戻って行く。何か焦がしそうになったようだ。直嗣はそれを見て笑いながら、

「成ちゃんは知らないだろうけどね、最近の親父の悪い癖だ。イヤな客が来たら、こうやって

家の者にどうでもいい用事を云いつけるんだよ。不機嫌だって客にアピールするために、さ」

「あのお祖父さんが──？」

成一は首を捻った。成一の知っている祖父なら、そんな客があれば初めから、怒鳴りつけて追い帰しているはずだ。こちらの不審に気がついたのか、直嗣はにやりとして、

「まあ、親父も年だからさ──往年の元気は今やなしってね。さあ、それじゃ軽く水撒きしてこようか、成ちゃんもちょっと付き合ってくれよ。なあに、どうせ親父だって本当に水なんか打ってほしいわけじゃないんだ。申しわけ程度にやっつけよう。後でフミさんが叱られても気の毒だしな」

直嗣が背を向けて、食堂の方に歩き出す。成一もその後に従った。祖父の気性が丸くなったというのなら、それはそれで歓迎すべきことだと思いながら──。

玄関に回り、外履きのサンダルに履き替えて庭に出た。

樹々の枝が、薄墨を刷《は》いたような曇り空を背景にざわめいている。

夕暮れが近づいていた。

塒《ねぐら》に帰るのだろうか──カラスが数羽、間の抜けた鳴き声を立てて遠ざかって行く。

庭の風景は十年前と少しも変っていない。

萌え立つような樹々の緑も、不思議と温もりを感じさせる湿った土の匂いも、幾分澄んでいるような空気の気配も──。

風が少し肌寒かったが、成一は懐かしさに、しばしその場に立ち尽くした。

家も、この庭も、そして家族も――。しかしもちろん、左枝子も美亜も、子供だったあの頃から較べれば随分成長した。それでも年に数回は外で顔を合わせる機会を作ってきたから、別段違和感を感じるほどではない。成一自身、自分が変ったとも思わない。社会に出て、少しは世の中の仕組みが判ったとはいえ、そんなことは些細な変化に過ぎない。本質的には何も変っていない。それが成一の苛立ちと焦燥を、何ともやり切れないほど掻き立てるのではあるが――。それでも、今ならきっと祖父と和解できるような、そんな気がした。あの頃のように角突き合わせることなく、静かに話し合えるような――そんな風に思った。

「成ちゃん、何ぼんやりしてるんだい」

直嗣が、庭の隅の物置からゴムホースの束を担いでやって来た。

「さあ、手っ取り早く片付けようよ」

気軽な調子で直嗣は、ホースの片端を持ち、玄関脇の外水道へ歩いて行く。天邪鬼だけあって、こうした意味のない作業は割合面白がってこなしてしまうのだ。

直嗣が戻って来て、水打ちが始まる。樹々の枝を揺らし、太い幹を打ち、天へ飛沫《ひまつ》を撒き上げる。やはり面白がっているようである。直嗣の横でただ突っ立ったまま成一は、その様子を眺めながら云った。

「それで、さっきの続きなんだけど、叔父さん」

「うん？　何だっけ」

直嗣は、ホースの先で8の字を描いて生返事をする。

「叔父さんが、ああいう霊とか不思議な力を信じるって話」

「ああ、そうだった。成ちゃんは信じないのかい」

「うん、まあ——否定はしないけど——。叔父さん、随分急に信じるようになったんだね」

「ああ、俺の場合はきっかけが強烈だったからね。なにしろ幽霊を見たんだから」

「あ、母さんからちょっと聞いた」

「知ってるのか。——さすがにびっくりしたな、あれは」

「それ、どこで？」

「あれ、詳しいことは聞いてないのかい。それが実は、ここでなんだ」

「ここで」

「うん、二月頃——だったかな。夕方、例によって夕飯ご馳走になろうとしてね、ほら、その季節だからもうかなり暗くなってるじゃないか——門を入って、飛び石の辺りからひょいと庭を見たら、誰か立ってるんだよ。あれ、こんな時間に誰かな、と思ってよくよく目を凝らしてみると——それがお袋なんだよ」

「——お祖母さん」

「うん、もう三十年も前に亡くなったから、俺、子供だったけど、見間違えるはずはない」

「本当に？」

「本当さ。白っぽい着物着て、少し前屈みの姿勢で——影みたいに立ってるんだ。背筋がぞーっとしたね、大蘇芳年《たいそよしとし》の怪奇画もかくやって生々しさだ。肝を冷やして慌てて家の中に駆けこんだ。姉さんは取り合ってくれなかったけど、あれはどう考えてもお袋だった。今思い出しても震えてくるな――まあ、姿を見ただけだから怪談としては面白くも何ともないだろうけど、実際に見た俺としちゃたまらない。それからだな、そういうことに興味持って、あの慈雲斎先生の会なんかに出るようになったのは。そう、ちょうどあの辺りだった」

直嗣はそう云い、ホースの水を遠く飛ばしてホオノキの根本に命中させた。

成一はひっそりと眉をひそめた。この天邪鬼の叔父が、虚心にそうしたことを受け入れるようになったとは、少し意外な気がした。祖父の気性といい、成一だけを取り残して、実のところ、周囲は確実に変化しているのかもしれない。

「さあ、もうこのくらいにしておこうか、あんまり水浸しにしても仕方ないしな」

と、振り返って直嗣はにたりと笑い、

「おや、先生方、もうお帰りみたいだぜ」

成一の背後を顎で示して云った。振り向いて見ると、庭の向こうに離れの建物が見えた。離れの入口から母家へと、屋根つきの渡り廊下が延びている。神代と大内山が離れから出てきて、渡り廊下に足を踏み出したところだった。そして二人の後ろから、和服姿の老人が姿を現した。十年ぶりに見る祖父の姿だった。

「随分早いお帰りじゃないか」

成一の横で、直嗣が揶揄するように云った。腕時計を見ると五時十五分――二人が祖父のもとへ行ってから、ほんの十五分ほどしか経っていない。

「親父に体よく追い返されたってとこだな。いくら二人がかりでも、あんな若い連中にあの親父の相手が務まるわけないんだ」

面白そうに直嗣は云うが、成一は久しぶりに見る祖父の姿から目を離せないでいた。

長身の神代が傍にいるせいかもしれないが、祖父は少し小さくなったように見える。矍鑠《かくしゃく》としていたあの時分より、いくらか背中が丸まっているためだろうか。やはり少々感慨深い。兵馬は神代達と何事か話している様子だが、ここからでは遠くて、その表情までは定かではない。それでも、あの懐かしい胴間声が聞こえるかのようだった。

神代と大内山は兵馬に一礼し、渡り廊下を母家の方へ歩き出す。その時、

「あれ、何だよ、雨だ――」

直嗣がひっくり返った声で叫んだ。成一も空を振り仰ぐと、なるほど、薄灰色の空から雨の粒が落ちてくる。

「いやはや、参ったな、せっかく水撒いたのに無駄骨だ。成ちゃん、ぼやぼやしてちゃいけない、早いとこ片付けよう」

水を吐き散らすホースを持って、直嗣は駆け出した。その後について走りながら成一が振り返ると、兵馬の背中が離れに戻って行くのが、ちらりと視界の隅をかすめた。帯の端が、老人の腰の後ろで猫じゃらしみたいに揺れていた。

＊

偶然——。

偶然には、意味のある偶然と意味のない偶然の二種類がある——このあいだ、神代さんがそんな話をしてくれたのを覚えている。

神代さん達が初めて家に来て、美亜ちゃんと一緒に少しお話しした時のことだった。

ある人のことをふと思い出すと、とたんにばったりと、たまたまその相手と出くわす——そういうのを意味のある偶然という——そんなお話だった。

共時性——シンクロニシティ。

たしかそんな専門用語で、神代さんは説明してくれた。

ユングが、ある女性の患者さんと森を歩いていて体験したというエピソードを聞かせてくれた。患者さんが自分のみた夢——彼女の家の階段を狐のお化けが走り降りて行った、そんな夢の話をしていると、ちょうどその時森から本物の狐が現れて二人をじいっと眺めて——ユングと患者さんはひどく驚いた——。そのエピソードが、私にはとても面白かった。

そういうのもテレパシー現象の一種——だそうだ。心の中の出来事が、外界に起こった物理的な出来事と、テレパシーのような形で同調して対応する——。神代さんはそう云っていた。心理的な出来事と物理的な出来事が、情報の意味の認知において一致した——とかなんとか、その辺りになると私にはちょっと難しかったけれども——。

でも、そういうことって、たしかにあるんだと思う。何か、私達には見えないような、そんな不思議な力で人と人とは結びついている——私はそう思う。人の想いはあらゆる障壁を乗り越えて、天駆《あまか》ける船のように、どこまでもどこまでも広がって行く——。

だからきっと、これも神代さんの云う意味のある偶然なんだろうと思う。

階段を降りて行った私と、帰ろうとする神代さんが、たまたま玄関のところで出くわしたのだから——。

もちろん神代さん達は、お祖父さまを訪ねてこの家に来ているのだから、家の中でならば、いつどこで私がばったり会っても——少しも不思議ではない。でも、私にとってはとても意味のあること——。何となく気になって、部屋に一人でいたくなくて階段を降りたら——そこにあの人がいたなんて。

私にはとても意味がある。

素敵な偶然——あるいは、神様の粋な計らい、とでも云うのかしら。

だけどこんな時、素直に嬉しがるなんて、とうてい私にはできない。

どきどきと波打つ胸を鎮《しず》めて、平静に立っているのが——それだけが、私にはやっとのことだった。

「ああ、左枝子さん、あの——今日はこれで失礼します」

だから、神代さんがこう話しかけてくれたのに、私は満足に顔を上げることさえできずにいた。

「もう——お帰りですか」

そう云った私の声は震えていないかしら。神代さんに変に思われてないかしら——。

「ええ、お祖父様はあまりご機嫌がよくないようでして——僕らの顔を見るのも嫌だって感じで」

「——ごめんなさい」

「あ、すみません、そういうつもりじゃ——左枝子さんが謝ることはありませんよ」

神代さんは慌てたように云ってくれた。

やっぱり、私に気を遣ってくれているのだろうか——。

「でも、今日はそれなりに収穫がありましたよ。例の降霊会とやらに参加する承諾はちゃんと得ましたから」

「あの——神代さん」

「え、はあ、何でしょう」

「あの——あの霊媒の人が云ってた、あれは本当なんでしょうか」

「霊媒の——？　何がです」

「神霊が災いをもたらすとか——そういうこと、です」

「ああ、あれですか——」

神代さんは快活に笑った。

「もちろんデタラメですよ、ああした連中の十八番の脅し文句です。惑わされちゃいけません。ああやって人の心に恐れを植えつけるのが、あの連中の常套手段なんですから」

「――では、あの、お祖母さんの霊を呼び出すというのも――」

「嘘ですよ、ペテンに決まってます。ご安心ください、きっと僕達がそんなイカサマは暴いてやりますから――では、失礼します」

「あ、あの――雨が降ってきたみたいですけど、大丈夫ですか」

「おや、本当だ――いえ、平気ですよ」

「でも、もしよろしかったら傘を」

「なに、小降りですからなんてことはありません、お気持ちだけいただいておきます」

「そうですか――それで、今度はいつ来てくださるんですか」

云ってしまってから、私は慌てて口をつぐんだ。

なんて恥ずかしいことを云ってしまったんだろう――。首筋が、かあっと熱くなる。どうしよう、どうしよう、どうしよう――。

別に神代さん達は、私のために来てくださるわけではない。お仕事でこの家に出入りしているだけなのに――。これでは私が、神代さんが来るのを心待ちにしているのを、告白しているのと同じだ。

神代さんは私の云い違えに気がついたかしら。どうか気づいていませんように――。

恥ずかしさに私は身を固くして、上気した顔をうつむけた。

でも――でも、私には待っていることしかできない。自由に外を出歩けない私には、待つこと以外できないのだから――。

神様、神様、お願いです、どうぞ神代さんがまたすぐ来てくださいますように――。

＊

雨足はさほど強くなかった。

それでもぬかるんだ地面を引きずったので、ゴムホースは泥で汚れてしまった。成一は直嗣を手伝って、四苦八苦してホースをまとめると、庭の隅の物置にそれを放りこんだ。

「いやあ、参ったな、水撒いたとたんに雨なんだから、ツイてないよなあ」

直嗣がしきりにぼやいている。

手を洗ってから玄関に回る途中、成一は何気なく門の方を見た。ちょうど大内山が鉄門の扉を外から閉めているのが、植え込みごしに見えた。あちらも気がついたらしく、丸い頭をひょいと下げたので成一も軽く目礼した。どうやらやっと、祖父に会う順番が回ってきたようだ。

肩にかかった雨を払いながら玄関に入る。

玄関の敷台に、どうしたわけか左枝子がぼんやりと佇んでいた。

「どうしたんだ、左枝坊、そんな所でぼうっとして」

直嗣が声をかけると、左枝子は夢から醒めたように、

「え、ああ、ううん、何でもないの」

「何だか変だな、左枝坊は、様子がおかしいぞ」

「別に――どうもしないけど――」

「そりゃそうと、正径大のお二人さん、帰ったみたいだな」

「え、ええ、今ここで――傘をお貸ししようとしたんだけど、要《い》らないって」

「ふうん、まあ、あの連中若いんだから、このくらいの雨じゃ風邪もひかんだろうさ」

「そう――ね」

呟くように云って左枝子は、そのまま二階へ上がって行く。松葉杖を操り、金属バーに掴まりながら、ゆっくりと――。

左枝子の髪が肩の辺りで揺れるのを、成一は訝《いぶか》しい思いで見上げていた。心ここにあらず――確かに左枝子の様子がおかしい。何か心配事でもあるのだろうか――。

居間に戻ろうとキッチンを通ると、美亜がフミと共にレンジの前に立っていた。レモンイエローのエプロンなどつけて、なかなかに初々《ういうい》しい。

ダシと醬油の煮える匂いが充満していて、成一はにわかに空腹を覚えた。

「フミさん、水、撒いといたよ」

直嗣が云うと、覗き込んでいた大鍋から顔を上げてフミが、

「あらまあ、ホントに恐れ入ります」

「ところが小雨が降りだしちゃってさ、とんだ骨折り損だよ」

「おやまあ、それはそれは——でもこのところいいお天気続きでしたから、ちょうどいいお湿りですねえ」

味醂《みりん》の一升壜を、軽々と片手で持ち上げてフミは云った。

「叔父さんが水撒きなんかするからだよ」

危なっかしい手つきで卵を割りながら美亜が、

「そんな殊勝なことするから、雨雲がびっくりしたんだよ、きっと」

「おいおい、それを云うなら美亜坊の方だ」

直嗣が笑って反撃する。

「何がさ」

「殊勝なのが、だよ。女ながらに厨房に入らず、のクチじゃなかったのか、美亜坊は」

「おあいにくさま。ここんとこフミさんに色々教えてもらってるんだから」

「へえ、本当かい、ねえフミさん、手のかかる弟子で困るだろう」

「いえいえ、呑み込みのいい生徒さんで助かりますよ。もういつでもお嫁に行けるくらいです」

フミはにこにこ笑っている。

「本当かなあ、嘘はいけないぜ、フミさん」

「なあによ、叔父さんこないだ、ふろふき大根おいしいおいしいって喜んで食べてたじゃない」

「そうだったかな——」

「そうだよ、あれ、あたしが味つけしたんだからね」

「へえ、美亜坊がねえ」

「なにさ、そのオーバーな驚き方は」

「いやいや、大したもんだと思ってね。でも美亜坊さっき、勉強するって云ってなかったか」

「女の子はね、勉強より料理の方が大事なの」

「おやおや、これは凄い云い訳だな。美亜坊も女の子だったか」

「何か云った、叔父さん」

直嗣達の軽口を聞き流して、成一はぶらりと食堂へ入って行った。

神代達が帰って祖父は時間が空いたようだから、離れに顔を出してもいいのだが——何となく気が乗らなくなっていた。いい匂いで空腹を感じたせいか、気億劫《おっくう》になっている。夕食後に延期してもいいかな——云い訳がましく、成一はそう考え始めていた。

電話が鳴った。短く二回鳴って一休み、短く二回、一休み——内線電話だった。

たまたま傍にいた成一は、反射的に受話器を取った。キッチンから飛び出して来ようとするフミを、目顔で制した。

「はい」

「——直嗣か」

祖父の声だった。少し間《ま》があったのは、フミが出なかったから戸惑ったのだろう。

「いいえ」

「誰だ」

「成一です」

「――」

今度の間は、さっきよりもだいぶ長かった。成一は我知らず掌に汗をかいていた。しかし兵馬の声は静かなまま、

「帰ったのか」

「はい」

「そうか――夕食後でいい、離れに来なさい」

それだけ云うと、兵馬は一方的に電話を切った。成一は大きく息を吐いた。なにも緊張する必要もない――自分の動揺がおかしくて、思わず苦笑していた。

「電話、嬢ちゃまからですか」

フミがキッチンから顔を覗かせて云った。

「いや、お祖父さん」

「あらまあ、旦那様から――」

「うん、夕食後に来いって」

「旦那様、怒ってらっしゃいませんでした」

「いや、そんなこともなかったけど」

「そうですか、でしたらきっと、坊っちゃまのこともう気にしてらっしゃいませんよ」

「だといいけどね」

成一が云うと、フミは「大丈夫です」と云う風ににこりと笑って、キッチンへ戻った。

まあ、渡りに船だ――そう思いながら成一は、庭の見渡せる居間のソファに腰を降ろす。祖父が夕食後と云ったのだから、それに従えばいい。ちょっと肩の荷を降ろした気分だった。

ゆったりと身を延ばして、窓の外を見る。灌木の茂みの向こうに、離れの建物が望める。霧のような細かい雨に濡れて、屋根瓦が鈍い光を放っている。

離れは元々は農具置場の建物で、成一が物心ついた頃にはもう使っていなかったと記憶している。それを三年ほど前、事業をすべて人手に売り渡した兵馬が、隠居所として改装させたという。広い母家があるのだから、なにも物置小屋なんかに住まなくても――家族はそう云って反対した。しかし兵馬の内には、引退したら隠居所を作ってそこに住むべし、という余人には理解及ばぬ確固たる信念があったのか、厳として角《つの》を折らなかったらしい。一度云い出したらめったなことでは引かない。兵馬らしい挿話ではある。

そんなことをぼんやり思い出しながら、離れを眺めていると、当の兵馬が、離れの戸を開《ひら》いて姿を見せた。

思わず、成一は身を固くした。

やはり随分年を取った。鷹のような鋭い眼と、気難しそうに結んだ口元は以前のままだったが、広く禿げ上がった額と、そこに刻まれた皺の深さに年月の積もりを感じさせる。

離れの入口に立って、兵馬はじっとこちらを見ているようだった。

衰えた祖父の視力で、成一の顔が見分けられるかどうか定かではないが、とりあえず成一は軽くお辞儀をした。しかしやはり見えてはいないらしく、相手は何の反応も示さない。しばらく二人はそうして対峙していたが、やがて兵馬はひょいと空を仰ぎ見て、顔をしかめてから背中を向けた。背中で結ばれた帯の端がふらりと揺れる。そして兵馬は中へ戻り、戸が音もなく閉じた。

離れの窓に灯りが点った。同時に渡り廊下にも、点々と灯が入る。どうやら祖父は天気の様子を見に出てきただけのようだった。

「ほうら、親父も成ちゃんのこと気にかかってるんだ」

いつの間にか、成一の背後に直嗣が立っている。

「成ちゃんが帰って来たのが判って、落ち着かなくなったんだろう。それでああやって様子を見てたんだな」

「そんな可愛いげのある人だったかな」

成一が云うと、直嗣はにやにや笑ってソファに座り、

「そりゃ昔とは違うさ」

「ふうん——二度と帰るなって、真っ赤になって怒鳴ってたけど」

「だから云ったろう、親父、身体が弱くなったらめっきり気力も萎えちゃってさ。このぶんじゃ、成ちゃんのこと抱きしめて、おうおう泣き出すかもしれないぜ」

「——まさか」

「いやいや、判らんぜ、すっかり人が変っちゃったし」

「そう云えば、あんな霊媒なんか信じるような人でもなかったしね、叔父さんと一緒で」

「おいおい、皮肉はナシにしようや——まあ、確かに親父は、そうおいそれと他人を信じるようなタイプじゃなかったね、昔は」

「それが今は、あの霊媒に入れ上げてる——」

「うん、それだけ気弱になったってことさ、何かに縋《すが》らなくちゃ心細くてならないんだろう。だからまあ、成ちゃんとも前みたいな云い争いにはならないよ。あの件に関しては、俺だって多少は責任感じてるんだぜ。俺が親父の仕事引き継げば、何の問題もなかったわけだし——。ま、成ちゃんもこれからはここで、せいぜい祖父さん孝行でもしてやってくれよ」

「はあ」

成一は、窓の向こうの離れを見ながら中途半端な返事をした。

「ところで成ちゃん、どうなの、仕事の方は」

「うん、相変らず、だね」

「例によって日がな一日、レンズ磨いてるわけだ」

「まあ、そんなとこかな——」

「ははは、呑気だな、成ちゃんは。とんと『猫』の寒月《かんげつ》君じゃないか」

直嗣はおかしそうに笑う。この叔父に呑気者呼ばわりされるのはいささか心外だが、成一は敢えて抗《あらが》わなかった。

成一が勤めているのは中堅光学メーカーで、工業用測遠機や光学実験装置などの製造を手がけている。成一はそこの研究開発課に在籍していた。

直嗣が云うように、毎日レンズを研摩《けんま》しているわけでもないが、入社したての頃はよくそれをやらされた。以前直嗣に仕事の内容を尋ねられた時、詳しく説明するのも面倒なのでそう答えたところ、直嗣はいたくお気に召したようで、爾来《じらい》この叔父は、甥が一日中レンズを磨いていると思っている。訂正しても、どうせ理解してもらえないだろうから放ってある。非球面レンズの球面収差修正や、プリズムを貼合したバルサムの耐熱耐湿検査などに携《たずさ》わっている――と訂正しても。

「でも、そんなんでいいのかい。普通――ほら、企業の研究室なんて熾烈な開発競争とかやってるイメージがあるだろう。小説なんかだと、産業スパイが暗躍してさ」

「うん――ICやLSIを扱ってる班はそれなりに忙しそうだけど、僕の方は地味な改良くらいしかやってないから」

「なんだか浮世離れしてるな、成ちゃんは」

気取った仕草で肩をすくめて、直嗣は笑った。

「それより叔父さんの方はどうなの。いいのかい、日曜なのにこんなところで油売ってて」

画廊だったら日曜の方が忙しいはずである。成一のささやかな反撃を歯牙にもかけず直嗣は、

「まあ、マレーヴィッチの展覧会終ったところだからね、一段落ってとこさ」

「それじゃ暇なんだ」

「暇ってわけでもないよ、貧乏暇なしってね。なんといっても銀座、日本橋、京橋だけで画廊なんて三百八十軒からあるんだから、ウチならではの特長を売り出さなくちゃならん。これでも結構忙しいんだぜ」

典型的な道楽息子だった直嗣は、学生時代画家を志し、お定まりのコースで自らの才能にさっさと見切りをつけて、画廊経営に乗り換えた。しかしこれも世の常通り、さほど収益は上がっていないらしい。

「貸画廊専門だったら不動産業と同じだろう——親父みたいにさ——。ウチみたいな小さい所は自分のポリシー持って、独自の企画展で勝負しなくちゃならないから大変なんだ」

「企画展——？」

「うん、成ちゃんもこの前観に来てくれただろう、リーニウイッチ展。ああいう企画物、年に八回もやったら、それこそ猫の手も借りたいほどだぜ」

「ふうん、それじゃ普段は忙しいんだ。少しは儲かってるの」

「まあ——コンテンポラリーなアブストラクトやシュールレアリスムは、もうひとつ注目が集まらなくてね。優良在庫があるわけじゃないから銀行だって融資してくれないし——ま、自転車操業ってやつさ。でも、画家のサインだけで商売するような画商にはなりたくないしね、自分の趣味と審美眼だけでやってくつもりさ」

要するに道楽商売を続けているわけだ。憎めない叔父なのだが、この頼りないところが難点ではある。

「叔父さんの方が、よっぽど浮世離れしてると思うけど」

「いやいや、成ちゃんには敵わない」

直嗣は変な謙遜をする。

その時、キッチンから賑やかな声が聞こえてきた。

「フミさん、正解よ、天気予報。雨になっちゃった」

声の主は、キッチンを通って食堂に姿を現した。華やかな彩《いろど》りが、溢れるように食堂を満たす。

「傘持ってってよかった。たまには当るのよねえ、気象庁も」

色彩の源は、キッチンの奥に向かって声をかけている。

成一の母、多喜枝《たきえ》だった。

桜に鴛鴦《おしどり》をあしらった友禅と、藤色の帯。五十近い年齢の割には、若作りと云っていいほどの派手な訪問着姿だが、それが少しも不自然ではない。目尻の皺と顎の弛みさえ隠せば、まだ四十前で通用するかもしれない。ぱっちりとした大きな瞳と通った鼻筋で、娘の美亜と「姉妹みたい」と評する世人の言葉も、まんざらお世辞だけではない。

「ようございましたねえ、傘お持ちになって」

キッチンからフミが答える声がする。

「ホント、助かっちゃったわよ。ご免なさいねえフミさん、遅くなっちゃって――岡村さんの奥さんにお茶、誘われちゃって」

少しも悪びれずに、多喜枝はさらりと云ってのけ、

「あら、サトイモ煮たのね、おいしそうだこと」

と歓声を上げる。

「それねえ、ママ、あたしがやったんだよ」

と、奥から美亜の声。

「へえ、美亜も上手になったわねえ、いい色で煮上げたこと——後はなあに？」

台所を覗きこんで子供みたいなことを云っている。母も少しも変っていない。

「やだなあ、ママ。小学生じゃないんだからさ」

「いいじゃない、おかずくらい気にしたって」

「もう——しょうがないなあ、こっちはこんにゃく。あ、それ触ったら熱いよ」

「はいはい、それから？」

「後はレタスのサラダ。それからメインはフライ」

「ふうん、そのエビ、冷凍なの？」

「それより、奥様——」

と、フミの声が、のどかな母娘の会話に割って入り、

「申し訳ありません。せっかく坊っちゃまが帰ってらしたのに、こんな物しかありませんで」

「あら、成一、帰ってるの」

云われて初めて気がついたらしく、多喜枝は目を丸くしてやっとこちらを向いた。考えてみ

れば、この母が一番浮世離れしている。

「ああ、お帰り——あら、直嗣も来てたの」

成一がちょっとうなずいて見せると、多喜枝は陽気にひらひらと片手を振って挨拶を返し、

「気にしなくったっていいわよ、フミさん、別にお客様ってわけじゃないんだし——」

気楽な調子でそう云うと、多喜枝はこっちへやって来る。

「成一、あなたもうお父さんには会った？」

多喜枝の云う「お父さん」は兵馬のことを意味する。

「いや、まだ——夕食後に来いって、さっき電話で」

「ああ、そう。気をつけてあげてね、お父さん、ちょっとボケちゃってるから——あら、ウチの人、まだ帰ってないの？」

今度の「ウチの人」は、夫の勝行《かつゆき》を指す。

「義兄《にい》さんかい、まだみたいだけど」

直嗣が答える。

「あら、そう——変ねえ、帰ってるような気がしたんだけど——まあいいわ。それはそうと直嗣、あなたまたウチでご飯食べてくつもりなの」

「うん、たまにはフミさんの手料理が食べたくってね」

「何がたまによ、月のうち半分は来てるくせに」

「そんなに来てないよ」

「来てますよ。あなたも無駄にマンションなんかにいないでさ、人に貸してここに住めばいいのに、成一だって帰ったことだし」

「まあ、そんなことより姉さん、長唄の稽古だったんだって」

「そうそう――雨の降る夜も雪の日も、通い通いて大磯や、廓《さと》の諸分《しょわ》けのほだされ易く、ってね。お師匠さんのお三味線、ちょっと調子が高いんだもん、廓の諸分けのお――ここんとこが出ないのよね。あーあ、大きな声出して来たらお腹空いちゃったわよ」

笑いながら、多喜枝はソファに座り込む。フミの手伝いをする気など毛頭ないらしい。一つ屋根の下に主婦は二人要らない――と諺《ことわざ》にも云う。まがりなりにも専業主婦の多喜枝と、万能家政婦のフミが、一度も衝突などせずうまくやっているのは、ひとえに多喜枝のこの、物にこだわらないあっけらかんとした性格に負うところが大きい。多喜枝はフミがいてくれるのをいいことに、趣味と興味の赴くところ、毎日遊び歩いている。それで八方丸く収まっているのだから、世の中何が幸いするか判らない。

「ねえ、母さん、お祖父さん、どんな具合なの」

成一は多喜枝に聞いてみた。直嗣の話から想像するに、だいぶ人が変ってしまったようで、それが気にかかっていた。

「それがもう――なんだかすっかりおかしくなっちゃって、困るのよ」

果たして多喜枝は、大げさに眉をしかめて云った。

「どこで見つけてくるんだか、古いお仏壇やら、木魚《もくぎょ》やら、仏像やら――何だか気味の悪い物部屋中に並べてね、揚げ句はお母さん――あなたのお祖母ちゃんのことよ――お母さんが傍に来てるのを感じる、なんて空恐ろしいこと云い出すんだから――薄気味悪いったらありゃしない。近頃じゃ、お母さんの形見だとかいう古くさいお茶椀引っぱり出してきてね、一日中それ撫でてぶつぶつ云ってるのよ、さすがにぞっとしないわよねえ」

実の父親をつかまえて多喜枝は辛辣なことを云う。もっとも、あっけらかんとして悪意がないので、聞いていて不快を感じるほどではない。とにかく正直な人なのだ。

「相当の重症みたいだね」

成一が云うと、多喜枝は我が意を得たりとばかりにうなずいて、

「そうなのよ、こないだはこないだで応接間の隣の洋間――前は書庫だった部屋、あそこ暗幕で囲って真っ暗にしちゃうし――直嗣が喜々としてやってたわよねえ、まったくこの人は、あいうつまらないことになると一所懸命やるんだから」

「まあまあ、姉さん、俺は親父がそうしろって云ったから手伝っただけだよ」

直嗣はそう云って、もったいぶった仕草で足を組み替えると、

「まあ、いいじゃないか、親父がそれで満足するんだったら」

「よくありませんよ、だいたい直嗣があんなおかしな霊媒だとかって人、あんなの連れてくるからいけないいんじゃない」

「そうかな、親父、喜んでるぜ。俺は親父のためによかれと思って紹介したんだけどな」

にやにや笑って直嗣は云う。多喜枝は大きく息をついて、

「またそうやって勝手なことばっかり——お父さん、すっかり信じちゃって大変なのは判ってるでしょう。それがね、成一聞いてよ、その霊媒だとかって人、これがまた変な人で——」

「知ってるよ、今日ちょっと会った」

成一が云うと、多喜枝は眦を決して直嗣を睨み、

「また連れて来たの。もうやめてちょうだいって云ったでしょう」

「だってさ、姉さん、親父が呼んでくれ呼んでくれってうるさいんだ、仕方ないだろ」

にやにやしたまま直嗣は、

「そうそう、それから今度、慈雲斎先生が降霊会やってくれるって」

「何よ、その降霊会って」

「お袋の霊を霊界から呼び出すらしい」

「よしてよ、そんな気持ちの悪いこと」

「仕様がないだろう、親父のリクエストなんだから。先生も、降霊会は凄く霊力を使うからやりたくないって云ってたのを、親父が無理に頼みこんだんだ」

「もう、これなんだから——ねえ成一、お父さんにあなたからも云ってやってちょうだいよ」

「僕が云ってもどうにもならないと思うけどな——」

と、成一は顔をしかめて見せてから、

「そう云えば、正径大学の助手の二人も今日来てた」

「あら本当、お父さんと話していってくれたの」

「親父にあしらわれて、さっさと退散したみたいだけどね」

直嗣が面白そうに云う。多喜枝は不満げに、

「綿貫教授ご自身は来てくださらないのかしら。あの助手のお二人じゃちょっと若すぎて、どうも頼りなくってねえ――」

そう云った時、電話のベルが鳴った。今度は普通の外線からの鳴り方だった。噂をすれば影が立つ――。

*

噂をすれば影が立つ――これも共時性、シンクロニシティを表した言葉だと、神代さんは云っていた。諺は、昔の人達が体験を積み重ねて、その経験に則《のっと》って云い伝えたものだそうだ。ただ、昔の人はテレパシーなんか知らないから、なんとなく、よく噂をすると当人が現れるのを、こうした言葉にして残したのではないか――。神代さんはそう云っていた。

テレパシー――。

私と神代さんもそういう、何か見えない糸で繋がっているのかしら。

そうでなかったら、今日はなんて偶然の重なる日なんだろう。

食堂に入って行くと、知らないうちに伯母さまが帰っていたらしくて、居間の方で直叔父さん達と話していた。

「あの助手のお二人じゃちょっと若すぎて、どうも頼りなくってねえ――」

そう伯母さまが云っている。――あ、神代さん達のことを話している、と私が思った瞬間だった。食堂の電話のベルが鳴ったのは。

ちょうど電話機の傍にいた私は、すかさず受話器を取った。

「はい、方城です」

「あ、私、先ほどお邪魔しました正径大学心理学科――」

「あ――神代さん、ですね」

声ですぐに判った。低く、深い、私の魂を揺さぶるようなあの声――。

どこかの公衆電話なのだろう、雑踏と電車の音がバックに聞こえている。

きっとこれも「意味のある偶然」なのだろう。たまたま私が電話の傍を通りかかった時に、あの人から電話がかかってくるなんて――。

兄さんが帰ってきてくれたことといい、今日はなんて素敵な日。

神様、神様、感謝します、今日のこの、素晴らしい偶然の数々を私に与えてくださったことを――。

「ああ、左枝子さんですか」

名前を呼ばれた。私は、受話器の向こうから聞こえるあの人の声に陶然とした。神代さんも、私の声を聞き当ててくれた――。その事実に私はうろたえ、熱く火照った顔を見られないように、慌てて家族のいる居間に背を向けた。

「実は——あの、まことにお恥ずかしい話ですけど、忘れ物をしなかったでしょうか」

「忘れ物——ですか」

「ええ、大判の茶封筒なんです、大学名の入った——。お祖父様の離れを出る時には確かに持っていたんですが——今、新宿駅なんですけど、ここまで来てやっと気がついたわけでして。もしかしたらお宅の玄関じゃないかと思いまして——」

「左枝坊、電話誰からだ、忘れ物だって?」

背中の方から、直叔父さんが呼びかけてきた。送話口を手で塞ぎ、多分血がのぼっているだろう顔を俯けて、私は振り返り、

「正径大学の方、玄関に茶封筒を忘れなかったかって」

「ああ、そう云えば持ってたな、そんなの」

と、兄さんが云う。

「玄関に? なかったわよ、何も」

そう伯母さまが答えた。私はそそくさとみんなに背を向けて電話に向かった。

「あの、伯母が——さっき帰ってきたんですけど、玄関にはなかったと申しております」

「そうですか、だったらやっぱり電車の中だ。いや、よく網棚に荷物乗っけて、うっかりすることがあるものですから」

「あの——大切な物なんでしょうか」

「いえいえ、大した物じゃありません。ちょっとした資料のコピーでして、自宅で調べ物があ

りましたもので――。ご心配かけてすみませんでした、それでは失礼し、わっ」

だしぬけに、神代さんが悲鳴をあげた。

「ど、どうかしましたか」

私もびっくりして、あやうく松葉杖を滑らせるところだった。しかし神代さんは照れたように笑って、

「いや、驚かせちゃってすみません、ああ、びっくりした――いえ、チンドン屋さんが通ったんで」

「は――?」

「チンドン屋さんです――殿様とお姫様の格好した人達。それがいきなり目の前を通ったものですから、ちょっとびっくりしまして」

神代さんがおかしそうに笑うので、私もついつられて笑ってしまった。

「ああいう人達も電車で通勤するんですね――あ、いや、通勤って云うのも変かな。しかし、あの格好でこんな新宿駅の人混みの中歩くんだから――勇気がいるな、あれは」

「そうですね」

「ははは、山手線乗って行っちゃいました、周りの人が仰天してるな――いえ、まあそんなことはいいか、では、お手数をかけました、失礼します」

「あ――あの、神代さん」

「あ――はい」

「あの――いえ、何でもありません、ごめんください」

「は、はあ、失礼します」

電話を切っても、胸のどきどきは収まりそうになかった。家族みんなに注目されているような気がして、なかなかその場所を動けない。

ああしてちょっとおどけたあの人の明るい調子は、お仕事のお話をする時の真面目さにもまして私の心を切なくくすぐる。呼吸が乱れて、息をするのにも苦しいくらい。

でも、それでも私は幸福感に包まれていた。たった一本の電話がこんなに心を暖かくしてくれるなんて――。

これほど胸を震わせるなんて――。

そして、これほど切ないなんて――。

＊

「ほうらね、やっぱり何だか少し頼りないのよねえ」

多喜枝が、電話のところで背を向けている左枝子の方を、ちょっと振り返ってぼやいた。

「どうして綿貫教授がご自分で来てくださらないのかしら」

「でもあのお二人さん、若いのに優秀だって話だぜ」

直嗣がからかうように云う。

「それはそうだろうけど——やっぱり綿貫教授の方がね」

多喜枝も世の母親族の例に漏れず、権威には弱いとみえる。

「おや、義兄さん、帰ってきたよ」

直嗣が窓の外を示してそう云った。

成一の父、勝行が木立の間を抜けて、こちらへ近づいてくるところだった。

外は随分暗くなっている。庭の樹々が影となって、薄暗がりの空に溶けこもうとしている。

雨はどうやら上がったようで、緩やかな風だけが、樹々の影をやんわり揺らしていた。

勝行はポロシャツにスラックスのゴルフスタイル。肩に大きなバッグを担いでいる。居間からの灯りで、長く延びた勝行の影法師が、樹々の間で踊っている。

「雨、やんだみたいだな、大したことなくてよかった」

直嗣が、勝行の姿を目で追いながら、誰に云うともなくぽつりと云った。

「あら、あの人ったらまた裏から入ってくる」

多喜枝が困惑したような声をあげる。

煌々《こうこう》と灯った離れの灯りの前を、勝行の影が横切って行く。駐車場は庭の東の隅にあるので、車で帰ってきたのなら、玄関へ回るより裏口へ直接来た方が早いのだ。多喜枝はそれが不満らしい。

「困った人だわねえ、何遍云っても直さないんだから」

多喜枝が云うと、直嗣は肩をすくめて、

「どっちだっていいじゃないか。義兄さんは現実家だからね、直線距離の短い方を選んでるだけだよ」

「でもなにも、裏口からこそこそ帰ってくることないじゃないの、みっともない」

多喜枝がぶつぶつ云っていると、当の勝行が食堂の方へ入って来た。

「伯父さま、お帰りなさい」

食堂の椅子に、一人ひっそり腰かけた左枝子が云うと、

「ああ」

と、勝行はうなずいた。

「ねえねえ、パパ、ゴルフの賞品貰わなかったの」

キッチンから美亜の大きな声が、その背中に飛ぶ。

「いや――」

とだけ小さく云って、勝行は厨房の方に首を振る。あまり大きくはない商事会社の万年総務課長。痩せぎすで、黒ブチの大きな眼鏡が、少し陰気な感じがする。課長と云っても部下が三人しかいないんじゃ、ぱっとしないわよねえ――というのが多喜枝のいつものグチだ。

「ねえ、ちゃんと表から入って来てって云ってるでしょう」

早速多喜枝が口を尖らせる。

「玄関開けてあるんだから、後でちゃんと戸締まりしてくださいよ」

「ああ――」

妻の小言にも、勝行はうっそりとうなずくだけだった。

「そうそう、それよりあなた、成一が帰って来ましたよ」

文句を云うだけ云ったら、後はけろりとしてしまうのが多喜枝のさっぱりしたところで、嬉しそうにそう云う。成一が軽く頭を下げると勝行は、

「ああ――」

と云って顎を引いた。直嗣が手を打って笑って、

「はっはあ、やっぱり親子だな。成ちゃん、ここんとこ益々義兄さんに似てきたね、今のうなずき方なんてそっくりだぜ」

「ホントにねえ、覇気のないとこばっかり似て、困っちゃうわよねえ」

そう云いながら多喜枝も笑っている。

「ねえ、あなた、お食事終ったら成一お父さんに挨拶に行くのよ。あなたも一緒に行ってあげてくださいな、この子、一人だと満足に口もきけないんだから、お願いしますよ」

「ああ――」

と、勝行は云った。勝行が一緒でも大して変りがあるとは思えない――そう考えて、成一は一人苦笑した。勝行を見ると、父も同じように苦笑いしている。きっと同じことを考えたのだろう。やはり似ているのかもしれない。

フミがキッチンから顔を出して、

「では、そろそろ旦那様のお食事をお運びします」

両手で何かを捧げ持つような仕草で云う。

「あら、もうそんな時間なの――それじゃフミさん、お願いね」

と、多喜枝が云った。時計は五時五十五分――そう云えば昔から、祖父は食事時間を厳しく限定していた。規則正しい生活を家族に強い、それが乱れると覿面《てきめん》に機嫌が悪くなったものだった。どうやら近頃は六時に夕食を設定しているらしい。そうした口喧《やかま》しさは変っていないのだろうか。それにしても、運ぶとはどういうことだろう――。

「美亜ちゃま、旦那様の分、お味噌汁よそってね」

「はーい」

美亜の元気のいい声が聞こえる。

「お祖父さん、こっちで一緒に食べるんじゃないの」

成一が聞くと、多喜枝が眉を寄せて、

「それがねえ――これも困ったことなんだけど――お父さん、このところお食事はずっと一人でするのよ」

「正確には二人だけどね」

直嗣が唇を歪めて言葉を足す。

「二人？」

訝しく思って成一が云うと、多喜枝は、

「ええ、お食事はお母さんと二人でするんだって云って、陰膳まで据えて――ねえ、ちょっと気味悪いでしょう。例の、ほら、お母さんの形見のお茶椀、あれにもご飯よそって、一人でぶつぶつ云いながら——もう、ホントに困っちゃうわよ」

成一は暗澹《あんたん》たる思いにとらわれた。まさかそこまでひどいとは——。

「陰膳か——」

成一はひとりごちた。元々は、旅に出ている者の無事を祈って置く物なのだが、もし祖父が、祖母の霊が近くにいるのを感じていて、今は祖母が不在だと認識しているのならば、それは確かに本当の意味での陰膳である。

それにしても、俄《にわ》かに信じられない。己の才覚と押しの強さで、ぐいぐいと世の中を渡って来た祖父が、そうまで変貌してしまうとは——。胸が詰まる思いがする。

「さあさあ、ご飯ができましたよお、皆さんお席についてくださあい」

美亜が食堂に飛び出してきて、大きな声で叫んだ。

「今日は兄貴が帰ってきたんだからね、ワタクシ、思わず腕に縒《よ》りをかけちゃいました」

エプロンを、かなぐり捨てんばかりの勢いで外して、ひょいと椅子の背もたれに引っかける。

直嗣がソファから立ち上がって、

「ほほお、楽しみだな、美亜坊の腕の冴え、とくと拝見しようかな」

「遠慮はいらないよ、おいしくって悶絶したって責任は取らないからね」

「その言葉にこそ責任を取ってもらいたいな」

軽口を叩きながら直嗣は食堂に行く。

「あら、いけない、私まだこんな格好してたわ」

訪問着の裾を翻《ひるがえ》して、多喜枝がキッチンへ飛び出して行った。廊下を、階段の方へ走り去る足音が響き渡る。左枝子と美亜がそれを笑って見送った。

成一も居間のソファから腰を浮かせた。窓の外は、もうすっかり闇の色が濃厚になっている。薪能《たきぎのう》の橋がかりのように、離れへ続く渡り廊下が、暗がりの中に浮かび上がっていた。そこをフミが、大きな盆を捧げ持ってしずしずと渡って行く。それを目の隅に捉えつつ、成一は立ち上がって食堂へ移った。

久しぶりにフミの手料理が楽しめそうだ。醬油や味噌の、家庭的な温かい匂いに包まれて、成一は我知らず顔がほころぶのを感じていた。

勝行と直嗣と左枝子は、もうテーブルについている。だが成一はしばらくぶりのことで、どの席についていいものか少しまごついた。

「兄貴はここ」

美亜が、さっと椅子の一つを引いた。

「だってそこは――」

以前は祖父の席だった。

「いいのいいの、今日は兄貴が主賓なんだから」

「そうだよ、成ちゃん、気にしないで座りなよ」

直嗣にも云われ、成一はようやく腰を落ち着ける気になった。

と、直嗣が一瞬はっとしたように、

「あれ、今何か変な音、しなかったか」

左枝子も顔を上げて、

「本当、何か物の壊れるような音」

「そお？　あたし聞こえなかったけど」

美亜が云い、勝行も首を捻《ひね》った。成一にも何も聞こえなかった。

「いや、確かに聞こえたぞ、離れの方で――」

直嗣が云い、家族全員が申し合わせたように口をつぐみ、耳を欹《そばだ》てた。

おかしな静けさが食堂に満ちる。

異変の気配を全身の神経で察知しようと、成一も座りかけていた体の動きをとめた。

「変だな――ちょっと様子を――」

と直嗣が云いさした時、落雷のような足音がキッチンの向こうから響き渡ってきた。そのあまりのけたたましさに全員があっけにとられているところに、フミが転げるように駆けこんで来た。キッチンのドアに反動がついて、その背後で物凄い音を立てて閉じた。禍々《まがまが》しい、耳ざわりな音だった。

フミは食堂の入り端《ばな》まで進むと、その場にへたへたと座りこむ。丸々とした体が瘧《おこり》のように震え、ふくよかな顔が血の気を失っている。

「どうしたんだ、フミさん、血相変えて」

直嗣が声をかけても、フミの震えは容易に治まりそうもない。

「フミさん、フミさん、しっかりしてよ」

美亜が駆け寄って、フミの巨体を抱きかかえようとする。

「だ、旦那様、が――」

フミは振り絞るみたいに口を開いた。

「離れで――死んで、額が――」

全員が棒立ちになった。片足の動かぬ左枝子だけは、座ったまま大きく身じろぎする。

一瞬凍りついた空気を抜け出すように、直嗣が脱兎のごとく駆け出した。キッチンのドアを体当りするような勢いで開け、廊下へ飛び出す。美亜が続いて走りだそうとするのを、勝行が腕をぐいと引いて止めた。茫然としている左枝子に一瞥をくれ、成一は直嗣を追った。

渡り廊下で直嗣に追い着き、二人はほとんど同時に離れへ到着した。さすがの直嗣もこの時ばかりは軽口を忘れてしまっている。

入口は開いたままだった。

渡り廊下と部屋の境に盆がひっくり返って、食器や食物が散乱している。

それらを踏まないように気をつけながら、成一は直嗣とともに中を覗きこんだ。

異様な部屋だった。

広さは八畳ほどだろうか――正面に床の間と仏壇が並び、左手にあるトイレの扉が中途半端に開いていて、タイル張りの内装が見える。

床の間の軸は、光輪を背負った阿弥陀如来。違い棚には、観音菩薩、釈迦如来、多宝如来など十数体の仏像。そして床には、経机、木鉦《もくしょう》、華瓶《けびょう》などの仏具から、舎利塔や鋳銅製《ちゅうどうせい》の麗水器に五色幡、果てはわけの判らない大鍋のような物や、木の枝を束ねた物――薄汚れた気味悪い物が、所狭しと犇《ひし》めき合って並べられている。それでも一定の秩序を保って整然としているので、まるで古道具屋の店開きのようなありさまだ。

それらの品々に囲まれて、部屋の主は倒れていた。

兵馬はこちらに足を向け、横臥の姿勢だった。体の右側面を下にして、海老のように――胎児のように丸まっている。そして、その丸くなった体の腹の辺りに、何か小さい白っぽい物を両手でがっしりと抱きかかえていた。茶椀だった。

痩せて、枯れ枝じみた両の指の間に、古ぼけた茶椀が握られている。まるで抱きしめるように、そして慈《いつく》しむがごとく――。

これが例の、祖母の形見の茶椀なのだろうか――。

成一は爪先立って兵馬の様子を凝視した。

紬の着物には乱れがなく、うたた寝でもしているかのように見える。しかしその表情は、今にも泣きだしそうに奇妙な具合に歪み、目は虚空を睨んでいた。そして額の、頭頂部に近い部分がぱっくりと割れ、そこからは鮮やかな鮮血が滴っている。

「本当に、死んでる――」

直嗣が抑揚のない、かすれた声で云った。

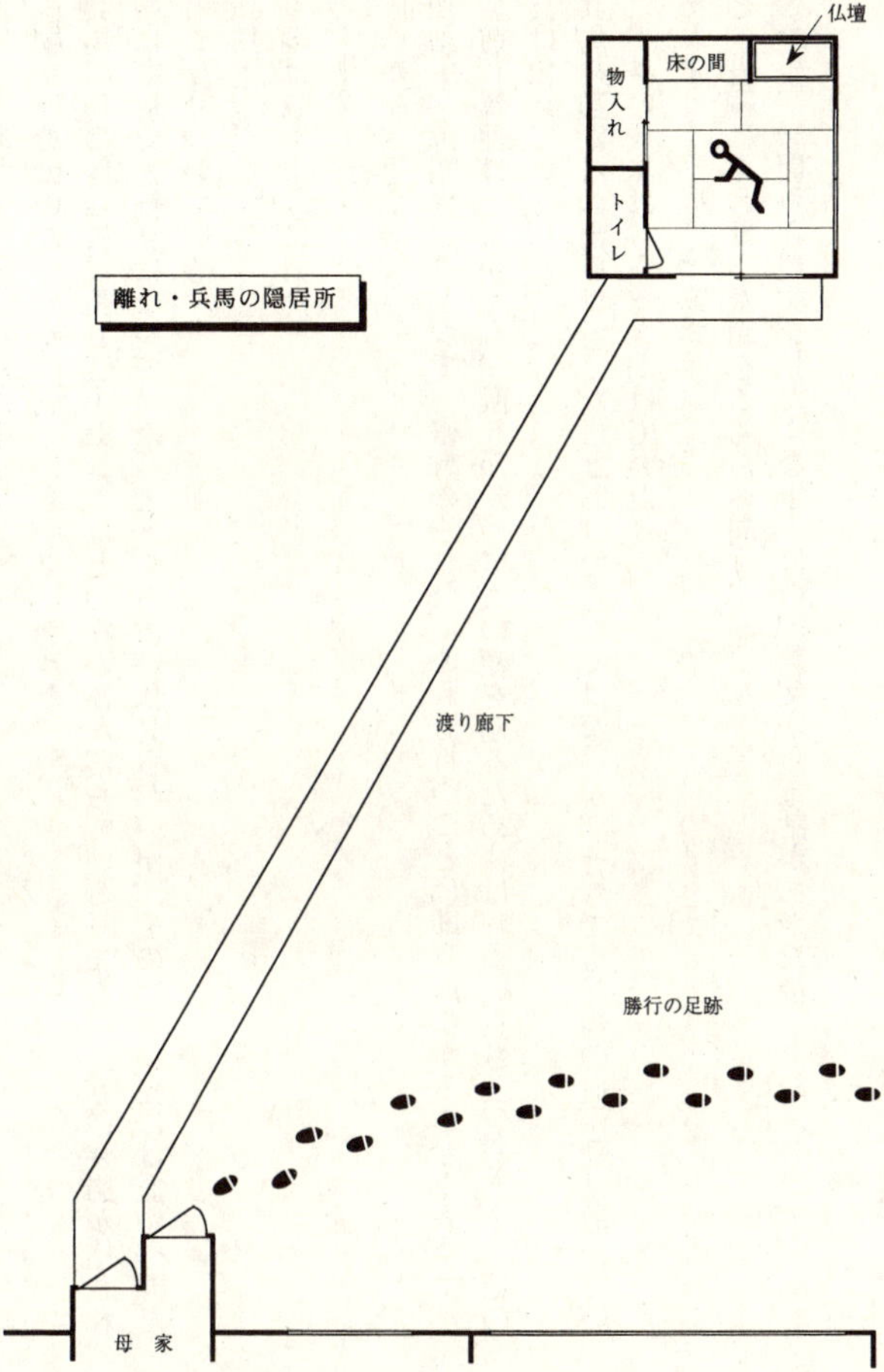
仏壇
床の間
物入れ
トイレ
離れ・兵馬の隠居所
渡り廊下
勝行の足跡
母　家

「親父——あれで殴られたんだ——」

直嗣が何を云いたいのか、成一にもすぐに判った。

兵馬の体の傍らに、長さ三十センチほどの鉄の棒が落ちている。まん中辺りに装飾が施され、両端は方形で先細りになっていた。どうやら古い仏具らしいが、その片方の先には血がべったりとこびりついている。

「独鈷《どっこ》——だな」

直嗣は呟くように云った。

「え——？」

成一が聞き返すと、

「独鈷——金剛杵のひとつで、密教の法具だ。これを持つことは即身成仏することを表す」

名前と属性はともかくも、殴りかかって人の額を割るためには程よい長さと質感とを、その仏具は備えている。

兵馬の額からの出血は、それほどおびただしくはないが、それでも相当の血が飛び散っている。小さい飛沫はもう乾きかけていた。

「それより——成ちゃん」

と、直嗣はこわばった顔をこちらへ向け、

「さっき、居間から親父を見たよな——ほら、親父から電話があった後」

「——うん」

兵馬が離れの入口で、天気の様子を見ていた時のことだ。

「それから親父はここに閉じこもって――俺と成ちゃん、ずっと居間にいたよな」

「うん――」

「あそこからここの入口は丸見えだ――だけど成ちゃん、誰かここへ近づいたのを見たかい？　誰かがここへ入って行くのを――」

「――」

誰も近づかなかった。

「だったら成ちゃん、一体、誰がどこから入って来て、親父にこんなことをしたんだ。誰ひとりとして、ここには近づきもしなかったじゃないか」

成一には、何も答えられなかった。何か、恐ろしく巧妙なペテンに足元をすくわれたような気分だった。現実が色褪せ、不気味な異世界に取って代って行く――そんな非現実感に襲われる。にわかに、祖父の手の中の古びた茶椀が気になりだした。

「あの霊媒の人、云ってたよね――」

背後で美亜の声がした。振り向くと、いつの間に来たのか、勝行と美亜が蒼ざめた顔で立っている。美亜は震える声で云った。

「云ってたよね、あの人――霊が災いをもたらすだろう――って」

勝行が、たしなめるように娘の肩を抱いた。

目の前でフラッシュをたかれたみたいに、まっ白になってゆく頭で、成一はまったく関係のないことを考えていた。
——とうとう、お祖父さんに謝れなかったな。

インターバル――ある刑事のメモ――

世田谷、もと不動産業者殺し、事件発生より三日目
関係者の一人、正径大学人文学部助手、大内山渉《わたる》のアリバイ裏取り――所轄署の沢本《さわもと》君と組む（沢本君、なかなか気持ちのいい青年、車中プロ野球の話などで意気投合）
練馬区桜台三―十八―二・「フタバクリーニング」店主、中崎大次《なかざきだいじ》――事件当日、夕六時五分頃、大内山と自店近くの路上にて立ち話、大内山は得意客で顔馴染みとのこと（大内山証言では夕六時頃、五分のズレ、誤差範疇か？）
大内山のマンションの隣人、当日は不在、大内山帰宅時間等の証言得られず
他にも周辺聞き込み十数件――特に収穫ナシ
・時間的問題――大内山証言では、五時十五分すぎ方城家を辞去、小田急線、山手線、西武池袋線を乗り継いで帰宅とのこと――中崎証言と時間的には合致
・距離的問題――五時十五分に成城を出なくては、六時に桜台に帰れない――確認OK、時間

はギリギリ
車は混んで無理か？
・偽証の可能性――クリーニング店店主、中崎と路上で会ったのはまったくの偶然か？――（アリバイ工作の可能性は？）――中崎、気まぐれな散歩、出会いは偶然、事前工作は不能――確認ＯＫ、作為の可能性は低い
・方城直嗣、成一証言――五時二十五分、被害者を目撃（居間のガラス越し）――大内山、五時十五分、時間ギリギリ――犯行は不可能、アリバイ成立？――なおも要聞き込み
ＰＭ九時より合同捜査会議
成城の高級住宅街での事件、上流人士も多数居住する地区、早期解決を望む云々――本部長の檄《げき》――笑止！　タヌキフグ、例によって話が長い
◎犯行時刻
五時二十五分～五時五十五分――限定
直嗣・成一証言（二十五分、目撃）――信憑性ありや？　偽証の可能性は？
◎アリバイ
・方城家各人――確認、済――家族同士の証言、証拠能力はないが、破綻はナシ、誰も現場に近づいていない――？
・穴山慈雲斎――五時前、方城家辞去、浅草の飲み屋「おたふく」にて五時三十五分より十時

まで――店主・依田《よだ》久志《ひさし》証言、他客の証人多数（杉原《すぎはら》、中山《なかやま》組が確認）――時間的に移動は不可能――店丸ごと偽証の可能性？

・神代知也《ともや》――新宿駅、五時四十分、チンドン屋？（左枝子証言）――「たつみ芸能宣伝社」（チンドン屋の斡旋業とのこと）蒲田《かまた》史雄《ふみお》、加島《かしま》雪江《ゆきえ》、同時刻新宿駅で乗り換え（小寺《こでら》、佐久間《さくま》組が確認）、目撃は偶然――作為困難？――時間的に犯行後の移動は不可能

・大内山渉――沢本君に発表させる、若干緊張、アリバイ確認――案の定作為はないかとの質問あり――要、再調査

◎家族及び当日訪問者についてはアリバイほぼ確認――要、洗い直し

◎ガイ者の個人的関係――湯浅《ゆあさ》係長の組、特に収穫ナシ――湯浅少々焦っている、なかなか見物、ザマミロ

◎外部からの侵入形跡は皆無――塀、壁、現場建物周辺――形跡ナシとのこと、現場建物窓には鍵

◎足跡

・車庫から母家裏口まで――勝行

・庭に多数――但し現場には近づかず――直嗣、成一、証言通り（水撒き）――不審な足跡ナシ、雨量少なくて足跡の消える程ではない

◎直嗣、成一証言――現場に近づいた者ナシ――不可解？　何かの勘違いか――家族同士庇《かば》い

合っての偽証の可能性は？
◎穴山、「霊の仕業」としきりに力説していたと聴取した脇元《わきもと》係長の冗談、笑わせる
・関係者のアリバイ再確認、ガイ者の人間関係、物盗りの線——以上三点に主眼を置くこと決定
・成一——十年ぶりの帰宅！　作為ありや？
・明日、再び沢本君と共に桜台周辺の聞き込み
・湯浅係長の班に期待——怨恨？
ＰＭ十一時——各班個別にて打ち合わせ、並びに情報スリ合わせ、諸確認
解散ＡＭ一時三十分——署で仮眠

第二章

兵馬の葬儀が行われたのは、事件から四日過ぎてからだった。剖検に回されていた本人が、それまで帰ってこられなかったのが、その理由だった。

五月の、気持ちよくからりと晴れた日であった。

前日の夜に、身内だけのごくささやかな通夜。そして本格的な告別式の会場には、最寄りの斎場が選ばれた。入りくんだ住宅地での葬儀は繁雑でもあり、昨今の慣例通りの方式である。

成一は家族とともに遺族の席に並んだ。

葬儀は、成一が予想していたものよりずっと地味だった。花輪の数も少なく、列席者も広い会場にしてはまばらであり、淋しい印象は拭えなかった。

一代で財を成した成功者にはそぐわないようだが、それは、兵馬が常に人を信じず人と交わらず、いわば一匹狼の人生を歩んできたためかもしれない。

兵馬は明治の終り、東京は深川に生まれている。洲崎《すざき》遊廓のすぐ近くで、父は飾り職人、七人兄弟の六番目だった。幼い頃から利発で闊達《かったつ》、近所では有名なきかん坊だったという。それでも両親や多くの兄弟に囲まれ、貧しくも健《すこ》やかな幼少期を過ごしていた。

悲劇は、兵馬が六つの年に起きた。和歌山県潮《しおのみさき》岬沖から静岡県沿岸に上陸した台風は、京浜地区、東京北部、福島県を通過し、宮城県金華山《きんかざん》沖から北海道へ抜けた。東京を中心に東日本一帯に大暴風雨が荒れ狂い、全壊もしくは半壊、そして流失した家屋は四万三千八百七十一戸、床上浸水二十万四千戸、死者七百七十名、行方不明者三百七十四人を出す災害となった。東海道本線が、酒匂川《さかわがわ》鉄橋の墜落と、山北・御殿場《ごてんば》間のトンネル崩壊のため不通となり、倉庫の浸水で食料品などが大暴騰した。品不足に乗じて暴利を貪る商人撲滅のための、警視庁の奸《かん》商《しょう》取締令が公布されるほどの混乱ぶりだったと伝えられている。

大正六年、九月三十日、「東日本の大暴風雨」として記録に残る大惨事だった。

その七百七十人の死者の中に、兵馬の両親と六人の兄弟が含まれていた。家が倒壊し、全員が下敷きになった。兵馬だけは斜めになった梁《はり》の下で、奇跡的に命拾いをした。

天涯孤独の身となった兵馬は、世話してくれる人があって、日本橋の生糸問屋に丁稚《でっち》奉公に上がる。封建的商業世界における、最下位の労働力としての辛酸《しんさん》を舐めつくした後、十一の年に主人にその慧眼を認められて、傍付きの使用人に取り立てられる。今で云えば社長秘書というところだが、当時の年功序列制度から鑑《かんが》みれば異例中の異例であろう。主人が常識にこだわらない型破りな人物であり、一部では衆道《しゅどう》の気があったとも囁かれていたようだが、今となっては定かではない。

生糸問屋の主人の趣味が相場であった。

ただ、いくら日本橋に店を構えているとはいえ――構えているからこそ、内証は思いのほか苦しく、主人にしても自由になる金が余っているわけでもない。主人の株は所謂《いわゆる》「口で張る相場」だった。自らは株売買に関わらないのに、もたらされる株価情報に一喜一憂する主人を間近に見るうちに、自然、兵馬も相場への関心と知識が高まって行く。十七で年季が明けると、兵馬は兜町の小さな証券会社にメッセンジャーボーイとして紛れ込む。そこで貯えた小金と専門知識をフルに活用し、相場の世界へ身を投じた。

兵馬が成功した理由は、目先の値ザヤ稼ぎだけを狙う相場師の多い中にあって、大局を見据え、一段上の視点を持って株の世界を分析できる目にあった。ブーム買いで儲け、その終りを見て売りでも儲け、後は様子を窺って静観する――冷めた、観察者の目を持っていた。頭角を現した兵馬はいつしか「昭和の福澤桃介」と呼び習《なら》わされるまでになった。福澤桃介とは云わずと知れた、慶應大学創設者の福澤諭吉《ゆきち》の娘婿で、明治期の株の大名人として知られた人物である。

上海事変、日中戦争、第二次上海事変――世の推移を嗅ぎ取る嗅覚に優れていた兵馬は、軍需景気の波に乗り、資産を雪だるま式に増やしていった。人を信じず人と交わらぬ兵馬は、欺《ぎ》瞞《まん》と裏切りの横行する相場師の世界にあっては、まさに水を得た魚だった。そして戦局が泥沼化する直前、まるで未来を予見したかのように、あっさりと相場の世界から手を引いた。この引き際も、福澤桃介に似た巧みさだった。

だが兵馬は、世間で噂されるほど強欲だったわけでも野心家だったわけでもない。むしろ己の分をわきまえた、小物だったのかもしれない。終戦後は、再び株の世界へカムバックすることなく、不動産業――それも安定した物件だけを扱う、おとなしい暮らしを選んだ。世田谷に現在の家を買ったのもこの時期だった。

昭和三十年代の終り頃亡くなった妻、初江との間には、三人の子しか成さなかった。この頃の夫婦としては少なすぎるようだが、それだけ若い時分の兵馬は多忙を極めていたのだ。

相場師時代も一匹狼だったように、不動産業者としての兵馬も、会社組織など創らず、ただ一人の部下も持たなかった。住み込み運転手の清里栄吉《えいきち》だけが、唯一の側近であり片腕だった。

他人に冷淡であったように、兵馬は妻や子らに対しても無関心だった。まだ二十歳そこそこの長女、多喜枝が、ただの平凡な大学生でしかなかった瀬川《せがわ》勝行と結婚すると騒ぎ出した時も、勝行を婿養子に迎えるという条件だけで、あっけなくそれを許可した。次女、左知枝《さちえ》の結婚相手の藤重圭吾《ふじしげけいご》が、不動産とはまったく畑違いの薬学士だったのにも不満をもらさなかった。ただ一人の男子である直嗣が絵画を志した際も、黙っているだけだった。

情が薄いと云う人もあるようだが、結果的には、子供達に最大限の自由を与えたという見方もできる。それは兵馬がたった一人、自分の才覚と実力だけで人生を切り拓《ひら》いて、奔放に生きたためかもしれない。

しかし晩年、彼は突然その生き方を変えた。

兵馬は後継者を求めたのだ。

十数年前――成一が高校生の頃だった。

自らの生きた証《あかし》を残し、後世に伝えるのが人間の本能と云えるのならば――兵馬は齢《よわい》七十にして、ようやくその本能に目覚めたのだろう。

藤重圭吾と清里栄吉を失い、勝行と直嗣はいささか頼りない――そう祖父は判断したのだろうか、白羽の矢は成一に立った。

兵馬は成一に、経済もしくは経営を学ぶように要求――命令し、成一はそれを拒んだ。

祖父は頑固で、その血を引くせいか成一も強情だった。

折り合いはつかず、成一は家を飛び出した。一人住まいを始め、学費だけは両親から受けて光学を修めた。

それから数年後、祖父は土地や持ちビルのほとんどを人手に売り渡して引退する。

成一は今でも、選択を誤ったとは思わない。

ただ、あの頃は反発心から、少々依怙地《いこじ》になりすぎていたという後悔はある。だから、祖父に一言も謝れなかったのが、それだけが成一には心残りだった。

葬儀がしめやかに、静かに進行して行く。

明るい陽射しの中、厳《おごそ》かに、そして荘厳に――。

柔らかく、うららかな風が、参列者の黒い服の間をすり抜けて行く。

鯨幕が、のんびりと揺れている。

葬儀には不似合いなほどのどかで、静寂な昼下がりだった。

列席者の半数は勝行や直嗣の仕事関係者で、後の半分が兵馬の旧知の人達か――。彼らは概ね、静かで無表情だった。ただ、明らかにその筋の人物らしきこわもての男が、黒塗りのベンツで駆けつけて来た時には、さすがに緊張感が高まった。男は、「昔、方城の旦那に世話になった」と、真っ赤な目をして何度も焼香した。美亜が「うひゃあ、凄い」と目を丸くし、成一は、若い時分の祖父の荒々しい生き方に思いを馳せた。

左枝子は車椅子で参列した。

黒いワンピースの胸元にあしらった、真珠のネックレスが清冽に眩しい。左枝子を人々の好奇の視線から身を盾にして守るのに、成一と美亜は骨を折った。

出棺になると、フミが身も世もあらぬ風情で大泣きに泣き、多喜枝は「なんだか外聞が悪いわねえ」と不謹慎なことを云った。

勝行は思いがけぬ働きを見せ、すべての段取りを葬儀社の社員と相談して取り仕切り、万年総務課長の事務能力の高さを披露した。

こうした際に役に立たないのが直嗣で、勝行の後にくっついて、ただうろうろするだけだった。

どう見ても警察関係者と判る男達が、ひっそりと列席者達に混じり、周囲を観察しているのが気になった。そして間違いなく報道関係者と思《おぼ》しき連中が、斎場の職員に追い払われているのも目障りではあった。しかし、それらも大きな支障にはならず、兵馬の葬儀は滞りなく終了した。

犯人だけがまだ捕まっていない。

＊

今日はお祖父さまのお葬式だった。

久しぶりに車椅子で外に出た。

長い時間の外出には、松葉杖やエルボークラッチは向かない。だから兄さんに車椅子を押してもらったのだけど、やっぱりくたびれた。慣れない遠出は、私には少しつらい。

けれど――疲れているはずなのに、なかなか眠れない。暗い想いに心を捕らわれて、眠れそうにない。

お祖父さまは死んでしまった。

しかも、誰かに殺されて――。

恐いこと、恐ろしいこと――どうしてこの世にそんな嫌なことがあるのかしら。人が人を殺すなんて、そんな悲しいことが――。

お祖父さま、お祖父さま――。

厳しくて恐い人だったと云う人もあるけれど、お祖父さまは私にはとても優しい人だった。

どうしてそんな印象を持つ人がいるのか、私にはまったく判らない。お祖父さまは、すべてを抱きとめてくれる優しい人だった――大きくて、強くて、包み込むみたいな慈愛で、私を守ってくれる人だったのに――。

お祖父さま、お祖父さま、優しかった、私の大好きなお祖父さま——。

どうして死んでしまったの。

どうして、あんなひどい死に方をしなくてはならないの。

どうして、私の大好きな人達は、私の前からいなくなってしまうの。

どうして、不幸せな最期を迎えるの。

どうして——。

そう、父さんと母さんも、あんな死に方をした。

十七年前の五月。

交通事故だった。

その頃、私は父さんと母さんと一緒に、四谷に住んでいた。なんでも、お祖父さまの持っているマンションの一つだったとか——お祖父さまが母さんの結婚祝いにプレゼントした——ほら、お祖父さまは優しかったんだ。

母さんの実家のこの家にはよく遊びに来た。

森のあるお祖父ちゃんチ——そう私は呼んでいたのを覚えている。兄さんに遊んでもらうのが楽しみだったっけ——庭で追っかけっこをして、駆け回って——あの頃は私も自由に走り回っていたんだ。週末は、父さんと母さんと、よくここに泊まって行った——私が兄さんにべったりくっついて離れなかったから。

そして、それは五月のことだった。

よくは覚えていないけれど、たしか父さんの遠縁の家に、法事か何かの用事で出かけたんだった。ここに泊まって、朝早く、この家から出発したんだった。フミさんのダンナさんの栄吉さんの車に乗せてもらって。

それが十七年前の五月だった。

事故のことはよく覚えていない。でも、門のところで兄さんが、手を振って見送ってくれたのだけは、とても印象に残っている。私は栄吉さんの車に乗せてもらうのが嬉しくって、はしゃいでいたんだ――。

きっと早起きしたせいで、私は母さんの膝の上で居眠りでもしていたのだろう。気がついた時には病院だった。

車は、東京と埼玉の県境辺りの四つ角で、大型ダンプカーと正面衝突したそうだ。

その一瞬が――フミさんからはご主人を、私からは父さんと母さんと、そして私自身の身体の自由を――一瞬がすべてを奪い取って行った。

事故の衝撃は相当なもので、ダンプカーは半壊し、私達の車は原形を留めないほど潰れていたという。私が九死に一生を得たのは、小さくて体が柔らかかったのと、そして何より――そう、救助に当った人達の話によると、母さんは私を包むような姿勢で、父さんはその上から身を投げ出して庇うみたいな格好で――そうして二人とも死んでいたということだ。

父さん、母さん――私はあなたたちの娘です。父さんと母さんに愛された、たったひとりの娘なのです。だから私はこうして生きているのです。

病院で目覚めた時は、体中包帯だらけだった。顔までぐるぐる巻きで、何も見えなかった。右足がひどくむず痒くて困ったのを覚えている。もう二度と動くことのない右足なのに――。

お祖父さまは私を不憫に思ったのだろう。

父さんの実家と相談して、私をこの家に引き取ってくれた。この部屋をバストイレ付きに改装して、家中に鉄の手摺りをつけて――。

子供用の松葉杖をたどたどしく使う私が、きっとお祖父さまには哀れでならなかったのだろうと思う。よくお祖父さまは小さい私を抱き上げて、

「左枝子や、お前はいい子だ、かわいい子だね。お前はずっと、お祖父ちゃんのところにいておくれよ。お祖父ちゃんはずっと左枝子と一緒にいたいんだからね。いつまでもこうして、お祖父ちゃんの傍にいておくれよ」

優しかった――私のお祖父さま。

鉄のバーは、私の成長に合わせて年々位置が高くなった。金具をつける箇所がせり上がって、壁の板が穴だらけになってささくれるけど、お祖父さまはそんなことはちっとも気にしなかった。毎年業者の人を呼んで、それをやってもらっていた。お祖父さまはむしろ楽しんでいるみたいだった。

そのお祖父さまもいなくなってしまった。

ここ二、三年は離れにこもりっきりだったけれど、随分年をとってしまったけれど――それでもお祖父さまは、私の大切なお祖父さまだった。

死んでしまった。

もう二度と会えない。

どうして、あんなひどい死に方を――。

私の大好きな人は、どうしてあんな風に死んでしまうのかしら――。

どうして、どうして――。

神様、神様、お願いです。

これ以上、私の大好きな人達が不幸せになりませんように。

神様、神様、お願いです。

私の大好きな人達を守ってあげてください。父さんが、母さんが、そしてお祖父さまが私を守ってくれたように。

神様、神様、お願いです。

どうぞ守ってあげてください。

兄さんを、美亜ちゃんを、フミさんを、伯父さまを、伯母さまを、直叔父さんを――そして、そしてあの人を――守ってあげてください。

＊

事件から五日が経った。

成一は二階の自室で、疲れた身体をベッドの上に投げ出していた。

神経が棘《とげ》のように逆立っているのが、自分でもよく判る。

閉め忘れたカーテンの向こうでは、夜の闇を透かして樹々の枝が揺れている。ざわざわと蠢《うごめ》く枝の踊りは単調に繰り返され、成一の苛立った気分を逆撫でする。

自然とため息が出る。

今日は昼間、会社にまで刑事がやってきた。型通りの手続きですから、と、それが成一の不快感を払拭するための呪文のように唱えながら、もう何度も伝えたことを、しつこく聞き出そうとした。

十年ぶりに帰ったとたんに、不仲だった祖父が殺された——警察に不審の念を抱かせるには充分な理由なのかもしれない。それにしても、こちらの云い分を頭から信用していないような態度が不愉快だった。成一の申し立ての中に矛盾を嗅ぎ取り、突き崩そうと躍起になっているようにも思えた。刑事の訪問も面白くなかったが、それ以上に同僚や上司の、何事か含んだみたいな詮索の視線が、たまらなく煩わしかった。

お陰で午後のプリズム照射角の実験には、まったく身が入らなかった。

こんなバカげた茶番はもううんざりだ——そう思った。

不思議と、祖父の死に対する悲しみは感じていなかった。

十年も顔を合わせていなかったのだから、それは無理もないのかもしれない。兵馬の血を受け継いでいるだけに、肉親への情が薄いのかもしれない。しかし理由がどうあれ、意外と平静でいられる自分に、成一の苛立ちはいや増した。

窓の外の樹々の踊りが神経に障り、成一は立って行ってカーテンを乱暴に閉めた。

それが合図だったかのように、ノックの音がした。

「はい」

入って来たのは美亜だった。ピンクと白の縞模様の、ぶかぶかのパジャマ。両手に湯気の立つマグカップを持っている。

「ブアイソな返事。はい、だって」

美亜はしかめっ面で云った。

「まだ寝てないんだ、兄貴」

「ああ」

「ココア飲む？　今淹れたんだけど」

「うん」

美亜が片方のカップを渡してくれる。

「勉強はいいのか、美亜」

「なあによ、それ。先にお礼くらい云ってよね。ホント兄貴ってば、愛想ないんだから。——ちゃんとやってるからご心配なく、ちょっとココアブレイクタイムなんだ」

母親がおっとりしている反作用なのだろうか、妹は案外しっかり者の娘になっている。

「ねえ兄貴——子供の頃さ、よくこうやってココア飲んだよね。お姉ちゃんと三人で、フミさんに淹れてもらって」

美亜は成一のベッドに、ちょこんと腰かけて云った。自然、成一は椅子にかけて向き合う形になり、

「ああ、お前、左枝子に吹いて冷ましてもらわなくちゃ飲めなかったよな」

「そうだっけ」

「そうだよ、それにお前、暴れ回って僕のベッドにココアこぼして、フミさんにこってり叱られた」

「へえ、そんなことあったかな、覚えてないなあ――まあ、思い出話はいいとしてさ――ねえ兄貴」

と、急に美亜は声をひそめて、

「――幽霊って、いると思う?」

「何だよ、いきなり」

「だって、叔父さんがお祖母ちゃんの幽霊見たって云ってたしさ。それに、お祖父ちゃんの殺され方――どう考えたって普通じゃないよ」

「ああ――まあな」

「こないだ刑事さんに聞いたんだけどさ、あの離れ、どこからも誰も入った跡がなかったんだって、入口以外は」

「でも、まあ、見落としってこともあるからな」

「あたしもそう云ったんだよ、でも刑事さん、絶対そんなことはあり得ないって。鑑識――って云うの？　あの人達が調べれば完璧に判っちゃうんだって」

美亜の言葉を聞きながら、成一はココアを口に含む。甘い飲み物は、心を和らげてくれる。

成一はゆっくりとそれを飲みながら、

「まあ、そうだろうな。連中だってプロなんだろうから」

「それで、塀も庭の離れの周りも、全部調べたんだけど、誰かがこっそり押し入ってきた跡なんかまるっきりなかったんだって」

「ああ、あの日遅くまでごちゃごちゃやってたな」

「うん、だからお祖父ちゃん殺したヤツは、ちゃんと入口から入ったとしか考えられないみたい」

「――うん」

「でも兄貴と叔父さん、居間からずっと見てたんでしょ、離れを」

「ああ、見てた」

「本当に誰も通らなかったの」

「うん」

そう、それがおかしいのだ。成一も腑に落ちない。誰かが通ったのを見落とすはずはないのだが――。

美亜は大きな黒目がちな目で、じっと成一を見つめて、

「ねえ、もしかしてさ、こっそり通ったのを見逃したんじゃないの」

「それは警察にも何度も聞かれたよ」

と、成一は顔をしかめ、

「あんまりしつこくてうんざりしてるんだ。でも——お祖父さんが離れの入口に顔出して、その後、お祖父さんは離れと渡り廊下に電気つけて——明るかったから見落とすとは思えないんだ」

「絶対に？」

美亜は身を乗り出して聞いてくる。

「絶対に——ってことはないけど——。ただ僕はお祖父さんの様子が気になってたからな、意識は絶えずあっちに向いてた。誰かが通ったら気がつかないはずはないんだ」

「ほうら——だからおかしいんじゃない」

と、美亜はひとすすりココアを飲んで、

「誰も近づかなかったはずなのに、でもお祖父ちゃんは死んじゃってた」

「だったら——事故か自殺ってことは考えられないのか」

成一は思いつきを口にしてみた。自分でもまるで信じていない思いつきだった。案の定美亜は、即座にショートカットの頭を振って、

「それはないって——刑事さんが云ってた。お祖父ちゃん、相当強い力で殴られたみたいだし、それにあの鉄の棒——」

「独鈷、だろ。仏具だとかって叔父さんが云ってた」

「そう、そのドッコ。あれの柄のところ、指紋を拭いた跡があったんだって」

「指紋を――?」

「うん、誰かがお祖父ちゃんを殴ってから、布か何かで拭きとったみたい。だからさ、やっぱおかしいよね、誰も入れない離れで、お祖父ちゃん一人でいたのに、誰かがお祖父ちゃんを殴ったんだから――」

美亜はそう云ってから何かを恐れるみたいに、カップを両手で抱くようにして、

「だから、やっぱりもしかして、幽霊か何かがやったのかなあって、思って――」

「それで恐くなって、僕のところにココア持って来たのか。こんな夜中に、そんなくだらないこと考えるからだぞ」

「そうじゃないけどさあ――でも、幽霊が人殺すなんて、少し恐いね」

「まさか――」

そうは云ったものの、成一も幾分気味が悪くなってきた。よもやそんなおかしなことが起こるはずもない――。

「でもあの霊媒の人も云ってたでしょ、霊が災いをもたらすって――」

美亜の大きな瞳が真剣味を帯びている。

「そんな霊に取り憑かれたら、イヤだよね」

「しかし、幽霊の殺人犯なんて聞いたことないしな」

成一は殊更明るく云ったが、美亜は一層深刻な顔つきで、

「それじゃ——超能力とか」

「超能力——?」

「うん、エスパーとかだったらさ、あのくらいの鉄の棒、遠くから動かして人の頭にぶつけるくらい楽勝でしょ」

「バカバカしい、SFじゃあるまいし」

「でも、神代さん達も云ってたじゃない、超能力って本当にあるんだって——兄貴、そういうの信じない?」

美亜にまっすぐ見つめられて、成一は慌てて目を逸らした。超能力、予知——確かに、そうした現象はあるのだろう。そう云いたかったが、恐ろしい気がして言葉にならなかった。

*

今日は土曜日。

あのおぞましい事件から、もう一週間になろうとしている。

家の中には、ようやく以前の静けさが戻ってきた。

兄さんはお休みで、一日中私の相手をしてくれた。色々な話をしてくれて、子供の頃に返ったみたい。ただお仕事の話は、レンズの屈折率だとかプリズムの曲面修正だとかって、私には

よく判らなかったけれども――。とにかく、週休二日制に感謝、感謝。

久しぶりに心安らぐ平和な一日だった。

今日はあと、もう眠りにつくだけ。

フミさんが、私の部屋でベッドメイクをしてくれている。

子供の頃からの習慣。

今では私だって、自分のことくらい自分でやれる――そう云っても、フミさんは厳としてこの習慣を変えようとしない。フミさんが私のベッドを整える間少しだけ、二人きりでお喋りする。私はこの時間が好きだし、フミさんも楽しみにしていてくれるみたい。だから私も、私がやると強く主張したりしないで甘えている。それで今でもこうして、この時間になるとフミさんは来てくれる。

「ねえフミさん」

「何です、嬢ちゃま」

「フミさん、ダンナ様とは恋愛結婚だったの」

私が聞くと、フミさんはちょっとびっくりしたみたいに、

「何ですか、急に――どうしてそんなこと聞くんです」

どうしてだろう、このところ人の恋の話がとても気になる。

「ううん、別に――ただ、その話聞いたことないなあと思って」

「そうですねえ――恋愛結婚だなんて、そんな大層なものじゃありませんよ」

「それじゃ、何なの」

「先の奥様――嬢ちゃまのお祖母ちゃまですね――奥様がご病気になって、私がこちらへ来て、そしたらあの人がもうここにいた――それだけのことですよ」

「それだけのことって――？　それじゃ判らない」

「だからまあ、ウチの人も住み込みで運転手をしていて、私もこちらにいて――そのうちになるようになっただけです」

「あらまあ」

「ですからね、恋愛もなにもあったものじゃないんですよ、気がついたら横にいたんですもの」

　フミさんはだいぶ照れているみたいだ。

「ふうん、素敵ね」

「素敵なものですか、夢もロマンもありませんよねえ」

　わざとそっけなく云ったけど、フミさんがどれほどダンナ様を大切に思っていたか、私だって知っている。

　十七年前のあの事故で、父さんと母さんと、そしてフミさんのダンナ様が亡くなった時――フミさんは気も狂わんばかりに嘆いたらしい。その上事故の原因が、栄吉さんの居眠り運転だった可能性があると、警察の人に云われると、フミさんは気を失ってしまった――そんな話を聞いたことがある。

でも、お祖父さまは栄吉さんを庇って、お巡りさんを一喝したそうだ――栄吉に限ってそんな怠慢をするかって云って――。結局、事故原因は、最後まではっきりしなかったみたいだけれど、フミさんは責任を感じて、この家を出ようとしたらしい。ダンナ様が居眠り運転していたというのが、よほどショックだったのだろう。だけど、フミさんにこれまで通りここにいるように云ったのも、お祖父さまだった。四十に近い女の人が一人で生きていくのは、まだまだとても難しかったそうだ。

フミさんは以来、お祖父さまに格別の恩義を感じていて――だから、お葬式の時あんなに泣いたのも仕方がない。それに、あんなことになったお祖父さまを最初に発見した衝撃から、フミさんはまだ立ち直っていないみたい。だけど精一杯気丈に振る舞っている。私でさえ痛々しいと感じるほどに――。それでも、私達に気を遣わせないように一所懸命――フミさんは――優しい人。

「ねえ、フミさん」

「はいはい、今度は何ですか」

「フミさん、再婚なんか考えなかったの」

「再婚――ですか」

「うん」

「そうですねえ――旦那様や嬢ちゃまのお世話をする大事な仕事があったし――それにねえ――」

「それに――何」

「何の取り柄もない、つまらない人だったけど――ウチの人は、この世に二人はいませんでしたからねえ」

フミさんはぼんやりしたように云う。

「フミさん――ダンナ様を本当に愛してたのね」

「イヤですよ、嬢ちゃま、何を云ってるんですよ――さあさあ、いつまでもくだらないこと云ってないでお休みなさい」

「うん」

私は素直にベッドに向かった。

毎日、こうして私はベッドにつく前に、フミさんと二人きりでお喋りする。私が小さかった頃から、毎日――。

眠れない夜はずっとそばにいてくれた。

母さんみたいに、優しく髪を梳いてくれた。

私が眠りにつくまで、ずっと手を握っていてくれた。

幼い私が、恐い夢にうなされると、必ず抱きしめてくれた。

「嬢ちゃま、嬢ちゃま、おかわいそうに、おっかない夢をみたんですね、恐いお化けが嬢ちゃまをいじめたんですね――でも大丈夫、もう平気ですよ。フミがここにこうしていますからね、悪いヤツはみいんなフミがやっつけてしまいましたからね。だから嬢ちゃま、安心してお休みなさい、さあ嬢ちゃま、ゆっくりお休みなさい」

それからいつだったか、こんな話もしてくれた。

「嬢ちゃまのお父様はね、それはそれはお母様を大切になさっていたんですよ。ほら、嬢ちゃまのお名前の左枝子――これもお母様の左知枝から二文字取って、お父様がつけてくだすったんですよ。お母様みたいにおきれいになりますように、お母様みたいに優しい人になりますように、お母様がお父様とそうだったように、深く愛し合う人に巡り会えますようにって――そんな願いをこめて、嬢ちゃまのお名前をつけてくだすったんですよ」

父さんは本当に母さんを愛していた。

フミさんもダンナ様を、この世で一番大事な人だと思っていた。

私にも、そんな人が現れるのかしら――。

フミさん、お休みなさい。

母さん、お休みなさい。

そして――そして、あの人へ――。

神様、神様、お願いです。

私の苦しい胸の内が、どうか夜を越えて、せめてあの人の夢に届きますように――。

＊

日曜日は朝から慌しかった。

葬儀に来られなかった兵馬の古い知人達が、続々と弔問に訪れたのだ。

本来ならば今日が初七日のはずだが、当節の風潮で、初七日法要は葬儀と同時に済ませている。

それでも弔問客は引きも切らない。兵馬は住所録の類いをろくに遺しておらず、家族はその交友関係をほとんど把握していなかった。連絡の行き渡らなかった人達が、人伝《ひとづて》に聞き知って、こうして日曜に次々とやって来たようだ。

勝行も多喜枝も、そして成一さえも、そうした見ず知らずの客達の応対に忙殺された。

人を尻目にかけるような兵馬の一面しか知らぬ成一にとっては、少し意外な気がした。それでも、多喜枝も記憶していないくらい昔の故人の行状は、それなりに興味深くもあった。

昼すぎには直嗣もやって来た。

頻々として途切れることのない弔問客を捌《さば》く手助けに来てくれたわけでは、もちろんない。いつものごとくお客様然として応接間に納まってしまった。

直嗣は、霊媒穴山慈雲斎を伴っていたのだ。

「それでね、義兄さん、慈雲斎先生のおっしゃるには、やはりこの家には悪い霊が取り憑いてるかもしれないってことなんだよ」

直嗣は、お得意の皮肉っぽい笑みを片頬に浮かべて云った。

相手をしているのは勝行と成一。多喜枝は慈雲斎を嫌がって引っ込んでしまっている。お茶を運んで来たフミも無表情を取り繕ってはいたが、その下に露骨なしかめっ面が透けて見えて、成一は笑いを嚙み殺すのに苦心した。

「だから先生は、もう少し時間をかけて調べてみたいそうなんだ」

「ああ――」

直嗣の突飛な発言にも、勝行は普段のマイペースを崩さない。

「よろしいですかな、勝行さん――」

慈雲斎はしゃがれた声で云う。

「お父上の死に様、あれはいかさま異様である――それはお判りになりますな。私には何物か、神霊の力であるとしか思われぬのです。お父上は霊に取り殺されたのです。先日から、こちらへお邪魔する度に、私には強い霊の気が感じられる。荒ぶる災いの力を――深遠なる霊界より近づく、悪鬼の鉄鎚の気配を、私は確かに感じておるのだ。そして、私の予想した通り、お父上はあのようなご不幸なことになってしまわれた――。どうですかな、私を信じてもらえますまいか。私に、この家に立ち籠める悪霊のなす、黒い霧の正体を確かめさせてはくれぬか。私に、かの霊を調伏《ちょうぶく》する機会を与えてはもらえまいか」

「はあ――しかし、妻が何と申しますか」

勝行の返事はすこぶる心許ない。

「母はあまり――そうしたことは信じないものですから――」

及ばずながら成一も加勢すると、直嗣が片手をひらひらと、キザな仕草で振って、

「でも成ちゃん、先生は、もしかしたらまた、何か悪いことが起こるかもしれないっておっしゃってるんだ。そうなってからじゃ遅いだろう」

慈雲斎もその尻馬に乗り、

「そうですぞ、ここには何者かの悪《あ》しき霊力が満ち満ちておる、それは確かなことだ」

と、蟇蛙みたいな顔をぐいと近づけてきて、

「ほれ、ここにこうしている今も、私には感じる――邪気と、悪意と、怨嗟《えんさ》の声が、ありありと聞こえるのだ。ここまで強く感じられるのも珍しいほどだ。今にも髪が総毛立ちそうに――感じるぞ。どうかな、勝行さん、何かの気配を感じはせぬか」

「――はあ」

勝行は、黒ブチ眼鏡をひょいと押し上げて気のない返事をする。両棲類じみた口を不敵に歪め、鋭い目を異様にギラつかせて慈雲斎は、

「だがな、いまひとつ――いまひとつ別の力もここには渦巻いておる。恐らくそれは、勝行さん、そなたの義理のご母堂の霊ではないかと、私は睨んでおる。兵馬氏も細君の霊が近くにいると察しておった。それは真実なのだ。直嗣さんらのご母堂の霊が――多分、私の見るところでは、悪しき霊の力からそなた達を守ろうとしておる。私にはそう感じられるのだ。母性の霊力と邪《よこしま》なる霊力が、うねるようにぶつかり合っておる――そう感じるのだ。しかし悪霊の力はおぞましくも強大だ、私は聖なる浄化の力を手助けしなくてはならん。それができるのは私しかおらん。必ずや悪しき霊を弾き返し、滅し、封じてごらんにいれる。今のうちにそうしな

くば、取り返しのつかんことになる——更に激しい凶事が、災いの黒き翼の影となって、この家に降りかかることであろうぞ——」

慈雲斎の不吉な言葉は、いつ絶えるともなく続いた。


「先日も申し上げましたとおり、それがあの連中の常套手段なんです」

神代は端正な顔に、苦笑いを浮かべて云った。

慈雲斎が散々縁起の悪いことを喋り散らして帰ってから、しばらくして、神代と大内山の超心理学コンビもやって来たのである。

型通りのお悔やみの後、成一は先ほどの慈雲斎との会見の様子を、二人の研究者に伝えたのだった。

「しかし、さすがに僕も気味が悪くなりました。あの霊媒、何とも云えない迫力がありますからね、云うことに説得力がある」

成一は報告をそう締めくくった。

今度は多喜枝と成一が応対に出ている。

日曜のクラブから戻った美亜もちゃっかりついてきているのは、この若い研究者達に多分に興味があるからだろう。

直嗣は例によって夕食目当てで残っていて、今はキッチンでフミの邪魔をしているようだ。

成一の報告が終ると、多喜枝も不快感を顕わにして、

「もう、ホントに嫌になってしまいますわ、父の四十九日も済んでないのに、弟ったら懲りもせずあんな人を連れてきて——何度もやめるように云ったんですけどねえ」

「となると——今度は直嗣さんを説得しなくてはならないようですね」

神代が困惑したようにそう云った。大内山も、

「しかし——お祖父さんも手強かったけど、直嗣さんはもっと難しそうですね」

と、小太りの顔を歪める。アンパンに切れこみを入れたみたいな細い目がきゅっと締まり、薄笑いのような表情になっている。

「そうだね、叔父さんって柔軟なようだけど、人の云うことなんか聞きゃしないもんね」

美亜が云った。多喜枝も、

「ですからお願いしますね、あのおかしな人が家に出入りしなくなるだけでいいんですから。ホントにもう、あなた達だけが頼りなんですからねえ」

いつか「頼りない」と云っていたのは、すっかり忘れ去っているようだった。

「でもさあ、あの霊媒の人が云ってたことも、なんか気になるんだよね。ねえねえ、神代さん達も何か感じる？　霊の力とかさ」

美亜が聞くと、神代はおかしそうに、

「僕達にはそんな能力はありませんよ、ただの研究者なんですから」

「それにね、美亜さん——」

と、大内山も細い目を糸のようにして、

「この前も云ったでしょう、そういう脅しに惑わされてはいけないって。奴らはそうやって、人の心に恐怖感を植えつけて、そこにつけこむんです。信じてはいけませんよ」

「そうですよ、美亜、信じるんじゃありませんよ」

と、多喜枝は娘をたしなめて、

「ほら、平本《ひらもと》さんとこの上のお嬢さん、天空真神教とかって変な新興宗教に騙されて、大変だって云ってたでしょう。仏壇は買わされるわ、お給料はみんな寄付しちゃうわ、親戚の誰かれ構わず勧誘するわで——大騒ぎだそうよ。平本さんの奥さん、もう、日に日に痩せちゃって気の毒なくらいなんだから。美亜もそんなのに引っかかったら、私だってどうしたらいいか——」

「大丈夫だよ、あたしはそんな単純じゃないんだから——でもさ、神代さん、変な宗教の神さまはともかくとして、そういう霊って本当にいるのかなあ」

美亜はかなり気になっているようだ。聞かれた神代は、女性のように薄い唇を開いて、

「そうですね、一般で云われているような霊というものは、我々は存在しないと考えています」

有能な研究者の顔になっている。

「一般に幽霊というと、死んだ人間が姿を見せたり誰もいない場所に人の気配を感じたり、と、そういう事例を指すようですがね——我々はこうした報告例を数多く収集していますけど、その大半は、見間違い、勘違い、錯覚の範疇に数えられると確信しています」

いつもの冷静な調子で神代は云う。

「そして、誰それの霊魂が近くにいる——とかいう発想はナンセンスだと思っています。かの霊媒氏の云うように、兵馬氏の奥さんの霊云々などは論外ですね」

「じゃやっぱりインチキなんだ」

美亜が半信半疑といった感じで云う。神代はうなずいて、

「無論です」

「でも、どうしてそんなにはっきり云えるの？」

「幽霊というのはね、ほとんどが思い違いなんですよ。古い木造家屋の家鳴《やな》りを、鼓音《こおん》現象と勘違いしたり——例えばこれは、最近富山県で報告された事例ですが——あるドライバーが深夜、曲がりくねった山道を走っていました。我々も実地で見て来たんですけど——かなり勾配がきつく、カーブも多い、道の外側はすべて崖といった危険な道です。その時彼は急いでいて、相当スピードを出していたそうです。対向車もなく、険しい夜の道を進んでいた。そして、淋しい山道を走り続けていると——突然、ヘッドライトの前に、白い着物を着た女の人が飛び出して来たんです。危ない、と思ってブレーキをかけたがもう遅い。鈍い衝撃を感じて、彼は慌てて車を止めました。それから車を降りて、恐る恐る振り返って見ましたが——道には人はおろか、小動物すら、影も形も見えないんですね。バンパーを調べてみると、確かに何かに当ったようなへこみがある。だけど肝心の人の姿がないんです。彼はぞっとしたそうです、幽霊を轢いてしまったと思って——」

「うひゃあ、恐あい」

美亜が脚をバタつかせて云った。多喜枝も眉をひそめている。しかし神代は、変らぬ静かな口調で、

「我々はその報告を受けて、そのドライバーを訪ねました。我々のところには催眠術の専門家もおりましてね、ドライバーを催眠状態にして、彼の深層心理を探ってみたのです。彼がその『架空の事故』の前後、何を考えながら運転していたのか――それを調べてみた。すると実に興味深い結果が出ました。彼は自分でも気がつかない意識の奥底で、こんなことを思っていたんです――こんな崖の多い山道は危険だ、他に車も走っていないし、恐いな、事故でも起こしたら一巻の終りだ、うとうとでもしたら最後だ――と。事実、彼はその時睡眠不足だったと明言しています、『事故』の後はすっきり目が醒めた、とも。それから、なおも深層心理を探ってみますと――恐いな、危ないな、誰か自分をびっくりさせて目を醒まさせてくれないかな――と」

「つまり、その誰かが幽霊なんですね」

成一が先回りして云うと、神代は静かにうなずいて、

「その通りです」

「えー、どういうこと、誰が幽霊なの」

美亜が不満そうに尋ねる。神代は続けて、

「我々はこう分析しました。彼の深層心理は事故をひどく恐れていた、なんとか目を醒ました

いと思っていた――。しかし肉体の方は睡眠を欲しています。そして、彼が半ば半眠状態になりかけた時、偶然木の枝か何かが、バンパーにぶつかったのです。そのショックで彼は飛び起きました。そこで、誰かが目を醒まさせてくれることを望んでいた彼の無意識は、その待ち望んでいた誰かの姿を創り上げ、瞬間的に視覚中枢に送ってしまった――と、そういうことです。要するに彼の見たのは、彼の無意識下から湧いて出て来た幻影だったのです。白い着物を着た女の姿――これは車にまつわる怪談にはお定まりと云っていいパターンですからね、彼の無意識もそれを覚えていて、とっさに頭の中に出て来たのが、その姿だったのでしょう」

「すっごーい、なんか凄く合理的」

美亜が感嘆の声をあげる。

「そうやって説明してもらえば、幽霊なんて全部気のせいだって思えちゃうよね」

するとと今度は大内山が、

「ただ、我々は霊の存在を全面的に否定しているわけではないんです。もちろん神代も申しました通り、通常一般的な意味で云う幽霊とは別の概念なのですけど――」

と、ぼそぼそと陰気な口調で、

「人間の死後も、その意識は残る――というテーマの研究をしている者もおりまして――無論、霊などではなく、もっと科学的な観点からなんですが――」

「へえ、科学的に幽霊を調べちゃうの――それ、どうやって？」

美亜が目を輝かせて聞くと、大内山はにたりとして、

「これは、大脳生理学の分野になるんですが――脳神経の働きを簡単に云ってしまうと、脳内のニューロンがシナプシスを形成して、そこに電気的な信号が伝わるわけですね。その電気的信号が外部に伝わり、それを他の人間が読み取る――と、まあ、そういったことでして――興味がおありなら、また今度ゆっくりお話ししましょう」

そそくさと打ち切ったのは、多喜枝の白々とした視線が気になったからだろう。多喜枝はおおざっぱな性格のためか、迷信の類いをあまり信じない。こうした話題は、あの慈雲斎の言葉と同じようなものにしか聞こえないのだろう。

「それで神代さん、例の忘れ物はどうしました」

白けかけた空気を取り繕おうと、成一は聞いてみた。

「ほら、先週の、茶封筒」

「ああ、あれですか」

神代は決まり悪そうに笑って、

「やっぱり電車の網棚でした。学校の名前が刷ってあったんで、駅の人が親切に送ってくれましたよ――いや、実にどうも、うっかりした話で」

この冷静な秀才にも、案外そそっかしい一面があるようだ。

「しかし、まあ――」

と、神代は真顔に戻って、

「あれのお陰でアリバイが立ったみたいなものですからね――何が幸いするか判りません」

「お二人のところにも刑事が？」

成一が尋ねると、

「ええ、何度か」

「あらまあ、ご迷惑をかけちゃって——すみませんねえ」

と、多喜枝が云う。しかし大内山は手を振って、

「いえ、僕達もあの日こちらへ伺ってたんですから仕方ありません。でも僕もアリバイがありますからね、自宅の近所で、顔見知りのクリーニング屋の人と会いまして」

「へえ、あの日、あれから」

と、美亜。

「ええ、偶然、ばったりと。そのクリーニング屋のおやじさんとちょっと立ち話をしまして——。それでアリバイが立証されたようでしてね、もう刑事も来ないでしょう」

大内山は丸い顔をにんまりさせて云った。それでもどこか不安を隠せないようだった。


神代と大内山が帰った後も、何組か客があった。

「お客様用のお茶っ葉、今日一日でなくなりそうなんですよ」

フミも呆れてそう云った。

夕刻、やっと来客の波状攻撃が終った。

見知らぬ人達の応対にくたびれ果てて、夕食まで二階の自室で休もうとした時に、それを見

つけた。

階段の、一番上の段だった。

階段を上がりかけていた成一の目の端に、何かがちらりと、鈍い光を発するのが映ったのだ。

怪訝に思って、近づいて拾い上げてみる。

小さな、黒いビー玉だった。

なぜこんな物が、こんな場所に落ちているのか判らない。来客は多かったが、全員大人だった。こんな物を持っていそうな子供を連れた客など、一組もない。それにしても、階段の一番上にこんな物が落ちていては危険だ。誰かが誤って踏んで、足でも滑らせたら――。

はっとして、成一は顔を上げた。

目の前に、左枝子の金属バーがあった。

階段の、バーのある壁際。

ここは左枝子の通り道だ――。

この金属バーを使うのは左枝子だけで、家族の中でも壁際を通る頻度の最も高いのが左枝子だ――。そう考えてみると、ビー玉が置かれていた位置はそのためには絶妙ともいえる地点だった。

しかもビー玉の黒い色は、床の煤けた色と同調しており、光らなければ成一も見過ごしていただろう。

誰かが左枝子に罠を仕掛けた――?

もちろん、誰かが何かの理由で持っていて、うっかり落として行ったのかもしれない。しかし、それにしては位置が決まりすぎている。蓋然性の問題だ。今成一が見つけなくても、家族の誰かが発見したかもしれない。だが、誰も気がつかなかったとしたら——。

他の家族が踏んで滑っていた可能性もある。しかしその確率が一番高いのは——。

左枝子だ。

殊に左枝子は、階段では極めてバランスが悪い。もし左枝子がこれを踏んでいたなら——。

成一は戦慄した。

簡単なことなのだ。労力などほとんど必要ない。ちょっと階段を上がってビー玉を置くだけ——ただそれだけのことで、何パーセントかの確率で左枝子を危険に陥れることができる。しかも誰がやったのか、証拠は一切残らない。もし左枝子に危害を加えようと画策する者がいるのなら、賭ける価値はあるだろう。

誰かが左枝子を狙っている——。

早とちりかもしれないが、その可能性があるだけでも、成一を混乱に突き落とすには充分だった。

誰が、誰が——。成一は階段にうずくまったまま頭を巡らす。

誰にでも機会はあった。時間はほとんどかからない。

しかも客が多かった。家族も全員家にいた。その上、直嗣も、慈雲斎も、神代も、大内山も

——兵馬の事件の時この家に来た者は、一人の漏れもなく今日も訪問してきている。役者は揃っていたのだ。

＊

今日は随分たくさんお客さまが来ていた。

私はなるべく、お客さまと顔を合わせないように、二階に一人きりでいた。

お客さまのお相手で兄さんも忙しそう。

美亜ちゃんはクラブのテニスで、今日もお出かけ。

つまらない日曜日だった。

夕方、家の中が静かになってから、私は庭に出てみる。途中、階段の上がり端で兄さんと行き会ったけれど、兄さんは何だかうわの空だった。知らない人と話をするのはあまり得意でない兄さんだから、お客さまのお相手でくたびれたのかもしれない。誘わないでそっとしておいてあげよう。

庭のいつものベンチ。

松葉杖を傍らに置いて、母さんの真似をして背もたれに身をあずける。

夕暮れの風が少し冷たいけれど、とても気持ちがいい。

囁くように、葉の触れ合う音。

そして、想うのはやっぱりあの人のこと――。

今日は神代さん達も来ていたみたい。だけど、どうしても出て行けなかった。

恐かった――。

神代さんと顔を合わせるのが、なぜだかとても恐い。

ううん、わけは判っている。

嫌われることを、私は恐れている。

神代さんに厭われ、疎まれるのではないかと――そんな想像が私を臆病にする。

私は気づいてしまった。

とても嫌なことに気づいてしまった。

神代さんだってきっと、普通の、健康な女の子の方がいいに違いない――そう気づいてしまった。あの人が私なんか振り向いてくれるはずはない――そう思いついてしまった。

だから私は、神代さん達が来たのを知っていても、部屋から一歩も出られなかった。恐くてじっと、一足も動けずに一人で震えていた。

私は、私の身体がみんなと同じように動かないのを嫌悪し始めている。

こんな嫌な気持ちは初めて。

今までこんな風に思ったことなんて一度もないのに。

私は、なんて嫌な女の子になってしまったのだろう。

私よりかわいそうな人は世の中にたくさんいるのに――。私はあの、幸せな笑顔を絶やさなかった母さんの娘だから――。それだから私は、神様を恨んだりしないで生きようと決めていたのに。

どうかしている。

自分の心が自分のものでなくなったみたい。

胸が重くて、とても苦しい。

でも――でも、こんなことじゃいけない。

こんな風に思ってはいけない。

そう、だからもうやめよう。

思い悩むのはもうやめにしよう。

だって、これは恋などではないから。

ただの憧れ――。

時が経てば忘れてしまうだろう、淡雪のように溶け去ってしまうだろう――そんなほのかな、甘い錯覚。

だから思い悩んでも仕方がない。

もうやめにしよう――。

私は、そう私自身に信じこませようと云い聞かせる。とても努力が必要だけど――そう思おうとしている。けれど反面、それはとても難しくて、成功しそうにないことも、私は知ってしまっている。

でも、もうやめよう。

母さんと父さんが、命がけで守ってくれた命なんだから。慈しみと、いとおしみと、慈愛とで――私はいつでも母さんに抱かれているのだから。

母さん、母さん――私はどうしたらいいの。

母さんだったら、こんな時どうするの。

母さんならば、こんな気持ちの時でも、輝くような笑顔を忘れないのかしら――。母さんだったら、その暖かさで、嫌悪に凍てついた心を解かしてしまうのだろうか。

母さん、母さん――。

近頃――よく、母さんに似てきたと云われる。母さんの写真はあの事故の後、お祖父さまが悲しんで、みんな焼いてしまったという。でも、そんなことは私には関係ない。私の心に今も息づいているのは、生きていた頃の母さんの姿――。黒いしなやかな髪と、つややかにきらめく瞳と、白く柔らかい頬と、そして輝くような笑顔の――。

もし本当に、私も母さんに似ているのならば――。私が微笑んだら、あの眩いばかりの輝く笑顔に見えるのかしら。あの人は私に、母さんのようなきらめく美しさを見つけてくれるのだろうか。

想いは――回る。

空回りを繰り返す。

母さん、神代さん――そして、私。

私はどうしたらいいのだろう。

神様、神様、お願いです、この苦しい胸のつかえから、どうぞ私を解き放ってください。

私は、祈る。

他には何もできないから——私は、祈る。

祈ることしか、私にはできそうにない。祈り、願い、そして夢みることしか——今の私には。

風が夜の気配を連れてきた。

さあ、もう家に戻ろう。

松葉杖に手をのばす——その時、

「お嬢さん、ちょっと失礼します」

知らない男の人の声に、私は思わず振り返った。

＊

「兄貴っ、兄貴、大変」

美亜が、息せき切って居間に飛びこんで来た。

「どうしたんだ、美亜坊は。そんな大股で走ってると、男の子にしか見えないぞ」

ソファにふんぞり返った直嗣がからかったが、美亜は真剣な表情を崩さずに、

「それどころじゃないんだってば、今ちょっと外出てみたら、庭で——」

と、キュロットスカートから伸び出た脚を、苛立たしげにバタつかせて、

「お姉ちゃんが変な男に襲われてるっ」

「何だって、庭のどこでだ」

今度は直嗣が顔色を変えた。

「ベンチのとこ」

成一は居間のガラス越しに、庭に視線を走らせた。しかしここからでは、木が邪魔になってベンチは見えない。直嗣がソファから飛び上がって、

「よし、今行く」

それより早く、成一は駆け出していた。後から直嗣と美亜もついて来る。

玄関を回り、庭へ飛び出す。

樹々に囲まれた芝生の空間に、ベンチがひとつ。

走りながら見ると、なるほどそこに、見知らぬ男と左枝子がいる。

左枝子はベンチに座って両手で顔を覆っており、男はその周りをうろつきながら、しきりに何事か訴えかけている様子だった。

駆けて行く成一達に気づいたらしく、男はぎょっとしたようにこちらを見た。逃げ場を探してきょろきょろする。三方を木に囲まれているのを悟った男は、途方にくれたようにそのまま立ちつくした。

そこでやっと、成一はその場に着いた。

左枝子は泣いているようだった。細い肩がかすかに震えている。成一の頭に、一気に血が上った。

「ここで何をしている」

云った声が、怒りで振動しているのが自分でも判った。

「いえ、あの、申し訳ありません。ちょっと、その――取材で」

三十半ばくらいだろうか、見るからに軽薄そうな三白眼の男の首から、カメラがぶら下がっている。

追いついて来た直嗣が荒い声で、

「取材? 誰の許可を取って入ってきた」

「いえ、それがその――門のところから覗きましたら、こちらにこのお嬢さんがいらっしゃいまして――声をかけても気づいてくれませんでしたから――つい、ここまで」

男はへどもどして答えた。

「あんた、週刊誌?」

美亜が険しい声で聞いた。目が三角になっている。どういうつもりか、テニスラケットを片手に握っている。

「ええ、週刊ホット・ショットの――あ、私はフリーですけど」

「そのフリーが何の用だ」

と、直嗣。

「ですから取材で——ここのご主人が先週亡くなりましたよね、それが何だか不可解な状況だったそうで——警察へも行ったんですけど詳細は教えてくれませんので、だったらこちらで直接伺おうと——あの、よろしかったらちょっとお話、伺わせていただけませんか」

成一は怒りで言葉を失った。直嗣がぐいと一歩踏み出して、

「写真、撮ったのか」

その剣幕に男は、胸に下がっているカメラを両手で抱いた。

「撮ったんだな」

直嗣が云った。美亜がラケットを構える。

男は阿《おもね》るようにへらへらと、

「あの——こちらのお嬢さんがおきれいですから、絵になると思いまして——それに、こうしたお気の毒な方というのは、読者にアピール度がありますもので」

瞬間、成一は男の胸倉を摑んでいた。

「ちょっと、暴力はいけませんよ、暴——」

両手の力の制御が利かなかった。相手の首が、がくがくと前後に揺れる。

「ちょっと、痛、離し——」

「フィルムを渡せ」

成一の後ろで、直嗣が怒鳴った。

「だっ、フィル——離し、暴力——」

成一は我を忘れていた。怒りに身を任せ、男の首を締め上げていた。

男は喘ぎながらも、カメラを守ろうと必死で身をよじる。

「フィルムを渡せ」

と、再び直嗣。男は抵抗をやめない。

「嫌——フィルムは、俺——ぎゃっ」

悲鳴をあげて、急に男の力が抜けた。

成一はその機をのがさず、男の首からカメラを抜き取った。見ると、男の背後で美亜が会心のストロークを決めた体勢になっている。ラケットで尻を引っぱたいたらしい。

成一はカメラを直嗣に放り投げると、そのまま怒りに任せて男を突き飛ばした。

男は腰がくだけたように、へなへなとへたりこんだ。

直嗣が乱暴な手つきで裏蓋を開け、フィルムを引っぱり出す。フィルムはセルロイドの蛇みたいに、芝生の上を長々と這った。

「あ、あ、何てことすんだよ」

男は座りこんだまま情けない声で抗議する。

「暴力ふるってカメラまで取り上げて、そんなことしてタダですむと思ってるのかよ」

「タダですまないのはそっちだよっ」

怒鳴ったのは美亜だった。美亜はまっ赤な顔で、

「肖像権の侵害、それから住居不法侵入。この辺にゃまだ、刑事《デカ》やらマッポやらウロウロして

るんだぜ。なんだったら出るトコ出て勝負したっていいんだよ、お兄さんっ。だいたいテメエら何だよっ、興味本位で人んチ覗きこんで喜びやがって、覗かれる方の身になって考えたことあるのかい、このオタンコナス。テメエにだって女房子供くらいあるんだろう、そのガキやババアが面白半分でテメエらみたいな無神経なアホどもに追い回されるの、ちっとは想像してみやがれ。テメエの身内がされて嫌なコト、人んチ来て平気なツラしてやってやがるからバカ野郎だってんだ。いつまでも芸能人の噂話や人んチの不幸ばっかりつっ突き回してやがるから、マスコミは低能だってんだよ。こんなくだらないコトしてる暇あったら、もっと世のため人のためになるようないい記事書いてみやがれ、このバカタレがっ」

昨今の女子高生に相応しい、見事なタンカだった。男は毒気を抜かれて茫然としている。その足元へ、直嗣がカメラを叩きつけた。男は弾かれたように、

「わっ、何するんだよ、このカメラ、高いんだぞ」

直嗣は、内ポケットから名刺を取り出し、これも相手の額に叩きつけ、

「あんたのボロカメラくらい、いつだって弁償してやる。壊れたんなら請求書持っていつでもそこへ来い。俺の仕事先の画廊だ。俺は逃げも隠れもせんよ。ただし——あんたが自分の良心に恥じない仕事をしてるっていう自負があるなら、だ」

男は憎々しげに直嗣を睨みつけ、

「ふんっ、金持ちの傲《おご》りか——」

吐き捨てるように云った。

「何よっ」

美亜がラケットを振りかざす。男はそれを見ると、カメラを引っ摑んで、あっという間もなく駆け出した。

男の姿が門の向こうに消えるのを見送り、直嗣は成一に向き直って、肩をすくめた。

「お姉ちゃん、大丈夫？」

と、美亜が左枝子の背中をさすりながら、

「変なことされなかった」

「うん、もう――平気――」

左枝子はようやく顔を上げて、

「あの人、急に声かけてきて――お祖父さまの事件のこと色々聞いて――私、判らないって云っても、しつこくって――」

頰をしきりに手で撫でて左枝子は云う。

「私は何も知らないって云ったら――そしたら、今度は写真――やめてくださいって云ったのに、何度も――何度も」

「まったくあのヤロウ、今度来たら脳天にスマッシュお見舞いしてやるんだから」

美亜が片手で、ラケットを器用に回転させて云った。直嗣は笑って、

「いやいや、あれでも充分効いてたみたいだぜ、逃げる時、おかしな走り方してたから。あれじゃ今晩、尻が腫れ上がるな」

「だったらザマ見ろなんだけどね」

と美亜は、左枝子に杖を取ってやり、

「さあ、もう家に入ろうよ。もうすぐ夕飯だしさ、お姉ちゃん、もう平気？」

「うん、ありがとう」

直嗣も、左枝子が立つのを手伝いながら、

「またいつあんなのが来るか判らない。戸締まりに気をつけるように、義兄さんに云っとかなくちゃな」

「うん、あたしからもパパに云っとく」

美亜が左枝子に肩を貸して歩き出す。直嗣もその後ろから、

「しかし美亜坊のタンカ、なかなかだったぞ。いや大した度胸だ」

「叔父さんだってカッコよかったよ、逃げも隠れもせんっだもんね」

「おいおい、俺そんな云い方しなかったぜ、時代劇じゃあるまいし」

「云ってたよ」

「それより、美亜坊の表現の方が穏やかじゃなかったな。襲われてるってのはオーバーだ」

「だって——とっさにそれしか考えつかなかったんだもん」

左枝子達三人が、夕闇の庭を家に戻って行く。成一はその後ろ姿を見守りながら、ゆっくり息をついて、ベンチに座りこんだ。

左枝子を守らねばならぬ——。その想いが改めて、切迫感を伴って胸を圧する。

十年前、成一は義務を放棄した。左枝子を託すに相応しい伴侶が現れるまで、騎士のように、左枝子を守る。その務めから、尻尾を巻いて逃げ出した。あの時の、鈍痛にも似た後ろめたさ——。

あの頃から、左枝子は眩しいばかりに純真だった。高潔な、侵しがたい、純粋な魂を持った少女だった。フミが、持てるすべての愛情を注いで育んだためだろうか、ほとんど外へ出ず、純粋培養さながらに育った影響だろうか——左枝子は輝くように純朴だった。自分の身体が不自由なことが恥などとは、露ほどにも思わない、無邪気な、清純な少女だった。

いつの頃からか、成一はそんな左枝子を見守ることが苦痛になっていた。

中学、高校と進み、成一も、ごく一般的な少年達と同じように、通俗的な感情を身につけだしたからだった。妬《ねた》み、羨《うらや》み、蔑《さげす》み、劣等感、優越感——。

純真な左枝子は、さながらそんな成一の心の醜さを映し出す鏡だった。左枝子の素直さに触れると成一は、否応なく己の屈折した心根を思い知らされた。左枝子の優しさに接することは、自らの冷ややかさを感じることだった。そして、左枝子のあどけなさは、成一の計算高い打算を映し出し、左枝子の素朴が己の内なる虚飾と虚栄の影を照らし出す。

今思えば取るに足らない悩みだが、高校生だった成一には、それがたまらなく辛かった。自分が矮小《わいしょう》に感じられてならなかった。薄汚れて下劣な人間に思えて仕方がなかった。その頃、成一は左枝子に畏怖すら覚えていた。

蒼く、若い苦しみだった。

守る義務は全うしたいが、傍にはいられない――あれはそうしたジレンマだった。

騎士どころか、とんだカジモドだ。

だから――逃げた。

左枝子と正面から向き合うのを恐れ、成一はこの家から逃げ出したのだ。無論、直接の原因は、進路を巡る祖父との衝突にある。しかしどこか、そんなきっかけを待ち望んでいたのかもしれない。

屈折した挫折感は、今でも成一の内に重いしこりとなって残っている。今ではそれを撫でてみて、苦笑することもできる。が、しかしそれでも、美しく成長した左枝子を見るにつけ、しこりは騒ぎ、疼《うず》く。

だから、それだからこそ、今度こそは左枝子を守り通さなくてはならない。先刻のような無神経な世間の目から、そして、あの黒いビー玉――。何者かの悪意が左枝子に牙を剝こうというのなら、この身を挺して守らねばならない。もしそれが祖父の事件と関連があるとしたら、一日も早く犯人を突きとめなくてはいけない。

夜の帳《とばり》が辺りを包み始めた庭で、成一はうっそりとベンチに座っている。

空気が少し冷たさを伴い――ふり仰げば、一番星の瞬きが遙かだった。

そして翌日――月曜日の夕食後のことだった。
家族揃って食卓を囲むことにも、成一は気後れを感じなくなってきている。十年も独り暮らしを続けていたので、先週のうちは何となく落ち着かない、面映《おもは》ゆいような気がしていたのだ。

それにしても、家の中で殺人が起きたのに、こうして日々の暮らしは変ることなく続いている――それがいささか、滑稽に思えないでもない。ありきたりな日常には、忘却という自浄作用があるらしい。どの家でも、こうして日々の営みを繰り返すことで、悲劇を過去に追いやっているのであろうか――。

昨日にひき続き、直嗣が来ていた。

このところ、自分のマンションの所在を忘れてしまったかのように、頻繁に顔を出す。しかし無口な勝行や成一のいる中で、陽気なこの叔父は、食卓を賑やかにする存在として、大いに貢献度が高い。だから、多喜枝も美亜も左枝子も、大方は、直嗣の来訪を歓迎している。その大方以外の話題を彼が持ち出すまでは――。

「それで例の降霊会だけどね、次の日曜あたりにどうだろう」

直嗣は、いつもの皮肉っぽい笑みを浮かべて云った。食後のお茶を飲んでいた多喜枝が、大きくひとつむせ返った。

「何――何云ってるのよ、あなたは。もうお父さんもいないんだから、今さらそんなことすることないでしょう」

「そう、親父はいないんだから、今度は俺の主催ってことになるね」

「バカなことはやめてよ。私は嫌ですよ、そんなおかしなことは」

「困ったな——」

と、直嗣は一向に困った風でもなくにやにやして、

「もう慈雲斎先生とも話を進めてるんだけどなあ」

「やめてって云ってるでしょう、もうあんなおかしな人を家に連れこむのは」

多喜枝の抗議をまったく受けつけず、直嗣は、

「それに、ほら、姉さんのご贔屓《ひいき》の学者のタマゴ君達も楽しみにしてるみたいだしね」

「別に贔屓になんてしてませんよ。ねえあなた、何とか云ってやってくださいよ」

勝行は多喜枝に訴えかけられ、眼鏡の奥からしょぼしょぼした目で直嗣を見て、

「あ、ああ——まあ、だから直嗣君、お義父さんも亡くなったことだし、もうそれは必要ないんじゃないかね」

「でもね、義兄さん、その親父のためにもやってやりたいんですよ。親父、慈雲斎先生の降霊会を随分楽しみにしてたみたいだからさ、やってやれば親父も浮かばれると思うんです。ね、どうです、義兄さん、親父の供養だと思って」

「あ、うん、しかしだね——」

こういう際、勝行はすこぶる頼りない。成一は横から、

「僕も反対だな、そんなことしても何の意味もない」

これ以上妙なことでごたごたするのはたくさんだった。しかし、

「ねえねえ、でもさ、面白そうじゃん」

と、美亜が身を乗り出して、

「ウチん中でそういうのできるなんてさ、なんかカッコいいしさあ」

「美亜までなんてこと云うんです」

多喜枝がたしなめても、美亜ははしゃいだ調子で、

「でもママ、そんなのめったに見られないよ。あたしちょっと興味あるんだ、降霊会なんてちょっとぞくぞくしちゃうもん。ねえ叔父さん、別に危ないことなんてないんでしょう」

「あるもんか。俺達はただ黙って見てるだけでいいんだ」

「ほらね、危なくないし、変なことするんでもないし——見るだけだったら面白いじゃない。それに神代さんや大内山さん達もきっと見たがるよ、あの霊媒の人のインチキ暴いてやるんだってハリキってたしさ」

援軍を得て、直嗣は一層楽しそうに、

「ところが先生の方も、あの若僧どもに目にもの見せてやるって鼻息荒くしている。どうだい、姉さん、彼らの対決を見るだけでも面白いショーだと思わないかい」

「思いませんよ、そんなもの」

「ちょっとした遊びだと思ってくれればいいんだよ、軽い座興だと思ってさ——それとも姉さん、姉さんはあの若い連中が負けるのを見たくないから、反対してるのかい」

「別にそんなことないわよ」

多喜枝はむすっとして云う。

「いいや、きっとそうだ。降霊会が成功して、姉さんが毛嫌いしてる慈雲斎先生が得意顔するのを見たくないんだ。あの若い連中がこそこそ退散するのを見たくないんだ」

「そんなこと関係ないでしょう」

「だったらいいじゃないか。姉さんは、あの連中が先生のイカサマだとかを暴くのを、待ってればいいんだから。先生がぺちゃんこにへこまされるのを、笑ってやればいいんだからさ。それとも、やっぱり成功するのが恐いのかな」

「そんなことないって云ってるでしょう」

もはや子供の喧嘩である。

「ならいいだろ。反対するってことは、先生の力が本物だったらどうしようって、内心怯えてるから、としか思えないしね」

「判ったわよ、そこまで云うんなら降霊会でも品評会でもやればいいでしょ。その代わりねえ、あなたっ」

恐い顔をして多喜枝は勝行に詰め寄って、

「小池《こいけ》さんに連絡して、綿貫教授ご自身にも来ていただけるように頼んでくださいよ。あの若い人達だけじゃ、もうひとつ頼りになりませんからね」

「あ——ああ、判った」

勝行はおどおどと答えた。

「よし、これで決まりだ。次の日曜、みんな空けておいておくれよ」

直嗣は、遠足の日どりを発表する小学校の先生みたいに云った。

「うわあ、凄おい、楽しみだなあ」

美亜が諸手をあげて云った。

成一は、ほとんど意見を挟む余地もないまま黙殺されてしまった。完全に直嗣の作戦勝ちだ。子供っぽい多喜枝を意地にさせることなど、直嗣にとっては朝飯前のことなのだから。

やれやれ、ごたごたの嵐はまだ治まってくれそうにない——成一はため息をつくしかなかった。


次の夜は、父と酒を呑んだ。

珍しいことだった。

その夜、成一は居間で一人、ぼんやりしていた。

「どうだ、ちょっとやらないか」

ブランデーのボトルを片手で上げて、食堂から声をかけてきたのは、勝行の方からだった。父は少し照れくさそうだった。今までは、外で会うにしても大抵は母か妹、もしくは左枝子が一緒だった。二人きりで酒壜を前にするのは、もしかしたら初めてのことかもしれない。

カシュー・ナッツと一口チーズの簡素な肴を並べる。乾杯をするのも大げさなようで、成一は、グラスを目の高さにちょっと上げて見せた。勝行も同じ動作で応え、グラスを口に運んだ。

静かな夜だった。

「どうだ――仕事の方は」

勝行はぽつりと云った。

「うん、ぼつぼつ、だね。可もなく不可もなく――父さんは？」

「ああ、こっちも可もなく不可もなく、だ」

勝行は、眼鏡の奥のしょぼしょぼした目をテーブルに向けたまま、

「後悔は、していないか」

「後悔――？」

突然で、何の話か判らなかった。

「ああ、お義父さんの持ってた土地やビル、受け継いで商売でもしていればよかったと――そうは思わないか」

「そのことか――。そうだね、あれだけの持ち物だったたから、今考えればちょっと勿体ないような気はしないでもないけど――でも、やっぱり僕には今の仕事の方が性に合ってるかな」

「実験と研究、か」

「うん、人や物を動かしたりするのは苦手だし」

「そうか、それならいい。お前はお前の好きなようにやればいいんだしな」

呟くような勝行の言葉に、成一はグラスを止めた。

「父さん、あの時もそう云ったね」

「何をだ」

不思議そうに勝行は目を上げる。

「ほら、僕が高校の時。母さんは、お祖父さんの云う通りにしなさいって怒ってたけど——父さんは、お前はお前の好きなようにすればいいって」

「そんなこと云ったかな」

勝行は首をかしげる。

「云ったよ、それで僕、何がなんでも光学やろうって決めたんだから」

「そうだったかな、これは責任重大なことを云ったものだ」

決まり悪そうに苦笑して、勝行は再び目をテーブルの一点に落とした。

勝行が単に、舅《しゅうと》への対抗心だけから成一を支持してくれたのではないのは、成一も知っている。むしろ人が、望む道を進むことの困難を熟知していたからこそ、あえてその平易ならざる方向を選ばせたのかもしれない。あの気難しく、激烈な個性を持った兵馬の娘婿として、成一などには想像もできない圧迫の中で過ごしてきた父ならではの、息子への思いやりだったのだろう。成一はそう思っている。

成一の胸の内を読み取ったかのように勝行は、

「お義父さんは、面白い人だったな」

静かな、凪《なぎ》の海のようにさざ波ひとつ立てない口調と表情で云う。

「面白い人だった——。若い頃は無茶をして——あの当時の株屋なんて、まだまだヤマ師に毛の生えたようなものだったようでね、随分危ない橋も渡って来たらしい。かなりあくどい取引もしたみたいで、悪く云う人もいるようだけど――。しかしな、やはり世の中、才能だな。どんなことだって、生き残るか生き残れないか——それは、その人が本物か本物でないかで決まるんだろうからね。あの人は、紛れもない傑物だったな。凡人には太刀打ちできないものを持っていた。ああした生き方というのも、きっと面白かっただろうと——今になってつくづく、そう思う」

多分父さんは——と、成一は思う——お祖父さんのことを、嫌いではなかったんだろうな、と。ちょうど小さな灯りが、陽光の下では仄かであるように——父は、義父の強烈な個性に照らされて、その存在と気力を色褪せさせて半生を過ごしてきた。だが、それでも、一種憧憬《どうけい》にも似た、敬意を抱いて太陽を仰いでいたのではないだろうか。

父は無口だ。すべてを諦観《ていかん》したかのように、人と争わず、流れに身を任す。子供の頃は、母や祖父にやり込められても一言も返さない父を、頼りなく感じたこともあった。しかしそれは、人間関係の軋轢《あつれき》を避け、何もかもを己の胸に呑みこんでしまう、父一流の懐の深さであることが、今の成一にはよく判っている。成一がこれから、そうやって生きようとしているように——。

ブランデーを口に含む。

熱い心地よさが喉を通って行く。

いつものように成一と勝行は、無口に、黙って向かい合ったまま、静かにグラスを傾ける。

結局、男親と息子なんて、この年にならないと判り合えないのかもしれない——。温和な表情でグラスを口に運ぶ父を見ながら、成一はそんな風に思った。そして、父の人生を想った。それは取りも直さず、これから成一が歩んで行くだろう、穏やかな一生なのかもしれない——。

「ときに、成一——」

不意に勝行が云った。眼鏡の奥の小さな目に、いつになく悪戯《いたずら》っぽい光があった。

「お前、嫁さんはまだなのか。もうそういうことも考えていい年じゃないか」

「うん——そうだね」

「母さんも気を揉んでるしな。どうなんだ、そういう相手はいないのか」

「うん、今のところは——」

成一は言葉を濁す。

学生時代からそうしたことが苦手だった。潔癖症——ということでもないのだが、女友達と遊び歩いている仲間を見るのが、なぜだか不愉快に感じて仕方がなかった。別段、勉強に一途《いちず》だったわけでもない。何となく——ただ何となく、女性に近づくのが億劫だった。「女嫌い」だの「過敏にストイック」だのからかわれもしたが、その性癖は直らなかった。社会に出てからも同じだった。同僚達が、いかにOL達と仲よくなれるか、仕事以上の情熱でもって心を砕いていても、成一には何の興味も湧かない。いかなる手立てで恋人を獲得したか自慢する同僚の話にも、醒めた表情でうなずくことしかできない。むしろ、嫌悪の情すら感じる。成一自身、その理由が判らずに戸惑ってはいるのだが——。

成一が、その話題に気乗り薄なのを察してか、

「まあ、それは、お前のペースで決めればいいことだしな」

と、勝行は云った。

「うん、そうだね」

成一もそうとだけ答えた。

「ほら、母さんはあの通り顔が広いだろう、だから見合いの話もぼつぼつ舞いこんで来るんだ、お宅の息子さんにどうかって――でもまあ、そう急ぐこともないだろう、お前の好きにすればいい」

それで勝行はその話を打ち切った。

それからしばらくの間、成一は黙々と、勝行と共にグラスを重ねた。

左枝子に仕掛けられた罠に関して、勝行に相談しようかとも思ったが、口には出せなかった。あれはただの落とし物で、成一の思いすごしかもしれないし、勝行に無駄な心配をかけるのも憚《はばか》られる。それに、左枝子を守るのは、他ならぬ成一の義務であるから――。

ボトルの中は、引き潮の海のように水位が下がっている。

成一は珍しく少し酔った。

勝行が寝室に引き上げても、眠くはならなかった。左枝子の罠のことや、降霊会のこと、そして兵馬の事件のことが気にかかって神経が高ぶっているせいだろう。このところ寝つきが悪い。思いがけず父と、しんみりした時を過ごしたせいで、やや感傷的な気分にもなっている。なんとはなしに、人恋しい夜だった。これも成一には珍しいことだった。

あの男に電話でもしてみようか——。そう思いついた。学生の時の、三つほど上の先輩だった。年齢も学部も違っていたが、成一にとっては唯一心を許せる相手である。人を人とも思わぬ毒舌と、エキセントリックな言動で、学内に知らぬ者のない変人——普通ならば、成一が最も敬遠するタイプのはずではある。しかしなぜか、妙に吸引力を感じる。恐らく、成一の持っていないものを、彼がすべて備えているためかもしれない。行動力と好奇心と自信と、人を引きつける魅力と、自分の云いたい言葉だけを発する口と、そして——さりげない優しさとを。ともすれば内省的になりがちな成一を、現実に引き戻してくれる先輩だった。神経に突き刺さる辛辣な言葉と、不思議な優しさでもって——。もっとも極度なへソ曲がりだから、その優しさを表にあらわすことはめったにないのだが——。

成一は受話器を取った。

午前零時を過ぎてはいるが、あの暇人のことだからまだ起きているだろう。

「はい、もひもひ——」

案に相違して、電話の向こうから流れて来たのは寝ぼけた声だった。

「あ——寝てましたか」

「当り前だろ、普通こんな時間はみんな寝てるんだよ、まっとうな人間なら誰だって寝床の中だ。誰なんだよ、僕の心地よい安らぎを邪魔しやがるのは」

「方城ですけど——」

「方城って——あれっ、成一か。ひゃあ、これは稀なこともあるもんだね、人嫌いのお前さんがそっちから電話してくるなんてさ。どういう風の吹き回しだよ」

「――すみません、お休みのところ」

「本当にすみませんだよ、お休みになってたんだよ、僕は」

「はあ、すみません――あの、先日は御馳走さまでした、新宿で」

「はいはい、お粗末さんでした、じゃな、お休み」

「あの――先輩」

成一はなんとなく拍子抜けしながらも、相手をとめた。

「何だよ、僕は寝るんだよ」

「知らないんですか――事件のこと――」

好奇心の異常に強いこの男なら、必ず事件のことを根掘り葉掘り聞き出そうとするのではないかと、内心びくついていたのだが――。

「何だよ、事件って」

「家《うち》の祖父が、死んだんですけど――殺されて」

「――」

「もしもし、先輩、聞いてますか」

「――聞いてるよ、ちょっと待てよ、まだ頭が寝てるんだからさ――。ジイさんが殺されたって、それ、お前さんと何だかいざこざがあったって、あのジイさんか」

「ええ、そうですけど――」

「お前さんがやったのか」

「何云ってるんですか、変な冗談云わないでくださいよ。新聞読んでないんですか」

「ここんとこ忙しくって、新聞なんて読んでる暇ないんだよ」

「そう云えばこの前もそんなこと云ってましたけど、一体何やってるんですか」

「まだ内緒だって云っただろ、それに関しては。そりゃそうと、何なんだよ、そのジイさんが殺されたってのは――こないだ、霊媒だとか超能力だとかって云ってたりど、それと関係あるのか」

「はあ、何だかちょっと不可解でして――よく判らない事件なんですけど」

成一が一件のあらましをざっと伝えると、相手は面喰らったような声をあげて、

「うひゃあ、凄いなそりゃ、霊の殺人に降霊会か――時代がかりだね、どうも。お前さんの家、どうなっちまってるんだよ――あ、ひょっとしてお前さんとこ、ジョンとかカーターとかって名前の犬、飼ってないか」

「いえ、犬は飼ってませんけど――」

「おいおい、冗談なんだよ、そうやってまともに受け答えするなよ。お前さんもホントに融通の利かない男だね――それで成一、お前さん、明日の夜、空いてるか」

「は、何ですか――」

「察しの悪い男だな、明日の夜ちょいと会わんかって聞いてるんだよ」

さっきまでの寝ぼけ声はどこへやら、相手は舌なめずりせんばかりに聞いてくる。

「電話だけじゃよく判らんだろうが、もっと詳しい話聞かせてくれって云ってるんだ。面白そうじゃないかよ」

「面白そうと云われましても、こっちにしてみれば深刻な事件なんですけど――」

ようやくここに至って成一は、電話をかけたのが失敗だったのに気がついた。どうやら相手の尋常ならざる好奇心を、刺激してしまったようだ。一旦興味をもったらとことんまで食い下がり、こちらの思惑を無視して他人を引きずり回す、この男の性癖を甘くみていた。とんだヤブヘビである。

「とにかく僕が話を聞いてやるって云ってるんだ、ありがたく思え」

ありがた迷惑という言葉を、この人は知らない。

「はあ、でも、事は殺人事件ですし、警察もちゃんと捜査していますから、先輩に話しても――」

「またお前さんは陰気くさい声出しやがって――お前さんが恨みがましい云い方すると気色悪いんだよな、なんだか後で祟られそうでさ」

「はあ、すみません」

「ほら、云ってる端から墓石の下から湧き出すみたいな声を出す――まあ、いいや、ええと、新宿辺りでどうだ、お前さん、会社引けるの何時だ」

「あの、先輩――忙しいんじゃないんでしたっけ」

「おうとも、忙しいさ。その多忙な僕がわざわざ会ってやろうって云ってるんだよ、少しは感謝してくれてもいいだろうが。明日だって朝六時に出かけなくちゃならないんだから」

「先輩が——ですか」

少し驚いた。三十路過ぎのいい年をして、まともに正業にも就かずぶらぶらと、極楽蜻蛉《とんぼ》の毎日を送っている人のはずだったのだが——。

「そうだよ、めちゃめちゃ忙しいんだよ、僕は」

「そうですか——だったら、そんな忙しい先輩の時間割《さ》いていただくのもナニですから——」

「うるせいやい。棺桶の蓋の下で念仏唱えるみたいな声出すなって云ってるだろ——だいたいお前さんズルいぞ、そんな面白そうな話、独り占めするなんて法があるかよ。いいから明日の場所っ、それから時間っ、会社終るの何時だ、僕は六時半には新宿に着りるぞ、お前さんは何時ならいいんだ」

とうとう約束を取りつけられてしまった。

電話を切って、いささかうんざりした気分で成一は息をついた。

事件のことを喋らされるのは気が重い。

しかし、待てよ——。成一は、しんと静まりかえった食堂の椅子に腰かけながら、思い直した。

今の電話の相手の、謎やパズルを解明する特殊能力を思い出したからだった。

昨年、いくつかの風変りな事件を、彼が密かに解き明かしたことを小耳に挟んだ覚えがある。

さらに、以前あの先輩が所属していた小さな劇団で起きた連続殺人の謎を、警察に先んじて解明したという噂も聞き及んでいる。あの特殊な才能に頼ってみるのも悪くないかもしれない――。成一はそう思い始めていた。

あの先輩ならば、成一も気がつかなかった独自の観点から事件を見渡すことが可能かもしれない。左枝子の「敵」の影を、見透かすことができるかもしれない。そう考えると、先日、新宿の駅でばったり出会ったのも、何かの天啓のように思えないでもない。

話してみようか、あの人に。藁にも縋《すが》る思いで、あの先輩に託してみようか――そう考える。

猫丸という、一風変ったあの男に――。

インターバル

十二歳だった。

その夢の情景は、今でも強く、僕の心に焼きついている。まざまざと、スクリーンの上に古い映画が、何度も繰り返して像を結ぶように——。ことあるごとにその場面が、僕の心に投影される。

忘れようと努めた。

しかし激烈な印象は、鋭い爪をもって僕の胸に食い込み、いつまでも離れようとはしない。記憶の爪が僕の心を抉《えぐ》る度に、僕の心は新たな傷に歪み、また新しい血を流す。苦い、涙の色の血だ。

思い出す。

今でもありありと——。

思い出す。

目覚めた後の、寝汗にべとついたシャツの感触も、五月の薫るような空気の匂いも、畳の手触りも、早鐘を打つ心臓の鼓動も、そして、あのいたたまれない恐怖さえも――。

思い出す。

そして僕の心は血を流す。

永遠に癒されないだろう傷口から、涙の色の血を流す。

あの五月の朝。

叔母夫婦と従妹の乗った車を見送って、その後少しだけまどろんだ。

恐ろしい夢だった。

事故――交通事故。

夢は、漠然としていた。

ただ、それが交通事故の情景であることは、僕にははっきり判った。

車――。

車がぶつかる。闇の壁に、車がぶつかる――まるで吸い寄せられるように。

車は一瞬で、ぐにゃりと形が崩れる。フロントガラスが光の雨になって、飛び散り、降り注ぐ。

叔母の――十二歳の僕の、淡い憧れの対象だった美しい人の――恐怖に引きつった口。

叔父の――逞しい太い眉の快活な人の、絶望によじれた顔。

そして人形めいて愛らしい従妹の、驚愕に見開いた目。

飴のようにひしゃげたバンパー。

ぐにゃりと奇妙な曲線を描いて反り返るボンネット。

クラクションの音。

人々の怒号。

サイレン。気の狂ったような赤い回転灯。

目まぐるしく交錯する光と音――。

事故が起こる、交通事故が――。

夢の中の、僕自身の悲鳴で跳ね起き、僕はしばらく身じろぎもできずにいた。

怯えが、少年だった僕の心を引き裂いた。

幼い頃から、癇《かん》の強い子供だったという。夜中に、突然火のついたように泣き出して、母を悩ませたという。少し大きくなってからは、寝ぼけて深夜の廊下を徘徊したともいう。

そうしたことも、何かよくない夢をみたためだったのだろうか。恐ろしい、心を引き裂くような夢を――。

しかし、十二歳の五月の、本当の悪夢はそれからだった。

数時間後、現実の事故を知らされた。

それが真の恐怖だった。

世の中が地滑りを起こして、夢の世界へ呑み込まれて行くような気がした。

事故の起こる数時間前、僕は確かにそれを夢みた。

身体の震えが止まらなかった。

恐れ、怯え、恐怖、悔恨、恐慌。

夢は、それからいつまでも、僕の胸に喰らい付き——そして、僕の心は、涙の色の血を流す。

第三章

「予知夢――か。お前さんは事故の起こる何時間か前に、夢でそれを予知してたってわけか」

猫丸は、その名の通りに仔猫そっくりの丸い目で、じっと成一を見据えて云った。

新宿の、洒落た内装の洋風居酒屋。

ここで成一は、この小柄な先輩と待ち合わせた。

成一より五分遅れて店に入ってきた猫丸は、流行とは無縁の黒いだぶだぶの上着を小さな体にだらしなく引っかけたいつものスタイルで、成一を見つけると破顔して、子供みたいに大きく手を振った。屈託のない底抜けに明るい笑顔。しかしこれが喰わせものであり、性格はその笑顔のように素直とは云えない。高校生に見間違えられる童顔と、ふっさりと垂らした前髪は、学生時代から変っていなかった。三十男の威厳など、薬にするほども感じられない。

二人はグラスを合わせ、そして現在時刻は八時十分。

猫丸に乞われるままに、兵馬の事件の詳細と、少年の頃の不気味な夢について、成一が語り終えたところだった。

この奇妙な夢の話を、人にしたのは初めてだった。無論家族にも話していない。俄かには信じてもらえないだろうし、こちらの正気を疑われる。だが、兵馬の事件がああして奇怪な様相を呈し、神代や大内山のような大学のちゃんとした研究者も、大真面目に超常現象を研究している。そのことに勢いを得、成一は話してみる気になったのだ。それにこの猫丸という男、こうした変てこな話が大好きなのだ。

成一が喋るのに口を動かしている間、猫丸は旺盛な食欲を満たすために忙しく口を使用していた。ポテトのチーズ焼き、蟹の甲羅揚げ、アスパラサラダ、焼き魚、豆腐ステーキ——運ばれてくる料理を、小さな体に次々と収めていく。昼間、よほど腹の減る仕事をしているのだろうか。そう云えば子供じみた童顔が、先日奢ってもらった時より、心なしか陽に焼けているようにも見える。それでも旺盛なのは好奇心の方も相変らずで、死体発見の件《くだ》りになると、眉の下まで垂れた前髪の向こうの丸い目が、異様な光を帯びてくる。そして成一の「予知夢」の段になると、「森の茸とイカスミの焼きそば」という珍妙な皿から顔を上げ、猫みたいな丸い目で成一を見た。

「それで、お前さんは責任を感じてるってわけか——予知しながらどうともできなかったことに対して」

「ええ、まあ」

「やれやれ、暗いな。お前さんらしいじゃないかよ、ぐじぐじねちねち気に病みやがってさ。だいたい予知夢なんてのが本当にあるのかね。なあ、それ、本物なのかよ、本当に夢にみたのか」

「ええ、確かです」

「それ、後で記憶がごっちゃになったってことじゃないのか。昼寝した時の夢と、事故の後で夜みた夢とこんがらがってさ——。それとも、既視感とかそう云うやつ」

「そんなことはありません。あれは間違いなく事故の知らせの前だったんですから」

あの衝撃は、体験した者でないと判らない。

「そうやっていきり立つんじゃありませんよ、まったくお前さんは依怙地なんだから——。まあ、百歩譲ってお前さんの云う通りだとしようや、お前さんがその、予知とやらをしたとして——」

と、ようやく食欲を満足させたらしい猫丸は、ゆっくりと煙草に火をつけて、

「それにしたって、そんなのお前さんが責任感じることないじゃないかよ。お前さんが夢にみようがみまいが、事故は起きるんだからさ」

「それは、そうですけど——」

「それにだいいち、お前さんにはどうしようもなかっただろうよ。たとえ予知して、『叔母さん達の乗った車が危ない、何とかして止めてくれ』って小学生のガキが主張したところで、周りの大人が取り合ってくれたと思うか。何を寝ぼけてるんだろうこの子はってんで、一笑に付されておしまいだ」

「ええ——」

「だからお前さん、そうやって陰々滅々と考えこむんじゃありませんよ。その時のお前さんには、事故を阻止する手立てなんてありゃしなかったんだから」

「はあ」

猫丸一流の乱暴な慰めはありがたかった。しかし、そう云われても成一の重荷は解消されそうもない。理屈ではなく、あの悲劇を食い止めることのできなかった自責の念が、成一を責め苛《さいな》むことに変りはない。それが恐ろしかったから、光学の道を選んだ。純粋な数理と物理の世界へ逃避した。できるだけ、人間の心の奥に潜むものと接しない厳然とした世界へ――。人間関係の煩わしさを嫌う傾向も、その選択を手伝った。超常現象関係の書物を繙くことさえ避けてきた。恐かったから――。そうしたことを直視するのは、ただちに叔父と叔母の死に連想を走らせる。

成一は逃げたのだ。人の心理の中へ踏み込むことから、そして左枝子の純粋さからさえ――。だからこそ、今度こそは左枝子を守らねばならない。左枝子だけは守る義務がある。そうしないことには、成一の痛手は静まらない。

「またお前さんは、そうやってぼーっと考えこんでやがるな」

猫丸の不機嫌な声で、成一は物想いから醒めた。

「まったくもってお前さんは難儀な男だね。だいたいそんなもん、もう十何年も前のことじゃないかよ。それを今まで引きずってぐじぐじ生きてるんだから――どうしてそうやって、後ろ向きに後ろ向きに物事捉えるんだろうね、もうちょっと楽天的に考えりゃもっと楽なのにさ」

猫丸は、ビールのグラスをちょろりと舐めて云う。アルコールに弱い猫丸のグラスは、最前から少しも減っていない。長い話を語り終えた成一の水割りは、もう四杯目を数える。

まん丸い目で、煙草の煙が宙を舞うのを眺めながら猫丸は、

「それでお前さん、そういうことって今までに何回くらいあったんだ、夢で未来を予知するっての」

「大きいのはその一度きりですけど、後は何度か細々としたのが――学生の頃、試験の問題が前の夜に判ったり、上司に小言喰うのを前もって知っていたり――」

「ふうん、お前さん、おかしな男だと思ってたけど、やっぱり変ってるな」

猫丸は大して驚いた風でもなく、

「まあ、そんな大昔のことはともかくとして、とりあえず問題なのは当座の事件だけど――まったくもう、参っちまうよな、無茶苦茶面白そうな事件じゃないか。畜生、今忙しいんだよ僕は、どうしてこんな時にそんな話持ってきやがったんだよ、お前さんは。もっと僕の暇な時にしやがれよ」

むくれた顔で、勝手なことを云っている。

「そんなこと云われても困りますけど――」

「またそうやって卒塔婆《そとば》の陰から囁くような陰気な声出して。やめてくれよ、なんか恐いんだよ、お前さんがそういう声出すと、何だか悪い呪いがかかりそうでさ」

好き放題を云って猫丸は、ビールのグラスをぺろりと舐める。成一も水割りを口に運んで、

「先輩、随分興味を引かれたみたいですね」

「ああ、引かれたなんてもんじゃない、引かれっぱなしの引き倒しだ。面白いよなあ——実に面白いよ。悔しいな、忙しくさえなけりゃすぐにも現場を見せてもらうんだけどなあ。せっかくこんな面白い事件の関係者が身近にいるってのにさ、何もできないなんてもどかしいったらないね」

その身近な関係者が、被害者の身内だということも構わず、猫丸は面白い面白いを連発する。不謹慎などとは少しも思わないらしい。だいたいこの男の価値判断の基準は常に、面白いか面白くないか——この一点にかかっているのだ。好奇心の前には常識も良識も霞んでしまうこの人の性格を、長年の付き合いで成一は重々承知している。不謹慎だと責めても始まらない。それより何か変った考えを持っているかもしれない。それを聞き出すのが先決なのだ。

「それで、何か考えはありますか、先輩ならその特異な頭で何か思いつくと思いますけど」

「何なんだよ、その特異な頭ってのは、それじゃ僕が変ってるみたいじゃないかよ」

憮然として猫丸は、新しい煙草をくわえる。グラスの中身は少しも減らないが、灰皿には吸い殻が丸太小屋のように積み上がっている。

「どうしてどいつもこいつも僕を変人みたいに扱うんだろうね、こんな平凡で普通の男をつかまえて——。警察が一週間以上も調べてまだ判らんことが、そうホイホイと判ってたまるもんか」

ぶつぶつ云って、すっかり気の抜けているビールを舐める。

「でもまあ、面白いことは確かだね、幽霊の殺人なんてさ、実に愉快じゃないかよ」

まだ云っている。

「別にそう決まったわけではないんですけど——妹がそんなことを云って騒いでるだけで」

「あと霊媒の大将も、だろ」

「ええ、まあ」

「なかなか面白そうな人物だな、その大将も——それで、警察はどう見てるんだ、その面妖な現象を」

「さあ、どうでしょうか。幽霊の仕業だなんて思ってないことは確かですけど」

「当り前だろ、警察がそんなこと云い出したら世も末だ。捜査の進捗状況とか教えてくれないのか、お前さんには」

「ええ、あまり聞かされてません、ただ、どうもはかばかしくないみたいで——。でも、先輩だったら、きっといいアイディアが出ると思いますけど」

この人がおだてに乗りやすいのも、成一はよく知っている。

「そうさな——本当に幽霊がやったっていうのも、それなりに面白いんだが、いきなりそう断定するわけにもいかんだろうしな。まずは現実的に考えてみないと——とりあえず考えられる第一の案は——」

と、猫丸は指を一本ぐいと立て、

「お前さんと叔父貴——直嗣さんだっけ——二人の見落とし、だな。誰かが渡り廊下を通ったのに、それに気がつかなかった、という案」

「それはありません」

成一は即座に否定し、

「刑事にもしつこく聞かれましたし、妹ともちょっと話したんですが――外は暗くなりかけて、渡り廊下には電気がついていましたから、気がつかないわけはないんですよ。それに、一人ならともかく、あの時は僕と叔父の二人が庭向きのソファに座ってましたからね、誰かが通ったならどっちかが見たはずです」

「そう、だから第一案はバツ、と。そこで第二案。犯人はお前さんと直嗣さんの死角――例えば裏側の窓なり何なりからこっそり侵入した」

「それもダメですね、警察が云ってます。何者かが侵入した形跡はなかったそうです。あの日はちょっと雨が降って、足跡が残りやすくなってましたから、もし何かあったとしたら警察がみつけているでしょう」

「そう、これもバツ――となると、もう完全に手詰まりなんだ。犯人の侵入経路がなくなっちまう」

猫丸はあっさり兜を脱いだ。しかし、諦めの言葉とは裏腹に、猫そっくりの丸い目をにやにやさせながら、

「しかしな、これだけははっきり云える。犯人はちゃんと玄関から入って来たんだな、堂々とね」

「それは当り前ですよ、他のどこからも入らなかったんですから、玄関から入って来たに決まって——」

成一はふと、口を閉ざした。家の、玄関の情景を思い浮かべたからだった。何か、今まで忘れていたことが、頭の隅をよぎったような気がする。成一は首をかしげた。しかし、その違和感は、成一の意識からふいと身をかわすように消えて行った。蜃気楼を素手で摑み取るような、もどかしい思いだけが残った。

「どうした、成一」

猫丸が訝しげに聞いてくる。

「いえ、今ちょっと、玄関って聞いて変な感じがして——何だか判りませんでしたけど」

「ふうん、そうか——」

と、猫丸は少し気になるような素振りをしたが、

「僕が玄関って云ったのはだな、つまり、犯人は堂々と玄関から入って来られる人物だったたってことだ。すなわち、事件当日の客、もしくはお前さんの家族だ」

「客——ですか」

あの日の客は、霊媒の穴山慈雲斎、正径大の二人組、そして直嗣しかいなかったはずだ。

「でも先輩、あの人達は全員アリバイが成立したみたいですよ。それに家族もみんなアリバイがあります」

「そうさな、そこんとこが難点なんだが——でもそうなると、いよいよ幽霊にでも出馬しても

らわんことには平仄《ひょうそく》が合わなくなっちまう」

そう云って猫丸は、視線を宙に滑らせた。そして頬杖をつき、

「悪霊の——殺人、か」

ぼんやりとした口調で云う。

その素っ頓狂な頭脳の中で、どんな考えが巡らされているのか、茫漠とした表情からは読み取ることはできなかった。

猫丸は先ほどから面白がっているばかりで、鋭い意見の一つも提示していない。成り行きとはいえ、この男に相談を持ちかけたのは早計だったかもしれない——成一はそう思い始めていた。

＊

久しぶりに電話があった。

森村《もりむら》一恵《かずえ》さん——ううん、今は松野《まつの》一恵さん。一恵さんは私の数少ないお友達の一人。学校で——私達と同じような境遇の人だけが行く学校での、一番の仲よしだった。

「どう、左枝ちゃん元気？」

一恵さんの声は、いつもと変らず明るく弾んでいる。卒業してからは、毎日会うことはできなくなってしまったけれど、今でもこうして時折電話のやりとりをしている。

「うん、元気。一恵さんは？」

「それがもう、大変」

「麗《れい》ちゃんのこと？」

「そうそう、やっと首が座ったのはいいんだけど、三時間おきにミルクにおしめでしょう、もう私へとへとだよ」

一恵さんは私より少し年上――ああした学校だから、同級生がみんな同じ年とは限らない。彼女はなんと、卒業と同時に結婚した。お相手は区役所の福祉課のお兄さん。そして昨年の暮れに、待望の赤ちゃんが生まれたのだ。

「もう、手間がかかるかかる。育児ってさ、普通の人だってノイローゼになるくらいだから、私だってそれなりの覚悟はしてたんだけどね。いざ現実になってみると、そんなの何の役にも立たなかったよ。疲労困憊ってとこね」

そうは云っても、一恵さんの口振りは少しも苦になんてしていないみたい。

「へえ、大変なのね」

「そりゃもう、たまんないよ左枝ちゃん、大変なんてものじゃないって。今もやっと寝ついてくれたんだけどさ、これでまたいつおっぱい欲しがってむずかるかと思うと、びくびくもんでね、おちおち寝てもいられないのよ」

「松野さんは？　手伝ってくれないの」

「ダンナが？　ダンナなんてダメダメ。育児は女の仕事だ、なあんてさ、古くさいこと云うんだから。夜中に麗が泣こうが喚《わめ》こうが大いびきでね、ピクリともしないんだから。神経太いんだよ、あの人」

言葉とは裏腹に、一恵さんの声はとろけるように甘えた調子になっている。そばでご主人が聞き耳を立てているのかもしれない。私は思わず笑ってしまった。

「ダメよ、一恵さん、そんなこと云ったたって」

「何が」

「私、聞いちゃったんだから。松野さん、もの凄い子煩悩で、麗ちゃんのそば離れないって噂じゃない」

「あた、バレてるか。そんなこと云いふらすのはお圭《けい》だな、あの子こないだ遊びに来たから――まあ、いいか。ウチのダンナったらさ、もうかわいくてたまんないみたいなんだ。家帰ってきたら、私なんか放っぽらかしで麗にべったりなんだもん、ちょっとジェラシー感じちゃうんだ」

「麗ちゃん、かわいいんでしょうね」

「そりゃもう、たまんないわよ。小っちゃい手でさあ、一所懸命お乳まさぐってさ、一人前に嬉しそうに笑うんだよ――ホントにもう、たまんないんだから」

たまんない、というのが一恵さんの楽しい時の口癖だ。

「ねえ、一恵さん」

「ん、なあに?」

「一恵さん、幸せなのね」

「——何云い出すのよ、急に」

少し照れくさそうに、一恵さんは云う。

「だって、優しいダンナさんがいて、かわいい赤ちゃんがいて——一恵さんの声、なんだかとっても幸せそう」

「どうかなあ——毎日ばたばた過ぎちゃうだけなんだけどね。こんなのが幸せなんて云うのかな」

「それでいいのよ、そういうのを幸せって云うんだと思うな、私は」

「それじゃ、左枝ちゃんに免じてそういうことにしといてやるか」

一恵さんは笑った。とても幸せそうに——。

「ねえ、左枝ちゃん、あなたひょっとしてさ——」

「何?」

「好きな人でもできたんじゃないの」

「どうして——? そんなことないけど」

私は少しうろたえてしまった。

「だって私のこと幸せだなんて云うからさ。女が幸せなんてこと考えるのは、たいてい好きな相手でもできた時だからね」

鋭い。さすがに一番の仲よし。

「別に――そういうことじゃないんだけど――ただ、赤ちゃんのいる生活って幸せかなあって思って」

「ふうん、そう――それじゃ左枝ちゃんも近いうちに遊びにおいでよ。前から云ってたじゃない、麗に会いに来てくれるって――それにウチのダンナも美人のお客なら大歓迎だしさ」

おどけた口ぶりで一恵さんは云う。

「うん、きっと行く、家の中が落ち着いたら必ず行くからね」

「家の中――って、何かあったの？」

一恵さんは怪訝そうに聞き返した。

「ううん、別に――ただ、従兄が帰って来たから」

私はとっさにごまかした。一恵さんは、お祖父さまの事件を知らないのだろうか。そのことで私を元気づけてくれるために電話をくれたと、てっきり思っていたけど。私の家には大きな出来事でも、世の中ではそんなにびっくりするようなことではないのかもしれない。

「従兄って、あの左枝ちゃんの兄さん代わりの」

「うん、そう」

「だったらちょうどいいよ。その人にねだって連れて来てもらいなよ、ウチはいつでもいいからさ」

「うん、きっとそうするね」

それからしばらく、一恵さんと他愛ないお喋りに興じた。

一恵さんは強い人――。私は事故でだったけど、一恵さんは生まれつき不運を背負ってしまっている。神様の、ちょっとした気まぐれ。悪意に満ちた気まぐれ――。でも、彼女はそんなことものともしない。いつだって明るくて、逞しくて、元気いっぱい。もちろん色々なことがあるけど――松野さんとの結婚を決める時だって、周囲の無理解に苦しんだりもしたけれど――そんなことには負けたりしない人。私もどんなに、一恵さんのおかげで助けられたか――。だから彼女は、私の大切なお友達。何でも話せる優しい人。だから、神代さんのことも、いつかはきっと聞いてもらおう――私の心のざわめきが治まった頃にでも。それがどんな形で訪れるのか、私にはまったく判らないけれど――。

あの、恐ろしい事件のことも話したかった。聞いてもらって気を晴らしたかった――でも、でもやめておこう。一恵さんの幸せに影がささないように。凶兆が、電話線を伝って彼女のもとへ流れ込んだりしないように――。

神様、神様、お願いです。どうぞ一恵さんの幸せが、いつまでも続きますように。

＊

「悪霊の殺人――か、そんなのが本当にあったら凄いよな」

猫丸は一向に減らないグラスを舐めて、まん丸い目を輝かせた。成一も五杯目の水割りに口をつける。

「祖父は生前、祖母の魂が近くにいるのを感じる――なんて云ってたそうです。叔父もその姿を見てますし、例の霊媒もさかんに吹聴してます。僕もそんな話聞いてるうちに、なんだかすっぱり切り捨てられないような気になってきまして――先輩、そういうことって本当にあるんでしょうかね」

「霊の世界か――そりゃまあ、あれば面白いけどね」

と、猫丸は長い前髪をふさりとかき上げて、

「そういうの信じてる人ってのは、意外と多いみたいだけどな。ほら、今そのテの雑誌がちょっとしたブームだし」

「あれ、そうなんですか」

「なんだよ、お前さんも世事に疎《うと》い男だね、まったく――。主に若い女の子が購買層なんだけどな、奇跡を呼ぶ神秘の水晶パワーとか、彼のハートを必ず射止めるおまじないの数々とか、幸運を呼びこむ白魔術のテクニックだとか、心霊現象紀行だとか――オカルトにロマンチシズムでうまいこと味つけして、なかなか結構な商売してやがるぜ。中でも面白いのは読者の投稿欄でね、彼女達はそのページに呼びかけて仲間を募《つの》っている」

「そういう、オカルト趣味の仲間ですか」

「そうじゃないんだよ、前世の仲間だ」

「前世の――」

何のことだかよく判らない。猫丸はにやにやと、人を喰ったような笑いを浮かべて、

「私は古代ギリシャの神官、アメストフテップの生まれ変りです、その当時神殿で共に祈った神官の生まれ変りの方、連絡を待っています」

「——何ですか、それは」

「一緒にハルマゲドンに立ち向かう仲間を集めています、私はインカ帝国の巫女アマステカウスの生まれ変りです、古代インドの高僧もしくはローマ帝国の戦士の生まれ変りの方を希望します——なんてね、そんな記事が満載なんだよ」

「それ、何かのゲームなんですか」

「いやいや、彼女達は大真面目だ」

と、猫丸はとぼけたような顔をして、

「何というかさ——凄いパワーを感じるんだよな、そういうの読むと。彼女らは何の疑いもなくそんなことを信じてるんだぜ。大したエネルギーだと思ってさ、僕は感心するんだよ。でも、そんなことを本気で考えてるのに、彼女達はちゃんと普通に学校行って、アルバイトか何かして——まともな高校生中学生としての生活もしている。何かちょっとね、歪んでるなって気もするんだよ。そのエネルギーは、きっと逃避のエネルギーなんじゃないかって、僕は思うんだけどな」

「逃避——？」

「そう、現実からの逃避——。現代はね、夢のない時代なんだよな。ごく普通の家に生まれて、ごく普通に学校へ行き、ごく一般的に就職して、ごく平凡な相手と結婚して、ごく当り前に子供を育てて、そして年老いて死んで行く――。お前さんみたいに予知夢なんてみなくたって、明日のことが見えちまう時代なんだよな、今は。だけど子供の頃って、自分が何か特別な存在だと思いたがる傾向があるだろう。自分はこんな所でこんなことをしている人間じゃない、誰も気づいてくれないけど、自分はもっと周囲に認められてしかるべきじゃないか――ってね。でも現実はそう思うことを許してくれない。平凡な家庭に生まれちまった彼女達は、どんなに望んだってアイドルスターになれないことを知っている。突然大金持ちの王子様が現れて求婚してくれないことも判っている。自分の中に何か素晴らしい才能が眠っていて、大人になったらそれが開花して幸福が手に入る――なんてことがないのも悟っている。人生のレールは、ほぼ見渡せちまうんだな、どんなに夢みても。そして周りを見れば、そんな平凡な人間ばかりだ。この人の人生もたぶん、自分の人生と大差ないだろうし、あの人のこの先も私のこれからとさして変らないだろう――どいつもこいつも張三李四、そんな現状に彼女らは満足できないんだな、きっと。誰しも自分が、他の人達とは違う特別なものでありたいと願っている。自分だけは天から何かの特権を与えられた存在でありたいと望んでいる――しかし、現実は過酷にも、平凡という殻の中に彼女らを閉じ込めてしまう」

猫丸は煙草をふかして淡々と云う。

「今現在特別でないのと同じように、将来もたぶん特別には成り得ない――待ちうけているのはうんざりするほど平凡な、昨日と同じ今日、今日と同じ明日。絶望的に平坦な道でしかないわけだ。そうすると、逃げ場は過去にしかなくなるんだよ。過去において自分は特別だった。

その辺の有象無象《うぞうむぞう》とは違う、存在意義のある、特殊な地位にあって特権を行使する側の人間だった——そう信じ込むことで、バランスを取らなきゃやり切れないんだろうな、きっと。僕はそう思うね。このバカバカしい現代を生き抜くための、彼女らなりの保身術と云ってもいいだろう。なんとなく不健全な感じはしないでもないけど」

「何か、物哀しい気もしますね——」

前世を語る少女達——本当に彼女達は、そう信じることでしか生きて行けないのだろうか——。

「それからな、成一、殺意って感情があるだろ」

猫丸は続けて云う。仔猫みたいな目に、真剣な表情を浮かべている。

「殺意——相手を殺したい、抹消したい、この世から存在そのものを消してしまいたい——人は稀に、そうした暗い感情を、他人に対して持つことがあるよな。殊に現代みたいなストレスだらけの世の中じゃ、一瞬でもそんな感情にとらわれることが少なくないよな。感情なんて理屈に合わないものは、大抵本能から来るものでね——怒りや悲しみや愛情や嫉妬なんかの感情と同じように——僕は、この殺意も本能の一種だと思うんだよ。——利害関係から来る計算ずくの殺意は置いといて、僕の云うのは憎しみから発する単純な殺意のことだけだぜ——。つまり、相手をこの世から消滅させたい——強い憎しみは高いボルテージに昇華することで、殺意という原初的な本能に到達する。人間の脳には、そうしたプログラムがあらかじめインプットされてるんじゃないかと、僕は思うんだ。一方もし、輪廻転生や生まれ変りなんてことが本当にあるのなら、そのデータも脳のどこかに入ってるはずだよな――人間は生まれながらにして、次の生に転生することが定められている、と、遺伝子のどこかにその情報が組み込まれているはずだろう。ところが、殺意も転生も、どちらもプログラムされているとしたら、これは矛盾してないか。相手を抹殺することは、すなわち転生させてしまうことになる。そしてそれは決して、相手を消滅させることには等しくない。そうなると、人を殺すことには何の意味もなくなっちまうじゃないか。もし転生なんてのが本当で、遺伝子にその情報が入っているとすれば、本能の段階でセーブされて、殺意なんて感情はどこからも湧いてこない理屈じゃないか。――今の現世で相手を殺しても、どうせ転生するだけだから、完全な抹消には成り得ないんだよ――。な、だから、殺意という感情が確かに存在する限り、転生なんて概念は絵空事なんじゃないか――と僕は思うんだが――」

猫丸は緩慢な動作で、また新しい煙草に火をつけると、生ぬるそうなビールを少し舐めた。

「だけど、転生思想が未だに世界各地で信じられてるのも事実でな――チベットのラマ教じゃ、今でも、教主の死亡直後に生まれた赤ん坊がその生まれ変りだってことになっている。現在のダライ・ラマもそうして選ばれた人だそうだ――あ、そうそう、この前、知り合いの女の子が占い師にみてもらったらしくてな、えらく落ち込んでるんだよ。それで何て云われたのか聞いてみたら――彼女、ある人物の生まれ変りだって看破されたんだって――な、誰の生まれ変りだと云われたか判るか」

「さあ――」

いきなり問われても判らない。

「それがさ、ケッサクなんだ。カルメンだってよ、カルメン。あなたは生まれながらにして、男を惑わす魔性の女ですって云われたんだってよ。笑っちまうよな。だいたいそれ、架空の人物だぞ。ビゼーやメリメがカルメンのモデルにしたナントカって女工の生まれ変りだって云うんならともかく、カルメンそのものの生まれ変りだって云われたんだと。もう笑っちゃったよ、僕は」

「はあ――」

猫丸は変に喜んでいるが、何がおかしいのか判らずに、成一は曖昧にうなずいた。

「何をきょとんとしてやがるんだよ、お前さんは。判んないのかよ――その女の子、架空の人物の生まれ変りだって云われたんだぞ。そんなのありなら僕だって、水戸《みと》光圀《みつくに》公のお供で諸国を漫遊した『うっかり八兵衛《はちべえ》』の生まれ変りだって主張してもいいはずだぜ」

いきなりくだらないことを云い出す。さっきまで深刻な顔をしていたのにもうこれだ。この人の転換の唐突さには、とても付いて行けない。

「そんなこんなでね、お前さんには悪いけど、僕はそういうの――オカルトとか心霊とか、まるっきり信じないクチなんだ。僕はごく一般的な常識人だしな」

あっさりと猫丸は云い切った。

それほど常識的とも思えぬ相手が、ゆっくり煙草の煙をはくのを見ながら成一は、

「だったら先輩、降霊会には興味ありませんか」

「いやいや、そういうのは別問題だよ。人に呼び出されて霊が出てくるなんて、面白いじゃないかよ」

云うことが支離滅裂である。

「それじゃよかったら来てみませんか。今度の日曜だそうですけど——あの霊媒は自信たっぷりなようだし、叔父も凄いって云ってましたし」

とたんに猫丸は顔をしかめて、

「うーん、行きたいのはヤマヤマなんだけどな——ただ僕は本当に忙しいんだよ、今。畜生、見てみたいよなあ、降霊会。そんな面白い出し物、めったに見物できるもんじゃないしな——都合がつけばいいんだけど」

「まあ、それは何とか都合をつけてもらうとしまして——事件の方はどうです、何か思いつきましたか」

成一が聞くと、猫丸はまん丸な目をくるりとさせて、

「またお前さんはそうやって無茶を云う——僕はたった今詳しく聞いたんだからな、そうそういい考えがぽこぽこ浮かんでくるもんか」

のほほんとした口調で云う。どうもあまり身が入っていないように見える。何が忙しいのか知らないが、それに気が行っていてこちらの話に没頭しきれていない様子だった。この人、やはり頼りになりそうもない——。成一の不満をよそに、猫丸はのどかな顔つきで、

「それより成一、お前さんにちょいと調べてもらいたいことがある。僕は忙しいしな」

「はあ、何でしょうか」

「まず一つは現場の状況だ。僕が行ければ一番いいんだろうけど、そうもいかない。ジイさんが殺されてた現場——離れの様子を具《つぶさ》に観察して教えてくれ、よしか」

それでも少しは考えてくれる気はあるようだ。

「はあ、それで何かヒントが摑めるんでしたら——」

「次に、ジイさんの遺産はどうなってるのか、だ」

「遺産——ですか」

「ああ、お前さんとこ、けっこう金持ちなんだろ」

「別に金持ちってほどでもないですけど」

「よく云うよ、ぬけぬけと。世田谷の一等地にバカみたいに広い家があるっていうじゃないかよ」

「バカみたいに——ですか」

「そうだよ。庭がこう、どーんとあって、家がどーんと建ってて、木がどーんと生えてて」

「いや、どーんはいいですけど——それが何か関係あるんですか」

「バカタレ、動機だよ。ドーキったって心臓が苦しくなる方じゃないぞ、殺人の動機だ。遺産配分のいざこざが動機だってのは基本中の基本だからな。ジイさんの遺言状がどうなってるか、何か特殊な条項があるのか、また金に困っている人間が家族にいるのか——そういうことを調べてみてくれ」

返事をするのを忘れて、成一は眉をひそめた。金が原因で、家族が祖父を殺したとはよもや思えない。家族を全面的に信用しているというわけでもないのだが、それは現実感の乏しい発想のように感じられる。実体を持った家族一人一人の存在感と、殺人という非日常の言葉をシンクロさせて考えるのは、成一には難しかった。しかし、客観的に見てその可能性が捨て切れないとしたら、あまり歓迎すべき事態ではない。警察はどう見ているのだろうか――。

猫丸は、煙草をくわえながらそんな成一をちらりと見て、

「何を変な顔してるんだよ。別に僕だってお前さんの家族を疑ってかかってるわけじゃないさ。そういう可能性もあるってことだ」

「でも――」

「でももフグ提灯もありません。判らないじゃないかよ、ひょっとしたらお前さんの家の人が犯人かもしれないし、ことによると、お前さん自身が犯人なのかもしれない。実際、家庭内の殺人なんて、家族が犯人だったってケースがほとんどなんだぜ。その可能性を除外する方がよっぽど不自然だよ」

失礼なことを平気で云う。

「でも、まあ、お前さんとこはうまくやってるみたいだしな。よく小説や映画であるみたいに、派手に憎み合ったりしてるわけでもなさそうだし」

「それはそうですよ。家はどこにでもあるようなありきたりな家庭ですから」

「よせよ、またそうやって嫌らしい上目遣いして――陰気な目つきで恨みがましそうに人を見

るんじゃありませんよ。——でもなあ、どこにでもあるありきたりな家庭が、家に霊媒呼んで降霊会なんてするかよ」

　猫丸は面白そうに、にやにやして云う。猫があくびをする時の三日月まなこにそっくりで、この上なく人が悪そうに見える。

「それは——叔父が勝手にやってることですから」

「直嗣さんって人か——その人もなかなかユニークな人みたいだな」

　楽しそうに猫丸は云う。変った人物と話をするのが大好きなのだ。そういえば、猫丸と直嗣はどことなく似ているところがある。ダンディな洒落者と、貧相な小男、と外見はまるで違うが——現世離れしていて、マイペースで、変ったものが好きで——よく云えば高等遊民とでも云おうか。悪く云えばただの遊び人だが——。

「だけど直嗣さんって云えば——」

　と、ただの遊び人は、

「お前さんのお袋さんとはどうなんだ。お互いに霊媒と研究者を擁《よう》して、反目し合ってるみたいだけど」

「あれは反目ってほどのものじゃありませんよ、子供のケンカです。いい年して姉弟で意地になってるだけですから」

「なるほどな——まあ、いいや、その辺のとこも調べといてくれや、人間関係とかな。動機探しは基本だからな、基本には忠実に行かなくちゃな、いいか」

「はあ――」

なんとなくすっきりしないが、成一はうなずいた。

猫丸は成一の心中にお構いなしの涼しい顔で、

「正径大学のお二人さんには今んとこ、表立った動機はなし、か。まあ、ジイさんとは赤の他人なんだからな、殺しても何のメリットもない」

「霊媒はどうでしょうね、穴山慈雲斎」

「霊媒の大将か――あの先生、ジイさんに金品たかってたわけじゃないんだって」

「ええ、今のところは」

「だったら動機はないだろうな。お布施《ふせ》出し渋ったんで殺しちまったんでなけりゃ、一番の信者を殺すこともない」

「それじゃ、もしあの霊媒が、神代達の云う通りインチキで、それが祖父に見破られたとしたら――どうでしょうね」

成一は思いついたことを口にしてみたが、

「アホか、お前さんは」

猫丸に一蹴されてしまった。

「そうなったらジイさんなんて放っといて、とっとと次のカモ探すさ。バケの皮が剝がれたからって次々と人殺してたら、イカサマ霊媒なんて何人殺しても追いつかんぜ」

「ああ、それもそうですね」

「まったくお前さんは考えの足りん男だね――それから、ひょっとするとな」

猫丸は俄《にわ》かに引き締まった表情になって、

「ことによると例のビー玉、あれ、本当にヤバいかもしれない」

と、成一をぎょっとさせる。

「従妹が――ですか」

「うん、もしかすると――掛け値なしに、彼女の身に危険が迫る可能性がある」

「どういうことですか、左枝子が次に狙われるかもしれないんですか」

成一は勢いこんで尋ねたが、しかし相手は、かえって困惑したように、

「いやいや――そう、かもしれないし、そうじゃないかもしれない――今の段階じゃはっきりしたことは云えんよ――ただ、いずれにせよ、注意するにこしたことはない。お前さん、従妹さんに気をつけといてやれよ。まさかそんなことはないと思うけどな――」

終りの方は独り言だった。何を考えているのかさっぱり判らない。

「あーっ畜生っ、悔しいな、こんな面白い話が目の前に転がってるのに」

突然大きな声で喚いて、猫丸は背中を反らして伸びをする。

「まったくもう、困っちまうな、どうしてこんな時に限って忙しいんだろうな。忙しくなかったら、お前さんの家に泊まりこんででも色々調べたのに」

穏やかでないことを云い出す。こんなのに泊まりこまれてはたまらない。この変り者が多忙であることを、成一は感謝せずにはいられなかった。

「先輩、忙しい忙しいって、本当に何をやってるんですか」

ふと興味をそそられて聞いてみた。大学を出た後も、まともに勤めもしないでぶらぶらしている男が、何を忙しがっているのか気になっていた。すると相手は、ぎょろりと丸い目でこちらを見て、

「それなんだがな、お前さん——実は大変なことなんだよ」

「はあ、何ですか」

この人のことだから、また何かおかしなことに首を突っ込んでいるのではなかろうか。

「あのな——おい、誰にも云うなよ」

猫丸は、肘でテーブルの上を這うようにしてにじり寄って来て、大げさに声をひそめる。

「これがうまくいった暁には、日本中がひっくり返って仰天する」

「——この前も、そんなこと云ってましたけど——」

「ああ、エラい計画なんだよ、聞きたいか」

「はあ」

「何だよお前さん、その気の抜けた反応は。張り合いのない男だね、まったく」

「——すみません」

「またそうやって墓標に吹く風みたいな声を出す——まあいい、誰にも云うなよ」

「ええ」

猫丸は秘密めかして、さらに声を落とし、

「実はな、大森でな、日本最古の恐竜の化石が出るかもしれないんだ」

「は——？」

「大森だよ、大森貝塚の大森、モースの。川崎のちょっと手前の」

「ええ、それは判りましたけど——後の方が——」

「恐竜の化石だよ、恐竜。いいか、日本では恐竜化石の出土例ってのはほんの僅かでな——その中でも一番古いのは、七八年に岩手県で見つかった竜脚類の化石なんだ。これが中生代のジュラ紀、一億五千万年くらい前の物なんだよ。ところがな、大森貝塚近くの三畳紀の地層に動物の骨らしい物が見つかった。これがなんと二億年前の地層だぞ。岩手の茂《も》師竜《しりゅう》より五千万年も古い物だ。発見したのがたまたま、ある大学の考古学サークルのＯＢでな、土地もそいつの親父さんの物なんだよ。今、その学校の学生やＯＢが中心になって発掘作業している。近所にはただの道路工事だとカモフラージュしてな。ちょっとした知り合いがこの中の一人で、僕も何とか潜りこんだ。凄いだろう、日本最古だぞ。これが公になれば、日本考古学史上最大の発見になる。二億年前の大ロマンだ」

　まん丸い目を、子供のように輝かせて猫丸は云う。

　最前から、普通だの常識的だのと自分を評していたが、この人を変人と呼ばなくて何をそう呼べばいいのだろうか。

　やはりこの男を頼りにするのはやめておこう——。

　成一は、こっそりため息をついた。

立ち聞きなんかするつもりはなかった。

自然に聞こえてきてしまっただけ。

＊

夕食の後、私はフミさんの後片付けをお手伝いしていた。――といっても、私にできることなんて大したことはないけれど――。それでも私はキッチンに立っていた。

食堂で、兄さんと伯母さまが話していた。

美亜ちゃんは明日、小テストがあるとかで、早々にお部屋に引き上げてしまったし、伯父さまはいつものように無口。直叔父さんは今日は来ていない。

食堂での会話は、ごく自然にキッチンにも流れて来たのだ。

「あのさ、母さん、お祖父さんの遺言状ってあるのかな」

兄さんの質問はなんだかとても唐突だった。

兄さんは昨夜は随分遅く帰ってきたみたい。どこかでお酒でも呑んで来たのかしら――以前の兄さんからはあまり想像できないけれど。十年の間に、少しは社交的になったのかな。会社のお付き合いなんかがあるのだろうか。それともお友達と遊んでいたのかも――ひょっとして女の人と？――そうだとしたら大した進歩。それならそれで、悪くはない。

「遺言状――？　ああ、今税理士さんのとこ行ってるわよ」

伯母さまは、いつものごとく鷹揚に答えた。

「母さん、それ見たことある？　どんな内容なのか」

どうしてだか、兄さんは急《せ》いたように質問を重ねる。それがおかしかったのか、伯母さまは笑って、

「いやねえ、どうしたのよ急に――どうしてそんなこと聞くのよ」

「いや、別に――ちょっと気になってさ」

兄さんの言葉は、少し歯切れが悪い。

「どうしてそんなこと気にするのよ。別に大したことなんて書いてないのに」

「母さん、知ってるんだね、内容」

「ええ、ほら、お父さんが隠居する時、不動産処分したでしょ、その時に書いたのだから」

「どんなことが書いてあるの、その遺言状」

「遺言状なんてオーバーなものじゃありませんよ、ただの財産目録みたいな物」

「それじゃ、特に何か変った条項があるわけじゃないんだ」

「あるわけないでしょう、――お父さんの銀行預金のリストと、持ち株がこれこれこれだけあって、ここの土地家屋がこうこうでって――財産登記簿の付録みたいなものよ。でもどうしてそんなこと気にするの」

「うん、いや、別に意味はないんだけどさ――」

兄さんははっきりしない。どうしたんだろう――。

「それじゃあ、遺産は全部母さんと直嗣叔父さんとで相続するんだ」

「そうでしょうねえ、お父さん他には血縁はないし——あ、あと左枝ちゃんにも行くんじゃないかしら、左知枝の分ってことで。でも、遺産って云ったってほとんど相続税で持ってかれちゃうんだから。この家と土地残したら、あといくらも残りゃしないのよ。ねえあなた、六十パーセント？　七十パーセント？」

「さあ——」

伯父さまが興味なさそうに、曖昧な返事をした。

「とにかく相続税でパーなんですって。税理士の先生も申し訳なさそうだったわよ——こんなことなら早いうちに、節税対策勧めとけばよかったって」

「ふうん、そう」

「ねえ成一、あなたお金欲しいの？」

「いや、別に——どうして」

「だって急に財産のことなんか云い出すから」

「そういうわけじゃないよ」

「本当に？　もし何かで要るんだったら云いなさいよ」

「そうじゃないんだったら、気にしなくていいよ」

そう云ったきり、兄さんは何か考えこむみたいに黙ってしまった。

それで食堂は静かになった。

兄さんは、何を気にしているのだろう。

「どうしたんです、嬢ちゃま、手元がお留守になってますよ。くたびれたんですか」

「あ、ううん、大丈夫」

フミさんに云われて、私は慌ててお皿拭きを再開した。

でも意識は兄さんの方を向いたまま。

どうしてあんなことを聞きたがったのだろう。

遺言——遺産？

遺産——お祖父さまの——お金。

まさか——まさか、そんなこと。

その恐ろしい思いつきに、私の手はまた止まってしまう。

もしかしたら兄さんは、お祖父さまが殺されてしまったのが、お金のせいだと疑っているのかもしれない。誰かが、お祖父さまの遺産を欲しくて、あんな恐いことをしたと考えているのでは——。

だとしたら誰を——。

家族——。

お祖父さまの遺産を受け取ることのできるのは、家族に決まっている。

兄さんは、家の誰かがそのためにお祖父さまを殺してしまったと思っている——？

嫌、嫌だ。

そんなことあるはずない。

そんな恐ろしいことがあるはずはない。

でも――でも、兄さんはそう疑っているのかもしれない。

不安な想いが私の心を縛りつけ、しばらく私は動くことができなかった。

＊

猫丸と会った二日後の夜、夕食を済ませると成一は、単身離れへ向かった。猫丸に依頼された「調査」のためだった。

とはいうものの、あの変り者の先輩に頼ろうという気持ちなど、もはやほとんど残っていないのは確かだった。結局のところ、あの男はただの好奇心の強い野次馬に過ぎず、当てになるとも思えない。たった一人の素人が警察の機動力、捜査網に太刀打ちできるはずもない。小説やテレビに登場する名探偵のごとき超人的活躍を、あの珍妙な小男に期待するのは、いささか子供じみた妄想だと、今では考え直していた。

知りたがり屋の興味を満足させてやる義理はないが、それでも約束してしまったものは仕方がない。というより、そうしなくては後でどんな罵詈《ばり》雑言《ぞうごん》を浴びせられるか判ったものではない――というのが正直なところである。それで成一は離れへ向かっている。しぶしぶではあるが――。

渡り廊下の中途に立ち止まって、母家の方を振り返る。

五月の夜風が緩やかで、頰に心地よい。

鬱蒼とした樹々のシルエットをバックに、居間の灯りが煌々と目を射る。居間は無人だったが、大ガラスの向こうの、ソファの背もたれにかかったカバーの模様まではっきりと観察できる。これならば、ここを何者かが通ったのを見過ごすはずはない――そう成一は確信を深めた。

離れへ入るのは、事件の夜以来だった。いや、あの時は入口で、直嗣と二人して覗きこんだだけだったから成一にとっては初めての部屋である。引き戸を開け、見当をつけて壁を探ると、電灯のスイッチはすぐに見つかった。眩い光が部屋に満ち、同時に背後の渡り廊下にも灯りがともる。

内部はあの夜とほとんど変っていない。

警察が徹底的に調べたのだろうが、その痕跡はどこにもないように思えた。違っているのは兵馬の死体が転がっていないのと、血痕が拭き清められている点しか、成一には見つけられなかった。

一歩足を踏み入れると、そこはやはり、人の居住空間というより古道具屋の店先という方が相応しいように感じる。

八畳間に経机や華瓶、舎利塔に五色幡など、時代を経て垢に汚れた道具の数々が無秩序に並んでいる。一体この部屋のどこで寝起きしていたのだろうか。訝しく思って見渡すと、あの時は兵馬が倒れていて気がつかなかったが、中央の空間はちょうど布団一枚すっぽりのべられる広さであることに思い至った。祖父はこの、おびただしい仏具の林のまん中に床を取り、それらに囲まれて夜毎の夢を紡《つむ》いでいたのか――。常軌を逸した祖父の神経に当てられたように感じ、少し背中が薄ら寒くなってくる。

正面の床の間には阿弥陀如来の軸が一幅、違い棚には大きさも意匠もちぐはぐな仏像が十数体。すべて違ったルートで集めた物らしい。その統一感のなさと数の多さに、祖父の執念と狂気が漂っているような気がする。

祖父の倒れていた地点を踏んで歩くのはさすがにためらわれ、成一は古道具の隙間を縫うようにして部屋の探索を開始した。

入口左手にはトイレと押し入れの扉。トイレのタイルは目地もドアそのものもまだ新しく、恐らく兵馬がここに住み始めた時に増築したのだろう。右手の窓もサッシだけは新しく、気密性はよさそうである。

床の間の隣には大きな仏壇。本尊の阿弥陀如来の前には、香炉、華瓶、蠟燭立ての五具足、その左右には吊灯籠と瓔珞《ようらく》が吊られていて、並び方に調和が取れている。この中だけは正式な作法に基づいているらしい、と成一にも見当がついた。

木の香がかおりそうな白木の位牌は、無論兵馬のものだ。位牌は四十九日を過ぎたら菩提寺《ぼだいじ》に納めるのが決まりだという。これがここに置かれるのも、あと一月と少しの間だけだ。供えられた生花がみずみずしいのは、フミの心尽くしに違いない。花立ての横には数珠が一本、黒ずんで鈍い光を放っている。

仏壇上方の長押《なげし》には、先日葬儀で使った兵馬の遺影と並んで、成一の祖母、初江の生前の姿が掛けられている。古い写真特有の輪郭のぼやけた、陰影のはっきりしない写真だった。成一の誕生と前後して亡くなったので、成一自身は祖母をこの写真でしか知らない。いくつぐらいの時に撮影されたのかは判然としないが、その祖母はまだ充分若々しい。美しい柔和な瞳と、柔らかそうな口もとに心なしか淋しそうな笑みを浮かべた――もちろん母によく似てはいるが、どちらかと云えば左枝子の母親に、より近い顔立ちだった。

祖父と祖母に軽く手を合わせてから、成一はもう一度ぐるりを見回した。

猫丸が何を期待しているのかは知らないが、これといって不審な点は見当らない。ぶちまけられたように、それでもある種の秩序を保って整然と並んだ古道具以外は――。

成一は、足元に転がっている鉄鍋の親玉みたいな物を拾い上げた。煤けて錆だらけの鉄の固まり――何に使う物かは判らないが、これも仏具の一種なのだろうか。矯《た》めつ眇《すが》めつ観察《しゃく》してみても、別にどうということもない。それを降ろして、今度は横に置いてある錫を手に取った。長さ二十センチほどの、装飾を施した木の棒。つややかな飴色に手垢じみて汚れているのが気持ち悪い。次に陶器の燭台。蓮の花をデフォルメしたデザインで、彩りとして塗られた金粉がほとんど剝げかかった、白いぬめりとした質感。金色の鈴《りん》は鉢の内側にびっしりと緑青《ろくしょう》を吹いて、叩いても濁った音しか響かせない。金剛力士の木像は片腕が折れ落ち、その切り口も黒ずんで摩滅している。柄に観音像を彫りこんだ短刀も、先端こそ鋭利だが刃の方はすっかりこぼれて丸くなっている。観音様はどことなくバタくさい顔立ちをしており、こんなナイフが本式の仏具などであるはずもなく、恐らく古い時代の西洋で、エキゾチズムへの憧れが作品化された物なのだろう。祖父はこんな物まで収集の対象としていた。もはや正気の沙汰とも思われない。

成一はそうして、一つ一つのガラクタを手に取って調べてみたが、そのうちバカバカしくなってやめてしまった。警察が綿密に調べた後に、素人が何か発見できるとは到底思えない。凶器の独鈷も、まだ警察から戻ってきていない。多喜枝とフミによれば、これと云って紛失している物もないようで、物盗りの犯行の線はどうやら消えているらしい。猫丸が何を望んでいるにしても、これだけ手がまっ黒になれば義理は果たしたことになるだろう。

汚れた手をはたき、腰を伸ばす。

雑多な古道具が並び犇《ひしめ》いているので、兵馬の倒れていた空間だけが、やけに広々と感じられ、いやでも目につく。

祖父はあの晩ここに倒れていた。何者かに殴打され、ここで命を絶たれた。

あの時の情景が、意図せずとも成一の脳裏に甦る。

横ざまに倒れていた祖父の姿。飛び散った鮮やかな血の色。虚空を睨む祖父の見開いた目。枯れ枝のような指先の白い茶椀——。

あの茶椀は、やはり祖母の形見の品だった。

葬儀の際、祖父の棺に納められ、今はもうない。

祖父は、祖母の霊魂を身近に感じていたという。祖母の形見のあの茶椀が、何らかの霊を、そして災厄を招いたとでもいうのだろうか。そう考えると、あのぬめりとした陶器の白さが、不気味なものに思えてくる。子供じみた想像だとは思いながら、どこか気味悪さを拭いきれない。

生前、祖父はここで一人で食事をしていた。祖母の茶椀にも飯を盛り、祖母と二人きりの夕《ゆう》餉《げ》を楽しんでいたという。

一人、膳に向かい、老いさらばえて痩せた背中を丸めて、誰もいないはずの空虚にぼそぼそと語りかけながら――。

祖父は、この数知れぬ仏具に囲まれた異空間で、どんな思いを築いていたのだろうか。世の中からも、家族からも隔絶された祖父だけの聖域で、何を見ていたのだろうか。若き日の想いか――。祖母との語らいの日々か――。

いずれにせよ、祖父は孤独だった。成一はそう思う。暗い深遠な闇のような、底知れぬ深い奈落のような――そんな祖父の孤独を、成一は重いため息とともに、思わずにはいられなかった。

＊

兄さんは家族を疑っているのかもしれない――。

その恐ろしい想像が、頭から離れない。疑念が竜巻みたいに心の中で暴れて、私の意識を拡散させる。

私は深く吐息をついて、本を閉じた。

夜——こうして本を開いてみたけれど、どうしても集中できない。せっかく忙しいフミさんにねだって、無理に図書館に行って借りてきてもらったのに——少しも身が入らない。嫌な思いつきが、私が物語の世界に没入するのを妨げる。

兄さんが——家族を疑っているのかもしれない。

家の誰かが、お金のためにお祖父さまを殺したなんて、そんな恐ろしいこと、私にはとても想像できない。伯父さま、伯母さま、フミさん、美亜ちゃん——そしてあの時は兄さんが帰ってきて、直叔父さんも来ていたっけ——。たったこれだけ。私を含めてたった七人。七人しかいない。その内の一人が、お祖父さまの財産目当てで——理由はそれだけじゃないかもしれないけれど——人を、しかもお祖父さまを殺すなんてこと、あるはずはない。みんなとても優しい人なんだから——そんなことがあるなんて断じて信じられない。だから、一日も早くお祖父さまの命を奪った悪い人が捕まってほしいと、私は思っている。きっとその人は、私の家とは何の関係もない、恐い企みを持った悪い人に違いないのだから。

でも、兄さんはそうは思ってはいないのかもしれない。

家族の中に犯人がいると疑っているのかもしれない。

そうやって、家族に疑いの目を向けて、疑心暗鬼でびくびく暮らしているのかもしれない。

だとしたら——それはとても悲しいこと。

兄さんは誰も信じられないことになる。家族を信じないで、一体誰を信じたらいいのかしら。

そう云えば——兄さんにはどこかそんなところがある。

何もかも自分一人で背負いこんで、周囲に垣根を張り巡らせるみたいにして、一人考えに沈みこんでしまうようなところがある。

人嫌い——だと、兄さんが評されているのは私も知っている。何に対してもいつも幾分苛立たしげで、他者を寄せつけない雰囲気を持っている。もちろん私にはとても優しいのだけれど——。

それはきっと、兄さんがとても生真面目だから——何事にも真剣に思いを巡らせてしまうからだろうと、私はそう思う。人一倍繊細で傷つきやすい兄さんだから——それでいて、自分の思いの丈《たけ》を人に伝えるのがヘタクソな人だから——きっと兄さんはもどかしいのだろうと、そう私は思う。思いやりを、うまく相手に手渡すことができなくて——。

そんな焦燥があるから、だからこそ兄さんは自分を律し、自分に厳しく、自分の甘えを許さない——そしてすべてを一人で背負いこんでしまう。

こんなことがあった——。

あれは兄さんがまだ中学生の頃だったから、私もまだ小さかった。

兄さんが学校から千羽鶴を持ち帰った。クラスの人達が私のために作ってくれたという。今考えれば、福祉活動や身障者擁護の精神を教えるために、まず身近なところから始めようと、先生が音頭を取ったのだろう。同級生の従妹にかわいそうな女の子がいます、その子のためにみんなでお見舞いに何かしてあげましょう――と。

伯母さまもフミさんも感心していたし、私もとても嬉しかった。

でも兄さんは違っていた。

はしゃぐ私の手から千羽鶴を奪い取って、ばらばらに引きちぎった――。

思いがけない素敵なプレゼントをそんな風にされて、私は泣き喚いた。幼い私には、兄さんの仕打ちは手ひどい裏切りに思えて、随分乱暴な言葉を投げつけたものだ。兄さんは伯母さまにもひどく叱られた。でも、その時の兄さんの圧し殺したような呟きは、今でも私の耳に残っている。

「あいつらなんかに――あいつらなんかに判ってたまるか――」

今なら、兄さんの気持ちがよく判る。

上べだけでその場限りの、通り一遍の善意を、兄さんは否定したのだ。兄さんは、私の痛みを自分自身の痛みとして捉えていたから――。もちろんそうした小さな善意だって、私にはとても嬉しい。でも、兄さんはそれを許さなかった。私の苦悩をも自己の中に凝縮させて、自分一人で背負いこんでしまう兄さんだから――。

だから兄さんは他者に対してもとても厳しい。兄さんが自分にも厳しいのと同じように――。

そんな兄さんだから、家の中であんな人殺しの事件が起きれば、周りの人すべてを疑ったとしても――おかしくはない。たとえそれが家族だとしても。

でも――でもそれはいけないこと。私はそう思う。

私みたいな世間知らずの甘ったれが、兄さんに意見しても仕方がないかもしれない。だけど、もし兄さんがそんな風に考えているとすれば、とても悲しい。さっきも――夕食の後に、離れにそっと一人で行ったみたい――何を考えているのかしら。

兄さんに問い質《ただ》してみよう――私はそう思った。

まだ九時過ぎ。兄さんも眠ってはいないだろう。

私は決心を固めると、本を机に置いて、松葉杖を手に取った。

＊

「だからさあ、犯行時間は動かないでしょう――五時二十五分に兄貴達が、生きてる最後のお祖父ちゃんの姿を見て、発見が六時――この三十五分の間にやったのは間違いないんだから。やっぱり問題はアリバイだよね」

美亜がベッドの上で、パジャマの長い脚をあぐらに組んでそう云った。

先日のようにココアの香りと共にやって来て、また成一のベッドに居ついてしまった。それまでベッドに寝そべって本を読んでいた成一は、またぞろ椅子へ追いやられ、話し相手を務めるはめになった。美亜の話題は当然のごとく事件のこととなり、遅々として進まない警察の捜査を罵ってから、犯行時間の再検討まで始めたのだった。

「もしあの日のお客さんの中に犯人がいるんだったらさ、怪しいのはやっぱり、正径大の二人組じゃないかってあたしは思うんだ。お祖父ちゃんと一番しっくりいってなかったのはあの二人だもん」

とっくに空になってしまったマグカップを、ベッドサイドに置いて美亜は云う。

「とりあえず動機だけはありそうな感じだよね」

「お前、あの連中のファンじゃなかったのか」

成一が云うと、美亜はしれっとした調子で、

「別にそんなんじゃないよ。そりゃまあ、知性的な雰囲気でカッコいいけどさ――それとこれとは別問題。捜査は公正にやんなくっちゃね、私情で手加減なんかしたら不公平でしょ」

「そりゃまあ、そうだが――」

別に美亜が、公正な捜査とやらをする必要があるとも思えないが――。

「それで、あの二人が帰ったのが五時十五分――これは間違いないんだよね」

「ああ、そうだった」

直嗣と一緒に庭から、離れを出て帰ろうとする神代と大内山を見かけた。神代達は玄関で左枝子と言葉を交わしたそうで、その後門を出て行くのは成一も確かに見ている。

「それから、大内山さんの方はそのまま自宅に帰った――六時過ぎに自分の家の近くで、知り合いに会ったんだって」

「ああ、近所のクリーニング屋だとかって云ってたな」

「うん、六時にその辺に着くには、やっぱ五時十五分にはここを出なきゃ間に合わないんだっ

て――でもさ、そこに何かトリックがないかな」

「トリック？」

「そう、アリバイトリック。五時二十五分過ぎにここで犯行を犯して、その後なんとかして六時のアリバイに間に合うように滑り込む――そんな方法」

「どうかな――無理なんじゃないかな。大内山はアリバイが完全に成立したって云ってたし――それなら警察が完璧に調べたはずだろう。どうしたって五時十五分に出なきゃ間に合わないのは、警察が確認済みってことだろうしな、きっと」

「それじゃ、そのクリーニング屋さんの偽証ってのは考えられない？」

「それも警察が徹底的に突っ込んだはずだろう」

あのしつこい警察の連中が、そんな作為を見逃すとは到底思えない。

「その辺のことも警察の確認が取れてるだろうしな――まずあり得ないと思う」

成一が云うと、美亜はちょっとつまらなそうに、

「そうか――やっぱダメだよね。あたしもそうは思ったんだけどさ――。でも何かないかなあ――刑事も考えつかないような移動方法。意外であっと驚くような移動トリック。あたしも考えてみたんだけど、思いつかないんだよね。ねえ兄貴、何かいいアイディアないの」

その質問だったらつい二日ほど前、成一自身が猫丸にしたものだ。成一は苦笑して、

「ダメだよ。警察が何日も調べて無理なものが、素人の僕にそうそう思いつけるわけないじゃないか」

猫丸の口真似をして云ってやった。もちろんこれは美亜には通じず、妹は憮然として、

「仕方ない、大内山さんはひとまず保留か――まあ、限りなく白に近い保留だけど――しょうがないか。それで次は神代さん、ね」

ショートカットの頭を少しかしげて云った。

「神代さんの方も、一応アリバイは成立してるみたいなんだよね、ほら、あの電話」

「ああ、左枝子が取った――忘れ物をしたとかなんとか」

「そう、あれ新宿駅からだったんだって。時間は五時四十分くらい――だったよね」

「ああ」

「家から新宿まではどんなに急いだって二十分以上かかるから――やっぱり五時十五分にはここを出なくちゃ無理なわけよ。でもさ、ほら、アリバイ・テープってあるじゃない」

「アリバイ・テープ？」

「うん、駅の混雑の音とか空港のロビーの音とか、そういう雑音が入ったジョークグッズ。あれ使えば何とかなるんじゃないかな――と思って。お祖父ちゃんを殺してから、この近くの公衆電話から家に電話するのよ、アリバイ・テープ、バックに流してさ、『あ、今新宿なんですが』って云って」

「そんな簡単なことで左枝子を騙したって云うのか」

「うん。そうじゃないかなって、あたし考えたんだけど――でも、ちょっと問題があるんだよね」

「何だよ、早くも挫折か、名探偵」

「茶化さないでよ、あたしだって大マジで考えたんだから」

「で、何だよ、問題って」

「神代さん、駅で電車に乗るチンドン屋さん見たんだって。その人達、仕事終って帰るところだったみたいで」

「ああ、左枝子もそう云ってたな。電話でそんな話をしたって」

「うん」

「それも警察がとっくに裏を取ってあるんだろうな。だいたいそのチンドン屋は、たまたま通ったんだろう。そういう人達がその時間に新宿駅で電車に乗るのを、神代が事前に知ってたはずはない。アリバイ工作に利用しようにも、神代はそれを知らなかったんだからな、できない相談だよ。神代は本当にその時、駅にいたんだ。だから、犯行推定時刻にここにいることもできなかっただろう」

「兄貴、案外頭いいね。その通り。あたしの結論もそれと同じ」

「案外は余計だ――まあ、神代は運がよかったわけだな、電話をかけてる最中に偶然そんな目立つ人物が側を通って、アリバイが成立したんだから」

「そうだね、一見そう見えるけど――だけどちゃんと抜け道はあるんだ」

と、美亜は意味ありげに大きな黒目をくるくるさせて、

「そのチンドン屋さん、ちょっと出来過ぎって感じしない？　偶然にしらゃ都合がよすぎるっ

て——。なんとなくわざとらしい気がするのよね。それで、こういうのはどうかな——チンドン屋さんは実は神代さんの共謀者で、その時間に駅にいるようにあらかじめ打合わせてあったわけよ。神代さんはそれに合わせて殺人をやってのけて、例のアリバイ・テープのトリックを使う。それで時間を見計らって『あっ、チンドン屋さんが通った』とか何とか云うわけ。ね、これだったら五時四十分に新宿にいたふりができるはずでしょ」

得意そうに美亜は鼻をうごめかす。しかし成一は首を振って見せて、

「でもそれは少し苦しいぞ。大内山のクリーニング屋と同じで」

「何それ、どういうことよ」

ぷっと膨れて美亜は聞いてくる。

「チンドン屋も多分、警察が思い切り突っ込んで調べたはずだろう。それで本当に偶然だって判明したからこそ、神代のアリバイが成立したんだ。もし少しでも怪しいところがあったら、神代だって今、もっと厳しい追及を受けてるはずだろう。それにそんなトリックを使ったんなら、チンドン屋との繋がりがバレた時点で、全部終りだ。計画殺人を企む人間が、そんな危ない橋を渡るとは思えない」

「うん——まあ、そりゃそうだけど——」

まだ不満そうに美亜がもごもご云う。

「それに、美亜の説が正しいとしたら、神代は犯行後、五時二十五分から四十分の間に離れから逃げたことになるだろう。だとしたらあれはどう説明つけるんだ、僕と叔父さんが見張って

いた渡り廊下を、神代はどうやって通ったのか——」

「判ったよ、ボツ、今のなし」

意外にあっさりと美亜は自説を投げ出して、

「チンドン屋さん共犯説、取り消し、ね。なかったことにしといて。あーあ、ダメか——このやり方だったら、神代さんが犯人でもいいと思ったのにな——ちぇっ、残念。じゃ、神代さんも今んとこ白、ね。それで次に怪しいのは、あの変テコな霊媒の慈雲斎のおっさんだけどさ」

さっきから感じていたが、美亜は、事件の話をするのに少しも悪びれた様子がない。まるで、ゲームの世界の出来事を口にしているかのような気軽な調子である。兄妹とはいえ、美亜はいわゆる恥かきっ子で、成一とはひと回りも年齢の隔たりがある。世代の相違のせいで感覚も違うのだろうか——祖父の死と、それにまつわる変事に思い悩んでいる成一とは大した径庭《けいてい》だ。

「慈雲斎のおっさんは、五時頃家を出たんだったよね」

美亜が軽い口調で尋ねてくる。成一はひとつうなずいて、

「そう、応接間で正径大の二人組とやり合ってから帰ったんだ」

「それでこれ、こないだちょっと刑事さんに聞いたんだけど——」

と、美亜は困ったようにショートカットの髪を揺らせて、

「あのおっさん、五時半過ぎには浅草だかどっかの飲み屋にいたんだってさ」

「何だ、お前刑事とそんな話してるのか」

「うん、だってあれこれ聞かれるばかりじゃシャクじゃない。少しは情報聞き出さないとさ」

「おい、推理ゲームもいいけど、あんまりおかしなことするなよ」

「判ってる判ってる――」

美亜は、まるで判ったようでもなく、話の邪魔をするなとばかりに手を振った。兄の威光もなにもあったものではない。

「それであのおっさん、電車降りて、家に帰らずにまっすぐその店行ったみたいでさ――その店、ここからだとどんなに急いでも三十分はかかるんだって」

「何だ、それじゃ犯行は無理じゃないか」

成一は思わず苦笑した。こんなどうにもならないようなクズ情報だから、刑事は美亜に話したのだろう。当人は気づいてないようだが、要するに刑事にからかわれたのだ。

「そう、ホントに五時に帰らなきゃ五時半に店に着けっこないんだよね、証人もたくさんいるみたいでさ――でも悔しいなあ、あのおっさんなんてモロ怪しいじゃない。なんか気持ち悪いことばっかり云ってるしさ、何しでかすか判んないタイプだもんね。あたしの直感にびしびし来るのになあ――」

美亜は口を尖らせて云った。

「だけどアリバイが確認されてるんじゃ、仕様がないんだよね、惜しいなあ――」

「それじゃ結局三人ともアリバイは成立か。美亜の素人探偵もあっという間に行き止まりだな」

成一はひやかして云ってやったが、相手はこともなげに、

「そうでもないよ、後はウチの人」

「家の――？」

成一をびくりとさせる。

「そうだよ、私情は挟まないって云ったでしょ。合理的に考えれば、ウチの家族を容疑圏外へ置く理由なんてなんにもないんだから。それにあの時はみんな家にいたんだしさ、警察なんてかなり疑ってるんじゃないかな」

平然とした口調で美亜は云う。猫丸も云っていた通り、やはり家の中に犯人がいる可能性は捨て切れないのだろうか。

「公平に考えればさ、やっぱ一番怪しいのは兄貴だよね」

「僕が――？」

「だってそうじゃない、兄貴が帰って来たの十年ぶりなんだよ、十年ぶり」

神代犯人説を論破された腹いせでもないだろうが、美亜はやけに力をこめて云う。

「十年も家に近づかなかった兄貴が、帰った途端にあれだもん――普通に考えればやっぱおかしいでしょ」

確かにそれに関しては弁解の余地はない。客観的に解釈すれば異常と云えるだろう。警察に疑義を持たれても仕方がないのかもしれない。しかしそれを云うならば、最も迷惑を被《こうむ》っているのは成一自身なのだ。それこそただの偶然と主張する他はない。

「兄貴がやったんなら凄くすっきりするんだけどね」

と、美亜が穏やかでないことを口にした時、ノックの音がした。

成一が立って行ってドアを開けると、左枝子が立っていた。松葉杖に体重をあずけるような、やや右に傾《かし》いだいつものポーズだった。

「あ、お姉ちゃん、ちょうどいい時に来た。今ね、兄貴と例の事件の検討会してたんだよ。お姉ちゃんテレビなんか見ないし、どうせ暇でしょ、一緒に話そうよ」

美亜がぴょこんとベッドから飛び降りて来て、左枝子を部屋に引き入れる。

「お姉ちゃんもココア飲む？　淹れて来てあげるね。兄貴もお代わり飲むでしょ」

左枝子がベッドに座るのを手助けして美亜は、成一の手から、返事も聞かずにカップを取り上げた。部屋を出て行こうとする短髪の後頭部に、

「お前、勉強はいいのか」

成一が声をかけると、美亜は振り返って舌を出し、

「またそういうことを云って——少しくらい息抜きしたっていいじゃない」

「長い息抜きだな」

「堅いこと云わないの。そんな細かいことぐずぐず云うようだから、いつまで経っても兄貴はお嫁さんの来手がないんだよ」

と、自分のカップも引っ摑んで、さっさと行ってしまう。けたたましい美亜がいなくなると、部屋には台風の後のような静寂が訪れた。その静けさの中にぽつりと、左枝子は所在なさげに身を置いていた。何か少し怯えているような、心細そうな風情だった。

「どうかしたのか」

聞くと左枝子は、心持ちびくりとしたように、

「――ううん、何でもないの――」

と小さく答えた。それでもどことなく物云いたげで、何かしら思いつめたみたいな気配がする。はかなく、心細く、触れれば折れてしまいそうなたおやかな趣き――。

あのビー玉の一件は、左枝子本人に話すべきではない――成一はそう思っていた。左枝子は美亜とは違う。この家からほとんど外に出ることもなく、いわば無菌状態で育ったようなもので、外界からのショックに対する耐性がきわめて低い。左枝子の心は、熟し切った桃の表皮のごとく傷つきやすく、脆《もろ》い。祖父の死は、成一が想像できないほどの痛手を、左枝子の胸に刻んだことだろう。もし仮に、次は自分が狙われている可能性があると知らされたら、壊れやすい左枝子の神経がどれほど震えることか。これ以上左枝子の心労を増やすわけにはいかない。成一ひとりが知っていればいいことなのだ。左枝子を守る義務を負う成一ひとりだけが――。

「お待たせ」

美亜が、湯気の立つカップを三つ、盆に乗せて戻って来た。

「はい、お姉ちゃん、熱いから気をつけてよ。ほら、兄貴、そんなところで偉そうに座ってないで自分の分、取りに来てよ」

美亜にどやされて、成一は苦笑しながらカップを受け取った。美亜は、カップの中身をこぼさないようにそろそろとベッドに上がり、左枝子の横に腰を落ち着ける。そうして並ぶと、従

姉妹同士だけあってさすがによく似ている。左枝子はセミロングのストレートヘア、美亜は少年めいた活動的なショートカット。左枝子の抜けるように白く滑らかな頬と、美亜の陽に焼けた張りのある顔。好対照ではあるが、顔立ちはよく似ている。美亜は何の屈託もなく従姉を「お姉ちゃん」と呼び、二人は本物の姉妹のようだ。わずかな気負いもなく左枝子に接することのできる美亜を、成一は時折羨ましくさえ思う。

子供の頃、よくこうして三人でココアを飲んだ。フミがキッチンで淹れてくれるのを、左枝子と美亜はベッドで、はしゃぎじゃれ合いながら待っていた。もちろん成一もそれが楽しみだった。あの頃を——何思い煩うことなくココアの温もりを楽しめた子供の頃を、成一は眩しく、そして甘く思い出していた。

「それで兄貴、どこまで行ったんだっけ——ええと、兄貴が犯人かもしれないって、あたし云ったんだったよね」

美亜が殺伐とした話題をぶり返し、成一は追想を破られて顔を上げた。

「兄貴が犯人なら、凄くすっきりするって、そこまで云ったよね」

「おいよせよ、僕がそんなことするはずないだろう」

成一が若干声を荒げたのは、犯人扱いされた不満の表明のためだけではない。左枝子の長い睫に、不安の影が落ちるのを、目の端に捉えたからだった。しかし美亜はこちらの懸念をよそに、

「でもさ、十年だよ、十年。警察の人が見たら、やっぱ不自然に感じるよ」

「いくら不自然でも僕には無理だ。大内山や神代同様、僕にもアリバイがある」

少し苛立ちながら成一は云った。美亜を黙らせるには理屈で攻めるしかない。怒って見せたところで蛙の面に水だろうから――。

「そうなんだよね、そこがキビしいとこなんだけどさ――」

と、案の定美亜は乗ってきて、

「犯行のあった時間帯は、叔父さんとずっと居間にいたんだもんね――。でもさ、その前に兄貴、庭に出たんでしょ」

「ああ――お祖父さんに云われて、叔父さんと水撒きにな」

「それでね、その時、何か細工ができなかったかなって、あたし思ったんだけど」

「バカ云うな、僕は叔父さんとずっと一緒だったんだぞ。離れてたのは叔父さんがホース取りに行ったほんの二、三分だけだ、その間にどんな細工ができるって云うんだよ」

「うん、だからさ、何か時限装置みたいなの、離れに仕掛けたんじゃないかな――時間が来たら、あの鉄の棒がゴーンってお祖父ちゃんの頭にぶつかるようなヤツ」

「くだらない――」

思わず苦笑いが出る。やはり美亜は、事件をゲーム感覚で捉えているらしい。どうも発想がマンガじみている。成一は苦笑を浮かべたまま、

「そんな物があそこにあったら、警察がすぐ見つけてるだろう」

「だから後で兄貴が片づけたんだよ」

「何云ってるんだ、いつそんな時間があった。フミさんが死体——いや、その——お祖父さんを発見してから、僕は叔父さんやお前の側を離れていないだろ、パトカーが来るまで。それに、そんな物を取りつけた跡があったら、警察も不審に思ってるよ。そんな話聞いてないだろう」

「うん、それはそうだけど——」

さすがに自分でもバカバカしくなったのか、美亜は固執することなく、

「——まあ、時限装置は冗談としてもさ、兄貴に機会なかったのかなあ——水撒きの後とか、居間に戻ってからとか——どっかで何とかできればいいんだけど」

「どっちも何ともならないよ。だから云ったろう、僕にはアリバイがあるって——庭からはずっと叔父さんと一緒だったし、後は居間にいて——あそこからはキッチンを通らないと廊下に出られないだろ。僕が居間から一歩も動かなかったのは、フミさんとお前自身がよく知ってることじゃないか」

「そう、だからあたしも困っちゃうんだよね」

と、美亜は栗鼠《りす》みたいな黒目がちの瞳を、くるっと悪戯っぽく笑わせて、

「警察の人も歯噛みしてるんじゃないかな——いっとう怪しい兄貴にアリバイなんかあるから、引っぱりたくても引っぱれないんだからさ——。もしアリバイなかったら、兄貴今頃重要参考人だったよ」

からかうような、それでいてどこか安堵したような口ぶりで美亜は云う。結局美亜も、成一が犯人だなどとは、露ほども信じていないのだ。それを承知の上で、ゲームとしての会話を楽

しんでいる。

「だからさ、これで兄貴は容疑者候補から外れちゃうでしょ。――そうなると自動的に、叔父さんも除外ってことになるんだよね。五時頃からずうっと兄貴と二人で行動してたんだから、自然にアリバイが成立しちゃう」

「そういうことになるな」

「叔父さんもセーフ、と――。そうすると次は、ママかな――でも、あたし考えてみたんだけどさ、ママにも犯行のチャンスはありそうにないんだよね」

美亜はわざとらしく、困ったぞという表情を作って云った。どうやらこのゲームが、いたくお気に召しているらしい。猫丸も家族犯人説にこだわっていたし、成一もここのところ、その可能性について考えを巡らせてはいる。しかし無論結果は、全員シロ。こうなったら、美亜のお遊びにとことん付き合ってみるのも悪くないかもしれない――成一はそう思い始めていた。こうして美亜の意見と突き合わせて、一人一人消去していけば家族犯人説は立ち消えになる。それで家族へのおかしな疑念が払拭されるのならば、気分も楽になるというものである。そう考え成一は、脚を組み替えて少し身を乗り出し、

「母さんが帰って来たのは五時――半過ぎくらいだったな」

「そう、おイモの煮たのおいしそうだとか何とか云って――。でも、機会が見つからないんだよなあ――もしママにチャンスがあるとすればさ、ママ、本当はもっと早く帰ってて、キッチンに入って来る前に離れに行った――って可能性なんだけど――」

「いや、それは無理だな」

成一は即座に云った。その辺りに関してはもうとっくに考えてある。

「僕と叔父さんが、居間のガラス越しにお祖父さんを見たのが五時二十五分頃だろう、その時にはもう小雨が降ってたんだ。雨は少なくて、足跡が消えて流れるどころか、都合のいいことに、庭の土がちょうど足跡のスタンプ台みたいになっていた。もし仮に、母さんがその前から離れに行っていたとしても——そうすると戻りのルートがなくなってしまうんだな。五時半ぎりぎりに帰ったふりをするには、五時二十五分から数分のうちに犯行を済ませなくてはダメだろう。二十五分にお祖父さんが生きてたのは間違いないんだから——。それから大急ぎで、小雨の中を母家に戻らなくてはならない。でも、庭を回って玄関へ行けば、確実に庭に跡が残ってしまう。だけど、美亜もよく知ってるように、離れの周りには足跡なんてまったくなかっただろう。唯一足跡を残さずに戻れる渡り廊下は、その時にはもう、僕と叔父さんの監視下にあったしな」

「そう、あたしも同じように考えた——だからママは、帰る前にやるのは不可能だった——同じ結論だよね。それともうひとつ——もしママにチャンスがあるとすれば、もうひとつあるんだけど——」

「何だ、もうひとつチャンスって——？」

「うん、食事の直前。着替えに行った時」

と、美亜は少し声をひそめて、

「つまり、こういうことよ――ママは帰って来てから居間で話し込んでたでしょ。ママの姿が兄貴達の前になかったのは、食事になる直前の、和服を着替えるのに席を外した時しかなかったわけよ。帰って来る前の犯行ってのはないのは判ってるんだから、機会があるとすればその時しかあり得ない――」

「でも、それもおかしいな」

成一が云うと、美亜は息をついて、

「うん、そういうこと――これだと不自然になっちゃうんだよね」

「そう。母さんが食堂を出てったのは、もうフミさんが、お祖父さんの食事を運んで行った後のことだからな。母さんが犯人なら、猛スピードでフミさんを追い抜かなくちゃならないはずだ。しかも庭は足跡が残るから、渡り廊下を通るしかない。だけどあの狭い廊下を追い抜かれて、フミさんが気がつかないわけはない。そうなるとどうしたって――その時間に母さんがやったんならば、フミさんとの共謀としか考えられない。フミさんが道を開けてやって、母さんを通したってことになるよな。それからフミさんは、母さんが事を終えるまで横で待っていて、母さんが母家に戻ってから発見者のフリをすることになる――」

成一がそこまで云うと、美亜が後を引き取って、

「でもあの時は、そんな時間なんかなかったはずなんだよね。お祖父ちゃん殺して、凶器の指紋拭いて、証拠を残してないかチェックして――とてもそんなことしてる余裕なかったはずだもん。フミさんが食事運んで行ってから、お盆落としてお姉ちゃん達びっくりさせるまで、ほ

んのちょっとしか経ってなかったよね」

「そういうことだ」

うなずく成一に、美亜は目をぱちくりさせて、

「やっぱ兄貴もそこまで考えてたんだ」

「ああ――それにもしフミさんと母さんの共謀だったなら、なにもそんなきわどいタイミングでやらなくたってよかったはずなんだな。もっと時間の余裕がたっぷりある時を選んで――どっちかが確実に二人分のアリバイを証明できる工作をしてから、犯行にかかればよかったはずだ。二人の共犯というのはまずないだろう。だから結論としては――母さんが着替えに行った時やった、というのも間違いってことになるな」

「これでママにもチャンスはなし、か」

「そうだ、母さんも犯人ではあり得ない」

成一が断言すると、美亜はにんまりとしてココアをすすり、

「これでママも消えた――と。次は、パパか――。パパは難しそうだね、チャンスありそうもないんだよね」

「だろうな。父さんが帰って来たのは雨がやんでからだった」

「うん、裏口から入って来て、ママに文句云われてたよね、ちゃんと玄関から入って来てって」

玄関――？　成一は何かが気にかかって、一瞬返答に詰まった。違和感――猫丸と話してい

た時も感じた、あの不安定な気分だった。あの後気になって、玄関を少し調べてみた。だが結果は空しく、何も異変は発見できずに、もどかしい焦燥が残っただけだった。それがまた甦ってきている。何か大切なことを忘れているような気がするのだが――。

「ガレージから庭を通って帰って来るのは、兄貴も叔父さんもママも見てたんでしょ――」

訝しさに押し黙る成一に構わず、美亜は言葉を続けている。

「その時離れへ行くのは、どう考えたって無理だよね――三人に見られてたんじゃ隙を盗むってわけにもいかないし、足跡もガレージからまっすぐ裏口へ繋がってた」

「ああ、雨はやんでたから足跡、くっきり残ってたな」

成一は答えた。妙な違和感は少しずつ薄らぎつつある――その正体を掴ませぬままに――。何ともしっくりこない、嫌な気分が成一に残されただけだった。

「帰って来る前にこっそり離れに寄ったってのも、ママと同じ理由でダメだしね――逃げ道なしなんだから。パパは検討する余地ないね、どう引っくり返しても機会はありそうもないし――」

美亜は軽く肩をすくめて云う。

「それで後は――フミさんか。フミさんは――」

「除外だな、キッチンでずっとお前と二人でいたんじゃないか」

「でもねえ、兄貴――」

美亜は物云いたげに語尾を延ばして、

「フミさんはさ、唯一人、離れへ行く理由があった人でしょ」

「理由――?」

「だからさ、お盆だよ。お祖父ちゃんの食事運んで行った時、フミさん一人で離れへ行ったじゃない」

「ああ」

「つまり、フミさんは食事を運んで、その時にお祖父ちゃんを――まあ、アレして――それから第一発見者を装って、仰天したふりであたし達に知らせに来た――その可能性、考えなくちゃいけないんじゃないの」

「何云ってるんだ、それはさっき云っただろう――その時はそんな時間の余裕なんてなかったはずだって」

「あ、やっぱ引っかからなかったか。兄貴が気がつくんだったら、誰もそうは思わないよね」

「当り前だ。それに血痕のこともあるしな」

「何それ、血痕って」

「あの時――フミさんが知らせに来て、僕は叔父さんとまっ先に駆けつけただろう。それで離れの中を見たんだけど、血が――あまり多くはなかったけど飛び散ってて、ところどころもう乾き始めてたんだ。あれは少なくとも、十分かそのくらいは経った感じだったな――だから、僕や叔父さんが行く直前にフミさんがやったとは思えない。それに割烹着もあるし――」

「何それ、今度は割烹着?」

「ああ、フミさん、いつも割烹着着てるだろう、まっ白いの。あれが少しも汚れてなかったんだ」

急を報せて食堂の床にへたりこんだフミの、蘭の花のように白く拡がった割烹着を思い出しながら成一《しら》は、

「いくら出血が少なかったとはいえ、犯人は多少は返り血を浴びたはずだろう。だけどフミさんの割烹着はまるで汚れてなかった。一度脱いで、もう一遍着直してる時間はなかったはずだしな」

「へえ、兄貴、あんな時にそこまで観察してたんだ」

美亜は呆れたような声を出して、

「冷静って云うか――なんかやっぱ兄貴って変ってるね。まあ、それはいいとして――じゃあフミさんも除外でいいんだ」

「除外だな」

「だよね――そうなると当然、あたしも除外だね。ずうっとフミさんと一緒に、キッチンで手伝いしてたんだもん」

「手伝いだか邪魔だか――」

「何よ、ちゃんと手伝ってたじゃないの、兄貴だって見たでしょ」

「――そんなことでムキになるなよ――、まあとにかく、美亜にも機会がなかったのは確かだな」

「だったら初めっからそう云えばいいでしょ、ホント兄貴ってば素直じゃないんだから——で、あと残ってるのはお姉ちゃんだけだけど——」

と美亜は、くるりとした瞳で隣の左枝子を見た。

当の左枝子は、最前から一言も発しないで、成一と美亜のやりとりに耳を傾けている。時折ココアのカップを静かに口元に持って行くだけで、まるでその場で石化してしまっているようだった。

美亜はその左枝子に、すり寄るようにして体を傾け、

「でも、当然無理だよね、お姉ちゃんには」

あっけらかんとした調子で云った。左枝子の身体の障害のことを仄めかしているのは明らかだった。ただその言外には、悪意や底意はまったく含まれていない。ごく当り前のような口調だった。

美亜はあの事故の後で生まれている。だから物心ついた時から、左枝子がこういうものであることを、当然のごとく受け止めているらしい。美亜にしてみれば、従姉の肉体のハンデなどただ、背が低いとか太っているといった特徴としか認識していないようである。実にあけすけに美亜は、時には成一がひやりとするほど開けっぴろげに、左枝子の障害のことを口にする。露骨にからかったりするのも稀ではない。しかし左枝子にとっても、過剰な気遣いや気回しより、美亜のように自然に振る舞ってもらう方が気が楽らしく、一向に気にする様子がない。特別な思い入れで左枝子を見守る成一としては、そんな二人の関係が羨ましくもあり、左枝子を

特別視することしかできない己の狭量を苛立たしく思うのだが――。

「ほらね、やっぱ変だよ――」

美亜が途方にくれたように、それでも幾分楽しげに云った。

「こうやって一人一人消去していくとさ、誰にも犯行が不可能になっちゃうんだもん――おかしいよね。あの日家にいた人全員が、容疑圏外に弾き出されちゃうんだからさ」

「そうだな、警察もそれで頭を抱えてるみたいだしな」

「それでね、兄貴、あたしちょっと考えたんだけどさ」

「何だ、まだ何かあるのか」

鹿爪らしく云う美亜に、成一は思わず眉間に皺を寄せた。一言も口を挟まない左枝子の表情に貼りついた、不安と怯えの色が気になりだしたからだった。家族犯人説はもう消え去ったのだから、もうこれで事件の話は充分だと思った。これ以上血腥《ちなまぐさ》い話を続けるのは、左枝子の精神衛生上よくないのではないか――。しかし、美亜は無頓着に、

「遠隔殺人とかって、そういう方法は使えなかったかな、と思うんだ」

「遠隔殺人？」

「うん、凄く素直に考えちゃえばさ――兄貴と叔父さんに姿を見られてないってことは、やっぱり誰も近づかなかった、って――それでいいんじゃないのかな」

「それで遠隔殺人――か」

「うん、あの凶器の鉄の棒、どっか庭の木の間から投げるとか、改造した銃みたいなので撃ち

出すとか——あれくらいの距離だったらあたし、サーブで命中させることくらいできるよ」

と、美亜はテニスのサーブの動作をしながら、

「だから道具でも何でも使って、なんとかならなかったかなあって思って——」

「バカバカしい、そんなの無理だよ」

と、成一は一笑に付して、

「あの時離れの入口はずっと閉ったままだったんだぞ。叔父さんと居間から見てたけど、唯一開いたのは例の五時二十五分の、お祖父さんが顔出した時だけだ。それ以外は一度だって入口は開いてない。それに窓も閉ってたしな。投げつけたにしろ何にしろ、どこにも凶器が入って行く隙間なんてなかったじゃないか。それにお祖父さんは、部屋のまん中辺りに倒れてたんだぞ。開いた窓から独鈷をぶつけられたお祖父さんが、わざわざ窓を閉めてから部屋のまん中に行って、そこでようやく倒れた——なんて、そんなおかしな話はないだろう」

「やっぱダメか——じゃこれもボツね。気にしないで、ただの思いつきだから。でもさ、そうなるとどうなっちゃうのさ——」

美亜は難しい顔つきで、腕組みしながら云った。

「誰も離れへ入れなくて、遠くからの操作も無理で、おまけに関係者全員にアリバイがあって——これじゃやっぱり、幽霊か何かの仕業ってことになっちゃうじゃないの。どうなってるのさ、兄貴」

どうなっていると云われても、それは成一の方が聞きたい。

「兄さんも――美亜ちゃんも――そんな風に思ってるの？」

突然、左枝子がぽつりと云った。何事か思いつめたような、沈んだ声だった。成一ははっとして顔を上げた。

「家の人に機会があるとかないとか――そんな風に考えてるの？　家族の誰かがお祖父さまを殺したなんて――そんなこと本気で疑ってるの？　そんなの――そんなの、私は嫌――」

抑揚のない調子で、やっとそれだけ云った。抑えに抑えていた思いの丈が、その短い訴えにすべて押し込まれているような――聞く者の胸を衝く、絞り出すみたいな静かな声。長い睫の円《つぶ》らな瞳に、今にもこぼれ落ちそうに涙の粒が盛り上がっている。

「うわっ、そんなことないって――」

美亜が慌てて弁解するように、

「そんなこと考えてないよ、ぜんっぜん本気でなんて考えてない。ほんの気晴らしだよ、――困ったなあ、お姉ちゃん、何でもマジで考えこんじゃうんだもん。あたしや兄貴が、本当にパパやママを疑うわけなんかないじゃない。ただの軽い気休めで話してただけなんだからさあ」

成一も急いで言葉を継いで、

「そう、そうだよ、僕だって少しも本気なんかじゃない。警察がもたもたしてるから、美亜と勝手に事件の再検討してみようとしただけで――なにも家族を疑ってみようと思ったわけじゃないんだ」

美亜は、抱き取るように左枝子の肩に手を回して、

「でも、ゴメンね、こんな話、お姉ちゃんにはちょっと刺激が強すぎたかもね――だけどさ、これですっきりしたじゃない、家の中には犯人なんていないの、はっきりしたんだしさ。きっと昔の、お祖父ちゃんが若い頃の――ほら、お葬式の時にヤクザ屋さんが来てたじゃない――ああいうずうっと昔の知り合いが今頃になって逆恨みかなんかしてさ――それか、ただの強盗とか――。とにかく大丈夫だよ、お姉ちゃんが心配することなんてないんだから」

なだめるように云った。その言葉に、俯いていた左枝子はほんの少しだけ顔を上げ、

「本当に？――本当に平気なの」

それでもまだ、怯えたように云う。

「うんうん、平気だよ、きっともうすぐ警察が犯人捕まえてくれるから。絶対あたし達が見も知らない赤の他人だよ、あたしが保証するからさ、賭けたっていいよ」

美亜が保証してもどうなるとも思えないが、この場合言葉の重みより誠意の方に説得力がある。美亜は左枝子の肩に手を回したまま、そのつややかな黒い髪に顔を埋めるようにして、

「だから、ゴメンね、ほんと――兄貴もあたしもちょっと苛々してたからさ、なかなか犯人が捕まらないから――お姉ちゃんがそんな風に悩んじゃうなんて気がつかなかったんだ。ホント、ゴメン。悪いのは兄貴だよね、思いやりがない兄貴がみいんな悪いんだ」

美亜のおどけた調子に、やっと左枝子の表情からこわばりが消えていく。すかさず成一も横から、

「いや、僕が悪いんじゃないよ。一昨日ちょっとある人に会ってね――猫丸先輩って、学生時

代の先輩なんだけど——その人に事件の話したら、家族を疑ってかかれって云うもんだから、ついそれが気になっててね。悪いのはその先輩なんだ、元々少し変った人でね——」

左枝子の気持ちを和らげようと、思いつくままに猫丸の人となりを紹介する。

小柄で童顔。三十すぎなのに、高校生に見誤られかねないアンバランスな外見の特徴。とにかく呆れるほどの好奇心の強さで、その興味の赴《おもむ》くところ、とりあえず首を突っ込んでみないと収まらない性格。いい年をして定職にも就かずに、ぶらぶら遊び暮らしていて、どうやって生計を立てているのか誰も知らない私生活上の謎。学生時代からその奇行ぶりは有名だった。興味を引かれる対象もまるで首尾一貫しておらず、怪しげなアングラ劇、アマチュア奇術クラブ、町内会の三味線同好会にお茶に俳句、あげくは得体の知れない断食会に入会して一ケ月山に籠もり、果ては夏休みを丸ごと利用して東海道五十三次を徒歩で踏破する——。最近でも、新聞で読んだ自殺者の記事を気にして、現場の公園を訪ねてわざわざ横浜辺りまで出向いたり、去年の夏は西伊豆に、手漕ぎ舟の操縦を覚えに行っていたらしい。それでいて興味のない分野に関しては、小学生レベルの知識の持ち合わせしかなく、特に機械や電気関係に暗い。古い蛍光灯を取り替えることができずに、一週間蠟燭の灯りで生活していたという伝説がある。今でも留守番電話が使いこなせないという噂も本当らしい。くだらないエピソードに事欠かない人物ではある。

「何それ、変なの」

美亜は面白がってケタケタと笑い転げ、固かった左枝子にも、ようやくいつもの微笑が戻ってくる。それを見守る成一も、やっと安堵の息をつくことができた。一度あの人を連れて来てもいいかもしれないな——左枝子の、なだらかに美しい曲線を描く横顔を眺めながら、成一はそう思った。猫丸は祖父の事件に興味を持ち、現場を見てみたいと云っていた。きっと猫丸なら、口から先に生まれてきたように愉快な話題の豊富なあの男ならば、左枝子の気分転換の役に立ってくれるかもしれない。姫君の無聊《ぶりょう》を慰める道化師役として——。なるほど、それも悪くない。

しかしそれにしても——と、成一は思う——本当に犯人の姿が見えてこない。関係者には犯行の機会もなく、不自然としか思えない状況も手つかずのまま残っている。左枝子を守ろうにも、肝心の敵の姿が五里霧中——謎という霧の彼方に霞むばかりで、成一には手の施しようがない。あのビー玉も、思い過ごしなのかどうかすらはっきりしない。左枝子がこうも神経質になっているのでは、注意を促すのも、いたずらに不安感を煽る結果になりかねない。手をこまねくだけで、何の手段も講じられないのが、成一に新たな焦燥と苛立ちを覚えさせていた。

そして——焦慮の色濃い成一に関わりなく、日々は無為にすぎた。

土曜日になった。

明日、日曜は慈雲斎の降霊会が行われる予定である。直嗣によると、霊媒は自信に溢れているそうで、必ず祖母の霊を呼び出してみせると息巻いているという。神代と大内山も、霊媒の詐術を暴こうと準備に余念のないことだろう。成一としては、何事もなく——できれば降霊会が中止になるなどして——無事に明日が終るのを祈るばかりだ。

夜、猫丸から電話があった。

案外律義な男で、明日の降霊会のことを忘れてはいなかった。

「畜生、行きたいなあ、降霊会。本物の霊媒の降霊会見物できるなんて、めったにあるこっちゃないのにな——まったくもう残念の極みだね。ズルいぞ、お前さん、そんな面白そうなもん独り占めしやがって。僕の分もしっかり見といてくれよ、後でちゃんと聞かせるんだぞ」

猫丸はひとくさりぶつぶつ云ってから、

「それで成一、お前さん、こないだ頼んどいた件、調べただろうな」

さも当然そうな口ぶりで聞いてくる。相も変らぬ身勝手なペースに辟易《へきえき》しながらも、成一は報告した。

離れの様子——建物の造作から古道具屋のような調度——しかし、不審な点はまったく発見できなかったこと。そして遺言状——特別な記載などなく、遺産は型通り実子である母と叔父、そして左枝子に渡ることになる——。

「ふうん、つまんない家だね、お前さんのとこは——ドラマティックな要素なんてあったもんじゃないんだな」

と、猫丸は興味を失ったように感想を述べた。成一は相手にせずに、

「それから金銭面ですけど——特に誰かが金に困っている、というようなことはないようですね」

それとなく家族から聞き出したことを伝えてやる。

「父はただのサラリーマンで、ギャンブルはやらないし、いつも夕方には帰って来ますから、家族に内緒で水商売の女性に入れ上げている、なんてこともないでしょうし——とにかくまとまった金が必要とは思えません。母も小遣い銭には不自由してませんね、元々金には無頓着な性格だし——。妹はまだ高校生で、従妹はあの通りほとんど外へも出られないですから——ただ」

「ただ？」

「叔父の画廊は経営が苦しいそうです——と云っても、道楽商売ですからね、年中のことですけど」

直嗣に聞いたところによると、絵画売買の世界では現金決済が常識であり、支払手形による授受はほとんどないそうである。絵という商品は常に現金で取引される。美術品担保金融も日本ではまず行われない。銀行側が商品の価値を正確に評価するのが困難であり、換金のメドの立たない美術品を、担保と認めるのを嫌うためらしい。従って画廊は、一定の運転資金か換金しやすい優良在庫を、常にプールしておかなくてはならない云々——。

「要するに直嗣さんは金に困ってるってわけか」

成一の説明を、猫丸は苛ついたように途中で遮った。美術業界の資金調達の話題は、猫丸の興味の埒外にあるらしい。

「はあ、いいえ、結局は遊びみたいな商売ですから——。叔父はだいぶ前に、マンションを丸ごとひとつ祖父から譲り受けていますからね、生活の方はそれで充分成り立っているはずです」

「マンションひとつ、か——なるほど豪儀なもんだね。お前さん、ずいぶん庶民感情を逆撫でしてくれるじゃないかよ」

猫丸は受話器の向こうで、ひがみっぽい声を出す。

「マンション丸ごとひとつだなんて——それ、どこにあるんだよ」

「はあ、新橋ですけど」

「新橋ねえ、総額でいくらくらいするんだ——僕達下々には想像もつかんぞ」

「はあ、僕だって知りませんけど——。だから叔父も、金に困ってるというほどでもないんです。資金繰りが苦しいとさかんにこぼしてましたけど、あれは叔父一流のポーズみたいなもので——俺はちゃんと商売もしてるんだぞ、という」

「ふうん、結構なご身分なんだね、お前さんの親戚ってのは——」

と、まだ嫌らしい声で猫丸は、

「それで、お前さんはどうなんだ」

「僕——ですか」

「そう、お前さんは金、欲しくないのか」

「別に——。僕だって一人前に働いてるわけですから、さしあたって特に必要じゃないですけど」

「ほお、云うねえ。金なんかさしあたって特に必要ない——ときたか。いい台詞だねえ。さすが、金のある家の人は云うことが違うな」

まだひがんでいる。マンションひとつがよほど気に障ったようだ。

「しかしそれにしても、つまんない家だね、お前さんとこは――。なんかこう、もっとぱあっとした、ドラマティックな要素はないもんかね。どろどろした近親憎悪の葛藤とか、遺産をめぐって血で血を洗う骨肉の抗争とか、さ。それじゃ、ただのつまらない金持ちじゃないかよ。世の中、何が嫌味だって云って、こんな嫌らしいもんはないぜ――ただのつまらない金持ち、なんてさ」

得手勝手なことを云っている。

「まあ、そんなこたあどうだっていいけど――成一よ、降霊会だけど、霊媒の手に注意してろよ」

「手――ですか」

また唐突に訳の判らないことを云い出す。

「そう、手だ。もし慈雲斎の大将がお定まりの、ステレオタイプのやり方でやるんだったら、多分こういうパターンだと思うんだ。いいか、まず参加者全員をこう、ぐるっと輪を描いて座らせて、両隣の人と互いに手をつながせるんだ」

「手を、つながせる――」

「そう、例えば大将は、左隣の人に自分の左手首を摑ませて、右手で右隣の人の手首を摑む――こうやって順次、手首を摑み合っていけばぐるっと輪ができるだろう。全員が、左手を摑まれてて、右手で隣の人の手首を摑んでる状態だな。そうすりゃ誰も身動きできないし、何もできなくなる。立ち会い人はもちろん、霊媒自身もだ。そうやって、これでイカサマはなしですよ、インチキはできませんよってアピールするわけだ」

「はあ、なるほど」

「だがな、この方法には一つ落とし穴がある。古典的な手法なんだが――いいか、まず、まっ暗にしといてな――まあ、大概降霊会なんてのは暗くしてやるもんだが――霊媒は自分の右手と左手を入れ替えるんだ」

「何ですって？」

「入れ替えるんだよ、手を――電話だと説明しにくいな――つまりだな、霊媒は何だかんだと御託を並べながら、すうっと自分の両手を自分の体の前に持ってくる。無論左手は摑まれたままだし、右手は隣の人の手首を摑んだままだ。前説明に熱が入ったふりをして、自然にそういう態勢に持ってくんだな。そこで何気なく右手を離すんだ――右隣の人の手首を握っている右手を、な。それで、『あっと、手を離してはいけません』とか何とか云いながら、今度はすかさず左手で離した手首を摑んでやるんだ。こうなるとどうなると思う？　左隣の人が霊媒の左手首を捉えているのは同じだけど、右隣の人は今や霊媒の左手で手首を摑まれている――だがその人は、それがさっきと同じ霊媒の右手だと思いこんでしまう。要は左手に一人二役をやらせるんだ。暗闇だから誰もそれに気がつかないって寸法だな。こうやって自由になった右手で、霊媒は色んな不思議な現象を現すことができる――よくありの手口なんだけどな」

「本当にそんな手を使ってくるんですか」

半信半疑で成一は聞いてみた。それではまるで子供騙しではないか。まさかそんなイカサマに引っかかるとは思えない。

「慈雲斎の大将がこの方法を使うかどうかは判らない。だがこのやり口で、今まで何人もの霊媒が成功を収めてきたのは確かなんだよ。科学者やら名士と呼ばれる知識階級まであっさりころっとたぶらかされてる。まっ暗闇で距離感を喪失してるし、何より霊媒の話術と演技力に騙されるんだ。こういうことはシンプルな方法の方が有効なもんでね、そんな簡単な手口を使うなんて誰も思わないからこそ、意外と効果を発揮するんだ。だからお前さん、大将の手に気をつけてろ。怪しい動きをするようだったらすぐにストップをかけても構わん、よしか」

「判りました、やってみます」

それにしてもおかしなことばかり知っている男である。普段は口が悪いばかりで物の役には立たないが、明日の降霊会では何かと重宝しそうだ。この無駄な知識を活用してもらわない法はない。そう思い成一は、

「先輩、明日本当に来られませんか、先輩がいてくれると心強いんですが」

おだて七割懇願三割で云ってみたが、相手は、

「そりゃ僕だって行きたいのはやまやまなんだけどさ――でもな、今日いよいよ出たんだよ」

とたんに秘密めかして声を落とす。

「出たって――何がです」

「察しの悪い男だね、お前さんは——骨だよ、化石だよ、日本最古の、一億年前の。それがようやく今日出土してな、あとは鑑定するだけなんだよ。難しいことは僕には判らんけど、放射性元素の含有率だとか骨細胞のＤＮＡだとかそんなのを調べて年代を特定するそうだ。考古学サークルの連中が明日朝いちで、さる有名企業の研究室に持って行ってな——なんでも色んな大学の発掘調査にも協力してる会社だとかで、日本で唯一そういうの鑑定する設備があるところなんだとよ。明日日曜だけど、特別にそこのスタッフが見てくれる約束取りつけてきたんだ。詳しいことはまだ伝えてないが、歴史的な大発見だって云ったら興味持ってくれたわけだ。考古学の学生連の見立てだと、どうやら系統分類学の方で云う爬虫綱の竜盤目の生物である可能性が高いそうだ。正式な鑑定結果が出るのはまだちょいと日数がかかるみたいだけど、大体大ざっぱな年代区分は夜になれば見当がつくらしい。だから明日はとても現場を離れられないんだよ。なんてったって考古学史上最大の大発見なんだぞ、その歴史的瞬間に立ち会わなくてどうするってんだ。いいか、お前さんも待ってろよ、楽しみにしてろ。日本中がたまげてひっくり返るんだからな」

猫丸の高揚しきった声はなかなか途切れそうにない。受話器の向こうで、きっとあの仔猫みたいなまん丸い目が、子供みたいに輝いていることだろう。その浮かれた様子を思い描きながら、成一は改めて思った。

この人を頼りにするのはもう金輪際やめよう——と。

インターバル

人熱《ひといき》れ、ざわめき――。

喧噪を煽り立てるかのように、もうもうと立ち籠めるのは焼き鳥の煙だ。

活気、賑わい――。

テーブルは脂でべとつき、煙草のヤニと炭の煤で、壁はまっ黒に汚れている。埃じみたホッピーのポスターだけが、その壁を彩る唯一の装飾だった。

胴間声、笑い声、怒鳴り合う野太い声――。

店を揺るがすような騒がしさの中を、威勢のいい合図と共に皿が行き交う。壁にぶら下がった短冊形の紙切れには、モツ煮、おでん、うるめいわし、冷やしトマト、えいひれ――。渋茶色に変色した紙は反り返り、文字もにじんで薄れている。

無愛想に無装飾な店内も、床に何本も転がった焼き鳥の串も、不衛生な厨房も、この店の客達にとっては何ほどのものではない。

焼酎とコップ酒、それさえあれば彼らは上機嫌だった。呑み、かつ喰らい、大声で語り合い笑い合う。

陽に焼けた赤ら顔の中年男が、金歯をむき出して笑っている。埃まみれの作業服の青年達は、開けっ広げの笑顔で酒をつぎ合う。袢纏《はんてん》姿の老人は競馬新聞を拡げて、明日の糧《かて》の捻出算段に忙しそうだ。

そんな店の風景に溶け込むように、二人の男がテーブルを挟んでいた。もう随分長いことそうしているらしく、彼らの前には口の欠けたお銚子が林立している。

「ときに善《ぜん》ちゃん、あんたまたアレをやるんだってね」

一人が、大きな茶椀でぐいと一口あおってから、もう一人に話しかけた。相手は薄笑いを浮かべてうなずいただけで、返事はしなかった。

「善ちゃんも物好きだね、あんなことしたっつったって何にもなりゃしねえんだろ」

重ねて云うと、相手は苦笑して、

「まあ、な」

「だったらよしゃいいじゃないか、なにもわざわざ手間暇かけてあんなことしなくったってよ」

「まあ、そうだけど――でも、俺の趣味みてえなもんだからよ」

「趣味ったって善ちゃん、なにもわざわざよお――あれか、ボランティアとかっていうやつか」

「うん、まあ、そんなもんかもしれないな」

「だけど勿体ねえよな、なあ、善ちゃん」

「何がだ」

「だってそうじゃねえかよ。善ちゃんくらいのウデがありゃあよ、今でも現役でいけるだろうにさ」

「いや、トシにゃ敵わねえよ」

「なあに云ってやがんだい、善ちゃんはまだまだ若いやな、身体だって自由が利くしよお。俺とは違うじゃないかよ」

「そりゃそうだけど——でもな、タケさん」

「でも、何だよ」

「時代が違うよ、時代が——ご時世が違うだろうに」

「そりゃそうかもしれねえけどよ——じゃあ善ちゃん、もう善ちゃんにゃ出る幕なしってのかよ」

「そうだな、老兵は消え去るのみ、ってやつだ」

「淋しいこと云うなよお——てやんでい、サルなんざあ鹿に喰わせろってんだ——でもよお、善ちゃん、善ちゃんはよお、本当にお人よしだよなあ」

「俺がお人よしか」

「そうさね、お人よしだ——人様のためにわざわざよ——善ちゃんのやってるこたあ、ご奉公じゃねえか。滅私《めっし》奉公、奉国《ほうこく》の徒《と》だよ、肉弾三勇士さ」

「何云ってんだい、タケさんは」

「いやさ、だからよ、施《ほどこ》しだよ。無私ってのか――人様のためによ、ああいうことしてやるんだから」

「施し、ねえ――。でもな、タケさん、施しってのは人様のためにするもんじゃねえぜ。全部自分のため、手前《てめえ》のためなんだよ――俺だってボランティアなんて偉そうなもんじゃねえや、俺らあ手前のためにやってるんだからよ。それでいいんだよ、人のためなんかじゃねえ――この年んなってやっと俺あ、それに気がついたね」

「よせやい、善ちゃんまだまだそんな老けこむ年でもあるめえし――さ、呑めよ」

男は、手を伸ばしてお銚子を取った――。

酔いが、店全体を支配している。

一日の疲れを癒し、今日のことを忘れてしまえさえすれば――それで男達は幸福だった。

幸福な男達を詰め込んだ店は、快い酔いに揺れていた。

コップ酒をあおる手を舵《かじ》に、笑い合う声をエンジン音に――あたかも小さな舟のごとく――。

幸せな、都会の海の男達を満載した舟は、巨大な東京の夜という波頭の中へと、ゆっくりと飛翔して行くかのようであった。

第四章

その日は晴天だった。

それがまるで、何かの皮肉のように成一には感じられた。降霊会――いささか現実離れしたバカげた催しを行うには、そぐわないほどの上天気。壮大に、人間の営みとはまったく無関係に、天体は運行していく。この、少々気違いじみた集まりの開催をあざ笑うかのように、雲ひとつなく晴れ上がった、穏やかな日和であった。

直嗣が慈雲斎を伴って、意気揚々と乗り込んで来たのは昼すぎだった。

二人は、精神統一のため時間が必要だと称してそそくさと、会場に当てられた部屋に引きこもってしまった。元書庫だったその部屋は、以前兵馬がエクトプラズムの実験を見せられたところである。その時の暗幕がまだそのままなので、今日の会場としてもうってつけだった。閉じこもる前に慈雲斎は、

「この家に取り憑いておる悪霊の正体、それを今日私が暴き立ててお目にかける。そして兵馬翁《おう》の亡き細君の霊を降ろし、皆さんに語りかけさせてご覧にいれよう。しかし――しかしうま

くいくかどうか――この家に巣くう邪の気はますます強大に、剛健に膨れあがっておる。ほれ、感じはせぬか、忌わしくも厭《いと》わしい邪心の瘴気《しょうき》が、怒りにも似た波動をもってこの家を包みこんでおるのを――。恐ろしい悪しき気配だ、本来この世にあるまじき、凄まじい邪悪の念だ――ほれ、感じるであろう、亡者どもの魂が揺らぐのを、悪霊どもがとり騒ぐのを――。おぞましい悪の念波が、ここには満ち満ちておるぞ。奴らに邪魔立てされねばよいが――悪しき霊から、聖なる霊が降りるのを加護する力があればよいのだが――。皆さん、成功をお祈りくだされ、私の霊力が、邪悪な霊どもに太刀打ちできるように。さもなくば必ず、更なる災いがこの家に降りかかることになるであろうぞ」

と、成一達を不愉快にする言葉を撒き散らすのを忘れなかった。そして降霊会は、午後七時に開始すると宣言した。本来ならば深夜、常道にならって丑三《うしみ》つ刻《どき》に行うにやぶさかではないが、そうもいかないだろうから、とも――。成一は、そうしたアバウトさに、どこか胡乱なものを感じずにはいられなかった。

慈雲斎と前後して、神代と大内山のコンビも訪れた。

「どうも気になりまして落ち着かないものですから――随分早目に来てしまいました」

神代は決まり悪そうに、そう云って笑った。大内山は、綿貫教授が来られぬことをしきりに詫び、

「本当に申し訳ありません、教授はどうしても出席しなくてはならない学会が関西でありまして――皆さんによろしくお伝えするよう申しておりました」

平身低頭したが、大いに多喜枝の不興を買った。多喜枝は、今日こそ教授本人が出馬してくると信じていたのだ。

「しかしご安心ください、我々は教授に今回の仕事を一任されて参りました。教授から色々秘策を授かってきましたので――きっとあの霊媒の化けの皮を剥いでご覧にいれますから」

神代と大内山が声を揃えて主張しても、多喜枝の虫の居所は直りそうもなかった。

そして、応接間――。

神代と大内山を接待する役目を、成一は母から押しつけられていた。お冠《かんむり》の多喜枝は奥に引っこんだきり出てこないし、勝行も、興味がないのが半分、億劫なのが半分、といったところなのだろう――「若い人は若い人同士で」と、皮肉にも取れる一言を残したきり行方をくらませてしまった。

成一は、左枝子と美亜と共に、二人の若い研究者に対峙していた。

「やっと今日本番、七時からだって――ホント云うとさ、あたし楽しみにしてたんだ、降霊会」

美亜が浮き立ったように云った。成一達方城家の三人が並んで座り、神代と大内山がそれに向き合う形で――お茶を配り終えたフミが出て行ったところだった。

神代は、美亜の言葉に応じていつもの物静かな口調で、

「それは我々も同じです。お電話して時間を確かめればよかったんですが――楽しみでつい早く来てしまいました」

柔らかな笑いを含みながら云った。

「でもさ、あの霊媒のおじさん、自信たっぷりなんだよね——ホントにお祖母ちゃんの霊なんて現れたらどうしよう」

美亜が冗談めかして云うと、今度は大内山が薄くにやりとして、

「まだそんなことを云ってるんですか、美亜さんは——大丈夫ですよ、あんなのインチキに決まってるんですから」

「うん、それはそうだろうけど——でも正直云って、あたしちょっとどきどきしてるんだな。もしホントだったらびっくりでしょ」

「平気ですってば。彼がペテン師だということは我々が保証しますよ」

と、神代が涼やかに笑う。

「それより楽しみなのは、あの自信過剰の霊媒がどんな手口を使ってくるかということですね」

「手口——？」

美亜がくるりとした目をして聞き返すと、神代は、

「そう、まがりなりにも僕達は、日本超心理学界の第一人者の一人である綿貫教授の指導を受けている身ですよ——彼だってそれはよく承知しているはずですからね。その我々の前で、どんなイカサマの手を使ってくるか——まあ、お手並み拝見、といったところですか」

こちらも並々ならぬ自信をうかがわせて云う。昨晩猫丸に伝授された方法を思い出しながら、

成一は、

「それで、その、霊媒のイカサマというのは、どんな手口だろうと予想しますか」

と、尋ねてみる。

「そうですね――おそらく」

神代は瞑想するような顔つきになり、

「口寄せ、だろうと思います」

「口寄せ？」

「ええ、死者が霊媒の口を借りて語りかける、というスタイルです。皆さんもよくご存じでしょうが、恐山のイタコが代表的ですね。霊が霊媒の肉体に憑依《ひょうい》して、こちら側の人間と会話を交わす、というものです」

「あ、それならテレビで見たことある」

と、美亜が口を挟んで、

「白い着物着て、ハチマキしてさ、四角い木で囲った中で火をばんばか焚いて、みんな声を揃えて何か変なお祈りみたいなのするんでしょ」

「まあ、そんなようなものですね、イタコは護摩《ごま》は焚きませんが――」

神代は苦笑して、

「多分、そういった口寄せを使うと思うんです。降霊現象を現すには他にも、石板を使ったり霊媒自身の体に文字を浮き上がらせたり――まだ色々方法はあるんですが、今回はきっと口寄せだと思いますね」

「ねえねえ、そのセキバンって何？」

たちまち美亜が興味を示して聞く。大内山が替わって、

「石板、スレートとも云いますが、石製の板に蠟石で字を書く物です――まあ云ってみれば黒板みたいな物ですね、学校の教室にあるような大きな物ではなく、手で持てるサイズの小さな物ですが。それを霊現象に使うのです。何も書いてなかった黒板にいつの間にか文字が書いてあって、それが霊界からのメッセージだ――と、そういう演出を使うことが多いようです」

「何も書いてなかったのに、いつの間にか――？」

美亜がきょとんとすると、大内山は、丸いアンパンに切れ込みを入れたような細い目でにやりと笑い、

「ええ、誰も手を触れないのに文字が出現するんです」

「何それ？　そんなことホントにできるの」

「もちろんですよ、簡単な手品の一種です。例えば――判りやすくタネ明かしすればこんな方法です――石板は元々二重になっているんですね。木で枠が作ってあって、石板は二枚重ねてそこに嵌まっているんです。もちろん上の板は、取り外しができるように仕掛けがしてあるんですが――。まず下の板にあらかじめ字を書いておいて、その上に何も書いてない板を載せておく。これで準備は終わり、後は演技力の勝負ですね。布か何かをかけて、念を入れるふりをして、布と一緒に上の板を取り去ってしまう――。そうすると、文字が書かれた下の板が現れて、

さっきまで何も書いてなかったはずの所に忽然《こつぜん》と文字が出現したことになる——というわけです。どうです、簡単でしょう。それから、特殊なカーボンを使う方法もあります。これは、指でこするだけで石板に文字が書けるように細工をしておくんですね。霊媒は立ち会い人の目を盗んで、こっそり文字を書けばいいだけです——もっともこれだと、石板を人に渡して改めさせることができない、という欠点はありますけど——。あるいは最初から、そっくり同じ石板を二つ用意しておいて、これをテーブルの下ですり替えたり——それに、立ち会い人の頭の上で、後ろに立った助手の持ってる物とそっと取り替える、なんて人を喰った方法もありますよ」

大内山はこうした話をする時、舌なめずりせんばかりに楽しそうになる。心底超心理学の研究に取り憑かれているのは判るが、マニアックな風貌も相まって、成一には少々気味が悪く感じられる。

「何よそれ、タネ明かし聞いちゃえばバカみたいじゃない。ホントにそんなので騙される人なんかいるの？」

興醒めしたように美亜が云うと、神代は哲学者めいた端正な顔を引きしめて、

「そこがつけ目なんです。まさかこんなちゃちなトリックは使わないだろう——そうした心理の盲点に、連中は実に狡猾につけ入ってくる。大げさな演出と衒学的《げんがくてき》解説で韜晦《とうかい》して、単純なトリックを易々《やすやす》と成功させてしまうんです。そういう意味では、ああした霊媒は僕達以上に心理学の達人といえるのかもしれませんね」

「ふうん、そんなもんなのかなあ――それじゃさ、さっき云ってた霊媒の体に文字がどうとかっていうの――あれはどんなの？」

美亜が身を乗り出して聞く。猫丸ほどではないにしても、妹もかなり好奇心が強い。

大内山がそれに応えて、

「霊界からのメッセージと称する文字を、今度は直接霊媒の体に書く方法です。だいたい腕の内側辺りですけどね、これも忽然と文字が、痣《あざ》のように浮かんでくるんです」

「わっ、凄い、痣みたいに？」

「そう、しかもこの場合は、手も触れないのに、見物人の目の前で浮き出てきます」

「何それ、気持ち悪い――それもトリックなの？」

「無論ですよ。これはごく生理学的なトリックでして――まあ、これも簡単にタネを明かしちゃいますけど、あらかじめ――実験の数分前に、文字を腕に引っかいて書いておくんです。準備はこれだけ――簡単でしょう。そうしてしばらくすると、引っかいたところが鬱血して赤くなる――それだけのことなんです。もちろん霊媒が実演する場合は、他のトリックと組み合わせて、死者の名前を浮き上がらせたりしてもう少し複雑になるんですが――。原理はただそれだけなんですよ。誰にでもできますよ、マッチ棒の軸か何かで引っかいて――そうですね、左枝子さんあたりだときっと鮮やかに出るでしょうね、その――色がお白いですから――」

大内山は何気なく口にしたようだが、左枝子はその言葉にぎくりとして俯いてしまった。やはり、大内山のマニア的な雰囲気が気味悪いのだろうか――左枝子はまだまだナーバスな精神状態が続いている。今日もどことなく落ち着かないようで元気もなく、さっきから一言も口をきいていない。美亜の云うままにこの場に同席させたことを、成一は少し後悔し始めていた。部屋で休ませた方がいいかもしれない——。

力なく俯いてしまった左枝子の様子に、大内山もさすがに困ったように、

「いや、これは失礼——気持ち悪かったですか——そういうつもりでは——。とにかくそんなやり方で霊からの通信があったと思わせるわけでして——これは肌の色の白い人の方がよく書けるものですから——」

「ねえねえ、あたしじゃダメなの?」

美亜が、ぶかぶかのTシャツからはみ出したよく陽に焼けた腕を突き出して云う。大内山は救われたように笑って、

「いや、さすがにそれじゃ痣の色と地の色の区別が——」

「何さ、それじゃあたしが黒すぎるみたいじゃないの」

「いやいや、決してそう云ってるんじゃなくて——」

「そう云ってるのと同じだろう」

と神代が苦笑して、

「失礼、ウチの相棒は女性の扱いがヘタでしてね、不器用で——しかし、まあ、論文書きや統計出しは我々助手仲間でもナンバーワンですから——まあ、誰にも得手不得手はありますんで勘弁してやってください。——それで、僕達が、慈雲斎が口寄せを用いると判断したのはです

ね、石板などの物理的トリックは使わないだろうと予測したからなんです。わざわざ僕達のような研究者——と云ってもまだ駆け出しですけど——研究者を立ち会わせるからには、ある程度の知識があれば見破れるような手法は危険ですからね。立ち会い人がそのトリックを知っていれば、その場でペテンが露見してしまうような手口は持ち出さないでしょう。しかしその点口寄せならば、物的証拠を立ててトリックを暴き立てるのが難しい——証拠は霊媒の口から出た言葉だけですから、後でどうとでも云い逃れができますしね。つまり、信じる人には信じられて、信じない人には信じられない——という一番曖昧な、困った結果になりかねない。彼はおそらく、その線を狙ってくるでしょう。あの自信と余裕からすれば、きっとそうした曖昧な心理的手口を使ってくるだろう——と、そう読んだのです。——と云っても、そう読んだのは綿貫教授でして、これも教授の受け売りですけど」

照れたように笑って神代は云う。育ちのよさそうな整った容貌に似つかわしい、飾らない口調だった。

「ねえねえ、それじゃさ」

と美亜が、ジーパンに包まれた長い脚をひょいと組みながら、

「そうやって霊が出てくるのって——降霊会とかってみんなインチキなんでしょ」

「もちろんです」

と、神代がうなずく。

「じゃあ、幽霊なんかまるっきり嘘って思っていいのかな？　この前云ってたけど、降霊会だ

けじゃなくて、普通、幽霊を見たっていう目撃談なんかもほとんどは錯覚なんでしょ」

「実はそこが問題なんです――」

神代は少し眉を寄せて、

「すべての超常現象を全面的に否定してしまうのは、科学的な考え方とは云えません。以前お話ししましたよね、ゼナー・カードによるテレパシー実験の話は」

「うん、カードをテレパシーで当てるやつでしょ」

「ええ、そうした臨床実験に見られるように、サイ能力は現実に人間に備わっている力だと、我々は確信しています。ですから降霊現象や霊の目撃のすべてが、一律ペテンであると決めつけるのも科学的な考え方ではありません。――まあ、ああした霊媒の連中の起こす霊現象は、インチキとしてもいいでしょうが――。そもそも――これもいつかお話ししましたよね――日本の大学には正式なサイ研究機関がない、と。これは科学偏重主義の悪影響でしてね。文明開化前――江戸時代までは、超常現象はごく自然に人々の生活の中に受け入れられていました。狐憑き、千里眼、化ける狸、地獄耳――そうした形で、広く人口に膾炙《かいしゃ》し、当然あるべきものとして信じられてきました。しかし明治維新と同時に、西洋科学の合理精神が取り入れられると、超常現象は単なる迷信として切り捨てられてしまったわけです。いかがわしい、胡散くさい、愚かな盲信として、一切合切闇に葬られてしまった――そこに日本のアカデミズムの土台があるわけです。そして、当時の科学では解明できなかったサイ現象をすべて否定する――そんな偏った形で、わが国の科学は発展してきたんですね。我々は、それを正しい方向に軌道修正しようと思っています。サイ現象が、間違いなく存在することを証明するのが、我々の仕事だと、綿貫教授もいつも云っています」

神代の語り口は、いつものように淡々として冷静なものだったが、それでもどこか、溢れる熱意がみなぎっているのが成一には感じられた。いずれ教壇に立つ地位につけば、学生達を惹《ひ》きつけることになるだろう――そう思わせる、熱のこもった演説だった。

美亜は、突然の神代の長広舌《ちょうこうぜつ》に、目をぱちくりさせていたが、

「それじゃさ、やっぱり幽霊って本当にいるの？　そういえば、ほら――この前ちょっと云ってたじゃない、幽霊を科学的に調べるとか何とかって」

問われて神代は、静かに手で制して、

「しかし美亜さん、幽霊と一口に云ってしまっては語弊がありますね」

と、諭《さと》すように云う。

「以前もお話ししたように、心霊現象と信じられているものの多くは、錯覚や思い違いなどによるものですからね」

神代の言葉に美亜はうなずいて、

「うん、あの幽霊を轢いた運転手さんの話とかでしょう」

「そうです、ああした例のように、カン違いを霊現象だと思いこむ場合の方が圧倒的に多いのは、想像がつくでしょう。我々が研究対象と考えるのは、あくまで科学的に解釈可能な事例だけですので、その点をお間違いなく」

神代がそう云うと、今度は大内山が、

「我々がそうした幽霊目撃談をどのように解釈しているかというとですね――」

と、喋りだした。二人の間でも専門分野が分れているのだろう。話題が自分の専門の事柄に回って来たのが嬉しいようで、大内山は細い目をさらに細めて、

「これはどちらかといえば大脳生理学の範疇になるんですが――大脳皮質内のニューロン同士での情報のやり取りが、人間の行動や思考を制御している――というのはご存じですよね。ニューロンの軸索端《じくさくたん》を通じて微弱な電気的信号が流れている――ということなんですけど」

「ええ、だいたいは――」

成一はうなずいた。その程度は生理学の初歩の知識である。しかし、

「それって、脳波とかそういうののこと？」

と、美亜が少しピントのずれたことを聞き、大内山は丸い顔を振った。

「いえいえ、そうじゃないです。脳波というのは頭皮に電極を当てて測定する、ごく低い周波数の電圧のことでして――僕の云っているのは、パルス信号のことです。インパルスとか活動電位とも呼ばれますが――これは脳内のニューロンが、シナプシスを作って細胞同士で情報を流入する際に使っている電気的刺激のことでしてね。我々人間が行う活動――考える、記憶する、行動する――こうした作用はすべて、この電気的刺激が脳の中をあっちこっち走ることに起因しているんです」

「また難しい話になるぅ」

と、美亜が唇を尖らせて大内山をとどめて、

「そういうややこしい言葉使わないで、あたしやお姉ちゃんにも判るように話してよ」

云われて大内山は、いくらか困惑したような顔つきになったが、

「はあ——では、判りやすく云いますと——つまり、人間の思考は全部、脳の中を流れる電気信号で成り立っている、ということなんです。例えば僕が本を読んで、そこからの知識を頭の中に蓄えるのも、脳の中に電気的信号が行き来して蓄積されるものだし、美亜さんがボーイフレンドとデートして楽しいと感じるのも、この電気信号が『楽しい』というパターンに沿って動くからなんですね。楽しい、嬉しい、悲しいなどの感情も、このパルス信号が脳内を走り回ることによって起きてくる——。煎じ詰めれば人間の意識はすべて、一種の電波によってできているわけですよ。人の考え方も、感じ方も、感情も、分解してみればどれも、電気的信号に置き換えることができるんです。ここまでは判りますよね」

ぼそぼそとした陰気な調子で、大内山は云う。

話が幽霊から程遠いところへ行ってしまったので、美亜は曖昧な顔でうなずいている。左枝子は相変らず無反応で、少し俯き加減に耳を傾けている。

「我々人間が考えたり感じたりする——あらゆる感情や思考はどれもが、ごく弱い電気信号の流れなんです」

大内山は、聴衆の反応に構わず言葉を続ける。こうした話ができることが楽しくて仕方がないようで、やはり少々マニア的ではある。

「これは生理学の方では常識でして、今はすでに、どの信号のパターンが、どんな感情に対応するのかといった研究もなされています。――それで、この電気的信号は、個人の脳内を流れるだけでは飽き足らず、微弱ながら外部にも漏れ出ていることが、最近の研究で明らかになっています。思考する際のパルス信号が、外に飛び出すんですね――。スタンフォード大学では、この特殊な電波を測定するために超伝導量子干渉計という物を作りました」

「それ、テレビやラジオの電波みたいに、こう、アンテナからピピピって出て行くってことなの？」

美亜が遮るように云った。いつ終るとも思えない大内山の解説に、痺《しび》れを切らしたようだった。

「いえ、そういう電波に喩えるのは妥当ではありませんね」

大内山は、美亜の思惑に気づきもせずに涼しい顔で、

「そういう、積極的に発射される電波とは違って――そうですね――云ってみれば、ＡＶ機器の近くでドライヤーなどを使うと、雑音が入ったりするでしょう。あの感じだと思ってもらうと判りやすいと思います」

「雑音――？」

美亜が小首を傾げる。

「そう、外部から漏れてくる電波に、近くにある物が干渉を受ける、ということですね」

大内山のぼそぼそした喋り方に、業を煮やしたように美亜は、

「それは判ったけどさ——幽霊はどこ行っちゃったのよ。それがどんな関係があるの」

「ですから、それが幽霊の正体ではないかと——我々は予測を立てているんですよ」

「何それ、何が正体なんだって？」

「だから、外部に漏れる電波が、です」

「電波が幽霊？」

不思議そうに云う美亜に、大内山はにやにやして、

「そうです、そうやって空中に放射されたパルス信号が、他の人間の脳に影響を与えるのではないか——と、そういう仮説です。残存思念、と我々は呼んでいますが——タクシー無線に時たま、全然無関係な声が飛び込んで来ることがありますよね、あれと同じ要領です。パルス信号というのはコンピュータと同じで二進法の世界でして、信号があるかないか、どっちかしかないんですね——だから脳内を流れる信号も案外簡単な、少ないパターンの組み合わせでしかないわけです。その信号の一定パターンが、特定の感情に対応するのですから——まあ、モールス信号と似ていますよね。そこに——例えば、『悔しい』なら『悔しい』という感情の情報が、ひとつのパターンとして流れると、人は『悔しさ』を感じる仕組みになっているんです。そしてパルス信号は、意識しないうちに外に漏れ出しているものですから——ある人が空中に残したその『悔しい』という情報の電波が、たまたまそこを通りかかった人の脳内に飛び込んだとすると——どうなるかは、もう判りますよね——今度はその人の脳が、その『悔しい』という情報を読み取って、突然おかしな『悔しさ』が湧き出てくるんです。それが普通に云われ

る幽霊の正体ではないかと、我々は考えています」

大内山の解説は、いつものごとく冗長でくどい。

「つまり、ある人物がある場所で、『恨めしい』と強く思ったとしますよ——そしてその人が立ち去った後も、その『恨めしい』という感情の信号が、その辺りを漂うわけです。そしてそこを通った人が、今度はその情報を自分の頭の中で読み取ってしまう——しかし人間の脳はもう少し複雑でしてね——そこで『恨めしい』気持ちだけが突出するのではなく、『恨めしい』情報をその人特有の感受性で再構成してしまうんです。そして、『何となくぞっとした』とか『何か恐ろしい物を見た』と感じることになるわけですね」

「そうか——それを感じた人が、恨めしやあっていう幽霊を見た気になっちゃうんだ」

ようやく得心したようで美亜が膝を叩くと、大内山は我が意を得たりと、

「そうですそうです。幽霊がよく出るとされる場所——幽霊屋敷などと呼ばれる所には、そうした感情の信号——念と云い替えてもいいですが——電気的信号が強く残存しているんですね。もちろんそういう場所に行く人の先入観が、残存思念を読み取りやすくしているという一面もあるわけですね——ここは幽霊がよく出るという噂がある所だな、という恐れが、心のチャンネルを開きっ放しにして、『恨み』の信号を受け入れやすい状態にしているんです。俗に、霊感が強いといわれる人は、この残存思念の再構成能力に長《た》けた人なんでしょうね」

「うへえ、凄い科学的なんだね。何かさ、そういう風に考えると、幽霊もバカにできないよね」

美亜が、感心と呆れ半々で云う。大内山は何度もうなずいて、

「幽霊という言葉にとらわれるからいけないんですね。残存思念の影響を受けた、と、こう表現すればすっきりするわけで——。それから、こうした残存思念は、物体から読み取ることもできるんですよ」

「物体——って、どういうこと？」

「机でも椅子でも本でも、何でもです。これはイギリスの研究機関からの実験レポートですが、ジョン・ブルックナーというサイ能力者は、ある物——机なら机の、それがいつ頃作られて、どんな人が持ち主で、どんな部屋に置かれていたか、そうしたことをすべて触っただけで読み取ったと報告されています」

「へえ、そんなことが判っちゃうんだ、何だか気持ち悪いね——それもその信号を読むの？」

「ええ、物体には空気中よりパルス信号が残存しやすいんでしょうね、我々はこれをスキンビジョン——触れて読み取る——と呼んでいます。不思議ですが、現実にこれが可能な能力者がいるんですから、認めないわけにはいかないでしょうね」

「ねえねえ、それで、そのジョンさんみたいな人、日本にはいないの？」

「ええ、残念ながら今のところ報告例はありません。かなり特殊な能力なんでしょうね」

「ふうん、いれば凄いのにね。お祖父ちゃんの事件だって、凶器に触れば一発で犯人が判っちゃうのに——」

「もちろん英米では、そうして実地の犯罪現場で活躍しているサイ能力者もいるんですが——

日本ではまだまだダメでしょうねえ——」

大内山は嘆息するように云った。

「それからですね、死後存続の問題も、今彼のお話ししたパルス説で解釈が可能かもしれないんです」

と、今度は神代が口を開く。

「死んだ後も意識がこの世に残る——この発想は古くから全世界にあるものですが、これをもう少し発展させると、転生——生まれ変りという事例も科学的に解明できるはずなんです」

「生まれ変り——というと、前世で自分が何だったか、という」

成一は聞いてみた。猫丸から聞いた、前世を信じる少女達の話を思い出していた。本当にそんなことがあるのだろうか——。

「ええ、前世の記憶を持つ人のことです」

と、神代はそこで煙草を取り出して、

「失礼、吸ってもいいですか——。これはアメリカであった報告例ですが——カリフォルニア州のエド・ガードナーという八歳の少年が、いきなりまったく別人としての生活を喋りだしたんです。自分はシドニィ・ウルフというアイダホの農夫で、八年前に六十二歳で死んだ、と——。そして、妻と子の名前や生年月日、ウルフとしての生活、その他細々《こまごま》としたことまで話したというんですね。ウルフ家の居間の暖炉の引っ掻き傷の位置さえも——。カリフォルニア大学のサイ研究機関が調査したところ、ウルフという農夫は確かにアイダホに実在していて、生前暮らしていた家の様子、家族構成、友人関係、そのすべてがエド少年の話と一致したそうです。もちろん少年と農夫の家は何の繋がりもない、赤の他人なんですけど」

「その少年の前世が、農夫の人だったたってわけだ」

と、美亜が云った。

「そういうことになりますね。正確に云えば、つまりこれも、ウルフの残存思念が少年の頭の中に飛び込んできた、というわけです。情報量が異常に多いところが、興味深い報告例なんですけど——おそらく二人のバイオリズム、というか何かの波長が、非常によく似ていたんでしょうね。こうした事例は他にも数十件、信頼できる形で報告されてますよ。我々も是非そうしたデータが、身近に欲しいんですがね」

神代は真剣な表情で云った。猫丸はまるで信じないと云っていたが、成一の予知夢同様に、超常的な現象というのはやはり現実にあることなのかもしれないな、と成一は改めて思い直していた。

*

神代さん達のお話はとても不思議。

幽霊、降霊、超能力、生まれ変り——。そんな色々な不可思議なことを、次々と、判りやすく解きほぐしてくれる。まるで繭《まゆ》から糸を紡ぎ取るように——。論理の金糸を縦糸に、推理の銀糸を横糸に、きらびやかな機《はた》を織りなすみたいに、不思議な世界は拡がっていく。

事例を収集し、仮説を立てて、それを実証する。

私にはとてもできない考え方。

とても理に適った考え方。きっと物凄く頭がいいんだろうな。そういう考え方ができたのなら、きっと世界が五倍にも十倍にも感じられることだろう。

それから、超自然現象への純粋な探究心。

今まで、日本の学者さん達が尻込みして、誰も足を踏み入れようとしなかった荒れる海へ、舟を乗り出して行こうとする——その勇気。異端視されることを恐れない誇りと、困難に自ら立ち向かっていく自負。

とても素敵な、そして自信に満ちた生き方。

素晴らしいと思う。

神代さんの生き方——。優しいだけではなく、強さがある。胸の奥が、じわりと熱くなるような感銘を、私は感じている。

とても素敵な生き方——。

でも——だけど、私はこうしているだけ。美亜ちゃんの陰にひっそりと座って、兄さんや美亜ちゃんがあの人とお話しするのを、そばで聞いているだけ。

でも——、けれども、私にはそれで充分。

ここに、こうしていられるだけで——神代さんのお話を聞いて、あの人が熱中している不思議の世界の物語を、少しでも身近に感じるだけで――。

今日のお話もとても面白い。

きっと私や美亜ちゃんに合わせて、初心者にも判りやすいように、噛み砕いて説明してくれているからだろう。とても飲み込みやすくて、面白い。

特に、人の思考が頭の中から外へと飛び出すお話――。残存思念――と云ったっけ――。感情や思考は電波になって、空中を行き交っているという。

人の想いは、その人が死んでしまった後も、空を舞い、物に宿ってこの世に残る。

空気の中を漂う想い――。

物の内側に凝縮して沈殿する想い――。

考えてみればとても不思議。人はどれだけ、そうした想いの丈をこの世に残すことができるのだろう。もしも私のこの、苦しい胸の内が、そうしてとどまり残るのならば、それはどんな波形を描くのだろうか。私の想い――時の流れを超えて、たゆたうように、波打つように――。まどろみにも似て、誰知るともなく、あてどもなく拡がる――私の想い。願わくば、その想いがあの人の心に届きますように――。

「実は、僕の知り合いで――学生時代の先輩なんですが――おかしなことを云っている男がいましてね――」

そう前置きして、兄さんが話しだした。

その人は、転生を否定しているという。

殺意という感情がある以上、生まれ変りはあり得ない——？　転生が、遺伝子の段階でプログラムされているとすると、殺意の本能と矛盾する——。

殺意が本能？

そんな変な理屈があるかしら。よほど殺伐《さつばつ》とした精神生活をしている人なんだろうか。私にはそんな風には思えない。殺意が人の本能のひとつだなんて——。私には信じられない。

でも、それにしても、随分おかしな考え方をする人。きっととっても変っている人に違いない。変っている人——？　ああ、そうか、兄さんが聞かせてくれた変人の先輩。西伊豆の手漕ぎ舟の人。

「なるほど、それは面白い意見ですね」

大内山さんが、ぼそぼそと云った。兄さんの話に感じるところがあったみたいで、何だかご満悦の体《てい》。

「なかなかユニークな発想をする方ですね——その方、超常現象を全面的に否定しているわけですか——ほう、ぜひ一度お目にかかってみたいものですね」

しきりに感心している。大内山さんは少し偏っているみたいで、私にはちょっと恐く思える。研究に没頭しすぎなんじゃないかしら——。そんな大内山さんだからこそ、その兄さんの先輩の、どちらかといえばいびつな考え方にも、琴線に触れるところがあったのだろう。でも——けれどもどうしてだろう。猫丸さんとかいったっけ——その人はそんな風に、わざわざ暗い井戸の底を覗き込むみたいなことを考えるんだろう。なんとなく投げ遣りな、何か諦めたような

――そんな考え方のように、私には思えてならないのだけれど――。

＊

「それから――ひとつ伺いたいのですが、予知というのがありますよね」

と、成一はおずおずと、

「未来で起こるはずのことを、あらかじめ知ってしまう――こんな現象を、超心理学の方ではどう解釈しているんですか」

言葉を選びながら慎重に云った。猫丸の話が、思いがけず好評だったのに気をよくしたわけでもないが、この際専門家の意見を聞いておいてもいいと思ったからだった。洗いざらいぶちまけるのは、知り合って間もない二人に対しては、まだ時期尚早《しょうそう》だ。それで勢い、慎重にならざるを得なかった。特殊能力への怯えにも似た感情もあったし、二人の反応も予測がつかない。まさか、いい実験材料が手に入ったと、いきなり監禁されることもなかろうが――。

「そういう実験はやっていないんですか？　大内山さん」

成一の質問に大内山が口を開きかけるのを、神代が手で制するように押しとどめて、

「もちろんやっていますよ」

と、いつもの静かな声で答えた。この分野は神代の専門なのだろう。低い、落ち着いた口調で神代は、

「多くは、エレクトロニクスを活用した、乱数発生装置を使った実験でしてね——確率論から単純に導き出される標準偏差を、的中率が超過した場合、予知が成立したと判断するわけなんですが——」

「また、そういう難しい言葉使うんだから——」

と、美亜が口を挟んで、

「だいたいその、ランスーなんとかってのは、何よ」

「乱数発生装置。確率的にはまったくランダムに、一つのターゲットを選定するための装置ですよ」

「そんなんじゃ、ますます判んないよ。あたし、兄貴と違って完全文系人間なんだからさ——もっと意味通じるように云ってくれたっていいじゃない」

むくれる美亜に、神代は苦笑して、

「つまりですね——こう、パソコンの画面みたいなディスプレイがあるとしますね——そこに、ゼナー・カードのような五つの模様が、アトランダムに映る機械、と、想像してくれればいいんです。模様が一つ出て消える、その次にまた模様が一つ出て消える——。そうやって順々に模様が映るんですが、この選ばれ方には統一性が全然ないんですね。要するに、ただ機械的に選定された模様が、順序をまったく無視して飛び出してくる——そういうのを乱数発生装置、というんです」

「ふうん、だからアレでしょ、サイコロ賭博みたいなもんなんでしょ——丁か半か、開けてみるまで判らない」

「サイコロはいい喩えですけど――この場合、まあ、賭博は関係ないんだけどな――」

「でも、やっぱそういうことなんでしょ。次に何が出てくるのか誰にも予想がつかないんだから」

「まあ、そうですね。とにかく――そうしたランダムに選ばれるターゲットを予測する――そんな予知実験を我々もやってますし、かなり多くのデータも収集しています。統計によると、六十二・五パーセントの割合で有意であるとの結論が出ています。中には見事なくらい、百パーセント外す人がいましてね――五種類のターゲットがあれば、当り前にやっても二十パーセントは的中するはずでしょう」

「その人、よっぽどカンが悪いんだね」

と美亜が云う。神代はおもしろそうに少し微笑して、

「僕達も最初はそう思って笑いました。しかし、百パーセントというのはちょっと異常ですよね。それで追調査してみると――なんと、その被験者は、出るターゲットの次の次のマークを確実に当てていたんですよ。百パーセント、完璧に」

「ひゃあ、ホントに？　凄い、その人、超能力者なんだ」

「ええ、我々もかなり確度の高い能力者だと判断して、今も種々の実験に協力してもらっています。これなど完全に予知能力と云えますよね――しかしただ、近頃新しい説が出ましてね、この乱数発生装置による実験は、予知の実験としては不適切ではないか、と云われ始めてるん

です。大変興味深い説なんですが――」

と、神代は涼しげな眉をちょっと上げて見せて、

「これは予知実験ではなくて、PKの実験にすぎないのではないか、という意見なんですね」

「PK――って、何それ」

と、美亜。

「Psycho Kinesis の略でPK。思考が、運動体や生物体に作用する力なんですが――まあ、一般的には念力と云ってもいいでしょうね。手を触れないで物を動かしたりする力のことですよ」

「うんうん、映画なんかだと超能力者がこうやって手を出して、そこからビーッて光が出るんだ」

「まあ、そうです――それで美亜さん、例えばあなたが、この予知実験に協力してくれるとしますね。美亜さんは次に出てくるマークを当てなくてはならない。そんな時、やはり当ててやろう、と思いますよね」

「そりゃそうだよ。当った方がカッコいいもん」

「でしょうね。――我々の集めた被験者も概ね、そんな気構えで実験に臨みます――よほどのヘソ曲がりを別とすれば、ね。そこでよく考えてみてください、被験者は当ててやろう当ててやろうと念じます――美亜さんが云うように、その方が面白いですからね――。しかしそうすると、もし当った場合、それが予知によるものか、被験者の念がPKとなって乱数発生装置に

何らかの働きかけをしたものなのか――どちらとも云えないということになりかねないんです。つまり、予知が的中したと思った結果は、実は念力で乱数発生装置が動いた結果だった――という可能性もあるんですね。どうです、なかなか面白いでしょう。我々はこれを実験者効果と呼んでいますが――例えばこんなことも考えられるわけです。ある人が易者にみてもらったとしますね――易者は、近々その人が病気になる、と占います。もしその易者に、潜在的なPK能力があったとしたら、どうなると思います？　易者は自分の占いを信じていますから、『あの人は病気になる病気になる、きっと病気になる』と思い込み、その念がPKとなってその人物の身体に影響を及ぼして――結果本物の病気になってしまう――。こうなると、予知なのかPKの作用なのか、もう誰にも判断がつきませんよね」

「へえ、なんか恐いね――人の思い込みでこっちが病気になっちゃうなんてさ」

美亜は感嘆の声をあげたが、成一はあいづちさえ打てずに黙りこんでしまった。嫌な可能性に思い当ってしまったからだった。もし今の神代の話のように、成一自身にそんな能力があるとしたら――。夢の起因と事故の結果がまるきり逆であったとしたら――。

あれは、予知夢などではなかったのかもしれない――。成一は、あの夢をみることで事故を引き起こしてしまったのかもしれないのだ。

衝撃を受けていた。血の気が引いていくのが、自分でもよく判った。しかしまさか、そんな特殊な能力が自分に備わっているとは思えない――思いたくない。叔父と叔母の死に、成一自身が直接関わっているなどとは――。

去来する不吉な想像を、成一は必死で頭から締め出そうと努力した。

成一の思いとは裏腹に、大内山が気軽な調子で、

「それから、予知と云えば、ムシの知らせというのがありますよね」

今度は自分の専門分野だとばかりに目を細めて、

「何となく悪い予感がする、胸騒ぎがする、理由は判らないが嫌な感じがする――こういうのを、よくムシが知らせたと云うでしょう。現実に、この予感に従ったお陰で危機を回避した、という人は意外とたくさんいるものでしてね」

「ああ、それなら知ってる。この前雑誌にも書いてあったよ」

と、美亜が横から、

「飛行機事故の話。――その人、飛行機に乗ろうとして、搭乗手続きまでしたんだけどさ、何か嫌な予感がして一便遅らせたんだって。そうしたらやっぱり、乗るはずだった飛行機が事故で落っこちた――って、そんな話」

「そうです、そういう事例はよく聞きますよね」

と、大内山はにんまりと頬を緩めて、

「実際そういう人は数多くいまして――例の唄潟山《うたかたやま》の旅客機事故でも、そうやって難を逃れた人が三人もいます。生きるか死ぬかの瀬戸際になれば、人間の能力は最大限にまで活きてくるんでしょうね」

「そういう人達って、やっぱ予知能力者なの?」

美亜が聞くと、大内山は嬉しそうにうなずいて、

「もちろんそうです。そうでなければ説明がつかないでしょう」

「それじゃあさ、そういう人達いっぱい集めて研究すれば、凄い成果が上がるんじゃないの」

「それはもうやってますよ」

「え、もう」

「ええ、そういう形で命拾いした人達に協力を仰いで、遺伝子レベルの研究がなされています。DNA配列が他の、能力を持たない人達とどう違うか、などをね」

「うへえ、凄い、そんなに進んでるんだ」

感心する美亜を、大内山は片手で抑えるように、

「ただし、これはアメリカでの話です。進んだ研究レポートは、例外なく海外の研究機関からのものでしてね、日本ではそうしたレポートを追いかけるだけで手一杯なんですから――」

少し沈んだ口調で言葉を締めくくった。

「いや、これは長々と喋ってしまいましたね」

と神代が、目を上げて壁の時計を見やって、

「まだ降霊会まで四時間近くありますね――でもあまり皆さんにお付き合いさせてもいけない、僕達が早く来すぎたのが悪いんですから」

「大丈夫だよ。時間なんて平気だから、もっと研究の話聞かせてよ」

美亜がせがむのを、神代はやんわりと制して、

「まあ、それはこれから少しずつということで——皆さんとは、僕達も長くお付き合いしたいですからね、時間はこれからもたっぷりあります。それから成一さん」

「はい？」

成一が顔を上げると、神代はにこやかに笑って、

「少しお庭を拝見してもよろしいでしょうか。立派なお庭ですから、実は前から気になってたんですよ、散歩したら気持ちいいだろうな、と。ちょうどいい機会ですから、構いませんか——それに、会場の部屋を外から調べる必要もありますんで」

と、隣の部屋との境の壁を示して云った。壁の向こうでは慈雲斎と直嗣が、降霊会の準備をしているはずである。

「ええどうぞ、ご自由に。どこでも見てくださって結構です——もっとも、隣の部屋は中には入れてもらえないでしょうけど」

成一が云うと、神代は、

「ありがとうございます。では家の中も少し見せてもらいます。こういう昔ながらの木造建築もいいものですからね、独り者のアパート住まいとしては、何となく憧れてしまいます」

「ええ、ご自由に」

「ではお言葉に甘えまして——」

と、神代は立ち上がった。美亜は残念そうだったが、事前調査のためなのだから仕方がない。

これを潮《しお》に超心理学講座は閉講し、一同はばらばらに散会して行った。

その後、しばらくの間、成一は居間でぼんやりと過ごした。

家の中はやけに静かだった。

多喜枝も勝行も二階にでもいるのだろうか、フミは買い物か何かで出かけているのだろう――居間は深閑とした、冷たい空気に包まれていた。成一には、むしろその方がありがたかった。むしょうに一人になりたかった。庭に面した大ガラスの向こうには、穏やかな五月の光。からりと晴れ上がった青空に、届けとばかりに聳《そび》える樹々の梢と、柔らかな木漏れ陽。時折不意に、枝が大きく揺れるのは、野鳥が遊びに来ているのだろう。

平和で静かな午後のひとときだった。

そんなのどかな光景を目にしていても、成一の心はどこか重く、晴れなかった。未解決のままの兵馬殺害事件、左枝子を脅かす姿の見えない影、慈雲斎の撒き散らす悪意に満ちた不吉な言葉――様々な想念が、メリーゴーラウンドを彩る電飾さながらに頭の中を渦巻いて行く。さっきの応接間での、左枝子の様子も気にかかっていた。左枝子はどことなく、心ここにあらずといった風情で、それが何事かに怯えているようにも感じられた。とにかくこれ以上、おかしなことが起こらねばいいのだが――。左枝子の脆弱な神経を疲弊《ひへい》させるようなことが――。このまま何もなく、何の波風も立たぬままに日々が過ぎ去ってくれれば、それだけでいい。しかし、そう願うのは気休めでしかないのは、成一にも判っていた。この不安定で不可解な事態が、何の転機もなく終ってしまうとは、どうしても思えないのだ。確かではないが、そんな予感めいたものを感じる――。

予感――予知――。

神代に示唆された信じがたい可能性。

連想は、成一の意識せぬ間に、悪い方へ悪い方へと転がって行く。あの事故の原因が成一の夢にあるとしたら――。成一の念の力で事故が引き起こされたとしたら――。いや、しかしそんなはずはない。現実に、そんなバカげたことが起こりうるわけがない。だが、ほんの一パーセントでも、限りなくゼロに近い確率でも、その可能性が否定しきれないのなら――それが成一の心を苛立たせる。どうかしているな――と、自分でも思う。霊、超能力、念力――純然たる数理と物理の世界に逃避したつもりの自分が、こんな子供騙しの発想に取り憑かれているとは――。やはり神経が疲れているのだろう。次の休日には、左枝子を連れてどこかへ出かけようか――。海でもいい山でもいい、どこか気晴らしのできる、広い場所に行ってみるのもいいかもしれない。自然の中に身を委ねてみれば、ささくれ立った神経も少しは落ち着きを取り戻すかもしれない。左枝子も、成一自身も――。

成一がそんなことを考えていると、大内山がのっそりと居間へ入って来た。

「失礼、あの――ウチの相棒を見かけませんでしたか、あいつどこに行っちゃったんだか――」

丸い顔に照れ笑いを浮かべて大内山は聞いた。

「さあ、見ませんでしたが――庭じゃないですか。散歩したいとか云ってたでしょう」

「そうですか、いや、結構なお庭ですからね――僕も後で見せてもらっていいですか」

糸のように細い目を、ガラスの外に向けてもごもごと、大内山は云う。

「ええ、構いませんけど――大内山さんは今までどちらに?」

「はあ、家の中を見せていただいてました。神代も云ってましたが、僕もアパート暮らしでしてね、こういう立派な木造の家が珍しくて――いいですねえ、どっしりして、落ち着きがあって」

小太りの体を、身悶《みもだ》えでもするかのようにもじもじさせて、大内山は云った。見ていて少々気味が悪い。

「お庭も本当に素晴らしいですよね――東京のこんな一等地に、これだけのお庭のあるお宅があるなんて、ちょっと意外な感じがしますよ」

「いいえ、この辺りでは珍しくないですけどね。手間がかかるばかりで困ると、母がこぼしてますよ」

「そうは云っても大したものです、ウチの大学の中庭より広いくらいですから――それにしても神代のやつ、長い散歩だなあ」

と云って、大内山は再び庭に目を向ける。どこかしら不安気な様子だった。成一もつられて見ると、クスノキの枝から鳥が二羽飛び立つところだった。キィとひと声鳴くと番《つがい》の鳥は、美しい褐色の翼を羽ばたかせ、五月のうららかな空の中へと溶けて行った。少し風が出てきたようで、鳥に揺らされた枝の動きに呼吸を合わせるかのように、樹々の梢が一斉にさわりと踊った。

*

風がでてきた。

五月の風。

母さんが好きだった五月の風——。だけど、今日の風は少し肌寒い。いいお天気なのに——母さんが愛した優しく、柔らかな五月の風とは少し違うように感じる。ちょっと冷たくて、少しそっけない。

庭の、いつものベンチ。

松葉杖を傍らに置き、私は五月の陽差しの中に身を投げ出している。

でも、あまり気分はよくない。

降霊会——。七時から——お祖母さまの霊を呼び出すという。

美亜ちゃんは面白がっているみたいだけれど、私はできることなら参加したくない。

生きている人間が亡くなった人を呼び寄せるなんて、なんとなく不遜《ふそん》な感じがする。亡くなってしまった人は、その人を大切に思っていた人の心にだけ、ひっそりと息づいているもの——。思い出だけが、人が生きていたことの確かな証。人の想いは、生きている人の心に根を降ろし、脈々と生命の芽吹きを伝えるのだ。そっと大事に、包むように密かに——。

そして、想いは眠る。

心の中にだけ、柔らかなビロードでくるむみたいに、思い出は静かに眠りに就く。その安らかな眠りを醒ましていいのだろうか――。お祖母さまの魂を、快い褥《しとね》から揺り起こし、再びこの世に連れ戻す権利なんか、私達にあるのかしら。

だから、私は恐い。

そんな所業は許されないことなのかもしれない。私達の傲慢が、もっと恐ろしいことを引き起こす引きがねになってしまうんじゃないかしら。できることなら、私だけ立ち会わなくてもいいことにしてもらえないだろうか。

でも――でも、今日あの人が来てくれたのは、その冒瀆の儀式を見とどけるため。

神代さん達は、そのためにわざわざやって来た。降霊会がなかったら、神代さんには今日、会えなかったはず。だから私は、この日をどこか心待ちにしていた――それも確かなこと。矛盾した私の心。思い通りにならない私の気持ち。私の思惑とは関わりなく、勝手に羽ばたいてどこかに飛んで行ってしまう私の想い――。

お祖母さま、お祖母さま――私の生まれる前に亡くなってしまった人。あなたは、孫娘のこんな不安な気持ちを判ってくれますか。私を許してくれるでしょうか。あなたの魂を弄《もてあそ》ぶ機会に、あの人に会えるのを楽しみにしていた愚かな私を――。

けれども、ままならない私の想いは、どうしようもなくあの人の許へと向かってしまう。お祖母さまに詫びながらも、心の一部があの人のことで占められるのを、私は抑えることができない――。

神代さん、神代さん——。

優しく、穏やかで、強い心を持った人。

私にはとても真似できないくらい強固な意志と、自分の世界をはっきりと持っている人——。

そうやって、神代さんのことを考えていたので、不意に背後から声をかけられた時、私は心臓が喉から飛び出さんばかりに驚いた。

「やあ、どなたかと思ったら、左枝子さんでしたか」

神代さん本人だった。

「お庭を見せてもらっていたんです。そしたらここに誰かいらっしゃったものですから——あの、左枝子さん、僕もかけても構いませんか」

神代さんの問いかけに、私は黙って俯くことしかできない。神代さんが私の横に腰かける気配に、身を硬くして——。どうしよう、どうしよう、どうしよう——。

「いやあ、やっぱり素敵なお庭ですね、何だかどこかの山荘へでも来たみたいですよ、いい気分だ——。木の種類も豊富で、新緑が眩しいくらいで——それに、この辺は野鳥も多いですね。とても二十三区内とは思えませんよ」

「——そうですか——」

頭の芯まで血が上ってしまって、私は愛想のない受け答えをしている。もっと上手に、気の利いた返事をしなくちゃいけない——。

「しかし、アレですね、これだけの広さだと手入れも大変でしょう」

どぎまぎする私の気持ちに気づきもしないで、神代さんはのどかに云う。

「いえ――あの、造園の業者の人が来てくれますから――」

「ははあ、そうでしょうね、これじゃとても素人の手には負えないでしょうから。年に何回くらい頼むんですか」

「三回か四回くらい、です――。祖父の代からの馴染みの庭師さんがいて、その人が若い人を何人も連れて――」

「へえ、大がかりですね。だけど、それでも一日じゃ終らないでしょう」

「ええ――たいてい四日か五日がかりで――」

「ほお、それは大仕事だ。まあ、これだけ立派な庭なら職人さんもさぞ腕の揮《ふる》い甲斐があるでしょうね――あの、左枝子さん」

「――は、はい？」

「どうかしましたか、ご気分でもすぐれないんですか」

気遣わしげに神代さんは云う。私は慌てて、

「いえ――あの、そんなことはありません」

「そうですか、いや、お顔の色がよくないようでしたので――すみません、余計なことを云いまして」

神代さんも慌てている。それでようやく気がついた。神代さんの様子も、どこかぎごちない。まるで、私の気を逸らさないように一所懸命話しかけているみたいで――。やっぱり本当に優

しい人だ。こんな風に私を気遣ってくれている。だからふと、私の心に甘えにも似た気持ちが湧いて、

「あの——神代さん」

「は、はあ、何でしょうか」

「私、少し不安なんです」

「不安——。何がです」

「あの、降霊会——です。あの霊媒の人、神代さんは偽物だとおっしゃってましたけど、本当でしょうか」

「ああ、まだそんな心配をしてるんですか」

と、神代さんはほっとしたように、

「もちろん偽物に決まってます、請け合いますよ。考えてもごらんなさい、あのわざとらしい態度と喋り方——こけ威《おど》しとしか思えないじゃないですか」

「でも——私」

「はい？」

「何だか、恐くて——。降霊会なんて、霊を、亡くなった人の魂を冒瀆するみたいで——それがとてもいけないことのように思えて仕方がないんです。何と云うか——私達には許されない領域を汚《けが》すような気がして——」

私が不安な胸の内を語るのを、神代さんは真面目に聞いてくれた。そして力強く、

「そうですね、そのお気持ち、とてもよく判ります。僕達も研究上、人間の未知の能力に触れる時、何かこう——厳粛な、森厳な思いにとらわれることがあります。我々には想像もつかない神秘の世界を覗きこむような感じがして——。だからそうした不可知の領分に踏み込むには、敬意を払いながら、慎重な態度で臨まなくてはならない。僕は常々そう思っています。だから左枝子さんのおっしゃること、とてもよく判りますよ」

神代さんの言葉に、私の胸が甘く騒ぐ。神代さんは、私の云うことを判ってくれる人——。

「しかし僕も一応、学者になろうとしている身ですからね、神秘的で不可侵な領域から目を背《そむ》け続けるわけにはいきません。綿貫教授もよく云ってますが——冷静な科学の手で、薄皮を一枚一枚剝がすように、謎を丁寧に解き明かしていきたい——たとえそれが常識に反していて、不遜だと謗《そし》られようが、僕は真理を追究したい、そう思っています——あ、何だか力んじゃいましたね、すみません、ついムキになってしまいまして——いや、お恥ずかしい、偉人伝に出てくる大学者の台詞みたいですね、これじゃ」

神代さんは照れて笑った。けれど私は即座に、

「いえ、そんなことはありません。とても——その、とても立派なお仕事だと思います」

我知らず、そう云ってしまっていた。

神代さんの生き方。

ひたむきで、純粋で、自信に溢れた生き方——。目標を持って歩む人生なんて、とても素敵なことだと思う。照れくさがることなんてないのに——。

「あの――神代さん」

「あ、はい」

「ひとつ、質問していいですか」

「ええ、何でしょう」

「神代さんはどうして、そういう超心理学――ですか、そうした研究を志そうと思ったんですか」

この人のことを、少しでも知りたい――その思いが、私に恥ずかしさを忘れさせていた。

「いや、僕の場合は別に大した理由なんてないんですけど――子供の頃から怪物やお化けなんかのファンでしてね。吸血鬼とか、狼男とかフランケンシュタイン博士のモンスターとか。中学生の時はハーンが愛読書でしたし――。それで高校あたりから専門書も読みだして――そのままついずるずると、って感じですね。ウチの相棒と違って劇的なきっかけなんかなかったなあ――」

「劇的なきっかけ――？」

「ええ、相棒の場合はそうみたいです」

「大内山さんが、ですか」

「はあ――彼は僕と違って、子供の時分から合理主義者だったそうでしてね。幽霊だのお化けだのなんて、テンからバカにしてたらしいんです。ただ彼が高校の頃、こんなことがあったそうです。時計――腕時計ですけど、彼はそれをとても大切にしていたそうでしてね。毎日の生活を、時間で厳しく律していたらしい——まあ、高校生らしい強情な律義さですね。今考えれば微笑ましいんですけど——。それである日、その腕時計が壊れてしまった——手入れだって怠らなかったのに、突然止まってしまったそうです。ある時間を指し示したまま——」

「ええ——」

話がどういう方向に流れていくのか見当がつかなくて、私は曖昧にうなずいた。

「おかしいな、と思いながら家に帰ると、待っていたのは親友の死の報せだったそうです。突然の事故で——。その親友は、いつも云っていたらしい——そんな時間に縛られるみたいな生活態度はよくない——と。たしなめる意味で冗談半分に、彼が大事にしていた時計を壊すマネをしてみたりして——。その親友が死んだんです。それも、壊れて止まった時計が示した時刻と、ぴったり一致した時間だったそうです」

「まさか——」

「いえ、本当だそうですよ。さすがにぞっとした、と云ってました。ある意味では、親友の死そのものよりショックだったらしい。それで彼の価値観は、百八十度変ったそうです。その時計が壊れたことで、今までの常識が粉々になった気がした——なんて云ってました。霧に被われていた視界が、さあっと一瞬で晴れたみたいに感じた、と。で、彼は気味が悪くなって時計をバラバラに壊してしまったそうです。——そんなきっかけで、超常現象に興味を持ち始めたらしい」

「意味のある偶然——ですね」

「そうですね、共時性のもっとも典型的な現れ方です。それが驚きだったようですね、まあ、あいつの場合極端から極端へと走る傾向があるので——色々、その、心配なんですが——」

神代さんはどことなく気遣わしげな口調で云った。

「まあ、多感な年頃のことですから、ショックも大きかったんでしょう」

「それにしても——ちょっと恐い話ですね」

だけど、なんとなく判るような気がする。そんなことがあったから、大内山さんは、あんな風にマニア的に懲り固まってしまったのだろう。専門的なことばかり、嬉しそうにぼそぼそと喋る人に——。別にそれが悪いとは思わないけれど、大内山さんらしいエピソードだと、私は思った。

「いや、変な話をしてしまいましたね、すみません、ご退屈でしょう」

「いえ——とても、あの——面白いです」

「おや、風がだいぶ強くなってきましたね。寒くありませんか」

「いえ——」

平気です、と云いかけた私の肩に、何か柔らかい、暖かい翼のような物がかけられた。

神代さんが——自分の上着を羽織らせてくれた、のだ。

神代さんの上着。

神代さんの温もり——。

私は狼狽して、お礼の言葉すら口にすることができない。胸が警鐘みたいに早鐘を打ち、自分でも恥ずかしいくらい。

それに――それに神代さんは、寒いから家の中に戻ろうとは云わなかった。家に戻ろうとは云わずに、私を気遣って上着を着せかけてくれた。それは、まだここで、私とこうしていてもいいという気持ちの表れなのでは――。

本当にそう取っていいのかしら。私と二人きりの時間を、楽しいと感じてくれているのだろうか。どうなのだろう、どうなのだろう――。

でも――判らない。あの人の気持ちは私には判らない。けれど――けれども、ひとつだけ確かなことがある。

夕ぐれが夜へとすり替わるように、海の潮が満ち、そして引いて行くように、風が木の葉を撫で、乾いた音を打ち鳴らすように――ゆっくりと、緩やかに、そして静かに、だけど確実に――それがごく自然なことみたいにして、憧れは、その形を変えて、徐々に恋へと移り変っていく――。その瞬間を、今日私は初めて、確かに知った。

神代さんの上着の襟に顎を埋め、私はそのきらめくような一瞬の余韻を味わっていた。

背広からはかすかに、煙草と埃の匂いがしたけれど、不快だなどとは感じなかった。むしろ暖かく、心地よい、懐かしいみたいな匂いのように、私には思えた。

夕方の庭は、とても静かだった。

*

六時近くになった。

居間の大ガラスの外には、夕闇が降り立ち始めている。風が、樹々の枝葉を大きく揺らしている。濃く沈んだグレーの空へ、何かを招くようにして、枝々はダイナミックなうねりを繰り返す。

窓の外で樹木がざわめくのを眺めながら、成一は煙草の箱に手を伸ばした。普段はめったに吸わないのだが、今日はもう十本を超えている。横にいる神代と大内山も、せわしなく煙と灰を撒き散らしているのは、どうやら二人も成一同様落ち着かないらしい。

多喜枝も勝行も二階から降りてこず、成一はまた、散策から戻った二人の相手を続けている。相手といっても、こうして何も云わずに、三人揃ってぼんやりと煙草をふかしているだけなのだが――。

テーブルの上には山盛りになった灰皿。

それを見るともなく眺めて、成一は猫丸を連想していた。アルコールには弱いが、めっぽう煙草が好きなあの男は、いつでも灰皿をてんこ盛りにする。やはり無理を云ってでも来てもらった方がよかったかもしれない――成一はそう思った。こうしたおかしな会の立ち会い人には、あの人こそ相応しいような気がする。神経が常人とは違っているので、一旦事が起きて周囲が慌てふためくような場面でも、案外冷静に行動する人なのだ。もっともそれ以外の時は、何をやらかすか極めて危なっかしいけれども――。

神代達は時折短い言葉で二言三言、打合せらしい会話を交わすが、それも長くは続かない。あと一時間ほどで降霊会が始まる。緊張感が否応なく高まってきていた。

大内山は、せかせかした動作で時計を見ながら、

「もう少し――ですね」

と、さっきから何度も繰り返している台詞を口にした。

「なんとなく、こう――落ち着きませんね」

大内山にぼそぼそと云われて、成一は、

「そうですね――」

と、これも意味のないあいづちを打つ。落ち着かないのは判るが、同意を求められてもそうとしか答えようがない。会話はそこで途切れ、三人はまたせかせかと煙と灰を撒き散らす。

大内山が、堪《こら》えきれないといった風に時計を見る。もう十数回目だが、もう少しですね――と、決まりの言葉を発する前に、直嗣が食堂の方からやって来た。

「いやいや、お待たせしてますね」

お得意の、にやにや笑いを浮かべて直嗣は云う。

「準備は万全に進んでますよ。今、慈雲斎先生は瞑想に入られましてね、邪魔になっちゃいけないから出てきたんだけど――」

と、直嗣はそこで一旦言葉を切り、

「それで実は、ちょっと変更がありましてね」

「変更——?」

神代が、きりっとした眉を訝しげに上げて云う。大内山もきょとんとして顔を上げた。直嗣は片頬に笑みを貼りつかせたまま、

「うん、先生の方から少し、今日の式次第に変更の申し入れがあるんだけど——」

「何ですか、それは」

大内山が少し不満そうに云う。

「いや、そう大したことじゃないんだ。呼び出す霊を変えようというんです」

「霊を——変える」

成一が不思議に思って呟くと、直嗣はこちらに向き直って、

「そうなんだよ、成ちゃん。先生のおっしゃるにはね、お袋の霊より、親父の霊を呼び出した方がいいんじゃないか、ってことなんだよ」

「お祖父さんの——霊を」

「うん、やっぱり三十年も前に鬼籍に入った人の霊は、かなり霊的に散逸が進んでいるそうでね、凝縮しにくいらしいんだ。それより、ごく最近亡くなった霊の方が呼びやすい——まだ霊体が、この世にいた時に近い形で漂っているそうでね。その方が成功する率が高いんだって——どうですかね、異存はありますか」

問われて神代と大内山は、ちょっと困った風に顔を見合わせた。しかし、すぐに思い直したように神代が、

「結構です。その方がいいと云うんなら、そうしてください」

「そうですか、構いませんか――いや、これは先生も喜ぶでしょう。まあいずれにせよ、どっちだって違いはないでしょうからね」

「ええ、我々としても問題はありません。どちらにせよ、イカサマを暴くのに変りはないんですから」

神代の挑戦的ともいえる言葉にも、直嗣はにやついたまま、

「結構結構、あと一時間足らずですからね、楽しみにしていてください」

自分の方が楽しそうに云った。と、その背後から、フミがひょいと顔を覗かせて、

「あの――お食事はどうしましょうか、もう六時ですけど」

降霊会などより、日々の生活の方がフミにとっては一大事なのだろう。白い割烹着に包まれた、丸い巨体の胸を張るようにして云う。直嗣が振り返り、

「そうだね――会の後でいいんじゃないかな、姉さんも義兄さんも降りてこないみたいだし」

「左様ですか、それでは軽くサンドイッチでもお作りしましょうか。皆さんお腹がお空きになるでしょうから、今のうちに少しつまんでいただければ――」

「いいね、そうしてよ。軽く腹ごしらえしといた方がいいかもしれない」

「はい、それから――あちらのお客様にもお持ちしましょうか」

フミが丸々とした顔をしかめながら、ドアの方を目で示して云う。慈雲斎の食事の心配をしているのだ。たとえ個人的に快く思っていない相手でも、客として来ているからにはもてなそうという気配りがフミらしい。直嗣もそれが判ったようで、苦笑いになり、

「いや、先生は会の前は何も召し上がらないんだ。斎戒潔斎《さいかいけっさい》して身を清めて、霊界とコンタクトするんでね」

「そうですか――では」

と云って、フミは途方にくれたような一瞥を成一に投げかけてキッチンに戻って行く。――ホントにもう、直嗣さんのお道楽をなんとかしてくださいませよ――フミの肉づきのいい背中が、雄弁にそう語っているのが判った。その大きな体を見送ってから直嗣は、

「さて、神代さん、大内山さん――いよいよ世紀の一瞬が近づいて来ましたよ。つい先々週に死んだ親父の霊を呼び出すんだ、これは今までにかつてない、歴史に残る降霊会になるかもしれませんね」

皮肉っぽい笑みを浮かべて云った。神代と大内山は眉をひそめたまま、げんなりしたように直嗣の顔を見つめている。

成一も同じ気分だった。いくらなんでも悪趣味すぎやしないだろうか――そう思っていた。殺された兵馬の霊を呼び出す、などと無茶を云う霊媒の無神経さが理解できない。それに乗せられて喜んでいる、直嗣の常識も疑いたくなる。うんざりしてソファに坐りこみ、成一はまた煙草の箱に手を伸ばした。

＊

もうすぐ七時。

降霊会が、間もなく始まる。

私は下へ降りるために、二階の自室のドアを出た。

恐いのには変りはないけれど、参加する気になっていた。神代さんが太鼓判を押してくれたから――。神代さんは、あの慈雲斎さんがインチキの嘘つきだと断言していた。その嘘を絶対に暴いてみせると云っていた。神代さんがそう思うのなら、私もそれを信じよう。神代さんの主張ならば、無条件でそれを飲み込もう。あの人の信念ならば、私にとってはもはやそれが、唯一の真理なのだから――。

あれから――神代さんと庭から戻ってから、私は一人で二階に閉じこもってしまった。なんとはなしに決まりが悪くて、誰かに会うのがたまらなく気恥ずかしかった。さっきフミさんが、サンドイッチができたから軽く食べないかと呼びに来てくれた時も、食欲がないからと断ってしまった。あの人の近くへ行ったら、ろくに顔を上げることすらできないだろうし――。

もちろん私の独りよがりなのは判っている。このところ私は少し、自意識過剰なのかもしれない――独り相撲に悩んだあげく、鬱々と心を七転させている――けれど、しょせんは私の思いこみ。私だけが照れて、はにかんで、恥ずかしがっている――それは充分自覚している。

でも、私は大切にしたい。

あの人がくれた、庭でのあのひとときを。

甘く、切ないような――まるで五月のみどりの風をぎゅっと凝縮したみたいな、涼やかで、心ときめかす――胸の内を蕩《とろ》かすような時間を――。あの人の大きな心に包み込んでもらったみたいな、あの瞬間を――。

そんな想いを噛みしめながら、心を躍らせて階段を降りようとして――。

その刹那――。

階段の一番上。

金属バーの手摺りに、手をかけた一瞬――。

私の身体は電撃を浴びせられたみたいに、その場に凍りついた。

変な感じ――。

何かがおかしい。

何かが――変だ。――おかしな感覚。

悪意――？

どこかから瞬時に飛来した奇妙な違和感に包まれて、私はそこに立ちつくしてしまう。

誰かの――悪意を感じた。

でも、どうして――どうしてこんな風に感じたのかしら。どうして急に、こんなおかしな感情を感じなくてはならないんだろう。私は今、誰かの、わけの判らない悪意を、確かに感じ取った。たった一瞬で――悪魔の手で、ふいと伸ばした冷たい手で、心臓に直接触れられたみたいに――。

残存思念――。

その言葉が、いきなり脳裏を走った。

残存思念――昼間聞いた、あの話。人の意思が、何かを強く思った人の想いが、その場所にとどまり漂う――。

このおかしな感覚は、もしかしたらそれなのかもしれない。ここで、この場所で、誰かが強く悪意を心に描いた。それも、私に対する悪意を――。

そう、誰かがここで――この階段の一番上の段で、何かをしたんだ――悪意に満ちた何らかの行動を――。

強く、深く、どろどろとした暗い想念を、不快なまでにドス黒い嫌悪を――誰かが想い、念じ、そしてこの場に残した。その人が立ち去った後も、不愉快な思念はこの床にこびりつくようにして、ここにわだかまる――。

やっぱりこういうことって本当にあるんだ――。

恐れが、私の背中をじわりと這い登ってくる。凍りついた身体が、恐怖と混迷で満たされていっぱいになる。まるで、無数の軟体性の小動物が、じくじくと背中じゅうに貼りついたみたいに――。

身じろぎすらできないで、私はしばらくその場を動けなかった。

＊

成一達がぞろぞろと、連れ立ってその部屋へ入って行くのを、直嗣がにこやかに迎え入れた。

「さあ、どうぞお入りください。準備は整ってますよ」

一流ホテルの支配人のように、慇懃《いんぎん》さと柔らかさを兼ね備えた物腰だった。絹のネッカチーフを胸ポケットに突っ込んだ粋な服装が、その態度によく似合っていた。

部屋の内側は、暗幕で囲まれている。ドアの部分を除いて、すべての壁面に漆黒の幕が張り巡らせてあった。電灯は点けられているものの、ぼってりとした黒さで覆われた部屋の空気は薄暗く、何となく息苦しいように成一には感じられた。

調度品は排除され、部屋の中央に、これも黒塗りの大きな丸テーブルがでんと設えられているだけ――。妙にガランとした、空虚な印象になっていた。テーブルのぐるりには、十脚ほどの椅子が円を描いている。輪を描いて――成一は、猫丸に教えられたトリックの方法を思い出して、少し緊張した。霊媒はあの手口を使うつもりなのだろうか――。

その慈雲斎は、一番奥の椅子に座っていた。蟇蛙を正面から圧し潰したような不敵な面構えで、目を半眼に閉じている。への字に結んだ唇と、ぺったり撫でつけた銀まじりの髪がテラテラ光るせいで、ますます両棲類じみて見える。それでも、その全身から尋常ならざる気配が漂うのを、成一は感じていた。

気難しげな慈雲斎と対照的に、直嗣は上機嫌で成一達を迎えている。それへ多喜枝がぷりぷりしながら、

「いい加減にしてちょうだいよ、直嗣。お父さんの霊を呼び出すなんて――悪ふざけにもほどがあるでしょう。常識を考えてよね、まったく」

とさっそく、さっきからしきりに鳴らしていた不平をぶつけた。だが直嗣は口答えせずに、おどけた仕草で一礼して、姉の怒りの鉾先をかわす。憤懣やる方ない体の多喜枝は、

「ホントにもう、勘弁してもらいたいわよ。おかしなことになるんだったら私、途中でも何でも抜けさせてもらいますからね。だいたい私はイヤなんですよ、こんなくだらない集まりに出るのなんて――ちょっと直嗣、本当にいい加減にしてよね、あんまり変なことするんじゃありませんよ」

口を尖らせてぶうぶう云ったが、当の直嗣は他の参加者を迎えるのに忙しくて、聞く耳など持たぬようだった。

神代と大内山のコンビは、さすがに緊張しているようで、神代の切れ長の目が、鋭い光を宿している。大内山の丸くたるんだ顔も、普段より若干引き締まっているように見えた。勝行は相変らず無関心の構えを崩さずに、黒ブチ眼鏡の奥のしょぼしょぼした目も、いつものごとく眠たげである。美亜は興味津々で、黒目がちの栗鼠みたいな瞳を好奇心にくるくるさせて、辺りを見回している。最後に、美亜に支えられるように入って来た左枝子の様子が、成一の心を

曇らせた。なにか物に怯えたような、おどおどした様子。先ほど、二階の自室から降りてきた時から、左枝子の態度はおかしかった。何かを恐れているように思え、成一はそれが気になった。他の家族の前だったので、理由を問い質すのは憚られたけれど、成一は心配でならないのだが――。

「皆さん、お揃いのようですな――」

テーブルの向こうの慈雲斎が、重々しく口を開いた。射るような眼光が、ドア付近に集まっている成一達に注がれている。

「ええ、揃いました」

直嗣が答えた。

「では――直嗣さん、お願いしますぞ」

慈雲斎に促されて、心得顔の直嗣は行動を開始する。ドアを閉じ、その上から垂れ下がった暗幕でドアそのものを覆い、幕を画鋲で止めていく――。これで部屋は、黒い幕で完全に遮断された空間になった。

中にいるのは、現代の黒魔術を直《じか》に目撃することを許された参加者のみ――成一、勝行、多喜枝、美亜、左枝子、そして直嗣、神代に大内山、それから慈雲斎。総勢九名だった。フミだけはその特権に与《あずか》る栄誉を受けそこねた。夜七時のこと、どこから電話がかかるかもしれず、家の者全員が一部屋に閉じこもるわけにもいかない。それで「現世」への留守番役を買って出た。もちろんできれば成一も――そしておそらく多喜枝や左枝子も、フミと共に権利を放棄したかったのはやまやまだったろうが――。

「それでは皆さん、おかけください」

慈雲斎のしゃがれた声が、部屋に響き渡った。普段に似ず、長々と喋ろうとはしない。なにやら努力して、深い緊張感と集中力を維持しているように見える。

「どうぞご自由に、楽なお気持ちでおかけなさい」

慈雲斎が重ねて云うのを、その気勢を削ぐように大内山が進み出て、

「ちょっと待ってください、その前に――」

と、ぼそぼそした口調で、

「少し部屋を調べさせていただけませんか。不正やトリックが介入する余地があるといけませんから」

「ほう、不正、とな――」

慈雲斎は、大内山をじろりとばかりに睨みつけて、

「この私が、そのような愚かな手段を弄するとでも云うのか。お前達はいつでもそうだわい――己の精神が下劣なるが故に、万人がそのように歪んだ心を持っておると邪推しおる。その醜く歪んだ目でしか人を判断できぬお前達が、深遠なる霊界の謎を解き明かそうというのだからおこがましいというんだ。霊の世界は、お前達の薄汚れた手などで触れられるような俗なものではないぞ。澄んだ、清らかな精神を持つ者だけが――」

「穴山さん」

神代が、慈雲斎の言葉を遮って呼びかけた。

「今はもう、論争などしている時ではないと思いますが——」

低い、冷静な調子に慈雲斎も口を閉ざす。

「事態はようやくここまで漕ぎつけたんですから——。後は実験です。あなたの主張が正しいのか、我々の論理が正しいのか——実践を通じて証明できる場に、我々は立っているんです。少しでも早く、お互いに納得のいく形で実験にかかるのが、今はもっとも有効だと思いますけど」

「はん、小賢しいことを云いおる」

慈雲斎は蔑むように鼻を鳴らし、

「よろしい。調べたいと云うなら、心ゆくまで調べればよいだろう——お前達のその、穢れた論理とやらで気がすむまで、な」

「ありがとうございます、では、お言葉に甘えまして」

神代は静かに云ってから、大内山に無言の合図を送った。二人は手分りして、部屋の捜索を開始する。打合せは充分らしく、手際がよかった。

壁に近寄った大内山が、

「皆さんもどうぞ、調べてみてください。そして何か異常がありましたらお知らせください」

成一達にそう云ってきたので、美亜が、

「わ、いいの？　やったあ」

はしゃいだ声をあげ、さっそく床に這いつくばった。

「ねえねえ、兄貴も調べなよ。兄貴だって一応、物理の実験員の端くれなんだからさ、何か変な物があったらすぐに見つけられるでしょ」

美亜に云われて仕方なく、成一も捜索に参加する。

多喜枝と勝行と左枝子は、その場を動こうとしない。むすっとした顔と、無関心と、そして怯えた表情を、三者それぞれ保ったままだった。

成一は大内山に倣《なら》って、まず四方の暗幕を調べることにした。幕は天井まで達しており、画鋲で丹念に止められている。幕の向こう側は書棚で、そこにはびっしりと本が並んでいるはずである。触ってみると、ぶ厚い布を通して、本の背の硬い感触が伝わってくる。成一が覚えていた通り、本は隙間なく詰まっていて、とても何かを隠しておけるスペースはなさそうだった。幕は四方全域にわたっており、もはや猫の仔一匹入り込む隙間すら見つからない。

次に大きな丸テーブル。

四本足の古い木製の物で、表面は傷やへこみででこぼこしている。古い物だから造りは頑丈。それだけにシンプルなデザインなので、細工をする余地はありそうもない。矯《た》めつ眇《すが》めつ調べてみても、不審な点は見つからなかった。強いて妙だと云えば、その上に乗っている物で――太い蠟燭を立てたくすんだ金色の燭台、小型のカセットレコーダー、マッチ箱、取っ手のついた小さな鐘、そしてこれも小さな、鳥を象《かたど》った木彫りの玩具。何に使うつもりか判らなかったが、その取り合わせが異様と云えば異様だった。――それらの小道具を手に取って、子細に眺めてみる。しかしどれにも、おかしなところは見受けられない。諦めて、鐘をテーブルに戻す時、リンと軽やかな音が響いた。

成一の探索はそれで終ってしまった。元々家具もないだだっ広い部屋なのだ。これ以上調べる場所などありそうもない。

しかし、神代と大内山は執拗だった。床、壁、暗幕、テーブル――微に入り細を穿《うが》って一寸刻み五分刻み――。まるで、目印のついた一粒の砂を探し当てようとするかのように――。そのしぶとさに、さすがの美亜も付き合いきれなくなったようで、

「ねえ兄貴、あの人達、いつまでああやってる気なのかな」

と、呆れ顔で囁きかけてきた。

むっつりと押し黙った慈雲斎の見守るなか、大内山達の捜索は延々三十分に亙った。

そしてようやく得心のいったらしい神代は、埃だらけになった手を払いながら、今度は慈雲斎の身体検査を要求した。

例によってすったもんだの押し問答の末、ようやくその主張も認められた。神代と大内山は二人がかりで、慈雲斎のボディチェックを敢行する。しかし、こちらの方はすぐに終ってしまった。慈雲斎の着ているのは、いつもの煮しめたみたいな作務衣で、筒袖と細いズボン風の裾には、物を隠すような場所がなかったからだった。念のためと云われて成一も、空港の関税係員の真似をさせられたが、異常は発見できなかった。

すべてのチェックが終ると、慈雲斎は心底バカにしたように、

「どうだ、もうよかろう、気はすんだか」

「はい、失礼しました」

神代は紳士らしく一礼して云う。

「これで満足なんだろう。やれやれ、度し難い奴らだ、お前達のせいでくだらぬ時間を使ってしまったわい——さあ、もう始めてもよかろうな」

「もちろんです、我々もそれを望んでいます」

「よろしい——では皆さん、お席におつきくだされ」

慈雲斎が云った。一同が、どの席に座るべきか一瞬逡巡すると、すかさず神代が、

「成一さん、すみませんがそちらに座っていただけますか」

と、慈雲斎の左隣を示して云った。そして、

「僕はこっちに座らせてもらいます——穴山さん、構わないでしょうね」

神代は慈雲斎の右隣に、素早く腰かけてしまう。霊媒は、隣に座った若い研究者の彫りの深い横顔を、じろりとばかりに睨《ね》めつけたが、結局無言のうちに承諾した。それで成一は、神代に指示された席に落ち着くことにした。神代と成一で、慈雲斎を挟んだ形になった。

今度は大内山が、神代の隣の空いている椅子を引いて、

「恐れ入りますが、直嗣さんはこちらにお願いします」

「へえ、俺も座席指定あり、かい」

「ええ、お願いします」

「構わないさ——どれ、それじゃご指名にあずかって失礼させてもらおうか」

皮肉っぽくにやにやしながら、直嗣は席を占める。そして、その隣に座ろうとする大内山に、

「随分熱心にあちこち調べてたけど——どうです、何か発見できましたか」

「いえ、大丈夫なようです」

小太りの体軀を椅子に納めて、大内山が答える。

「本当に？　何も見つかりませんでしたか」

「ええ」

「でも、外はどうです。窓の外辺りは——あなた達が喜びそうな仕掛けが、外にあるかもしれないでしょう」

からかうように云う直嗣に、大内山は無表情のまま、

「ご心配なく、もう調査済みですから」

「おやおや、なかなか周到なことですね」

洋画の登場人物みたいに肩をすくめる。からかいがいのない相手と見てとったか、それでもう直嗣は、大内山に話しかけるのをやめた。

これで、慈雲斎を神代と成一、直嗣を神代と大内山が、それぞれ挟んだ位置になった。何か作為を行いそうな二人の動きを封じる作戦なのだろう。

「他の方はどうぞご自由に——おかけください」

神代が云った。美亜は左枝子の手を引いて、

「お姉ちゃん、こっちこっち——あーあ、やっと始まりか、待ちくたびれちゃったよ」

ぼやきながらもいそいそと、成一の隣に腰かける。そして、左枝子をその横の席に座らせた。同時に勝行が、無言で大内山の隣に着席する。いかにも義務的な態度であり、義弟の趣味に気乗りしないまま付き合っている、という感じがありありと見えた。きっと一分でも早く、この茶番が終ってほしいと願っているのだろう。残った多喜枝も、幾分苛々したように、

「ホントにもう、なんでもいいからてっとり早く終らせてちょうだいよ」

美容院の椅子に座るみたいなことを云って、最後の席を占めた。機嫌が悪いのだが、それでも部屋を出て行ってしまわないのは、多少の興味は引かれているのかもしれない。

これで全員が座った。

慈雲斎から時計回りに成一、美亜、左枝子、多喜枝、勝行、大内山、直嗣、神代——の順。勝行の背後の暗幕に、ちょうどドアが隠されている位置関係になる。

慈雲斎は、神代と大内山が席次を決定する間、それを苦々しい顔つきで眺めていた。そして全員が座るのを見届けると、憮然とした表情のまま一同をぐるりと見回して、

「これでようやく始められるようだな、愚かな連中のせいでいらん時間を無駄にしてしまった——、では、これより降霊の会を執り行う」

きしむような声で厳《おごそ》かに、そう宣言した。

神代と大内山が、目顔で軽くうなずき合う。二人の表情は緊張感で、恐いくらいだった。

美亜は大きな瞳をぱちくりさせ、霊媒の次の言葉を待って、その口元を一心に見つめている。

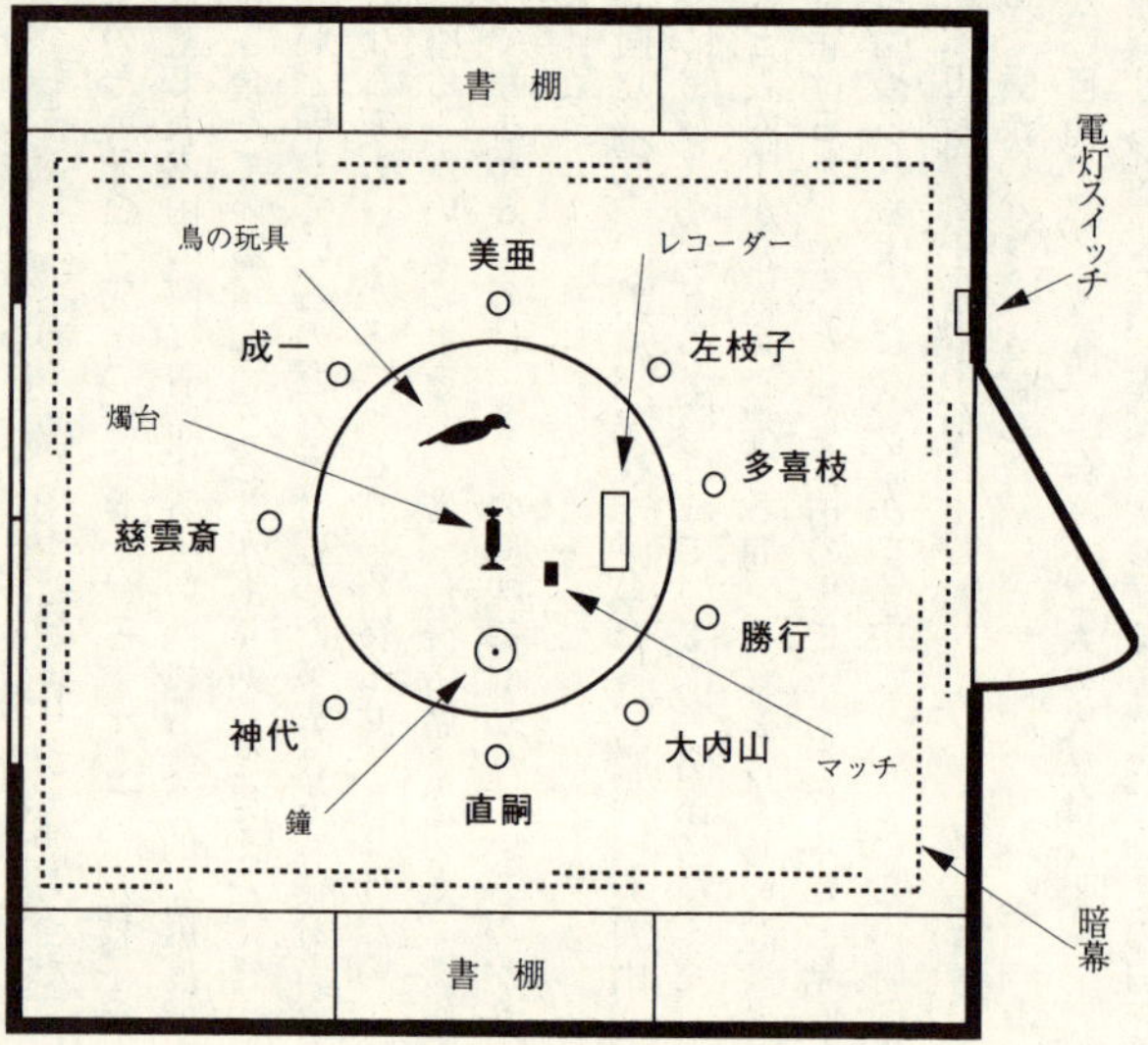

降霊会での席次

勝行は無表情に、テーブルの一点をぼんやり眺めている。黒ブチ眼鏡の奥の細い目は、何も考えていないかのように茫漠としている。

多喜枝は白けた様子で腕を組んでいる。慈雲斎を、何か奇怪な動物でも見るような目つきで、眉をひそめて見やっていた。

直嗣は、気取ったポーズで椅子に浅く腰かけている。皮肉っぽく片頬を歪め、横目を使って姉や義兄の態度を面白そうに観察する。

そして左枝子は——やはり何事かに怯えているようだった。形のいい唇をきゅっと結び、明らかに何か他のことに気を取られている。何を思いつめているのかは判らないが、成一の懸念は増すばかりである。こんな会に出させるのはやっぱり無理だったのかもしれない、今からでも左枝子だけは退出させてもらおうか——。そう思い、提案しようとした時——。

しゅっ、と軽い音がして、テーブルの上に灯りが点った。慈雲斎がマッチを擦ったのだ。燭台の蠟燭に炎が移される。慈雲斎はもったいぶった手つきでマッチを振って火を消すと、

「どなたでもよろしい——電灯を消してもらえますかな」

「あ、あたしやる」

美亜が気軽に立って行って、ドアの脇辺りの暗幕をまさぐる。やがてスイッチを探り当てたらしく、天井の灯りがふいと消えた。部屋の光源は、太い蠟燭一本だけになった。ほの黄色く淡い光が、円を描いて並ぶ一同の顔を不気味に照らしだす。背後に闇を背負い、どの顔も陰影を伴って、影の濃い妖しい表情で揺れている。

美亜が席に戻るのを待って慈雲斎は、今度はカセットレコーダーに手を伸ばした。小さな機械の表面が、蠟燭の薄灯りを反射して無機的に光る。スイッチが入ると、音が流れだした。風のうなりのような、海の逆巻きのような——旋律を持たない単調な響きだった。ごうともどうともつかぬ、連続した低い音の洪水——。

「これは皆さんの神経を集中させるため——そして、霊界の波長を私の霊力と同調させる、特殊な周波でできた音である」

慈雲斎が解説を入れる。霊界の波長はともかくも、音にはかなりの低周波が含まれているらしく、下腹にずんずんと響いてくる。蠟燭の炎もちりちりと、音に煽られるようにはかなげに揺れる。音量こそ大きくはないが、低く、えぐり込むみたいな重量感のある音は、神経を鎮めるどころか不快感すら感じさせた。しかしそれでも、部屋の空気を気味悪いものに変え、怪しい雰囲気を醸成するのには効果があるようだった。

「本日、三千浄土の彼方よりこの世に再び降臨願う霊の御名《みな》は——」

いきなり慈雲斎が声を張り上げる。芝居がかった、独特のイントネーションだった。

「俗名、方城兵馬翁、享年八十四——先日、悪霊により取り殺されし者の霊である」

それを聞いて多喜枝が露骨に顔をしかめたが、慈雲斎は意に介さない。宙空をしっかと睨みつけ、その両棲類のようにぬめっとした目に、狂気の色が宿り始めている。

「霊を降ろす前に、皆さんに二、三ご注意申し上げる。ひとつ、これよりどのようなことが起ころうと決して取り乱してはならぬ。霊界とこの世を結ぶのは、極々弱く細い精神の波動だ。

皆さんの動揺や気の乱れが、この微弱な糸を断ち切らぬとも限らぬ。最悪の場合、悪霊や低級の動物霊などにつけ入る隙を与え、取り返しがつかぬ災いをもたらすやもしれん。心の平静を保ち、決して慌てるようなことがあってはいかん、よいな」

仰々しい口調で、慈雲斎は云う。圧倒されたように、もう誰も口を挟まない。霊媒の発散する異様な迫力に、呑まれ始めているのを成一は感じていた。

「さらにひとつ——霊が現れた際、光を当てようなどとしてはいかん。霊は自然光以外の光を大いに嫌う。人間の浅知恵で作られた炎や光は霊の怒りを買い、善《よ》き霊をも猛り狂う悪霊に変えるやもしれぬ。すべて私の指示に従うように——特にそこの二人の者、邪魔立てするでないぞ、卑劣なる振舞に及ぼうなどと考えん方がよい。すべてが終るまで手出しはまかりならん、よいな」

鋭い言葉で慈雲斎は、神代と大内山を牽制する。

「では——まず、皆さんにこうしてもらいたい」

そう云って慈雲斎は、両手を上げて上で広げ、そのままべったりとテーブルの表面に貼りつけるように置いた。

「私と同じように手を出してもらおう。そして両隣の者、この小指を自分の小指で押さえるがいい」

慈雲斎は、両棲類が這うような姿勢で云う。顔つきが似ているせいで、まさしく蟇蛙の親玉といった感じだ。成一が、慈雲斎の向こうの神代を窺うと、こうしたことに慣れているのだろうか——神代は躊躇することなく左手の小指を、慈雲斎の右手小指の上に置いた。成一もおずおずとそれを真似る。テーブルのへこみと、ざらついた感触が掌をくすぐる。霊媒の意外に細い小指に自分の小指を重ねて、成一はまた、猫丸に受けたアドバイスを思い出していた。しかし、慈雲斎の両手は離れている。肘を大きく張り出し、両手の位置には彼の体ひとつ分くらいの距離がある。掌はぴったりテーブルにくっついており、このまま動かさないつもりならば、猫丸の云う方法は使えない。

「皆さんも同じように――隣の者の指を押さえていただきたい」

慈雲斎が云い、美亜が成一の左小指に、華奢な指を乗せてくる。ごそごそと探るようにして一同が動き、テーブルの上には掌の花が咲いたようになった。花は花弁の部分で、それぞれ隣と繋がっている。しかしそれは決して華やいだ印象ではなく、蠟燭の薄灯りに浮かんだ光景は、死人の手がずらりと円形に並べられたみたいに気味悪いものだった。

「よろしい、これで結構――」

と、慈雲斎は、両棲類じみた口元を満足げに歪めて、

「こうして我らは一つの円に繋がった。この世に生のある者の生命の波動が輪となり、渦を巻き、聖なる光気となって昇華する。霊界への扉はここに開かれる。遙か浄土に坐《いま》す善き霊魂は、この命の脈動が波打つエネルギーの集中点を道標として、現世に降り立つことが能《あた》う。この円は、いわばこの世と彼岸との接点となるのだ。であるから――これが最後の注意だ――何があろうと、何が起ころうと、この手を離してはならぬ。よいな、ゆめゆめ忘れてはならんぞ、け

っして指を離すことは許されん。万一霊の降りている最中に、生体の結界が破れるようなことがあらば――恐ろしいことになる。あの世より霊が――善き霊悪しき霊の見境なく、怒濤のごとくこの一点に流れ込むことになるやもしれぬ。もしそのような事態になれば、私は全力で綻《ほころ》びを塞ぐのに霊力を費やすことになる。さすればその時点で会は中止だ。そこの二人も、途中で終らせたくなくば私の云うことを最後まで守るのだな。くれぐれも云っておくぞ――では」

突然、慈雲斎は蠟燭を吹き消した。

成一はその時、左枝子の様子が気になっていた。不吉で突拍子もない慈雲斎の言葉が、左枝子を恐れさせてはいないかと、横顔を窺っていたのだ。だから、部屋が闇に閉ざされた瞬間、残像となって網膜に残ったのは、揺れる仄かな灯りに映し出されたその横顔だった。左枝子は俯き加減で、長いしなやかな髪が顔半分を被っていた。何かにじっと耐えるように閉じられた目の、その睫の長さ――。そして残像が消えると、そこはまさに、文目《あやめ》もわかぬ闇――。

真の暗闇。

瞼を開いているのが、まるで錯覚みたいに思える。自分では目を見開いているつもりでも、何かの手違いで目をつぶったままでいるのではないか――成一は、そんなおかしな感覚に捉われた。本物の闇がこんなに深く、濃く、執拗なのを、初めて実感した。

レコーダーから流れる、低い衝撃音が体を震わせる。その中で成一は、胸の奥から湧き上がるような不安と戦っていた。

異常なシチュエーションが面白いのか、美亜が隣で、くすくす笑うのが聞こえた。

美亜ちゃんがくすくす笑っている。

でも、私はとても恐い。

あの、階段で感じた恐ろしいイメージが私の胸を重く圧している。気分が優《すぐ》れないままこの集まりに出てしまったことを、私は後悔していた。やっぱりよしておけばよかった。フミさんと一緒に外で待っていればよかったのに――。

神代さんはああ云ってくれたけれど、この背中が薄ら寒くなるような感触は何なんだろう――。目まいを感じながらも、私は黙って椅子に座っている。スピーカーから流れる風のような、波のような音が、圧迫するみたいにお腹に伝わってくる。

神様、神様、お願いです――早くこれを終らせて、私を元の、普通の場所に戻してください――。

＊

「全能にして八百萬《やおよろず》の神々を束ねる天照《あまてらす》の御名に懸けて我は今ここに命ずるものなり――」

慈雲斎さんの声が、呟くように聞こえてくる。小さいけれど、気迫と力のこもった声だった。

「今こそ来たりて我との前世よりの盟約に従い給え。その清らかにして聖なる御名を冠する者の命に服し、生者と死者の垣根を越え、幾年月の礎《いしづえ》の基を築かず、時に応じ事を超え全ての因果を己の欲する所に持ちて願い給え。悪鬼を駆使し魔神を従え荒ぶる御魂をかき分け潜り神をも使役しここに降りる者こそ尊かれ。然るに冥府の門の隙間少しく開かせ給えばその峡より出来《いでき》たることを許し給え――」

呪文は、だんだん小さくなってくる。

そのうちに、レコーダーから溢れてくる気持ちの悪い音に紛れ、途絶え、聞こえなくなってしまった。代わりに、音響が高まってきた。うねるように、たゆたうように――低く、深く――響きが徐々に大きくなるのが判った。そして、その洪水みたいな音の濁流に混じって、コトリ――かすかな音が、テーブルの上で鳴った。

私は、はっとして顔を上げた。

今の音――。テープの音ではない。もっとリアルな、木でできた物をテーブルに置き直したような――。

でも、でもどうして――。私の右手の小指は美亜ちゃんの小指を押さえているし、左の小指の上には、間違いなく伯母さまの指の感触がある。みんながこうしているのならば――今の音はどうして鳴ったのだろう。

錯覚――思い過ごし――？

けれど、それにしては今のは本物みたい。

テープの音が大きくなって、テーブルそのものも震えはじめているけれども、物が動くほどの振動じゃない。だったらどうして――どうして、あんな音がしたのかしら。まさか、本当に何かの霊が――。

コッ、コッ――。

今度は、はっきり聞こえた。間違いない。何かがテーブルの表面を叩く音。その証拠に、美亜ちゃんの指がびくっと動いた。美亜ちゃんにも聞こえたんだ。でも、一体何が音を立ててるの――？

ぞくり――と、両腕の肌に粟《あわ》が生じる。背筋が不快な鳥肌に逆立つ。お願い、神代さん、早くなんとかしてください――。
コ、コッ、コッ、コッン――。
テーブルの上の音は今や、揺るがすようなレコーダーの音に負けないくらいに、大きくなっている。そして――。
リ、リン、リリン、リン――。
鈴――？　鐘――？　涼しげな、澄んだ音。これもテーブルの上から聞こえてくる。荒れる風みたいなテープの伴奏にそぐわない、清らかな、涼やかな鐘の音。
動揺が、さざ波のように部屋中に広がる気配が、確かに伝わってきた。美亜ちゃんの指も小刻みに震えて、伯母さまの指も時折、びくっびくっと痙攣する。誰もが動転しているのが、私にもよく判った。そして私自身も、誰よりまして驚嘆している。叫びだしたくなるような恐怖と、手を放してしまいたくなる衝動と、私は必死で戦っていた。
コ、コッ、コッン、コッ――。
リ、リン、リリン、リン――。

テーブルを叩く音と、鐘の音が、そうとはっきり判るようにシンクロしてきた。
コ、コツ、コツン、コツ――。
リ、リン、リリン、リン――。
音がする、音が鳴る。

私の胸のざわめきのように。
コ、コツ、コツン、コツ――。
リ、リン、リリン、リン――。
恐怖に脈打つ私の心臓。

そして、私は感じた――。

何かの、気配――。

気のせいだろうか。

テーブルの上の方に、何かがいるような――。もやもやと、悪い空気が蟠《わだかま》って固まったみたいな、煙がゆっくりと凝縮して形を造っていく過程のような――何かの気配。

そんな気がする。テーブルの上空で、何かが起こりかけている。私の想像もしなかったような、何かとんでもないことが――。

冥界への扉――？　それが今、開かれようとしているのだろうか。お祖父さまの霊が、そこから帰ってくるのだろうか。そんなことが――まさか、そんなことが――。

「――う――あ――」

い、それが声をあげた。テーブルの上方で――。ほんのかすかだったけれど、確かに聞こえた。

今度こそ堪えきれずに、私は小さく叫んでしまった。

＊

闇の中に、左枝子の悲鳴がわずかに響いた。成一は思わず腰を浮かせかけた。しかし、テープから流れる風のうなりのような音にかき消されて、二度目の悲鳴は聞こえようとはしない。どうやら鐘の音に怯えただけのようだ。不安と焦燥とを、吐息と共に吐き出して、成一は尻を落ち着け直した。テーブルにくっつけた掌が、じっとりと汗ばんでいる。両手はさっきからそのまま、呪縛にかかったように動かない。テープの重低音はさらに高まってきているが、それに負けず劣らず、テーブル上の怪音も大きくなっている。小さな鐘と、木でテーブルを叩く音――おそらくあの木製の鳥が動いているのだろう。だが、それらがどんな動力で動いているのかは、成一には判らなかった。慈雲斎の小指は、蠟燭を消す前に成一に押さえられた位置のまま、微動だにしていない。木の玩具と小型の鐘が、自力で動くはずもないのだが――。

テーブルが、低音の振動でびりびり震えている。ねっとりとした脂汗が、背中じゅうに吹き出すみたいな、嫌な感覚がする。吸いつけない煙草を吸いすぎた時のような、そんな気持ち悪さだった。

コ、コン、コツン――。

リ、リン、リリン――。
音は高まる一方だった。

慈雲斎が、どんな方法を用いているのか見当がつかない。それともこれは、本当に種も仕掛けもない超自然的な現象なのか――。
リ、リン、リリン、リン――。
コ、コツ、コツン、コツ――。
ごうごうと荒れる大河のような音に混じって、

「――だ――誰――、儂――」

声が聞こえた。成一はぎょっとして、闇の宙に向かって目を凝らす。声は明らかに、テーブルの上方から発せられたものだった。

「誰――だ、儂の――げるのは」

テープの音とは違う、間違いなく肉声――確かに肉感を伴った、しゃがれた、老人のような声だった。

「儂の――、眠――妨げ――のは」

声は間歇的《かんけつてき》に、テーブル中央の上空から聞こえてくる。

「ど――だ、ここは――どこ、だ――違、違うぞ――儂の、今まで――ところと――どこだ」

成一は、闇を透かして目を見開く。だがしかし、一面墨壺の底のような闇の中では、見える物のあるはずもない。もどかしい。何も見えないのが歯がゆい。地団駄を踏みたいほどの、成一の苛立ちに感応したみたいに、ぽっと——何かが光った。

テーブルの上方一メートル程の高さに、その光は突如として飛来した。

柔らかい、淡い光だった。まるで闇の奥から湧いて出たように、ほのかに輝く光の帯が宙空に出現したのだった。

成一は仰天して顎を引いた。隣で美亜が息を呑む気配がする。「おお」と、感嘆するような声は、多分直嗣のものだ。

光の帯は、うなる音のリズムに呼応するかのように、空中を緩やかに動きだす。

しなやかに、優雅に、ゆったりと——。

まるで、天女の羽衣《はごろも》の舞のように——。

あたかも、生あるもののごとくに——。

ぼんやりとした光を放ちながら、それは旋回し、直立し、弧を描く。

何度も、繰り返し——何度も。

夢幻的な眺めだった。

成一は魂が抜けたみたいに茫然と、その光景に見入った。心臓を直接鷲掴みにされたような衝撃を受けていた。

不思議と美しく、見る者の心を惹きつける、幻想的で、それでいてどこか妖しい舞だった。

これはまさに——そう、この世のものではない。別の世界の、今まで考えてみたこともないような彼方の世界の、それは舞踊だった。

「——こは——むい、ここ——」

光の帯が人語を喋った。

「——こは、寒——い、こっち、は——」

低く、途切れ途切れで、ともすれば嵐のようなテープの音に埋没してしまいそうになる。成一は目を開き、耳を欹《そばだ》てる。

「誰かが——呼んだ、の——か、儂を——かの地——より——」

「親父、かい？」

おずおずと声をかけたのは、直嗣だった。

「親父だね、帰ってきたんだね」

「——直、嗣か——お、前か——儂を呼ん——のは、儂をこの、寒——ところへ——」

声が、はじめの頃よりだいぶはっきりしてきた。確かに、光の帯の辺りから聞こえている。

驚嘆醒めやらない成一の隣の闇で、慈雲斎が云った。

「霊が降りました。ご自由にお話しくだされ」

思いのほか、冷静な口調だった。

「親父、聞こえるかい——こっちの云うことが聞こえるか？」

直嗣がテーブルの向こうで叫んだ。

「直——嗣、か——聞こ——るぞ。儂は——うして——どこに——」

声に、困惑が含まれていた。感情の変化が判るほど、こちら側に近づいて来ているのだろうか。光の帯もそれにつれて、戸惑うようにひらりと回る。

「――儂、どうしたん――、なぜこんなとこ――らい、暗い――にも見え――ぞ。――うして、こんなことに――判ら――ん――」

「親父は殺されたんだよ、離れで」

直嗣が云う。すかさず慈雲斎が静かな口調で、

「お声が大きいですぞ、直嗣さん。無闇な大声で霊を脅かしてはなりませぬ」

「失礼しました、先生――」

と、直嗣は声を落とし、

「親父、覚えてないのか、殺されたこと」

不気味な声がそれに応え、

「殺さ――？　殺された――儂が――れた、そうだ――そうか、殺さ――っきり思い出せ――よく判ら――」

そこまで云った時だった。

光の帯が、ひときわ高く上がった瞬間だった。

「ぐっ――」

変に生々しい声がした。今までとは質が違う、いやに人間的な響きを持っている。それが合図だったかのように、光の帯が動きを停止した。そしてそのまま、はらりとテーブルの上に落ちる。力を失って、くたりと広がったそれは、濡れ手拭いを放り出したような形になった。見

るからにだらしのない印象で、さっきまでの夢幻的な舞を見せていた物とは思えないほどだった。

成一があっけに取られていると、慈雲斎の小指が、成一の指の下からずるりと抜けて行く。それから、足元に何かが崩れ落ちる音がした。それまでの深遠な雰囲気をぶち壊しにするような、そっけない音だった。

その場の空気が、ぶつりと音を立てたみたいに途切れた。異様で幻想的な世界が、色彩を変えるようにして、白々とした闇の空間に戻った。クライマックスの直前にフィルムが切れた映画――そんな感じだった。

そして、そのまま何も起こらない。

成一は何がなんだか判らぬままに、空いた右手を闇の中に伸ばした。慈雲斎の座っていた場所――。しかしそこには何もなかった。手は空しく宙を切り、椅子の背もたれにぶつかって止まった。

「――先生、どうかしましたか」

向こうで、直嗣の遠慮がちな声がした。

「先生？――何か不都合でもありましたか」

その問いかけにも、慈雲斎の返事はなかった。

「成一さん、手が――」

神代が弱りきったように云った。やはり慈雲斎の指が突然抜け出してしまったのを、不審に思ったのだろう。

「ええ、こっちもです」

成一は闇に向かって答えた。

「ちょっと、ねえ、どうなっちゃったのよ、気持ちの悪い――」

多喜枝の困惑を含んだ声。

「とにかく、だな――電気を――」

そう云った勝行の声をきっかけに、途端に部屋じゅうがざわめきだした。各人がてんでに口を開いたからだった。

「誰か、電気を――」

「おい、これは何か異変が――」

「やだあ、どうしたのよ、これ」

「とにかく早く灯りを――」

暗闇の不安を紛らすためか、今までの緊張感が瞬時で途切れたせいか、皆が口々に何事か喚き立てている。嵐の叫ぶような効果音と相まって、雑踏みたいな混乱の様相を呈する。

と――電灯が点いた。

くっきりした灯りが部屋に満ちると、波が引くように一同は口を閉ざす。

暴力的に放たれた光の矢が、闇に慣れた眼球を刺激し、成一は慌てて腕で顔を覆った。やがて目が慣れてくると、ドアの近くでぽかんと突っ立った美亜の姿が見えてきた。きょとんとした表情で、電気のスイッチを入れた手が、壁の暗幕を押さえたままの姿勢だった。

まだちかちかする目に顔をしかめながら、成一は部屋を見回す。

テーブルの足元に、慈雲斎が倒れていた。

椅子からずり落ちて、そのまま動かなくなった、という感じだった。自分の椅子とテーブルに挟まるようにして、窮屈そうに身体を折り曲げていた。しかし、当人はもはや窮屈などと感じることもなさそうだった。首筋に、刃物らしき物が突き立っているからだった。

霊媒の両棲類じみた両の目は、ぼんやりと宙空をさまよい、生きて呼吸をしている人間の生気を感じさせない。丸く、うずくまるような姿勢の身体は力を失い、手足がだらんと投げ出されている。

直嗣と神代が、慈雲斎の死体を取り囲むように立っていた。二人とも愕然とした体で、一言もない。勝行は座ったままで、多喜枝が背後からその首ったまにしがみついていたが、どちらの視線も、変り果てた霊媒に注がれていた。左枝子も自分の椅子に座っていて茫然自失——両手をまだテーブルに置いたままだった。大内山は電気を点けようとしたのか、テーブルとドアとの中間の、中途半端な場所にいる。その大内山が、テーブルまで戻ってくると、レコーダーのスイッチを切った。

静寂——。

洪水みたいな大音量に慣らされた耳には、痛いほどの静けさが訪れてきた。

それでやっと呪縛から解き放たれたように、直嗣が大きく息を吐いて、

「先生が――どうして――」

誰に云うともなく、呻《うめ》くように云う。神代がそれに応えて、無言で首を振った。

「と、とにかくだな――その、救急車を――」

勝行が、喉に絡まったみたいな声で云いさしたのを、多喜枝が、

「ひっ」

と短い悲鳴をあげて遮った。

「ちょ、ちょっと、あれ――」

多喜枝は小刻みに震える指で、テーブルの上を指さした。

そこには、種々の小道具に混じって、薄い布が、落ちていた。雨上がりの道端に打ち捨てられた、ぼろきれのように――かすかに黄色い薄っぺらな布が、ぺろりと広がっている。あの妖しい動きで踊っていた物が、今はただの古手拭いにしか見えない。夢の世界から、いきなり現実に連れ戻されたみたいな――妙な気分だった。

しかし、多喜枝を脅かしたのはそれではない。

「あれ――お父さんの、数珠――じゃない？」

布の横――転がった小さな鐘の隣に、黒い数珠。古ぼけて手垢じみた、黒い玉の連なり。兵馬の離れの、仏壇の前に置いてあった物とよく似ているように、成一も思った。

だが、どこからこんな物が――。成一は狐につままれたような思いで、その数珠を見つめていた。始まる前は確かになかった。部屋は隅々まで調べたはずだし、慈雲斎の身体検査まで行

ったのだ。空気中から湧いて出たとしか思えない出現の仕方だった。そして、あの刃物も——。

成一は混乱した頭のまま、慈雲斎の首に突き立った異物に目を移した。その柄の部分に見覚えがある。ややバタくさい顔立ちの観音像を彫りこんだデザイン——こちらは見間違えようがない。確かに、離れにあった兵馬の持ち物だった。

「だから云ったじゃない、こんなことイヤだって——」

多喜枝が金切り声をあげて、直嗣に詰め寄った。

「どうしてこんなおかしなことになっちゃうのよ。一体どうするつもりなの」

「いや、まあ——今はそんな場合じゃないだろう」

と、しどろもどろの直嗣に代わって、勝行が、

「とにかく、だな——救急車を呼んだ方がいい、それと警察も。後のことはそれからにしようじゃないか」

空咳をして、立ち上がる。無理して自分を奮《ふる》い立たせている——そんな喋り方だった。それとは無関係に直嗣は、

「誰か——手を放したか？　俺はずっと、神代さんと大内山さんの指から離れなかった。みんなも同じように放さなかったなら——先生はどうしてこんな——、本当に誰も放さなかったのか？」

自分に向かって語りかけるような直嗣の質問には、誰も答えはしなかった。

重苦しいほどの沈黙だけが、部屋全体を押し潰そうとしているみたいだった。

インターバル

汚れたプレハブ小屋である。

広さ十五平米ほどのベニヤ板張りの床は、泥靴の跡で、でこぼこに汚れている。

隅の方には、乾いた土でまっ白になった作業靴が、乱雑に積み上げられている。壁には、これも泥の染みや跳ね跡でぐしゃぐしゃになった雨合羽やヘルメットがぶら下がり、黒ずんだ軍手を丸めたのが、そこここに散乱している。一目で、工事現場の仮設休息所を思わせる小屋だった。

安っぽいスチールのテーブルとパイプ椅子は、土と埃でざらざらに曇り、壁に大きな地形図が貼ってあるのも、工事現場のプレハブと似通っていた。

ただ違っているのは、そこに集まっている人間達だった。

男女混成で十数人――。いずれも若く、一番年かさに見えるひげ面の男でも、三十を過ぎたばかりだろうか。誰もが無口で、一様にそわそわと、落ち着かない様子だった。ある者はパイプ椅子に座り、ある者は埃まみれの床をうろうろと歩き回り、またある者はせわしなく煙草の煙を吐き――。

しかし無言ではあるが、汚い小屋の中は、彼らの高揚しきった気分で満たされている。期待と、不安と――。無造作に組んだ足で、いらいらと貧乏揺すりを繰り返し、泥だらけのヘルメットの紐を苛立たしげに引っぱり、砂の積もったテーブルの表面を、意味もなく指先で叩く――。肉体的に疲れきっているらしいのは、工事の小屋と変らないが、目の色はまるで違っている。何か報せを待っている――それもとびきりいい報告を――そんな雰囲気だった。

土埃で曇ったガラス窓の外を夕映えが染め、やがて夕闇が垂れ込めてきても、外へ出ようとする者は一人としていなかった。そわそわと、いらいらと、どきどきと――最前からの動作を、ただ漫然と繰り返す。

そして――ドアが開いた時、彼らは熱のこもった視線を、一斉にそちらに振り向けた。座っていた何人かは、飛び出すように立ち上がる。

ガタピシと、建てつけの悪いドアから入ってきたのは、これも若い男だった。猫背ぎみの痩せた、丸眼鏡の青年である。彼の態度は、小屋の中で待機していた者達とは対照的に、悄然としたものだった。

そんな丸眼鏡の様子に不審を抱いたようで、立ち上がった一人がおずおずと、

「どうだった――」

小声で尋ねる。丸眼鏡はしょんぼりと肩を落としたまま、

「結論だけ云います――」

一同が固唾を飲んで見守る中、丸眼鏡は床の一点を見すえて、

「大笑いされてしまいました」

「大笑い――って、何だよ、それ」

パイプ椅子に座った長髪の若者が不安そうに云った。丸眼鏡は泣き出しそうな顔でそちらを見ると、

「はあ、鑑定なんかするまでもないって云われて――あそこのスタッフ、プロ中のプロですからね、年代特定なんかはある程度カンでできるそうで――僕達の発掘した三点の骨の推定年代は、今から二千何百年か前、つまり弥生時代初期の物だろうって云ってました」

「弥生時代い？」

バンダナをハチ巻きにした娘が、素っ頓狂な声をあげた。

「はい、紀元前三世紀の中頃ですね――そうなると、これは何の骨だろうってことになるんですけど――あの人達の云うにはホオジロジカの物である確率が九十九・九パーセント。大きさと形状からして、ホオジロジカの大腿骨であることは、ほぼ確定的だそうです」

「ちょっ、ちょっと待てよ、ホオジロジカだって――そんな物珍しくも何ともないじゃないかよ」

年かさのひげ面の男が怒鳴った。丸眼鏡はたじたじと、

「はあ、日本全国、どこにでもいる哺乳動物ですよね」

「その哺乳動物が、どうして中生代の地層から出てくるんだよっ。その時代に哺乳類がいたって云うのかよ」

「ぼ、僕に聞かれたって知りませんよ、そんなこと」

「おかしいじゃないかよ。一億二千万年前の地層だったはずだろう、だから俺達、恐竜の化石だと思ったんじゃないかよ」

「だから僕に云われたって——でも、ただ」

「ただ——何だよ」

ひげ面の剣幕に押されながらも丸眼鏡は、

「彼らの云うには、あそこは弥生人のゴミ捨て場だったんじゃないかと想像できるそうです——つまりですね、縄文人が大森貝塚を残したのと同じ理屈ですね、穴を掘って、獲物のゴミを捨てていた。その穴がたまたま三畳紀の地層に達したわけで——まあ、弥生時代の人達が、現代の僕らがこうして発掘して大騒ぎするのを想定した、と考えれば別ですけど」

「それじゃ何か、俺達は二千何百年前の人間におちょくられたって云うのかよ」

ひげ面が声を荒らげた。

「いえ、あの——冗談ですよ、ほんの冗談」

「判ってるよっ、そんなことは」

「ですよね——だったらそんなに怒らなくたって——。だいたい弥生人が、二十何世紀も後に考古学なんて学問ができるのを知ってるはずないですもんね」

「バガヤロ様っ、俺が怒ってるのはお前のその神経にだよ。どうしてこんな時にそんな冗談口が叩けるんだよっ」

ひげ面が丸眼鏡に摑みかかる。

「ひゃっ、乱暴はよしてくださいよ——そんな、僕にヤツ当りしたって——」

「誰がヤツ当りしたってんだよ」

その騒ぎに煽られるように、周りの連中も勝手に口々に、

「そうだよ、お前、もう少し申し訳なさそうな顔できないのかよ」

「今まで泥だらけになって地面掘ったのは、ありゃどうなるんだよ」

「私達の労力、全部ムダだったってわけ?」

「だいたい誰だよ、恐竜の化石だなんて云い出したヤツは」

「最初に云ったのは、有馬《ありま》っ、お前だろ」

「嘘いうな、俺じゃないよ、塩田《しおだ》さんだよ」

「バカ云うなよ、俺は初め、違うんじゃないかって云ったはずだぞ」

「あんた考古学の学生のくせに、化石と骨の区別もつかないんですか」

「常識で考えて、こんな都会のど真ん中にそんな物が埋まってるかどうか、判りそうなもんじゃないかよ」

「今さら何をお前はあっ」

「云っとくけど、俺だってとめたんだからな」

「どうしてお前はそうやってすぐ責任逃れするんだよ」

「そうだよ、一番乗り気だったの、あんただったじゃない」

「何をこのアマ」

「何が今世紀最大の発見だよ、ただの大ボケじゃないか」

「痛てて、よせよ、引っぱるなよ」

「責任者出てこーい」

大混乱であった。

狭いプレハブ小屋は、上を下への大騒ぎになり、その狂乱はしばらく静まりそうもない。

「畜生っ、原始人どもめっ、ややこしいことしやがって——。テメエらみんな、恐竜にでも喰われて死んじまえっ」

ひときわ大きな声で怒鳴ったのは、猫みたいなまん丸い目をした小男だった。

第五章

「くどいようで申し訳ないんですがね、成一さん。本当にずっと、隣の穴山さんの指を押さえっぱなしだったんですね」

警部は苦虫を嚙みつぶしたような顔で、何度目かの同じ質問を繰り返した。

「ええ、間違いありません」

成一は、うんざりしながらうなずいた。

嫌になるくらいのしつこさだった。反復、重複、繰り返し――同じ事柄が、言葉だけを変えて何度も繰り返される。だからそれはさっきから何遍も云ってるでしょう――そうヒステリックに叫び出したくなるのを、かろうじて抑えて、成一は深くため息をつく。

応接間。時刻は午前零時を回っている。

急ごしらえの取り調べ室となったこの部屋には、刑事が四人と成一がいるだけだった。

部屋の中はやけに静かだった。

柏木と名乗った警部が、成一と言葉を交わす以外は、若い刑事がメモ用のノートをめくる音しかしない——しかし、ドアの外からは、警察関係者が慌ただしく往来する気配が伝わってくる。

事件の関係者達は、居間に集められて半ば軟禁状態である。その中から一人ずつここへ呼ばれて、事情聴取を受けている。今、成一は二度目のお呼びがかかったところだった。十時半頃、順序が一巡して、最後のフミが居間に戻って来た時には、一同やれやれと顔を見合わせたものだった。しかしトップの直嗣がもう一度呼ばれると、安堵感は一気に、げんなりした表情へと取って代わった。二ターン目があったのである。二巡目四番手の成一がここに来たのが十二時過ぎ——このペースでは、刑事達がいつまでねばるつもりなのか、もはや誰にも見当がつかない。居間は、さぞかし沈滞した空気が漂っていることだろう。

「それで——と、穴山さんご自身が蠟燭を吹き消して、部屋は完全にまっ暗になった、と——間違いありませんね」

警部は飽きもせずに、成一の目を覗き込むようにして尋ねてくる。

「ええ。そうです」

何度もそう云っている。間違えるはずはなかろう。

「その中で穴山さんの呪文——ですか、祝詞《のりと》と云うんですか——そういうのが始まった」

「ええ」

「なるほど、そこまでは結構です——では恐れいりますが、その先のことをもう一度詳しくお話し願えますかな」

言葉遣いこそ丁寧だったが、警部は有無を云わせぬ調子でにじり寄ってくる。内心の苛立ちを、ため息に乗せて吐き出すと、成一は口を開いた。先ほどから、相手の耳に胼胝《たこ》ができるほど繰り返した話を最初から始める。リピート機能が壊れたCDプレーヤーにでもなった気分だった。

しかしそれにしても——不可解なできごとだった。事件が起こるまでを順序立てて喋りながら、成一は改めてそう思っていた。

霊媒の指は、蠟燭を消す前と同じ位置で、ずっと成一の指の下にあった。あれでは猫丸の云っていた方法は使えそうもない。そして無論他の誰の手も、両隣の人に触れていただろう。部屋にいた者は、誰一人として動けなかったはずなのだ。

そしてあそこは暗幕でシールドされて、それこそ猫の仔一匹入る隙間もなかった。救急車と警察に電話するのに、ドア前に張った暗幕を引き剝がすのに苦労したくらいだ。直嗣がご丁寧に、しこたま画鋲を打ったせいだったが、それほど密閉状態は堅固だった。

にもかかわらず、怪異は起こった。玩具の鳥がテーブルを叩き、鐘が鳴り、光の帯が乱舞して、不思議な声がした。あまつさえ殺人のおまけつきである。期せずして直嗣の云う通り、今までにかつてない降霊会になったわけである。

本当に、何がなんだかさっぱり判らない——正直なところ、それだけが成一の感想だった。殺人事件はおろか、あの霊現象がどうやって起こったのかさえ、五里霧中だ。

音や声も、録音などではなかった。直に聞こえた生の音だったのは間違いないし、テープも警察の手で調べられているはずだ。あの重低音に混じってそんな音が二重録りされていたのなら、もうとっくに刑事から説明があってしかるべきである。

居間で、事情聴取の順番待ちをしていた間も確認し合った。あそこに並んでいた全員が、同じ物を聞き、感じていた。超心理学の二人組さえ、見聞きした事実だけは認めていた。霊現象についての詳しいコメントは避けてはいたが——。

慈雲斎がどうして——そしてどうやって殺されたのか。その問題に関しては、完全にお手上げである。警部の話では、例の刃物はさほど深く刺さってはいなかったそうだ。ただ切っ先が延髄に突き当り、呼吸機能を司《つかさど》る部位を著しく傷つけたという。即死だったそうだ。

そのため降霊会は尻切れトンボに終り、またぞろ司直の手を煩わせる結果になった。百十番に通報してパトカーが着くまで、ほとんど全員がひと固まりになっていた。不審な行動をした者はいなかったはずだ。後のことは警察の方がよく知っている。成一達は、わけも判らないまま居間に押しこめられてしまったのだから——。

成一が話している間、四人の刑事は興味深そうな姿勢を崩そうとしなかった。もう何十遍も、語り手を取っ替え引っ替えして聞いた話なのに、まだ物足りない様子ですらある。警察関係者は、飽きるという言葉を知らないらしい。

疲労で靄《もや》のかかり始めた頭を振って、成一が語り終えると警部は、

「判りました、結構です——そこで我々が到着した——と、そういうわけですな」

困ったような顔をして、何度もうなずいた。しかめた太い眉とぎょろりとした団栗《どんぐり》まなこが、

上野の西郷《さいごう》さんの銅像によく似ている。確か、兵馬の事件の際に、離れで陣頭指揮を取っていたのもこの西郷どんだった。

若い刑事はひたすらメモを取り、残りの二人の中年刑事は西郷どんの両脇で、おとなしく座っている。薬師如来の脇侍に添えられた日光、月光《がっこう》菩薩みたいに地味である。その二人の脇侍より、西郷どんの柏木警部の方が年も少し若く、多少は垢抜けしている印象だった。おそらくエリートの部類なのだろう。しかし、ご本家の銅像同様のイガグリ頭なので、颯爽という感じからはほど遠い。

「それで――その、例の発光物体ですがね――」

と、柏木警部は、短髪の頭をずるりと撫でて、

「これがその正体でしょうな――絹らしいんですが」

それを合図に、右側の刑事が魔法のように、どこからともなくビニール袋を取り出した。中で薄黄色い布が、くちゃくちゃに丸まっている。西郷さんは成一にそれを示して、

「発光体を含んだ螢光塗料で染め上げているようですね。うまい具合に操れば、あなた方のおっしゃるように光る帯に見えないこともないでしょう」

フラダンスみたいに、掌をひらひらと動かして云った。

確かにあそこに落ちていた布だった。一度目に呼ばれた時は見せられなかったが、きっと今まで何か調べていたのだろう。

「まあ、詳しいことはこれから科学検査に回しますが――材質が材質だけに、指紋等は検出さ

れませんでした」

「僕達は——そんな物に騙されていたんですね」

成一が云うと、警部はにやりとして、

「そういうことになりますな。幽霊の正体見たりなんとやら、といったところでしょうか——皆さんのお話ですと、とても幻想的で美しかったそうですけど」

「ええ——確かに何か、別の世界の物のようでした」

「一種の集団催眠みたいなものでしょうね。ああした霊媒は、言葉巧みに参加者を暗示にかけるようでしてね——特殊な状況を作って、オカルト的霊的なものを信じやすいように雰囲気を盛り上げるんです——あのテープの不気味な音しかり、怪しげな説法しかり——出席者をそういう気分にさせるんですね、うまいもんですなあ——。このところ、こういう霊能絡みの詐欺の被害件数もうなぎ上りでしてね——いや、困ったものですわ」

「しかし——この布を、彼はどうやって動かしたんですか。あの人の指は、僕が間違いなく押さえていましたし」

成一が云うと、西郷さんは表情を変えぬまま何度も点頭して、

「ええ、ええ、実に判らないことでして——こちらとしてはそれで頭を痛めてるんですが——そのためにこうして、皆さんにお話を伺っているわけでしてね、お疲れでしょうがもう少しご協力を願いますよ」

奥歯に物の挟まったみたいな、曖昧な云い方で答える。

「はあ――」

成一としては立場上、そう返事をするしかない。

「さて、これらの物ですがね――」

と云って西郷さんは、布の入ったビニール袋を、ぽんとテーブルに置く。そこにはすでに、二つの袋が置いてある。一度目の事情聴取で確認を求められた物だった。数珠、そして凶器のナイフ――。それぞれ透明な袋に収められている。どちらにも指紋がなかったことは、先の聴取の際に聞いている。そしてどちらも間違いなく、兵馬の離れにあった物だった。

「どうですかね――皆さんの証言では、これらの物は降霊会の前にはなかったことになるんですが――一体誰が持ちこんだんでしょうな、どなたに聞いてもご存じないということですし――何か心当りはありませんか」

ぎょろりとした目で成一を見つめて、西郷さんは云う。この質問も、もう何度目かのものだった。

「さあ――僕にはさっぱり――」

成一は首を捻って答えた。

「会の始まる前、あなた方は被害者の身体検査までしたんですよね」

「はあ――」

「それで――まあ、数珠とナイフはともかく、この布だけだったら丸めて服のどこかに隠してあったんじゃないか――そうは考えられませんか、ほら、こうなっていればこんなに小さいんですからね。どうですか、検査の時見落としたように思えますか」

「さあ――隠そうとすればそんなに小さい物ですから――でも、どうでしょう、僕にははっきり判りませんけど」

「――参りましたね。あなたは何を伺ってもはっきり判らないとおっしゃる」

「はあ――すみません」

「まったく本当にどうなっているんでしょうなあ。この仕事、もう二十年近くやってますが、こんなにおかしなヤマは初めてですわ」

西郷さんは、ほとほと困り果てたという風に、ひとりごちた。しかしそれが、本心からなのか見せかけだけなのか、成一には判断がつかなかった。

「だいたい喪中の家で、家族全員が揃って降霊会だなんて――どうにも私ら凡人には理解しかねますな。その上またコロシと来た日にゃ、こっちも立つ瀬がありませんやな」

と、西郷さんは云う。当てこすりみたいな口調で、まるで成一に責任があるかのようだった。兵馬の事件から二週間――それもまだ未解決なのだ。その上今回の事件では、警部が不愉快になるのも判らないではない。

「とにかく、ですな――」

西郷さんは元の無表情に戻り、成一をぎょろりと見て、

「誰が、どうやって被害者を刺したか――これが今、我々が最も知りたいことでして――。成一さん、現場で一部始終を見ていたあなたなら、何か気づいたことがあるんではないかと期待

しているんですがね」

「はあ——そう云われましても——」

「どうですか、ぶっちゃけた話、あなたどうやったと思いますか」

「さあ——」

それが判っていたら、こちらだってとっくに云っている。

「あなた、被害者の隣にいたんですからね——何か思いつきそうなものなんですがねえ」

被害者の隣——のところを妙に強調して警部は聞いてくる。

「——いえ、判らないものは判りませんが——」

「妹さんの説では、ですね——なんでも兵馬氏の霊がやって来て念力で短刀を動かした、ということだそうですけど」

「妹が、そんなこと云ってましたか」

「はい」

「冗談ではなしに？」

「かなり真剣なご様子でしたな」

やれやれ、美亜はすっかりカブれてしまっているようだ。

「降霊会といい、妹さんの主張といい、随分変ったお宅のようですなあ」

西郷さんは、悪びれもせずに憎まれ口を叩く。

「まあ、私も仕事柄、そういう——心霊主義、ですか——そういったお話はあまり好きにはなれませんのでね、もっと具体的な、実現可能な方法を考えたいわけですわ。幽霊に手錠をかけるわけにもいきませんし、だいたい私は、どこへ行ったらその幽霊とやらに会えるか知りませんからね。まさか犯人を呼び出すのに、別の霊媒を雇って降霊会をやらせるのもおかしなものですから——」

と、西郷さんは面白くもなさそうに、変な冗談を云う。

「さて、その具体的な方法ですが、こんなのはどうでしょうな——仮に神代さんあたりがやったとしますよ——、あ、もちろんこれは仮にの話ですよ、我々がそんな風に考えているわけではありませんから、誤解のないように云っときますが——よろしいですね」

「ええ、判ります」

「結構。それで、神代さん、ね——彼は被害者の隣に座っていたわけですから、位置関係だけから云えば、最もやりやすいポジションにいた、と、そう考えられるでしょう」

「はあ」

それを云うなら、成一も慈雲斎の隣だった。

「神代さんの証言だと、彼はただ、被害者の指に自分の指を添えていただけだったそうです、あなたと同じようにね——。ですから問題の瞬間、とっさに手を放して、隠し持っていたナイフを取り出して素早く刺す——と、どうです、そんな方法も可能だとは思いませんか」

ちょっとおどけたように首をかしげて、西郷さんは聞いてくる。平然としたその顔つきからは、本気でその説を持ち出したのかどうか判らなかった。成一は相手の団栗まなこを見返して、

「さあ、どうでしょう――判りませんが、多分無理だったろうと思いますけど――」

「ほお、それはまたどうしてです」

「ええ、もしそんなことがあったとしたら、手を放した時に穴山さんに咎められていたんじゃないかと思うんです。ナイフを出している間に、きっと穴山さんが何か云ったはずじゃないか、と。穴山さんは、叔父がちょっと上ずった声をあげただけで諫《いさ》めていたくらいだし、事前にくれぐれも手を放さないようにと、きつく念押ししてましたから――。しかし、そんな様子はなかったようです。それにあのまっ暗闇の中でとっさに、ああも正確に人の首を狙えるとも思えません」

成一は断言してやった。

被害者の横にいただけで犯行可能と見なされるのなら、ひいては成一が犯人でもおかしくないことになる。兵馬の事件の時のこともあり、どうも成一は立場が悪いようだ。ひょっとしたら、警察の容疑者リストの一番上に、載っているのかもしれない。しかしそれを云えば、単に不運としか釈明しようがない。あの日に帰ったのはただの偶然だし、今日だってただ、ぼんやりと成り行きを見守っていただけなのだから――。

勘ぐりすぎかもしれないが、今も警部は神代にかこつけて、成一自身のことを云っているような気がする。その上で、こっちの反応を見るために、こんな話をし始めたふしがある。それを悟らせ感情的にしておいて、成一が口を滑らすのを待っているのかも――。そう思ったから成一は、あえて強く否定したのだ。事実、そんな様子がなかったのも確かではあったし――。

「ははあ、無理ですか」

さして残念でもなささうに、西郷さんは云う。

「そんな様子はなかった、と——こうおっしゃるんですな」

「ええ、少なくとも僕は気づきませんでした」

「そうですか——では、他の方も手を放すのは無理でしょうな」

「でしょうね」

「殊に直嗣さんなんかは、大内山さんと神代さんの間でしたし——利害関係の相対する人が、それぞれ監視し合っていた形になりますね——。いやはや、これでは八方塞がりですなあ——困ったものですわ」

「——お役に立てなくて、すみません」

「いやいや、あなたに恐縮していただくことじゃありません。こうしてお話を伺うだけでも充分お役に立っていただいてますから」

「しかし、警部さん——そちらの方では、何か考えがあるんではないですか——方法について」

「いえいえ、まあ、それはこれから追い追い、ということで——」

西郷さんは無表情を保ったまま、もぞもぞと、消え入るように云った。ずっとこの調子だった。質問を重ねるばかりで、こちらからの問いには、はっきりとした答えを与えてくれない。事情聴取のテクニックなのだろうか——ぬらりくらりと明言をさける。それが、明確な答えを持っていないせいなのか、手の内を晒さない用心なのか——それすら判断がつかない。確かなのは、そうした警部の態度が、成一の苛立ちに拍車をかけることだけだった。ただでさえ疲れているのだ。顔面に薄皮一枚被ったような、はっきりしない人物の相手をするのはこたえる。もう勝手にしてくれ、という気分になってくる。もちろんそれも、あちらの手なのかもしれなかったが——。

「さて、と——まあ、それはそういうことで——それではもう一度最初からお話を伺えますかな」

柏木警部はイガグリ頭をずるっと一撫でして、

「まず被害者が昼間、一時過ぎですか——訪ねて来たんでしたね、その時はもう直嗣さんが一緒だった、と。そこからで結構ですからね、まずは、その際の被害者の様子ですけど——」

身を乗り出して聞いてくる。他の三人の刑事も、新たなエネルギーを注入されたみたいにしゃっきりする。成一は途方にくれた。この連中、尋常なバイタリティーではない。まともに付き合っていたら責め殺されてしまう——。

疲労でがちがちになった背中を丸め、成一はそっと吐息をついた。頭の中に粘着性の泥水でも流しこまれたような、嫌な疲れ方をしている。やれやれ、これでは明日は出社できないかもしれない——そうぼんやり考えながら、成一は西郷さんの質問に訥々と答えていく。こんな場合、欠勤の扱いはどうなるんだろう、まさか忌引ということもなかろう——ますます霏がひどくなる頭に、くだらない考えが泡のように浮かんでは、また消えていく——。

＊

眠れない――。

もう明け方の四時をすぎただろうか。

警察の人達が帰って行ったのは、結局午前三時頃だった。たっぷりと事情を聞かれた後、あの部屋で事件の再現までさせられた。みんなの座った位置と、行動と――。しつこくしつこく何度も聞かれた。それで遅くなってしまった。もっとも私は、恐怖と疲れで頭が働かなくって、何を聞かれて何と答えたか、ほとんど何も覚えてないけれど――。

直叔父さんは家に泊まり、神代さんと大内山さんは警察の車で送られて行った。

神代さん――大丈夫だろうか。

随分厳しく調べられたみたいだけど――。

死んだ慈雲斎さんと仲が悪かったから、警察の人に疑われたりしてるのかしら。そうだったら、どうしよう――。どうしよう、どうしよう――。

眠れない。

ベッドの中で何度も寝返りを打ち――眠れない――。

とても――私はとても恐い。

あの昼間の、変な感覚。

階段の上で感じた悪意。

残存思念。誰かのドス黒い想念。

誰かが私に――なぜだかは判らないけれど、悪感情を持っている。それをあそこに、形のない思念にして、そっと染み込ませてきた――。

思えば、あれが前触れだったのかもしれない。

恐ろしい殺人の前の、ちょっとした先触れ――。悪いことには悪いことが重なるもの。私があの残存思念を敏感にキャッチしたのも、きっとこの家全体の神経が鋭敏になっていたせいなのかも――。これから起こる恐ろしい事件の予兆を感じ取って――。

恐ろしい事件――。

普通ではない。

罰《ばち》――。罰が当ったんだ。死者を、お祖父さまの魂をざわめかせ、弄ぼうとした私達に。許されない冒瀆を犯してしまった私達に――。不遜にも禁を破った私達を、お祖父さまが怒りでもって罰したのだ。

きっと――私達には判らないけれど――死の眠りを妨げられるのは、とても不快なことなのだろう。ちょうど私達が無理に睡眠を醒まされるのが嫌なように――。ううん、それ以上に、たぶんそれよりずっと、死の床から揺り動かされるのは、想像できないほど不愉快なことなんだろう。だから人は昔から、死者を悼《いた》み、喪に服し、その魂の安かれと祈る。死者の怒りをかわないように――死者の呪いを受けないように――。

それを破った者には、天罰が下される――。

でも――だけど、本当はどうなのだろう。

あの霊媒の人は、本当にお祖父さまに取り殺されてしまったのかしら。

美亜ちゃんはしきりに、そう云っていた。お祖父さまの怨念が短刀を動かしたんだ、と。それにあの時は、誰にも手を出すことなんかできなかった。みんな手をテーブルに置いていたんだから――。

私には判らない。

何も判らない、何も考えられない。

ただ――ただ、私は恐い。

殺人事件――。そして、誰かの悪意――。

恐い。

もうたくさん。恐ろしいことはもう嫌。お願いだから、こんな嫌な気分から私を助け出してほしい。神様、神様、お願いです――。

眠れない――。

神経が逆立っている。

恐くて――眠れない。

不安と恐怖に重くのしかかられて、眠れそうにない。

――私は、そっとベッドを抜け出した。

眠るのは諦めた。それより、一人でいるのがたまらなく恐くなってきた。兄さんは起きているかしら。もし起きてるのなら、少し話をしたい。私の恐怖を、ちょっとでも掬《すく》い取ってもらいたい。

スリッパを足で探り、私は松葉杖に手を伸ばす。ガウンを羽織り、部屋を出た。

薄ら寒い廊下に杖の音を響かせて、兄さんの部屋を訪れる。

やはり兄さんも眠れないでいたらしい。

「どうした、左枝子、寝られないのか」

兄さんはそう云って、優しく私を迎え入れてくれた。

「うん――眠れないの」

「――そうか、僕もだ。無理もないな、あんなことのあった後だし――少し話そうか」

「うん」

兄さんはいつだって、私の気持ちをよく判ってくれる。とても優しい、私の兄さん――。

二人、ベッドに並んで腰かける。兄さんは何も云わないで、杖を置き、私の手を取って座らせてくれた。

そして、しばし沈黙――。兄さんはお喋りじゃないから、あまり自分から話そうとはしない。それでも、それが少しも気づまりと感じないのは、兄さんがいつでも私を気遣ってくれているのが判っているから。言葉なんてなくたって、人と人とは通じ合える。そう、ちょうど昼間の庭で、神代さんとの間に確かに何かが通い合ったと感じたように――。

快い静けさ――。しばらく私は、その中に身をゆだねた。兄さんがそばにいてくれると思うだけで、少し気分が落ち着いてくる。だから、私は静かな声で語りかけることができた。

「ねえ、兄さん――」

「うん？」

「私――恐い」

「うん」

「とっても恐いの」

「うん、判る」

「兄さんも――恐い？」

「ああ――」

「あの、霊媒の人、ね」

「うん」

「やっぱり、普通の死に方じゃないよね」

「ああ、そうかもしれない」

「幽霊――？」

「どうかな、それは判らないけど――でも、そうかもしれないな」

「そういうことって本当にあるのね」

「ああ――多分、ある。科学じゃ割り切れない不可解な――心霊現象とか、そういうのは間違いなくあるんだろうな」

「そうね、今日——あ、もう昨日か——昼間聞いたんだけど——」

そう前置きして、私は兄さんに話した。神代さんから聞いた話。大内山さんが、超心理学の道を選ぶきっかけになった事件のいきさつ。あの、壊れてしまった時計の話。とても不思議な話——。そういうことって確かにあるのだ。

「ふうん、そんなことがあったのか。なるほど彼らしいな——」

「でしょう。それで大内山さんは、不思議な現象を信じるようになったんですって」

「判るような気がするよ、だからあんな感じになったんだな」

兄さんは感心したように云う。

「あんな感じって？」

「ほら、大内山って、どことなくマニア的な感じでさ、何て云うか、少しこり固まってるみたいなところ、あるだろう」

「そうね——」

もちろん私もそう思っているけれど、ちょっとうなずくだけにしておいた。神代さんのお友達を悪く云うのは気が咎めたから——。

「それと——兄さん覚えてる？　昨日応接間で大内山さん達が話してくれたこと」

神代さんの名前を直接出すのは、恥ずかしくてできなかった。

「応接間で？——何だっけ」

「ほら、残存思念とか何とか」

「ああ、あれか――それがどうかしたか」

「うん、昨日あれから――降霊会の前に、私もそれを体験したの」

電撃のように瞬間的に、私の体を突き抜けて行った他人の感情。何らかの思惑――。不気味な悪意。

「左枝子、本当か、それ」

私が話し終えると、兄さんは過剰に反応した。何だか急に色めき立って、私の方がびっくりしてしまった。

「――う、うん、本当」

「階段の上って、どの辺だ」

「――一番上」

「右側か、左側か」

「だから――手すりのある方――どうしたの兄さん、いきなり慌てて」

「いいか、左枝子」

兄さんは私の問いに答えず、やにわに私の肩を抱くようにして、

「お前は何も心配しなくていい、何も気にかけなくていいんだから。安心しろ、僕が守ってやる、お前は僕が、命に代えても守ってやる。だから何も気にせず、僕に任せておけばいい――いつかお前がお嫁さんになってこの家を出て行くまで――それまではずっと僕が傍にいてやる

から、僕がきっと守り抜いてやるから、いいな、何も心配なんかするんじゃないぞ」

「やだあ、どうしちゃったの、兄さん」

私はつい、噴き出してしまった。兄さんの真剣な態度があんまりおかしかったから――私がお嫁さんに――？　一体何を云ってるんだろう。

「何急に変なこと云い出すの」

「いや、だから、その――」

と、兄さんは熱から冷めたみたいに、今度はへどもどして、

「まあ、あまり、くよくよするなってことだ」

「うん――でも、変なの」

私はくすくす笑いながら云った。

兄さんがいきなりおかしくなってしまったわけは判らなかったけれど、それでも少し気が楽になった。

これで、どうにか眠れそう――。

＊

目覚めると、もう十一時を回っていた。

いかん、完全に遅刻した――と一瞬、ベッドの上に跳ね起きた。しかし次の瞬間には、成一

はため息と共にベッドに座り直していた。様々な光景が、脳裏に甦ってきたからだった。蠟燭の炎に照らし出された家族の顔、椅子の隙間に崩れるように倒れていた霊媒の姿、西郷さんの柏木警部のぎょろりとした団栗まなこ、そして明け方語り合った左枝子の怯えた様子――。

早朝、疲労の激しさから、社に行っても仕事にならないと判断した。どうせ年休は溜っているのだ。九時すぎに会社に欠勤の電話を入れ、それで安心して眠ってしまったらしい。色々なことが起こりすぎた昨日一日で、どうやらかなりくたびれている。

寝不足で腫れた目をこすりながら、着替えて階下に降りる。廊下に出ると、昨夜の現場になった部屋の方でがさがさと、大勢の人が立ち働く気配がした。やはり警察関係者というのは夕フにできているようである。

刑事に捕まるとまた、うっとうしいことになりそうなので、成一は忍び足でキッチンに向かった。

キッチンでは、フミの白い割烹着が忙しげに動き回っていた。成一が入って行くと、フミは丸々とした顔をほころばせ、

「おやまあ坊っちゃま、やっとお目覚めですか」

「うん、ちょっと眠れなかったから――」

「朝ご飯、どういたしましょうか」

「食欲ないなあ、どうせすぐ昼だし――」

「それじゃコーヒーだけでも」

「うん、そうする――来てるの？」

成一が目顔でドアの外を示すと、フミはうんざりしたように、

「ええ、朝早くから――」

と、でっぷりとした腰に両手を当てて、

「ホントにもう、あちこちかきまわしてイヤになっちまいますよ。いい加減になんとかならないものですかねえ――旦那様の事件も、まだ犯人捕まえていないんですからね」

「まあ、そのためにあの連中も、ああやって調べてるんだから」

「それにしても時間がかかりすぎますよ、ゆうべからずっとあれなんですから――。テレビの刑事さんは、どんな難事件でも二時間で解決しますよ」

「連続物なら三ケ月くらいかかるけどね」

成一は苦笑と共に云い置いて、食堂へ行く。

テーブルには多喜枝が一人で、ぼんやりと頬杖をついていた。

「あら、成一、会社休んだの」

「うん、朝電話しといた。父さんは？」

「とっくに出勤しましたよ。そういうとこ、少しは父さんを見習ったらどう――変なとこばっかり似ることなんかないんだから――」

多喜枝はぶつくさ云ったが、やはり疲れているのだろう、口調にいつもの張りが感じられない。目の下に少し隈《くま》もできているようだ。

「美亜もちゃんと学校行ったわよ、あんただけいつまでもぐうすら寝てるんだから——あんたはしっかりしてるみたいで、どっか呑気なのよねえ」

「ねえ、母さん」

「何？」

「警察、何か云ってた？　事件のこと」

「別になんにも——」

と、多喜枝はやれやれという風に首を振り、

「朝っぱらからああやってごとごとしてるだけ。何も云って来ないのよ」

「ふうん、じゃ今のとこメドは立っていないんだ」

「そうらしいわね」

「叔父さんはどうしたの」

「まだ寝てますよ。あの子も顔を出しにくいんじゃない、自分が喜んで連れてきた人が死んじゃって——。まあ、直嗣にはいい薬かもしれないわね、いい年して調子に乗って、くだらないことばっかり一所懸命やってるから、あんなことになったんだからね——」

母のグチを聞き流して、成一は居間に向かう。

大ガラスの外からは、陽光がさんさんと降りそそぎ、庭の緑も鮮やかに光る。

ごくありきたりの、のどかな昼——こうして一夜明けてみると、昨夜の混乱が嘘のように思えてくる。あの神秘的で不可思議だった降霊会の一幕も、この明るい陽ざしの下で思えば、何

やら白茶けた幻のようだった。昨夜は成一にしても半ば、人知を超えた霊的な力があの部屋に満ちていたように思った。霊媒の霊能力を信じかけてもいた。夢のようだった。そう冷静になって考えれば、奇妙な現象の数々も、何らかのトリックによるものと思える余裕もでてくる。それがどんな方法なのかは判らないにしても――。

慈雲斎殺害の犯人についても、昨夜も眠れぬままに少し考えを巡らせてみた。だが――どうにも犯人は見つかりそうにない。

普通に考えれば――あの部屋の中に犯人がいたのは間違いない。出入りは不可能だったのだ。そしてあの並び順――そこから推定してみれば、まず第一に怪しいのは、被害者の隣にいた成一と神代。昨晩柏木警部もくどいほど云っていた。しかしもちろん、成一には身に覚えなどない。そして神代が犯人だとすると、左手を放して慈雲斎を刺したことになる。だが、神代が手を放せば、すぐに慈雲斎の叱責が飛んだはずである。となると考えられるのは、神代と慈雲斎が合意の上で手を放していた可能性だ。二人の間に何らかの密約があって、こっそり互いの手を放していた――これならばあの霊現象も大方説明がつく。ひょっとしたら神代も、手伝っていたのかもしれない。だがしかし、そうなると二人の繋がりとは一体何なのか――これが問題になる。対立関係にあったはずの彼らを結びつける共通の利益。そんなものがあるのだろうか。兵馬の事件からすでに二週間――警察は徹底的に、関係者の背後関係を洗ったはずである。大学助手の神代と野にある霊媒の慈雲斎に何か繋がりがあるとすれば、とっくに警察が何かのアクションを起こしているだろう。しかし、そんな動きは見られない――とすると、神代・慈雲斎協力説は通らない——神代はシロという理屈になる。

これで最も怪しい、両隣の成一と神代は、リストから消える。そうなると、常識的に考えて、誰かが隣の者の手を解き放って輪を破り、動きの自由を確保してやる——こう考える他はない。そして闇の中をこっそり慈雲斎の背後に回り、目的を遂げる——。すると、それができたのは誰か——が、次の問題になる。

成一の隣から順番に行ってまず、美亜。

しかし、彼女に犯行が不可能なのは、成一が保証できる。成一の指の上にはずっと、美亜の小指の感触があった。たとえ反対側の左枝子が離してやっても、慈雲斎のところまでは距離がありすぎて届かない。どうやっても美亜には、短刀を霊媒の首に突き立てることはできそうにない。

次に左枝子。左枝子がフリーになるには、美亜と多喜枝の二人に手を放してもらわなくてはならない。だが仮にそうしても、杖を使っての移動は、かなり困難だと思われる。あの場でそっと移動して犯行を成すのは、おそらく難しいだろう。

そして多喜枝。多喜枝は、左枝子と勝行の協力が必要となるが、一応不可能ではない。あらかじめ打合せて、左枝子と勝行がこっそり手を放し、後は黙っているとすれば——。なんとかならないでもない。従って、多喜枝は今のところ可能性あり。

勝行にも同じように可能性はある。多喜枝と大内山の協力を得れば、できないことはない。大内山は一応こちら側の立場と云えるし、多喜枝とは長年一緒にいる夫婦だ。

それから大内山だが、彼にはどうやら不可能のような気がする。勝行と直嗣の協力が不可欠なのだが、直嗣とは表面上対立関係にある。神代・慈雲斎協力説と同様、隠れた繋がりがあるようでもなく、今のところ非常に考えにくい。

直嗣も同じだ。隣を固めていたのは正径大の二人なのだ。彼らとの秘密の関係がない限り、直嗣は犯人たりえない。

これで全員――。可能性があるのは、二つのケース。まず、多喜枝・勝行・大内山共犯ライン――この場合実行者は勝行ということになる。そして、左枝子・多喜枝・勝行共犯ライン――この時の実行者は多喜枝。

だがしかし、容疑者が八人しかいない中で、その内三人までもが共犯とするのは、少し無理があるのではないか。映画や小説ならばともかく、現実にはいささか乱暴すぎる理屈のような気がする――。

昨夜はこの辺りまで考えて、バカバカしくなってやめてしまった。先の時のように、家族に犯人がいるとはどうにも信じられなかった。しかし神代と大内山にも不可能となると、やはり犯人の姿が見えなくなってしまうのだが。

成一はこんがらかった頭をひと振りして、居間に入った。

庭に面したソファには、左枝子が一人で座っていた。ぽつんと所在なさげに、何事か物想いに耽っているらしかった。つややかな黒髪が、陽の光にきらめいて美しかった。

「どうした――考えごとか」

成一が声をかけると、

「――あ、兄さん、会社休んじゃったの？」

笑顔を振り向けて、左枝子が云った。

「ご免なさい、私のせいで寝坊したんじゃないの」

「いや、そうじゃない――どうせ行っても仕事なんか手につきそうもなかったし」

成一は、左枝子の隣に腰をおろした。

横目でそっと、その表情を窺う。すらりとした鼻梁《びりよう》の涼やかな横顔、長い睫の影――。左枝子も寝が足りないのだろう、少し顔色が悪い。

今朝がた打ち明けられた話を思い出す。

残存思念――。降霊会の時に、何かに怯えた様子だったのはそのせいらしい。どうにも説明のつかない出来事だ。例の、黒いビー玉を置いた者の思念が残って――左枝子はそれを読み取った――。奇妙な現象だとしか云いようがない。だが、あの予知夢を経験している成一にとっては、それを受け入れるのは難しいことではなかった。左枝子がそう云うのなら、確かにあったことなのだろう。しかし一体誰が――何者が、このおとなしい従妹に、悪意の牙を剝こうとしているのか――。

判らない。敵の姿が摑めない。

この状況で左枝子を守ろうにも、何から手をつけていいのか見当がつかない。フミや美亜にも、それとなく注意を促してもみた。できる限り側にいてやろうとも思っている。だが、四六時中くっついているわけにもいかないし、今自分には何ができるのだろうか――。

「あ、そうそう、兄さん。さっき電話があった」

不意に左枝子がそう云った。

「電話――？」

「ええ、猫丸さんって人」

忘れていた。そう云えば降霊会の結果を知りたがっていた。その後の経過も、新聞やニュースで知ったかもしれない。詳しいことを聞きたくて、またやいのやいの云ってきたのだろう。

「何て云ってた」

「うん、伝言は一言、暇になったって」

「暇になった――？」

「うん、それだけ」

「それだけ？　他に何か、僕に云ってなかったか」

「ううん、その一言だけ伝えれば判るって」

判らない。また自分のペースだけで動いている。それにおかしいのは、成一が寝ている間に電話があったのだ――あの男ならば、構わないから叩き起こしてくれと頼みそうなものなのだが――。

「あの人、私に用があったみたい」

「左枝子に――？」

「うん、最初に出たのはフミさんだけど、私に代わってほしいって云ってたみたいだから」

ますます判らない。あの変人、何をしたいのだろうか。

「何の用だったんだ」

「別に——でも色々聞いてた。お祖父さまはどういう人だったかとか、大内山さんはどんな印象の人か、とか——色々。変な人ね——ねえ、兄さん、猫丸さんってあの人でしょう、東海道五十三次歩いた人」

「うん、そうだけど」

「面白い人ね。私、あんな変った人とお話ししたの初めて」

猫丸の応対がよほどおかしかったのか、左枝子は一人で、思い出し笑いをしている。猫丸が何を考えているのかは判らないが、こうして左枝子の気分をまぎらわせてくれたのなら、それはそれでよしとしよう。よからぬ企みをしていなければいいが、とそれが少々気になりはしたが——。

その相手からは、夜になってからもう一度電話があった。予想通り、今度はやいのやいの云ってきた。

「おいおいおいおい、成一よお、そういうエラいことになったんならどうして知らせないんだよ。お前さん、僕に何か恨みでもあるのかよ。時間なんか構わないんだからさ、ゆうべ事件の後にでも電話してくれりゃいいじゃないかよ」

例によって受話器の向こうの大声は傍若無人だ。確かいつぞやは、寝ている時は電話するなと云っていたはずだったが——。

「凄いじゃないかよ、新聞だけじゃよく判らんけどな、降霊会で殺人だなんて、こりゃもうとんと本格探偵小説なみだぞ。めったにお目にかかれるこっちゃないぞ。ズルいな、お前さんは、どうしてお前さんだけそんな面白いところに居合わせるんだよ——まったくもう、羨ましい限りだね」

「羨ましいと云われましても——僕の家にしてみれば迷惑な話ですよ、ついさっきまで警察がいて、何だかごたごたやってたし——」

「またお前さんはそうやって胃下垂の議員の国会答弁みたいな陰気な声出しやがって——そうやってマイナス指向で物を考えるなって、いつも云ってるだろうによ」

「でも、どう考えたって、プラス方向に考えられる事態じゃないと思いますけど——それはそうと先輩、今朝、従妹に電話したそうですね」

「ああ、左枝ちゃんね」

「左枝ちゃんって——随分気安く呼びますね」

「いいじゃないかよ、どう呼ぼうが」

「でも何の用だったんですか、何か聞きたいんだったら、僕に直接聞けばいいじゃないですか」

「うるさいなあ、お前さんは——従妹さんにちょっと電話したくらいでぎゃあぎゃあ云うんじゃありませんよ。お前さんは門限に厳しい厳格なお父さんかよ。ちょいと質問事項があったんだよ」

「何の質問です」

「しつこいなあ、色々だよ——まあとにかく大いに参考になった。いいコだな、あのコは。何て云うか、まっすぐで純粋で——卑屈にねじ曲がった誰かさんとは大違いだね」

「そりゃ悪うございました」

「おいおいよせよ、お前さんがそうやって僻《ひが》むと、なんだか今にも首でも括《くく》りそうに聞こえるんだから——。あ、そうだ、そんなことより成一、お前さん、今日会社休んだんだって」

「はあ」

「いかんなあ、いい大人がそう軽々しく仕事サボっちゃ」

この人に云われる筋合いはないと思う。しかしそれを云ったら、また何十倍もの言葉で反撃が来そうなのでやめておく。

「それで、明日はちゃんと行くんだろ」

「ええ、もちろん」

「よし、じゃあ六時に新宿な。残業なんていじましいマネするんじゃありませんよ、ちゃんと定刻に退社して来いよ。紀伊国屋《きのくにや》の裏の『トレノ』って喫茶店知ってるか、そこで待ち合わせってことで。先方さんとは七時の約束だから、その前にゆうべのこと詳しく聞かせてくれ。あ、あと金な。なに、少しでいい、居酒屋で三人が呑み喰いできる程度でいいからさ、よしか」

「ちょ、ちょっと待ってくださいよ、何ですかそれ、誰と会うって云うんですか。どうして僕まで行かなくちゃならないんです」

成一が不満の声をもらすと、相手は喚き立てて、

「何云ってるんだよ、お前さんは。僕が何のために今日一日駆けずり回ったと思ってるんだよ、みんなお前さんの家の事件のためじゃないかよ。そのためにアポイントメント取ったり、大変だったんだからな——まったくもう、ちゃんとしてくれよ、頼むからさ——いいな、六時、遅れるなよ」

「いえ——でも、猫丸先輩忙しいんじゃないんですか」

「何がだよ」

「あの、恐竜の化石がどうしたとかって話」

「あのなあ、お前さん——」

と、猫丸は急に声のトーンを落として、

「今後僕の前で恐竜のきょの字でも云うんじゃありませんよ。云ったらただじゃおかない」

何だか判らないが凄んでいる。猫丸は顔面同様、声も表情豊かで、こうされると非常に恐い。

「はあ——すみません」

とりあえず謝っておく。

「よし、じゃ明日な、遅れるなよ」

「いえ、だから誰と会うのかくらいは——」

成一の言葉を最後まで聞かずに、相手は電話を切ってしまう。肩を落としながら受話器を戻

し——成一は思った。何を考えているのかさっぱり判らない、と。

その、何を考えているかさっぱり判らない男は、六時きっかりに店に入って来た。

それまで成一は、幾分心細い思いで待っていた。

新宿の、午後六時の喫茶店にしては異様に空いている。それが、青汁みたいなコーヒーのためなのか、今時珍しいオレンジ色のプラスチックドアのせいなのか、染みだらけの木目調壁紙と薄い橙色の照明に由来するのかは、判然としない。いずれにせよどこを取っても、洒落た若いアベックには——若いアベックに限らず——敬遠されそうな店構えではあった。真面目に営業する気があるのかないのか——店員は無愛想な若い男一人。客も、少ない。くたびれたジャンパーの中年男が大口開けて居眠りし、営業マン風の青年がマンガ雑誌を読み耽っているだけ——猫丸が入って来るまで、成一は何となく居心地の悪い思いを味わっていたのだ。だから、見覚えのあるだぶだぶの黒い上着がオレンジのドアを開けた時、少なからずほっとしたものだ。それで不平を云う気も萎えてしまった。それまで計算ずくで、ここを待ち合わせ場所に選んだとしたらこの男、とんだ喰わせ者だ。実際そこまでやりかねない人だから始末に困る。

猫丸はせかせかした足取りで、成一のテーブルへ向かって来る。そして、眉まで垂れた前髪を揺らして、ちょこんと小さな身体を落ち着けると、

「さあ、話せ、さあ聞かせろ、例の霊媒の大将が死んだんだって？　どういう状況だったんだよ」

挨拶もそこそこに身を乗り出す。店員への注文ももどかしそうに、いそいそと煙草を取り出し猫丸は、

「新聞読んだだけじゃよく判らなくってな、じりじりしてたんだ——それで、降霊会のまっ最中に事件が起きたのか」

「ええ——まあ」

相手の興奮しきった様子に辟易しながらも成一は、

「まっ最中もなにも、クライマックスにさしかかる辺りでした」

「ほおほおほお、そりゃ凄い——で、降霊会はどんなスタイルだったんだよ、いや、待て、少し落ち着けよお前さんは、慌てることはないだろうに——。最初からだ、最初から——えーと、霊媒の大将が来たのはいつ頃だったのか、この辺からだな——慌てるなよ、ゆっくり話せよ」

仔猫のようにまん丸い目を、さらに大きく見開いて猫丸は急き立てる。ただ無責任に面白がっているだけなんじゃなかろうか、この人は——そう思いながら成一は、話し始める。一度は聞かせてやらないと、いつまでもしつこくつきまとって来るのは、容易に想像がついたからである。

始めてしまえば、後は古老の昔語りのようなものだ。自然に話が、口から出てくる。昨夜刑事の前で何遍も練習したお陰だった。

後顧《こうこ》の憂いをなくすためにも、猫丸が満足するよう、こと細かに語って聞かせた。それでも相手が、瑣末事とも思える質問を挟むので、何度も話はループする。応接間での大内山達のレ

クチャー、慈雲斎の能書き、そして暗闇の中で成一が何をどう感じたか――。

話し終えたときには、喉がからからになっていた。

成一は生ぬるい水を一気に飲み干してひと息つくと、向かいの猫丸を見やった。

おかしい。

猫丸はまん丸い目を宙に漂わせ、魂が抜けてしまったかのようにぼんやりしている。細く華奢な指の間で、煙草がフィルターまで燃えているのに、それも気にしていない。喩えて云うのなら――生まれて初めて雪を見た仔猫が、茫然と窓の外を眺めているような――そんな感じである。ふっさりとした前髪が額にかかった童顔は、何かに驚いているのか感心しているのか――なんだかはっきりしない表情だった。

「先輩――どうかしましたか」

訝しく思って成一が声をかけても、相手の丸い目は微動だにしない。

「あの――猫丸先輩、どっか悪いんですか」

突発性痴呆症――そんな病気があるのかどうか、成一は本気で心配しはじめた。やはりこの人は、頭の配線が常人とはどこか違っている。それがとうとう、からまってしまったのではないか――。このまま正気に返らなかったら、放って置いて帰っていいものかどうか――。

「だあっ、熱っ」

だしぬけに大声をあげて、猫丸は跳び上がった。煙草を投げ捨てて、指をコップの水に浸す。どうやら火が指にまで燃え移ったらしい。

「あーっ、熱い、畜生、またやっちまった」

いまいましそうに、床に落ちたフィルターを踏みつけて猫丸は、

「何をぼおっとしてやがるんだよ、お前さんは――。煙草が危なかったら危ないって云やいいだろうによ」

憤怒の形相で云ってくる。ここまで極端なヤツ当りも珍しい。

「まったくもう、役に立たない男だね、お前さんは」

「はあ、でも――ぼんやりしてたのは先輩の方でしたけど」

「何がぼんやりだよ、考え事してたんだよ、考え事」

あれが考え事をしている顔なのだろうか。

「はあ、すみません――で、何を考えてたんですか」

「ああ――事件の真相」

「真相って――何か摑んだんですか」

成一があまり期待しないで聞くと、猫丸は下唇を嚙みながら、

「摑んだような摑まないような――もうひと息ってとこなんだよな――いずれにせよ手駒が足りなすぎる、うまくすれば今夜のうちになんとかなるかもしれないんだが――」

猫丸がぶつぶつ云った時、プラスチックのドアが開いて新来の客があった。猫丸はそちらを振り返って、

「お、もう七時だ、きっとあの人だぜ」

そう云いながら、身軽な動作で成一の隣へ席を移動する。入って来たのは背広姿の若い男だった。長身で痩せていて、全身が針金でできているような印象だった。顔にも丸みがなく、骸骨に皮だけを貼りつけたみたいだ。

針金男は少し店内を見回し、見当をつけたようでこちらに向かってくる。その歩き方も、針金細工よろしくぎくしゃくしている。

猫丸はうやうやしく、針金氏を迎えて、

「谷田部《やたべ》さんですね——先ほどはお電話で失礼しました、こんなところまでお呼び立てしまして申し訳ありません」

両手を膝に当てて深々とお辞儀をする。やけに丁寧な態度だった。針金男の谷田部は、椅子にかけながら、

「いいえ、別に、どうせ今日は予定はありませんでしたから」

外見に似合わぬ低い声で云った。

「わざわざご足労いただいてすみません、私がお電話差し上げました猫丸——こちらが例の方城です」

猫丸が云い、成一は何となく針金男と挨拶を交わす。

「はじめまして、方城です——あの、先輩、こちらはどういう——」

成一が聞くと、猫丸は丸い目をちらりとこっちに向けて、

「谷田部さんはな、正径大学の心理学科の助手をしておられる。つまり神代さんや大内山さん

の同僚ってわけなんだよ」

「はあ――なるほど」

成一がうなずくと、谷田部は生真面目な顔つきで、

「ええ、そうなんです。ウチの神代や大内山がお宅でご迷惑をかけているようですね、大変申し訳ありません」

「いえ、迷惑だなんて――家のおかしな事件に巻き込んでしまって、こちらこそ申し訳ないくらいでして――」

成一が云いかけるのを、猫丸が制して、

「まあ、挨拶はそのくらいにしといてだ――。ところでさっそくですが――電話でも申しましたように、二、三伺いたいことがありましてね」

「ええ、どうぞ、何でしょうか」

谷田部はのんびりと答える。

「まず初めに、大内山さんや神代さんの学内での立場、とでも云いますか――彼らが大学内部ではどんな風に見られているか、ということですね――。ざっくばらんに聞いてしまいますけど、彼らの超常現象研究、ですか、あれは正当な研究とみなされてるんでしょうかかね」

猫丸が尋ねると、

「そうですね、彼らの研究会――つまり、綿貫教授を中心とするサイ研究のグループなんですが――」

谷田部は少しためらった後、

「実を申しますと、我々の周囲の評価はあまり高くない――というのが正直なところです。一応名称は、正径サイ研究会となっているようですけど、本当を云えば大学とは一切関係のない、いわば同好会的集まりなわけですよ。綿貫教授が個人的に、同好の士を募って作ったグループ、という形ですね。それが学校の設備を勝手に使っているわけですから――まあ、そこに問題があると指摘する先生もいらっしゃいまして――。中には、スプーン曲げだのエスパーだのと、まともな大学で研究することではない、と公然と批判する先生もおられるわけなんですね」

谷田部は、にこりともしないで云う。

「なるほど――で、谷田部さんご自身はどうお思いになるんですか」

猫丸が面白そうに聞く。

「いや、まあ――私はともかく――私の師事する有村《ありむら》教授も苦々しく思っておられる一人でしてね――。他の先生方と一緒に、なんとか綿貫教授を諌《いさ》めようとしているんですが、どうも意地になっているようで――有村教授の諌言《かんげん》を、綿貫教授は嫌がらせと受け取っているフシさえある。いくらとめても、耳を貸しすらしないんですから」

要するに、大学内部の派閥抗争の一種ということか。どんな世界にいる人間でも、これだけはやめようとしない。

「それじゃ谷田部さん、彼らの研究グループが今後、大学の正式の研究所に昇格する、なんてことは考えられないでしょうかね」

猫丸が尋ねる。

「そうですね――まず無理でしょう」

谷田部はちょっと首を捻って、

「だいたいあなた、大学が新たに特殊な研究機関を設立するのに、どれだけ煩雑な手続きが必要かご存じですか」

「いえ、あいにく存じ上げませんが――」

「例えば、綿貫教授が例のサイ研究会を正規の研究機関として発足させたいとしますね――あるいは特殊な実験機材を購入する場合でもいい、そんな時は、文部科学省に企画と予算概算を提出しなければならないんです」

「ははあ、文部科学省ですか」

「ええ、文部科学省で定められた大学設置基準というのがありますから――もちろん現在の基準では超心理学の授業など入ってませんが――新たに科目を設置するには、限られた予算枠の中から予算を勝ち取らなければならない。そうなれば当然、他の講座や研究機関の方から削除しなくてはならないわけで――。今でさえ予算枠は手一杯なのに、超能力の研究のための予算を割く必要を、文部科学省が認可すると思いますか」

「官庁がそこまで柔軟ならいいんですけどね」

「もちろんそうですが、今の体質では――」

「当然ダメでしょうねえ」

「ええ、それだけじゃないんです。文部科学省に企画提出する前に、まだ関門があるんです。まず最初に、学部の教授会に諮《はか》って承認されなくてはいけない。ウチの人文学部でも、当座必要な他の研究企画が山積みですからね、とても超心理学の企画が優先採用される見通しはないわけです。仮に教授会で承認されたとしても、まだその上の、大学全体の管理運営評議会で可決されなくてはならない。お役所に直接企画提出に行くのは、この運営評議会の責任者でしてね——教授方はこの人に、政府と折衝《せっしょう》するに足る、充分な理解を得る必要がある。そうしないと役所でもたつくだけですからね。しかし、評議会で認められるとは思えませんねえ——どこの大学でも、文部科学省相手にスプーン曲げの研究案を出すのは——ちょっと二の足を踏みますよね。大学自体の見識を疑われかねませんし、ヘタすれば世間のいい笑い物です」

谷田部は涼しげな顔で云う。それにしても——と、成一は思う、大内山達にしろこの谷田部にしろ、どうして正径大の助手連中はこう長々と喋るのが好きなのだろうか。普段研究に没頭しすぎて、喋る機会がない反動なのだろうか。それとも教授達が揃ってお喋りで、口を開く隙がなく、欲求不満がたまっているのか——。それはともかく、長広舌のおかげで、この針金氏のだいたいのポジションは把握できた。要するにこの男、神代達とは対立する派閥に属しているらしい。そして、邪道な研究が認められないと判っているから——勝ちを確信しているからこそ、こうして部外者相手に内情を暴露しているわけだ。おそらく電話で呼び出す時、猫丸はその辺の優越感を巧みにくすぐったのだろう。だからこうやってのこのこやって来た。猫丸のことだから、歯の浮くような美辞麗句を並べ立てて、おだて上げたと想像できる。さっきからの猫丸の馬鹿丁寧な態度からも、そうした経緯がよく判る。しかし、それに引っかかって、わざわざ身内の恥を喋りに来るのだから、あまり大した人物とも思えない。

「綿貫教授を諌めているある教授は、こんなことまで云ってますよ——。仮にも大学に在籍する者がサイ現象なんて、そんな非科学的な研究を続けること自体ナンセンスだ、と——まあ、この教授は最先鋒なんですが——」

人間的にはともかく、大学の研究室にいるだけあって谷田部の語り口は明瞭である。

「まあ、現状では、そういう研究をするのならば、本業をないがしろにするか個人の軽い趣味として扱う他はないんでしょうけど——綿貫教授はそこのところを判っておられるのかどうか——。教授方も扱いに困っておられるようなんですよ。綿貫教授の集団行動心理の研究は、学会でも相応の評価を受けてますし、我々若い助手も今までの業績は尊敬に値すると思っています。しかしこのままでは研究室に置いておけない、という声も出始めていまして——。だけど、実績もあり実力もある人を、あまり糾弾するわけにもいかず——。私の恩師の有村教授も古くからの友人でしてね、先生方はなんとか綿貫教授の目を醒まそうとしているんですけど——神代や大内山達取り巻きの連中が変に祭り上げるものですから——。実になんとも——困ったことでして。教授方も頭の痛いところでしょうね」

谷田部が眉をしかめて云うのを、猫丸は面白そうに聞いている。駄猫みたいな癖っ毛の頭に、手を突っ込んでかき回し、何やら妙に嬉しそうでもある。

「ときに猫丸さん——福来友吉《ふくらいともきち》をご存じですか」

谷田部は、青汁コーヒーをひと口すすって聞く。

「ええ、名前だけでしたら」

猫丸が楽しげに答える。

「方城さんは？　ご存じですか」

「いえ――知りません」

成一が云うと、谷田部はしゃれこうべみたいな顔を少しこちらに向けて、

「福来友吉は明治の心理学者でしてね、旧東京帝国大学で催眠術の研究をしていました。多くの臨床実験例を集めて『催眠心理学』という著書を著し、大いに評価されたんですが――」

「確か、だんだん超心理学の方へ傾いて行ったんでしたね」

と、猫丸。

「そうです。なんでも、ある被験者が催眠中に、机に置いてあった本の何ページに何が書いてあるか読み取ったとか何とか――そういうおかしな現象があって、それがきっかけになったらしい。福来博士はこれを、視覚以外の何か別の方法で透視した、と考えたんですね。以後、透視と念写の研究に没頭したわけです。念写、はご存じですよね」

問われて成一は、

「ええ、だいたいは――カメラをこうやって、額のところに持っていってシャッターを切る、あれでしょう」

「ええ、よく偽物の超能力タレントがテレビで見せてますね。ただ、当時はまだ乾板写真でし

たから、それとはちょっとやり方が違ったようです。乾板を密封しておいて、誰も手を触れずに、そこに念で感光させる——というスタイルだったらしい。光を当てることなく、思念によってフィルムを感光させて像を写す——まあ、物理的に考えればデタラメな話なんですが——福来博士はそう考えたようなんです。その後『心霊と神秘世界』などの本を出して、我が国のオカルト研究の最初の科学者ということになったんですね——。どうして福来博士の名を出したかと云いますとね、どうも噂では、大内山達取り巻き連中は、綿貫教授をこの福来友吉に仕立て上げようとしている、と——そうらしいんですよ」

「へえ——第二の福来友吉、ですか」

猫丸が感心したように云う。

「ええ、ええ——まあ、これは私もちょっと噂話で聞いただけですから、どうだか判りませんけど——サイ研究のシンボルとして、ですね」

「ははあ、名前も業績もある教授ですからねえ、対外的にはいい看板になるってわけですか」

と、猫丸が云う。谷田部は、

「それもそうなんですが——私の聞いたところによると、看板だけではなく、教授ご本人も乗り気になっているらしいんですね」

「綿貫教授が？　でも谷田部さん、確か福来友吉はそういう研究に熱中したのが祟って、帝大を追放されたんじゃなかったですっけ」

猫丸が云った。変なことを知っている男である。谷田部はうなずいて、

「そうです、世論と大学内部からの批判を受けて退職しました。人心を惑わすということで、憲兵からも随分睨まれたようです」

「その福来博士にわざわざなるんですか？　福来は不遇な晩年を送ったはずじゃなかったのかな――」

呟く猫丸に、谷田部は諭すように、

「不遇と云っても、それは権威側から見た場合ですよ」

「では、福来友吉は不遇ではなかったと？」

「ええ、それは一概には云い切れないんではないでしょうか。いいですか――研究者には二通りタイプがありましてね――まず、ある程度の地位にいて、予算も人手もフルに活用できるのを喜びと感じるタイプと、自分の好きな研究に没頭できさえすれば、赤貧も苦とは思わない、そういうタイプです。どちらにも一長一短がありましてね――前者には、大学当局と折り合いをつける必要上、多少自分の意にそぐわない研究もしなくてはならない――そういうデメリットがあり、後者には資金難の悩みがつきまといます。しかし、福来友吉はどちらかというと後者のタイプだったようでしてね――研究に熱中すると後は何も目に入らない――まあ、世間で云う学者バカ、とでもいうんでしょうか――。それで、どちらのタイプが研究者として幸せか――これは個々の資質の問題ですからね、あながち幸不幸をとやかく云えないと思うんです」

「ははあ、判るような気がしますなあ」

猫丸は、感に堪えないという風にうなずく。ふらふらと遊び暮らしているこの男には、何か共感するところがあったのだろう。

「そう考えれば、福来の晩年も決して不遇とは云い切れないでしょう——」

と、谷田部は続けて、

「帝大退職後は仙台に引きこもって、東北心霊科学研究会を結成し、生涯研究に時を費やしたそうです。もちろん資金難には苦しんだようですが、多少はスポンサーも付き、没後には福来友吉記念館もできてますよ。生前運営していた『むすび協会』は、『財団法人福来心理学研究所』になって、今でも後進の者達が研究を続けているくらいですからね。まあ、成功した人生と云えるんじゃないでしょうか」

「なるほどねえ——とすると、綿貫教授も、福来タイプの研究者なんですね」

「どちらかといえばそうでしょうね、ひとつのことに熱中すると、他のことには目もくれませんから」

「それで福来のセンを狙っているわけですか」

猫丸が云うと、谷田部は慌てて痩せた腕を振って、

「いやいや、あくまで噂ですけどね——取り巻き連中がそう目論んでるのではないかと——そういう噂話でして——確かなことは判りませんよ。ただ連中、本気で財団法人化を考えてるのかもしれませんね、出資者を探しているという噂もありますし——」

成一は、はっとした。——思い出した。そういえばこの前、神代が云っていた。皆さんとは長く付き合いたい——とか何とか。あれは、財団法人を創る際の資金提供のことを仄めかして

いたのではないか。谷田部の話で、今まで見えなかった部分が見えてきた。神代と大内山——。彼らにも、彼らなりの企みがあるらしい。考えてみればもっともなことではある。猫丸のような暇人ならばともかく、仮にも一流大学の研究助手なのだ。霊媒のインチキを暴くためだけに、そうそう何度も人の家に出入りして時間を割くのは不自然ではないか。たとえそれが、研究の妨げになるイカサマ師を排除するためとはいえ、彼らはいささか熱心すぎる。これは多分、一種の宣伝活動のためなのだろう。霊媒のインチキを暴露し、己の優秀さをアピールする。そしてその後、おもむろに資金援助の話を切り出す。比較宣伝とでも云うか——優秀なセールスマンならば誰でも使っている手である。——しかし、成一は少し不満に思った。それが悪いことだとは云わないが、計算高い——何となくフェアではないやり方に思えてならないのだったが——。

自分の属する組織の内幕を他人に話すのは、ストレスを解放する役に立つ。どことなくすっきりした風情で谷田部が帰って行くと、成一はさっそく猫丸に不平を表明した。

「これで判りましたよ。あの連中、サイ研究会の宣伝マンだったんですね」

「何だよ、それ」

猫丸は煙草に火をつけると、まん丸い目できょとんと成一を見た。

「だってそうでしょう、何だかんだ云っても結局目的は、財団法人設立のための資金調達なんですから」

「なんだ、やけにおとなしくしてると思ったらそんなこと考えてやがったのかよ」

「違うんですか――谷田部さんは噂だって云ってましたけど、あれ、きっと本当のことですよ」

「お前さんもアレだねえ、まだまだ物の道理の判らん男だね」

と、猫丸は蔑むような目つきになって、

「今の谷田部は、神代や大内山とは対立してる立場なんだぜ。サイ研究の一派を快く思っていないんだ。それが大内山達のことを誉めそやすとでも思ってるのかよ。日頃から悪口云いたくって仕方ないんだ。だから僕らみたいな部外者に――いや、部外者だからこそ、ああやって気軽にべらべら話したんじゃないか」

「それじゃ、あの資金云々って話――あれは噂を大げさに云っただけなんでしょうか」

成一が云うと、猫丸はのほほんとした口調で、

「もちろん一面真実ではあるだろうさ、だからって連中を金集めの亡者だって判断する理由にはならんね。まあ、お前さんが感じたように、きっと谷田部はそう思ってるんだろうけど――それが唯一の真理ってわけじゃない。いつも云ってるだろう、物事一側面だけで捉えちゃいかんって――。お前さんも進歩ってものをしない男だね。どんな人の話でも、客観的事実以外は話半分で聞いときゃ間違いはないんだよ。もっと大局に立って、広い視野で物を見ることを覚えなくちゃいかんなあ」

「じゃあ、今日わざわざ僕を呼んだのはどうしてです。谷田部さんに会わせて、あの連中の正体を、僕に悟らせようとしたんだと思ってましたけど――」

「やれやれ、どうもお前さんの考えることはお目出たくっていけないや」

と、猫丸は長く垂らした前髪をふっさりとかき上げて、

「あの男の口を滑りやすくしてやったんだよ、そのためにお前さんに来てもらった」

「何です、それ」

「つまりさ、僕一人だけが相手じゃやっこさんも警戒するだろう——見ず知らずの人間に学校の内部事情を話すわけだから、こりゃ誰だって来ないわな。そこでお前さんが一緒だって云っとけば、ヤツも来る気になるだろう。たとえ対立してたって、表向きは大内山達と同じ学校の人間なんだからな、同僚が迷惑かけてる負い目もあるから、お前さんが話を聞きたいって申し入れたら無下《むげ》に断るわけにもいかない。それに彼は、お前さんに会っときたいとも思うだろう。ひょっとしたら、お前さんの家が金を出して、不愉快なグループの目的が達成されちまうかもしれない——そう心配になるんだな。それでお前さんに会って、できることなら敵対グループの足を引っぱっておきたくなってくる。誰だって、嫌なヤツが成功するのなんて見たくないからな。お前さんが神代達に好印象を抱いているのなら、何とかしてそれをぶち壊してやろうと思う——。そうなりゃ後は、油っ紙に火をつけるようなもんだよ。放っといたって勝手に喋ってくれる」

小動物みたいなおとなしい顔をしてこの先輩、嫌らしいことを平気で考える。

「まあ、そんなわけで——彼がそこまで思ったかどうかは判らないけど——とにかく、あの男に、理由を与えてやったんだよ。同僚が迷惑かけてる事件の関係者に会うって、自分の気持ち

に口実をつけるための——ここへ来る意味付けをするための、云ってみりゃエサの役なんだよ、今日のお前さんは」

「それじゃ——なんですか、それだけで僕を呼んだんですか」

「まあ——そういうことになるかな」

「じゃあ僕はただのお飾りですか」

「うん——まあ、そうなのかな」

他人事みたいに猫丸は云う。

「勘弁してくださいよ、それじゃまるっきりバカみたいじゃないですか」

「ほら、またそうやって地獄の瘴気で呼吸困難おこしたみたいな陰気な顔する——。そこまで云っちゃっちゃミもフタもないだろ。お前さん、もう少し自分を大切にしろよな、なにもそこまで卑屈になることはあるまいに」

慰めているのかからかわれているのか判らない。あまりのことに怒る気にもなれず、成一が啞然としていると、

「さあてと、次だ次——」

猫丸は我関せずの態度で、煙草を揉み消した。

「ほれ、行くぞ。ぼやぼやしてるんじゃありませんよ」

軽く云って、とっとと立って行ってしまう。成一が慌てて後を追うと、出口で無愛想な店員がぬっと道を塞いだ。それで気がついて振り返ると、さっきまでいたテーブルには伝票がしっ

かり残されていた――。

そのまま帰れるとばかり思っていた。

一昨夜の睡眠不足が残っている。できることならすぐに帰って、ベッドに飛びこみたかった。

しかし、小田急線の改札に向かおうとする成一を、猫丸は無理やりJR方面へ引っぱって行った。

「どこ行くんだよ、こっちだよ」

小さいくせに変なバカ力がある。

「ちょ、ちょっと――まだ何かあるんですか」

「やかましいなあ、お前さんは――黙ってついて来りゃいいんだよ」

有無を云わせぬ強い調子で、電車に引きずり込まれてしまった。

成一の困惑と迷惑を顧みず、車中猫丸は黙ったままだった。吊り革にぶら下がり、車窓を流れる街の灯を漫然と眺めている。その、仔猫がびっくりしたみたいな横顔に、成一は密かにため息をついた。やれやれ、さんざんからかわれた上、今度はどこまで引っぱり回されることか――。この男の強引さと勝手さ加減はよく判っている。ここまで無理無体をされると、かえって小気味いいくらいでもある。しかし、それにしても、行き先くらい教えてくれてもよさそうなのに――。

電車を降りたのは上野だった。

人の波をかき分け、そのまま歩いて――もう浅草に、だいぶ近くなっているだろうか――。

妙にごみごみした町の一角だった。

原色のネオンがあちこちでまたたいている。醬油をこがすような濃厚な匂いがする。路地の向こうはすぐ大通りらしい――車が行き交う音が聞こえる。勤め帰りの背広姿に混じって、千鳥足の酔漢達がふらふらと歩いて行く。

ごみごみと薄汚れた町角ではあったが、人間の――生のエネルギーで満ちている感じがした。騒音と、体臭と、人間の体温と――。

町は、息づいている。

猫丸はそんな町の中を、ずんずんと進んで行く。黒いだぶだぶの上着を風にはためかせて――。成一の方は少し遅れがちになる。

戸惑っていた。

人付き合いのヘタな成一には、こうした夜の町角に足を踏み入れるなど、めったにないことだった。そういえばこういうところもあったんだ――。新しい驚きにも似た感慨に、心ならずもうろたえていた。かと云って、決して不快ではない。たまにはこんなところを歩くのも悪くない――そう思った。しかし猫丸に引き連れて来られなかったら、ここをこうして歩くなど思いもよらなかっただろう。

心地よい、五月の夜の風に――色々な匂いの入り混じった夜の町の風に頬を撫でられて、猫丸の無茶苦茶さに対する不満も、さすり取られるように消えていく――。たまには悪くないかもしれない――もう一度そう思った。この男といると、何だか世界が広がるような気がする

——そんな風に考えると、おかしささえこみ上げてきた。

やがて——猫丸は一軒の店の前で立ち止まった。大きな赤提灯と縄暖簾《のれん》。店名を確かめると、猫丸は成一がついて来ているか気にもせずに、すたすたと入って行く。成一も後を追った。

とたんに煙が押し寄せて来る。焼き鳥の脂っこい煙だった。もうもうと、店の中いっぱいに立ち籠めている。

同時に——喧噪。

がやがやと怒鳴り合う、男達の粗野な胴間声。溢れるみたいに、騒音の波が襲いかかって来た。成一は一瞬気圧《けお》されたが、猫丸の方は一向に動じない。当り前のような顔つきで店内を見回している。

壁は煤けてまっ黒。品書きの短冊が、渋茶色に変色して反り返っている。床も天井も妙に脂ぎった質感があるのは、煙草のヤニと焼き鳥の煙がミックスされているためだろう。客は七分くらいの入りか——さっきの喫茶店とは較べものにならない賑わいだった。誰もがラフな服装で、赤い顔に大口開けて笑っている。沈みこんでいる者は一人もなく、どの顔にも活気がみなぎり、生き生きしているように、成一は思った。自分のスーツ姿がひどく場違いに感じられて、せめてもとネクタイを緩める。

猫丸が目的の人物を見つけたようで、成一に目顔で合図するとカウンターに近づいた。わけも判らず、その後に従う。

その人物は、カウンターに一人で座っていた。

「あの、武井《たけい》さんでしょうか」

猫丸が声をかけると、相手は緩慢な動作で振り向いた。七十に近いくらいの年齢だろうか――丸顔に、短く刈ったゴマ塩頭、そして伸び放題の無精髭。赤金色に焼けていて、煮しめた卵に髭を生やしたように見える。

「俺に会いたきゃ、夜はたいてい『おたふく』って店で呑んでるから勝手に来い――ってことでしたね。だから来ました」

猫丸がにこにこして云うと、初老の男は、

「なんだい――あんた、昼間の電話の兄ちゃんかい――」

と、深い皺の間の目をびっくりさせて、

「本当に来たのか、へえ――まあ、いいや、猫――ナントカさん、とか云ってたな、まあ、座んなよ」

酒焼けした、かすれた声で云った。

煮卵の男に勧められて、猫丸はその隣にひょいと腰かける。成一もその横の席に――木枠に籐《とう》を編んだ椅子が、脂でぎとぎとしているのが気になりはしたが――ひとまず腰を据える。カウンターに三人――ゴマ塩頭にらくだシャツの初老の男、たっぷりした黒い上着をぞろりと羽織った童顔の小男、そしてスーツにネクタイの成一――と、珍妙な取り合わせのグループが出来上がった。

「それで、武井さん――」

猫丸はさっそく煮卵の男に話しかける。

「電話でもお話ししましたが、これが例の方城です」

「ふうん——」

と、武井と呼ばれた煮卵男は、興味もなさそうに成一に一瞥をくれた。また何かのカモにされるのではないかと警戒して、成一は中途半端にお辞儀をする。

「でもなあ、善ちゃんのことだったら、警察のダンナに散々喋ったぜ」

「ええ、それはそうでしょうけど、僕達は僕達で、独自にお話を伺いたいわけでして」

と、猫丸。

「別に俺はなんにも知っちゃいないぜ。善ちゃん殺しの事件なんぞ、なんだかさっぱり判らないんだからな」

「構いませんよ。僕達の知りたいのは、生前の穴山さんのお人柄とか、そういった簡単なことですから」

「ふうん——まあ、わざわざ来ちまったもんを追い帰すわけにゃいかねえや——おい、大将」

と、武井老人は、カウンターの中に大きな声で、

「とりあえずビール、こっちの若い衆にやっつくれ」

「おや、珍しい——タケさん、今日はお若いお供と一緒なんだね」

カウンターの中の中年男が云った。汚れた白衣に向こうハチ巻き。顔はこっちを向いているが、手だけは忙しく、猛スピードで焼き鳥の串をひっくり返している。額には汗の玉が光り、

煙に燻《いぶ》された目がまっ赤だ。

「そんなんじゃねえよ。この兄ちゃん達、善ちゃんの話を聞きたいんだとさ」

そう怒鳴っておいて、武井は運ばれてきたビール壜を差し出す。

「おう、まずは一杯呑みねえ、近づきの一献《いっこん》だ」

「あ、こりゃどうも」

グラスが満たされ、乾杯となる。武井は勢いよく、ビールを空《い》けた。

猫丸はちょっと一口舐めただけで、グラスを成一の前にとんと置き、

「僕は下戸ですんで、ご酒《しゅ》はこいつがいただきます――それで、武井さん、ここの焼き鳥はいけるんですか」

「ああ、いけるなんてもんじゃねえ」

武井は赤い顔をほころばせて、

「ここんチの焼き鳥は浅草一だって有名だぜ」

「そりゃいい、それいただきましょうよ」

「それに煮込み、だな。あれが喰いたくて、わざわざ川向こうから来る客だっているんだ」

「いいですねえ、それ――すみません、焼き鳥と煮込み三人前ずつっ」

「あいよっ」

威勢のいい声がカウンターから返る。

「さあ、兄ちゃん、ぐっと呑んでくれ」

武井が成一にビール壜を突き出す。

「あ、すみません」

武井がひと息にビールをあおるのにつられ、成一も思わずコップを空けてしまう。空きっ腹に冷たさが沁《し》み渡って心地いい。

「お、兄ちゃん、いい呑みっぷりだね、さ、もう一杯」

三たびコップが満たされる。

「この武井さんはな、穴山さんの古くからのご友人だそうだ」

猫丸が云い、成一は呑みかけたビールに噎《む》せ返った。慈雲斎の友人――？　普通の下町のおじさんにしか見えないが――。

「さ、武井さんもどうぞ」

猫丸は如才なく酌をしながら、

「穴山さん――お気の毒なことでしたね」

「そうさな――まだ還暦すぎだったのによ――。どうせ畳の上じゃ死ねねえって諦めてたけど、善ちゃんもかわいそうな男だよなあ」

武井はグラスをぐっと空け、苦笑するように云う。成一は気になって、

「あの――その、善ちゃんっていうのは――」

猫丸の向こうの武井に聞いてみた。

「え？――ああ、そうか、兄ちゃんは今の芸名しか知らねえんだな」

と、少しとろんとした目を向けて武井は、

「善ちゃんも昔は本名で出てたんだ——穴山善介《ぜんすけ》——善介ってのがあいつの実の名前だよ。通称『呑み善』。昔は仲間うちじゃそっちの方が通りがよかったもんだ」

「呑み善——？」

「そう、呑み善。芸人も二つ名で呼ばれるようになりゃ一人前だわな。俺だってその頃はこう見えたって、おめえ、ワタリの哲《てつ》って、ちったあ鳴らしたもんなんだぜ」

「芸人さん、ですか」

成一が目を丸くするのを、猫丸は面白そうににやにやしている。武井は続けて、

「おうよ、俺も善ちゃんも生粋《きっすい》の浅草芸人よ——っつっても六区の方じゃねえ、浅草公園だがな」

「公園——？」

「おう、大道芸だ——でもまあ、今の若い衆は知らねえだろうな——ほら、今でも縁日にゃ出てるだろうに、蟇《がま》の油売りくらいは残ってるから——兄ちゃん見たことあんだろ」

「はあ——」

成一がぼんやりうなずくと、武井はやにわに割り箸を振り回して、

「手前持ち出《いだ》したるは鈍刀《どんとう》と云えど、先が斬れて元が斬れぬ半ばが斬れぬというものではない。ご覧の通り、抜けば玉散る氷の刃だ、お立ち会い。お目の前にて白紙を一枚切ってお目にかける。さ、一枚の紙が二枚に切れる、二枚が四枚、四枚が八枚、八枚が十六枚、十六枚が三十二

枚、春は三月落花のかたち、比良《ひら》の暮雪は雪降りのかたちだ、お立ち会い。かほどに切れる業《わざ》物《もの》でも、差し裏差し表へ蟇の油を塗るときには、白紙一枚容易に切れぬ。この通り、叩いて切れない引いても切れない。拭き取るときにはどうかと云うと、鉄の一寸板もまっ二つ、触ったばかりでこのくらい切れる、お立ち会い」

鮮やかな弁舌でまくし立てる。先ほどまでの酔っただみ声からは想像もできない、滑らかな舌の動きだった。しかし、さらに驚いたのは、猫丸がすかさず後を引き取り、

「遠目山越し笠のうち、物の文色《あいろ》と理方《りかた》が判らぬ。山寺の鐘は、ごうごうと鳴ると云えども、童児来たって鐘に撞木《しゅもく》を当てざれば、鐘が鳴るやら撞木が鳴るやら、とんとその音いろが判らぬが道理。だがお立ち会い、手前持ち出したるなつめの中には一寸八分の唐子《からこ》ぜんまいの人形。人形細工は当り前と云えども、京都には守随《しゅずい》、大坂表においては竹田《たけだ》縫之助《ぬいのすけ》、近江《おうみ》の大掾藤原《だいじょうふじわら》の朝臣《あそん》。手前持ち出したるは近江のつもり細工。咽喉には八枚の歯車を仕掛け、背中には十二枚のこはぜを仕掛け、大道へなつめをすえ置くときには、天の光と地のしめりを受け、陰陽合体してなつめの蓋をぱっと取る」

武井に負けず劣らずの鮮やかさだった。成一も驚いたが、武井はもっと仰天して、

「へえ、こりゃ凄えや。兄ちゃん、うまいもんだ、一体どこで覚えた」

「いやあ、見よう見真似で——とんと素人芸でお恥ずかしい」

「いやいや、大したもんだよ、ちゃんと江戸言葉になってるなんざニクいじゃねえか。若えのに偉いこった、嬉しいねえ——ま、一杯いこうじゃないか」

「はあ、それじゃ代わりにこいつが」

と、猫丸は、コップを持った成一の腕をぐいと引っぱる。武井はそこにビールをそそいで、

「なあ、兄ちゃん、知ってるだろ、蟇の油売り」

「はあ、いえ、あまりよくは――」

「なんだ、そっちの兄ちゃんは呑む専門か、だったら呑め、ぐっとあけろ」

「はあ――それじゃ」

「お、呑みっぷりだけは景気がいいな、さ、もう一杯」

際限なくビールがつがれる。

「それで武井さん、穴山さんの話なんですが――」

猫丸がさりげなく云うと、相手はぐびりと喉を鳴らして、

「ああ、そうか、善ちゃんの話だったな――」

「ええ」

「善ちゃん――。善ちゃんが死んだのは、昨日――いや、もう一昨日か――まだ信じられねえな。あの善ちゃんが、なあ――。その前の晩も、ここで呑んだんだぜ、俺あ、今だって信じられねえや」

「お気持ち、お察しします」

「善ちゃん――いいヤツだったな――、そりゃ芸人としてもピカ一だったぜ。弁も立ったしよ、善ちゃんが口上始めると、人垣がわっとできるんだ、悔しいけど羨ましかったもんさ。その上、

芸が凄えときてる、人間ポンプの芸じゃ右に出るヤツあいなかったぜ」

「人間ポンプ――」

「ああ、ポンプみてえによ、何でもひゅるっと呑み込んじまうんだ」

「それで、呑み善、ですか――」

「おうよ、善ちゃんの芸は面白かったぜ、針は呑む、電球は呑む、金魚は呑む、カミソリは呑む――色んなもん呑んどいて、お客の云う順番通りにまた吐き出して、よ。凄えもんさ――電球なんざ呑んだ後で電気繋いで、腹ん中でぼおっと光るんだ、お客なんてもう大笑いだぜ」

成一はぎょっとして、グラスを置いた。何でも呑み込んでまた吐き出す――。慈雲斎にはそんな特技があった。

しかし猫丸は、そっと目だけで成一を制して、

「穴山さんの前身は、そういう芸を見せる大道芸人だったんですね」

「ああ、昔はそんなのがごまんといたんだ。浅草公園やら観音様やら、ずらっとこう、色んなヤツが並んでよ、そりゃ賑やかだったぜえ――泣き売《ば》いにタンカ売《ば》いに叩き売り、辻占《つじうら》に賭碁、学者犬なんて、犬に算術やらすふざけたのもいたな――。夜は各々ランプ下げてよ、それがこう、ざあっと並んで灯ってな、安来節の娘っ子の上っすべりな高い声が聞こえてきて、ひやかしの客があちこち人だかりになって――なんて云うか、活気があったね。古道具に古本屋だろ、覗きからくりに手妻も出る――大がかりなのになると小屋掛けでな、葦簾《よしず》で、こんな掘っ立て小屋建ててよ――そこで、まあ、見せ物だな、おかしなもの見せて、銭取るんだ。蛇女

に骸骨踊り、女角力やらろくろ首やら、熊娘だろ、大力女だろ——蛸男なんてのが面白かったね、手や足ぐにゃぐにゃに曲げてな、こおんな小っぽけな箱の中に収まっちまうんだ、それを若い衆が三人がかりでひっくり返したり振り回したりしてよ——。ああいう連中、今どうしてるんだろうな——縁日なんて回ってるのかな——。でもよ、あんな連中だって、ちゃんと芸人の意地ってもん持ってたぜ。熊娘なんてのは俺も一人よく知ってたけどな、一所懸命で、けなげだったぜえ——全身毛むくじゃらの女なんだけどよ、裏のこともこまめにやるし礼儀もきちんとしてたし——その辺の娘っ子よりよっぽどしっかりしてたもんだ。その代わり客の前出りゃ一人前の芸人さね、見せ物だって決していじけてたりしなかったな。でも、まあ——大抵の連中は喧嘩っ早くて銭にだらしなくてよ、小人のコロ助なんてヤツ、その日の上がり、全部ひと晩で巻き上げられちまうんだ、チンチロリンでよ。ガキみてえなツラで泣きそうになってさ、少しでいいから返しておくれよおって——みみっちいったらありゃしねえぜ。——だけどなあ、みんな気のいいヤツらでな、プライドってのか——芸にだけはよ、魂持ってたよなあ」

武井は、遠い目になって語り続ける。猫丸は黙ったまま、珍しく神妙に耳を傾けている。

「その中で華だったのは、やっぱり俺達——ウデのある芸人さね、なんてったって手前の芸一本でやってるんだからな。大神楽《おおかぐら》だろ、椅子の曲乗りだろ、足芸だろ、曲技だろ、腹話術だろ——。俺達の頃は、俺と善ちゃんと、あと怪力の古田《ふるた》ってのが三羽烏って呼ばれてたんだ。三人でつるんで、この辺じゃ鳴らしたもんさ、レビューの女の子と浮き名なんか流してよ——。三古やんの芸も凄かったね——元々関西の芸人だったんだけどよ、あっちで元締めの女とごちゃごちゃあってしくじって、こっちへ流れて来たんだけど——瓦、素手で三十枚だぜ、三十枚。一息で叩き割るんだ、今時の空手使いなんざメじゃねえや。こう、腹から気合い入れてよ、だあっ、てんで片手で三十枚——ばりばりばりって一息だぜ、大したもんだろ。ただな、瓦代が高くついてかなわんって、古やんしきりにこぼしてたっけ、わあっはっはっは、おかしいだろ、な、猫さんとやら」

「ええ、ええ——で、武井さん、そろそろ日本酒に切り替えますか」

猫丸はにこにこして云う。

「お、猫さん、気が利くねえ——おいっ、そっちの呑む専門の兄ちゃん、あんたもやるんだろ」

「は、はあ——いただきます」

「よおし、そうこなくっちゃな、おい大将、お銚子五本だあ」

かなりメートルが上がっているようで、武井のだみ声は数段トーンが上昇している。

「それでまあ、若い時分は旅にも出たな——浅草も好きなんだけどよ、やっぱ若かったんだなあ、外へ出たくって仕様がなかったんだ。祭りの頃なんかは書き入れ時でよ、日本国中駆け足で行脚、旅から旅への旅ガラスよ。大陸にだって行ったんだぜ、慰問団でよ、面白かったなあ——大東亜共栄圏、流れ流れて芸の道、だ。酒は呑み放題、行く先々で大歓迎さね。うまいもんたらふく喰って、毎晩大宴会——そりゃ行軍はキツかったけどよ、若い時分だから、こちとらビクともしやしない——、でも、本土帰って、しばらくしてだったな、焼け出されて、戦争負けて――」

武井は、空のコップにどぼどぼと、お銚子を傾ける。

「あの頃の無理が祟ったのかな、古やん、ポン中になっちまって――。善ちゃんと話したもんだよ、やっぱり俺達畳の上で死ねねえのかなあって――それが善ちゃん、――善ちゃんまで死んじまうなんてな――。いいヤツだったよ善ちゃんは、男気があってよ。旅先で地回りなんかといざこざがあるとな、先頭切って話つけにすっ飛んで行くのも善ちゃんだった。いい男だったよ」

ゴマ塩頭を振りながら、武井はきゅっとコップを干す。

「何より、芸熱心だったよな。気に入った芸があると、そいつんとこ行っちゃあ教えてもらってたっけ――善ちゃん器用だから、すぐ自分のものにしちまうんだな。玉簾《たますだれ》の三亀太郎《みきたろう》なんて、こんなに早く覚えられちゃあこっちの商売上がったりだってぼやいてた――。そうやって色んな芸身につけてたよな。だけどやっぱり、人間ポンプの芸が一番面白かったな、あのいかつい顔でよ、電球の玉、ひょろっと呑んじまうんだぜ、おかしかったなあ――」

ろれつが怪しくなっている武井のお相伴《しょうばん》にあずかったせいで、成一もかなり酔いが回ってきていた。寝不足で空腹なのも、それを手伝っている。しかし、気分は悪くない。周囲のざわめきも、まったく気にならない。酔客達の、粗野でがさつな笑い声も、今では耳に快いバックミュージックほどにしか聞こえない。

「それで武井さん、その穴山さんが霊媒を始めたのはいつ頃なんですか」

猫丸が尋ねる。やっと本題に入る気になったらしい。武井は、またコップに酒をついで、

「ああ、霊媒か――何だよ、あんなもの――善ちゃんの芸がありゃ、今でも現役でいけたのによ、アイツ、もうそんな時代じゃねえって――」

「ええ、ええ――そう云って、霊媒を始めたのは、いつなんです」

「始めたの、か――そうさなあ、ありゃ十年くらい前じゃなかったかな――ああ、そうだ、十年くらいだ、たしか上野の信濃《しなの》庵《あん》がつぶれた年だったから」

「穴山さん、どうして霊媒なんか始める気になったんでしょうね」

「さあなあ――芸熱心な男だったからな、形はどうあれ、何かやってないと気が済まなかったんじゃないかな」

「それじゃ別に、霊媒じゃなくたってよかった道理ですよね」

「まあ、そりゃそうだがよ――善ちゃん、子供みたいに無邪気なところあったからな、人をびっくりさせるのが好きなんだよ。それに芸に自信もあったろうし――一等手っ取り早く人を驚かせるにゃ、幽霊なんか使うのが面白いと思ったんじゃないかな」

「人を驚かせるために――ですか」

「そうだよ、なにも霊媒になって金儲けしようなんて考えたんじゃねえだろうよ。アイツ、金に無頓着な男だったし――でも、俺に云わせりゃ、ありゃ人助けだ」

「人助け――？」

「おうとも、人助けさ」

と、武井は、煮込みの汁を大切そうにすすって、

「なあ、猫さんよ、善ちゃんのやり口、知ってるか」

「いえ、どんなやり口です？」

「だからさ、これが笑っちまうんだ——お、大将、お銚子あと五本頼むぜ——善ちゃん、頼まれて人の家行くだろ、降霊会だの除霊だのって」

「ええ、ええ」

猫丸は、まん丸い目を輝かせて身を乗り出す。

「そこでハナから、なるたけ縁起の悪いこと云って脅かすんだ。ほら、善ちゃんああいうもっともらしい顔してるだろ、あの顔で途方もなく気色悪いこと云われてみろよ——この家は呪われてるとか、娘さんは祟られてる、とか——そう云われちゃ、家族の連中は怖じ気づいちまうだろ。そりゃそうだわな、善ちゃん昔っから口上も名人だったんだから——。俺も一遍ついてったんだけど、笑っちまったぜ、善ちゃんうまいんだ、芝居っ気たっぷりでよ」

「なるほど」

「それで、散々脅した後——下げがふるってるんだよ。家族仲よくすれば、霊は払えます、ってんだ」

「はあ？」

「いや、俺が云うと冗談みたいだけどな、ほら、善ちゃんあの調子で、難しい言葉並べ立ててよ——家族の力を合わせて絆を深めれば、その力に負けて霊が退散する、とか何とか——。あ

の顔で云うんだから、もっともらしく聞こえるんだよな」

浅黒くなった顔をくしゃくしゃにして、武井は笑う。そしてぐびりと酒を呑み、

「この前もよ、ガンで死にそうなバアさんのとこで降霊会やったそうでな――バアさんの死んだ連れ合いの魂呼んだことにして――死ぬのは恐くない、こっちに来たらまた一緒になろう、って云って来たんだとよ」

「――」

猫丸は無言だ。何やら茫然とした顔つきで、目の下まで下がった前髪を、指先で引っぱっている。

「バアさん、泣いてたって――そう善ちゃん云ってた。こないだだってそうだよ、なんだか、悪い幽霊に取り憑かれてるって信じこんでる一家がいてな、善ちゃん、そこ行って――心配しなくていい、この家に憑いているのは亡くなった先祖の霊だ、先祖は家族仲よく暮らしているか、気になって見に来ているだけだ――なあんて、な。善ちゃん、そんなことやってたんだぜ。それで向こうさんが喜んで、礼金に色つけて多目に包んで渡そうとするだろ。でも、善ちゃん最初に決めた額しかガンとして受け取らねえんだ――そこんとこが善ちゃんらしいんだけどよ」

そう云うと、武井はぐいとコップ酒をあおった。

「穴山さん――どうしてそんなことをしてたんでしょうね」

猫丸が静かな口調で聞く、

「さあなあ――やっぱり芸が好きだったからだろうし――それに善ちゃん、カミさんと坊主亡くしてるんだよな――。家族ってのに、何かアイツなりのこだわりみてえなもんがあったんじゃないのかな――俺にもよく判んねえけどな」

「それで、武井さん――ひとつ聞きたいことがあるんですけど」

と、猫丸はまん丸の目を見開いて、

「穴山さんの降霊会、具体的にはどんな方法でやっていたか、ご存じですか」

「善ちゃんの――方法、かい?」

「ええ、手を触れないで玩具や鐘を動かしたり、光る布を空中に舞わせたりしたそうですが」

「さあな――そいつは判んねえな、俺が聞いても善ちゃん、はっきり答えなかったしなあ――手妻の連中だってタネだけは教えてくれなかった、なんて云って笑ってたよ」

「そうですか――でも、武井さんはどうです? 武井さんも穴山さんと同業だったんですから、何か見当がつきませんか」

「――俺か、俺はダメだよ、善ちゃんと違って器用じゃないし、それに頭もあの頃みてえに回んないよ――だいたい、俺はもう、善ちゃんみたいに芸への熱なんて持ってないからなあ――。ほれ、この膝が、この通りだからよ」

そう云って武井は、ぱんと音をさせて自分の右膝を叩いた。見たところ別段どうなっているようでもないが、武井は嘆息して、

「昔は、張った細引きの上、軽々歩いてたのによ――ワタリの哲ともあろうもんが今じゃこの

ていたらくだ——まったく情けねえったらないよな」

そう云うと、また酒を喉に流しこむ。

「でもなあ、善ちゃんのやってたこと——そりゃインチキだったかもしれねえ。善ちゃんのこったから、うまい具合に仕掛けてたんだろうよ——。だけどよお、猫さん——善ちゃん、いいことしてたんだよ、少なくとも、お天道さまに顔向けできねえこたあしてなかったんだ——そこんとこよ、判ってやってくれよな」

涙声になっている。

「判ります、よく判りますよ」

猫丸は、なだめるようにそう応じた。

武井は涙に潤んだ目で、何度も何度もうなずいていた。まるで、そこにいる穴山にうなずきかけているように——。

店を出たのは、十一時すぎになっていた。

酔い潰れた武井は、店の人に任せた。いつものことですから気にしないでください——という言葉に従ったのだ。勘定だけは成一が持った。

駅への道を、猫丸と連れ立って歩く。

そぞろ歩きにはいい気候だった。

ほどほどの酒が回って心地いい。町のネオンが眩しく輝き、ふらふらと行き交う酔っぱらい達の流れも緩やかだ。いつになく浮き立った気分で、成一は前を歩く猫丸に声をかけた。

「ねえ、猫丸先輩――あの霊媒、悪い人間じゃなかったみたいですね」

猫丸は何も答えず、すたすた歩いて行く。だぶだぶの上着が風に翻る。成一は再び、

「今の武井さんに会ったのも収穫ですね。猫丸先輩、あの人が霊媒の友達だって、どうやって知ったんですか」

「調べりゃそれくらいのこと判るよ」

ぶっきらぼうに猫丸は云う。

「それにしても凄いじゃないですか。今日は大収穫ですよ、慈雲斎が腹黒いヤツじゃないって判っただけでも」

「まだお前さんはそんなこと云ってやがるのかよ」

と、猫丸は振り返った。

いつもの、人を喰った目になっている。

「さっきも云ったじゃないかよ。それもただ物事の一側面にすぎないんだ。あの人は慈雲斎の大将の友達だから、悪いようにゃ云わない――冷静に考えりゃそれだけのことだよ」

成一は少しぎょっとして、

「じゃ先輩、今の武井さんの話、あれも話半分なんですか」

「まあ、そう思っときゃ間違いないだろう」

と、猫丸はこともなげに云い切った。

意外な気がした。

普段から情に流されるタイプではないが、この先輩、さっきの話を聞いて、何の感銘も受けなかったのだろうか。ああいう話でも冷徹に割り切って、分析するべきだと主張するのか――。そういえば、この人の本心というのを、あまり見た覚えがない。饒舌と毒舌で目をくらませて、心の奥底までを人に覗かせようとしないのだ。

そう思い立ち、成一はなんとはなしに浮いた気分が萎《しぼ》んでいくのを感じた。見かけと行動だけでは把握しきれない、相手の内面――その前に立ちはだかる大きな壁にぶつかったような気がしていた。

「そんなことより成一、面白い発見があったな。それこそ大収穫だぜ」

いきなり猫丸が、にたりと笑いかけてきた。

「はあ――なんでしたっけ」

成一は戸惑いつつも答える。

「もうこれだ。お前さん、肝心なとこはちっとも聞いてないんだな。人間ポンプだよ」

「あ、もちろん聞いてましたよ、そうです、人間ポンプ。あれなら何もなかった場所に、何か出現させることができますね」

「ああ、しかも口から吐き出すだけだから、手も使わなくてすむ」

「うまいやり方ですよね、気がつきもしませんでした」

「ほれ、確か直嗣さんが云ったんだったよな――霊媒の大将は、会の前には物を食べないって。――お前さんとこの家政婦さんが間食を勧めた時だ」

「ええ、降霊会の前でした。サンドイッチで軽く腹ごしらえするかってことになって――でも叔父が、先生は斎戒してるから、とか何とか云って――」

「な、これが傍証になる」

と、猫丸は、立ち止まって煙草を取り出し、

「まさかこれから物を隠そうって場所に、咀嚼《そしゃく》した食べ物を入れるわけにゃいかんからな。降霊会の前は、胃の中をからっぽにしときたかったんだ」

「そこから数珠や何かを出したわけですか」

「そう、生前故人の使ってた物が、いきなり現れたら、ポイント高いからな。それに、例のエクトプラズム、な」

「ああ、祖父が見せられた――」

「うん、あれなんかもこの手を使ったんじゃないかと思う――こんな具合に――」

と、猫丸は立ち止まったまま、煙草に火をつけると、煙をいっぱいに吸いこんだ。そして、ゆっくり吐き出す――。

「でも――そんな簡単にはいかないでしょう。聞くところによると、煙はかなりの量だったそうですし」

成一が云うと、猫丸はにやりとして、

「だからさ、あるじゃないかよ、煙を大量に放出する物が」

「煙を大量に――ですか？」

「そうだよ――まったくもう、カンの鈍い男だな、お前さんは。判らんのか、ドライアイスだよ」

「ドライアイス？」

「ああ、よくアイスクリームなんかの箱に入ってるだろ。あれ、お湯の中に放りこむと、えらい量の煙が出るじゃないか、正確には水蒸気なんだけど――。お前さん、そうやって遊ばないのかよ」

この人、普段はそんなことをして遊んでいるのか。

「もちろんあんな物直接呑み込んだら、胃壁がただれちまうからな――例えば、こんなのはどうだ――まず、ピンポン玉に細かい穴をしこたま開けるだろう、それでそいつを二つに割る。そこへドライアイスを詰めるんだ。それからもう一度くっつけて球にする――」

「ははあ、それを呑むんですね」

「電球の玉呑む大将だ、そんな物くらい朝メシ前だよな。これだったら胃も傷つかないし、持ち運びだって楽だ。あらかじめ水か白湯《さゆ》をたんまり飲んでおいてだな、エクトプラズムの実験だの何のと能書き垂れてから、タイミングを計って、こっそり玉を呑む――。ピンポン玉の穴から水が侵入して、一気にもうもうと蒸気が出るって寸法だ。ピンポン玉に保護されてるから、気化熱で胃にヤケドする恐れだってないだろう」

「その煙を口から吐いて見せる――っていうことですね」

「そう。水蒸気は冷えて空気より比重が重くなってる、それで、一旦こう、口元から下へだあっと下がって、滝みたいに出てくるだろうよ。こんな煙草の煙なんかより重厚な感じで、いかにもって風に見えるだろうさ」

「なるほど――」

成一は感心して、相手のまん丸い目を見返した。その方法ならばなんとかいけそうだ。ここのところ、例の恐竜騒ぎの方へ意識が行っていたようで、どうもこちらの事件に熱が入っていないみたいに感じていた。恐竜騒動は終ったらしく、そのとたん猫丸は冴えを見せ始めた。この調子で、殺人事件に関しても何か思いついてくれればいいのだが――。

「エクトプラズムの正体は、多分それでしょうね。先輩、警察に知らせた方がいいんじゃないですか」

成一が云うと、

「何をだよ」

猫丸は、ぽかんとした目で見返している。

「だから、エクトプラズムの正体。あと今日調べたことを――。正径大の連中の財団法人化の話とか、人間ポンプの話とか――」

「何をお目出たいこと云ってるんだよ、お前さんは。呑気なヤツだなあ――そのくらいのこと、もうとっくに調べはついてるよ。僕の考えたことくらい判ってるだろうさ。警察の捜査力を侮《あなど》っちゃいけない。もうかなり捜査は進んでると思うぜ――それこそ徹底的だからな。もしかすると今だって、お前さんに尾行くらいついてるかもしれんぞ」

「まさか——」

成一は慌てて周りを見回した。

上野の駅近く——。

夜はまだこれから更《ふ》けるところだ。駅舎へ急ぐ人の波と、気楽そうな千鳥足の人影達と——。タクシーの赤い空車ランプが、ずらりと並んでいる。ごうと電車の音が響いてくる。ごく当り前の夜の町の顔だった。こちらを窺っている人物はいそうにない——。

「脅かさないでくださいよ、刑事なんていませんよ」

「判らんぜ、どっかに隠れてるかもしれん」

猫丸はにやにやしている。

「そんなことより、先輩。何か他に考えつきませんか、祖父の事件や霊媒の事件のこと」

「それなんだがな——手駒はだいたい揃ったみたいなんだよ、謎も大してこんがらかってるわけじゃなし、手口も簡単だし——ただ、一気にカタをつけないと、ちょいとややこしいことになるかもしれんしな——」

ぶつぶつ云うのを、成一は遮って、

「簡単——って、先輩、判ったんですか、事件の謎」

「ああ、まあ、そんなような気がする」

「だったらどうしてもっと早く云ってくれないんです」

成一は声を荒らげて詰め寄って、

「数珠だとかエクトプラズムだとか、そんな細かいことはどうでもいいでしょう。犯人が判ったんですか」

「ああ――だと思う」

「犯行の方法も？」

「――のような気がする」

成一は一瞬言葉を失った。それでは、全部判ったと同じではないか。

「先輩っ。呑気なのはどっちですか――何か考えたんなら、早いとこ教えてくださいよ、何考えたんです」

「別に大したことは考えてないよ――」

じれったい成一とは対照的に、猫丸はのんびりと、

「ただな、成一、ひとつ考えてみろや。降霊会の事件――どうしてそんな所で霊媒を殺したのか――そいつを考えるんだよ」

「降霊会の――？」

「そう、犯人はどうして、そんな特殊な状況下で犯行を成さねばならなかったか――そこがポイントだ」

謎かけのようなことを云う。

「クイズみたいなこと云ってる場合じゃないですよ。気を持たせないで教えてくださいよ、従妹が神経質になって困ってるんですから、だから一日も早く事件を――」

「何だ——従妹さんが」

猫丸は鋭く成一を見すえた。

「何だよそれ、何かあったのか」

「ええ、かなり神経が参ってるみたいで——ほら、前にも話したでしょう、階段の上のビー玉の話。先輩は信じないかもしれませんが、従妹は感じたんですよ、霊的に、犯人の悪意を」

成一が残存思念の一件を語ると、今度は、猫丸が色めき立つ番になった。

「このすっとこどっこいっ、どうしてそんな大事なこと、黙ってやがるんだよ」

あまりの大声に、成一は反射的に後ずさり、

「——いえ、そういうオカルト的なことは、先輩信じないって云ってたし——そう重要なこととも思えなかったし——」

「重要か重要じゃないかは、お前さんが決めるこっちゃないんだよっ、この役立たずの大根クシャトリアめがっ」

意味不明のことを叫んで猫丸は、苛々と、前髪を細い指先で引っぱって、

「待てよ——おい、こりゃマズいぞ。畜生、冗談じゃすまなくなってきやがった。こら、何ぼんやりしてやがるんだよ、電話だ、電話。とっととしやがれ」

「電話って——あの、どこへ」

「オタンコナスが。決まってるじゃないか、お前さんの家だよ、早くしろよ、もたもたするなってば」

興奮している。道行く人達が、何事かと、遠巻きにして見ている。決まりが悪かったが、そんなことを気にする猫丸ではない。

「じれったいやつだなあ、急いでくれよ」

「はい——でも、どうして」

「どうしてもこうしてもないんだよ。事は左枝ちゃんの安否に関わるんだ、彼女が今どうしてるか、いいから早く確認しろ」

何を慌てているのか判らなかったが、左枝子のこととなると成一も、にわかに不安を覚えてきた。猫丸の旦夕《たんせき》に迫る態度もただごととは思えない。

成一は近くに公衆電話を探し、家の番号をプッシュした。猫丸が苛立たしげに、煙草を吸いながらそれを見守る。

「はい、方城です」

電話に出たのは美亜だった。

「あ、美亜か、僕だけど——」

「あれ、兄貴? どうしたのさ」

美亜の声はいつも通りで、別段、猫丸が焦るほどの変事を予想させる響きはなかった。

「いや、ちょっと呑んでたんだけど——」

「誰と?——あ、聞いたらヤボか。帰らないんだったら、なにも電話なんかしてくることないのにさ。平気平気、パパやママにはなんにも云わないから。うまくやんなよ」

「バカ、何を変な気を回してるんだよ、それより左枝子、どうしてる」

「お姉ちゃん？　さあ——フミさんがベッドメイクしてる頃だろうけど——あたし、知らない」

「何もないんだな、おかしなことは」

「おかしな——って、ちょっと兄貴、どうしちゃったのさ、何云ってるの」

美亜が不審そうな声をあげたところで、猫丸が横から鋭く囁いてきた。

「今日、客がなかったか聞いてくれ」

成一はちょっとうなずき返してから、それを尋ねた。美亜は、

「お客さん？——さあ、昼間はあたしも学校だし——別になかったんじゃない、フミさんもなんにも云ってなかったから」

「そうか——」

そう云いながら、後は何を尋ねたらいいんですか——と、成一は目で問うた。しかし猫丸は、静かに首を振っただけだった。興奮は治まっている。どうやらこれで目的は達したようだった。

「だったらいいや——これから帰る」

「ちょっと兄貴、ねえ、どうしたのよ、何か変だよ」

美亜が電話線の向こうで喚くのを無視して、成一は受話器を置いた。

「これでいいんですか」

わけも判らないままに成一が聞くと、猫丸は神妙な顔つきで、

「うん、いい。今日のところは何もないみたいだな——よし、行くぞ」

「行くって——どこへ」

「本当にもう、お前さんの察しの悪さにゃ手こずらされるな——決まってるだろう、お前さんの家だよ」

「ちょっと待ってくださいよ、今からそんな——だいたい今帰っても、家族みんな寝てますよ」

ほとほと呆れながら成一が主張すると、案外あっさり猫丸は、

「そうか、それもそうだな——今夜はもう平気か——。それじゃ明日だ、おい成一、お前さん明日会社休め」

「無茶云わんでください——無理ですよ、急にそんな——。昨日だって休んだんですから」

「融通の利かん男だなあ、まったく——。だったら夜ならいいだろう。そうだな、夜だったらお前さんの家の人もみんな揃ってるだろう——そっちの方がいいか——よし、そうしよう、小田急の成城でいいんだな、改札、どっち側だ、お前さん何時にそこ通る」

例によって、強引に約束を取りつけようとする。げんなりしながらも結局、いつものパターン通りに明夕、成一の帰る時刻に駅前で待ち合わせるはめになってしまった。やれやれ、この珍妙な小男を、何と云って家族に紹介すればいいことやら——。

困り果てている成一に、猫丸はぐいと顔を近づけてきた。急に真顔になっている。そして、長く垂れた前髪の下から、こちらの目を覗きこむようにして、

「なあ、成一よ――ことによると本気でヤバいかもしれん――。いいか、成一、今こそお前さんの責任を果たせ。例の事故の責任を感じてるなら――従妹さんを守るのが務めだと思ってるのなら、いいか、ここが踏ん張りどころだ。彼女の身辺に気をつけろ、何か異常があったらすぐに僕に知らせろ、よしか」

「はあ――」

今まで見たこともない、猫丸の真摯な目の色に気圧されて、成一はうなずいていた。

「いいな、彼女を、守れよ――必ず」

と、もう一度云って、猫丸は踵《きびす》を返した。止める間もなく猫丸は、脱兎のごとく駆け出す。あれよあれよと見やるうちに、その小柄な体は駅の人ごみに紛れて消えてしまった。

成一はぽつんと取り残された。

猫丸の去った方を眺めて、ぼんやり立ちつくしていた。猫丸の最後の言葉――いやに真剣な声の調子が、しばらく耳から離れなかった。

インターバル――成一のシステム手帳――

18：30～

成城駅　南口　　猫丸先輩

目的不明・意味不明

第六章

神代さんと大内山さんが訪ねて来たのは夕食後。もう七時を回った頃合いだった。

なんでも美亜ちゃんが云うには、少し前に電話で打診があったらしい。これから伺いますが、皆さん家にいますか――と。伯父さまも伯母さまももう帰ってきていたし、いつものように直叔父さんも来ている。兄さんだけはまだ帰宅していない――昨夜は随分遅かったみたいだけど、今日はもうすぐ帰るだろう。美亜ちゃんがその旨伝えると、「直嗣さんもいらっしゃるんですか、それは好都合だ」と、先方は云ったとか――。そして、話があるからこれから行く――とも。

伯母さまは、「こんな時間に何の用かしらねえ」と、少し迷惑そうだった。伯父さまにも、何のお話か見当がつかないみたい。

私は――少し気分が悪い。

まだ、三日前の事件の後遺症から立ち直れない。あの、まるでわけの判らない恐ろしい事件の――。

思い出すだけで、背筋が冷たくなってくる。気分が優《すぐ》れなくて食欲もない。今日もみんなに心配をかけてしまった。美亜ちゃんは、「お姉ちゃん、もう食べないの」と、しきりに云っていたし、フミさんも盛んに私の体調を気遣ってくれた。

きっと顔色もよくないのだろう。ひどくくたびれた、棘《とげ》のある顔つきになっているに違いない。

嫌だな、こんな顔であの人に会うなんて——。

だから、神代さん達がやって来た時、私は極力顔を上げないように俯いていた。

「夜分押しかけまして申し訳ありません。皆さんに少し話したいことがありまして——どこか落ち着ける場所がありましたら、そこへお願いします」

伯父さま、伯母さま、直叔父さん、美亜ちゃん、そしてフミさんと私。それに神代さんと大内山さんが加わって、もうじき兄さんも帰ってくる。さすがに応接間では狭い。そこで食堂に集結することになった。それでも椅子が足りなくて、フミさんはキッチンで片付け物をしながらの参加ということになる。

神代さん達が何を云いに来たのか判らないから、みんな一様に不安そうだった。口数が少なくなっている。考えてもみれば、お祖父さまが亡くなってあの霊媒の人もいなくなった今、神代さん達がこの家を訪れる必要はなくなってしまったはず。直叔父さんだってもう、降霊会なんかしようとは云い出さないだろうし、説得する相手だっていない。実は私は——もう二日も前にそれに気づいてしまっている。神代さんがもう来ないかもしれない、もう来てくれる理由なんてなにもない――そう思い至った時の驚き。もう二度と会えなくなってしまうかもしれない――そう気づいた時の悲しさ――。

だからさっき、美亜ちゃんが電話を受けた時、私の心は少なからず躍ってしまった。

でも――だけど、本当に何の用があるのかしら。その不審の思いも、私は拭いきれないでいた。

フミさんが紅茶を淹れて回った。

食堂に、馥郁《ふくいく》とした温かい香りが満ちる。

けれど、そのいい香りの中にあっても、部屋の空気は、どこかしらぎくしゃくとしたものを感じさせた。何かを期待するような、恐れているような――おかしな気配の沈黙だった。

私が紅茶のカップに手を伸ばしかけた時、業を煮やしたように伯父さまが口火を切った。

「それで、お話というのは何でしょうか、こんな時間に私達を集めて――」

しかし、伯父さまの言葉は最後まで続かなかった。

誰かが廊下を、こっちへ近づいてくるのが聞こえたからだった。スリッパの足音だった――それも一人ではなくて――。

「ああ、成一が帰ったみたいね」

伯母さまがそう云った時、廊下の方で誰かの声が響いた。

「いやはや、本当にまあ、大した家だね、お前さんとこはまったく――。あの庭といい、この家といい、尋常のデカさじゃないやな」

素っ頓狂な、調子の外れた大声だった。どこかで聞いた覚えがある――。そう、電話で話したことがある。確かあの――猫丸さんとかいったっけ――兄さんのお友達の。でもどうして、その人が家に来たのかしら、それもこんな時間に――訝しさに私が首をかしげていると、キッチンの向こうのドアが開いた。

＊

猫丸を伴ってキッチンのドアを開けると、食堂にいる全員の視線の集中砲火を浴びてしまった。家族全員――それに、驚いたことには正径大の二人組まで揃っている。

「おやまあ、坊っちゃま、お帰りなさいませ」

一人キッチンで洗い物をしていたフミが、にこやかに云った。

「ただいま――どうしたの、これ」

視線の嵐にたじろぎながらも、成一がフミに囁きかけると、

「さあ――よく存じませんけど――あのお若いお客様達が、何かお話があるとかで」

「話が――？」

「ええ、それで先ほどいらしたんですけど――」

語尾がはっきりしないところをみると、フミには彼らの訪問の目的が摑めていないようだ。

フミに事情を聞くのは諦めて、成一は食堂へ入って行く。

「お邪魔しております」

と大内山が、丸いアンパンみたいな頭を下げた。成一もぺこりと、それに応えると、直嗣が、

「お帰り、成ちゃん、ちょうどいいタイミングだったよ、こちらのお二人から、何か楽しいお話があるみたいでね——今、始まるところだったんだ。——で、そちらは？」

不思議そうな目で、成一の背後を示した。

忘れていた。今日は、ややこしいのを連れて来ていたのだった。

慌てて見返ると、やっかいなその男は、びっくりしたみたいな丸い目で、無遠慮に居間の方を覗きこんでいた。今にもずかずか踏み込んで行きそうで、成一はあたふたとその小柄な体を押し留める。

「あ、ええと——こちら、僕の学生時代の先輩で——」

成一が云いさしたところへ、本人がしゃしゃり出て来て、

「どうも、こんばんは、夜分に突然お邪魔しまして誠に申し訳ございません。私、成一君の友人の猫丸と申します。いつも成一君には本当にお世話になっております」

にこにこと愛想たっぷりに、手を膝に当ててぴょっこりとお辞儀をする。

「今日もちょっと、成一君にお借りしたい本がありまして伺ったんですが——いえ、もちろん玄関先で失礼するつもりでおりました——ところが成一君が、お茶の一杯くらい飲んで行けと勧めてくださるものですから——私も固辞したんですけど、どうしてもとおっしゃいまして、ついつい、お言葉に甘えるはめに——いや、ホントにどうも、面目のないことでして、あいすみま

せん」

脈絡のないことを捲《まく》し立てながら、勝手に居間から小さな丸椅子を引きずってくる。口を出しそびれて手をこまねくうちに、左枝子と美亜の間にちゃっかり割り込んでしまう。厚かましいとか厚顔とかいうレベルではない。非常識を通り越して、あからさまにおかしい。

あまりのことに、一同声もない。

「いやあ――無作法で申し訳ありません、失礼させて頂きますよ。何か楽しいお話の最中だったようですね――あ、そちら正径大学のサイ研究会のお二人でしょう。成一君からお噂はかねがね伺ってます、そのせいでなんだか初対面のような気がしませんねえ、いや、どうぞよろしく――。あ、ご遠慮はなさらずにどうぞ、お話、続けてください。僕はここでおとなしくお茶を頂いてるだけですから――成一君、君も何をいつまでもそんなところで突っ立っているのですか、どこか座らせて頂けばいいではないですか――。さ、どうぞ、お続けになってください、お気になさらずに」

にこにこしたまま、その場を動こうとしない。気にするなと云う方が無理だ。直嗣が何か云おうとしたが、口を開いただけで言葉は出てこなかった。関わり合いになると危険な人物だと判断したようだ。賢明な選択である。多喜枝も、非難がましい目つきで成一を睨んだが、成一は首を振って見せただけだった。猫丸が、こうまで強引に居座ろうとするからには、何か目算があるに違いない。こうなるとテコでも動かないだろう。

やはり、一人でぼんやり立っているのもおかしい。仕方なく、成一も居間からスツールを持ってきた。多喜枝が嫌な目顔で招くので、神代との間に入らせてもらった。

「ちょっと、成一――」

多喜枝が小さな声で云ってくる。

「あの人、本当にあんたのお友達なの」

「うん、まあ――」

「ちょっとおかしいんじゃないの」

「――うん、まあ、少し変ってる」

「少しじゃないでしょう――。変な人なんじゃないでしょうね、また妙な霊媒とか」

「別にそういう怪しい人じゃないよ。危害はないから平気だよ、妙なのは充分妙だけど――」

なだめるように云ってはみたが、多喜枝はまだ不満そうだった。

新たに二人分のお茶を運んで来たフミも、怪訝そうに猫丸を見ている。当人が丁寧に礼を云ってカップを受け取ったので、フミは面喰らっていた。

「それで――お二人のお話がまだでしたね」

勝行がテーブルの向こうで云った。父も、猫丸を黙殺することに決めたようだ。それでも、

「もう、時間も時間ですし、早く済ませてもらえれば助かるんですがね」

と云ったのは、こんな時分にやって来た猫丸への皮肉もあるのだろう。しかし本人は一向に応えず、にこにこしている。

「判りました――」

神代が云った。突然の闖入者が気になるらしく、少し躊躇していたが、やがて意を決したように神代は、

「実は、事件のことです」

いつもの、冷静な口調でそう云った。

「兵馬氏の事件といい、先日の霊媒の事件といい——我々も責任を感じておりまして——まあ、もちろん直接の責任はないでしょうが、我々が関与したことで、何か事件に影響を及ぼしているのではないかと——そう思い立ちまして、少し独自で調査してみたわけです」

緊張しているのか、神代の端正な横顔が少しこわばっているように、成一には感じられた。

「無論、殺人事件の調査など専門家の警察に任せておけばいいんですが、我々も彼らの捜査対象にされたり、少なからぬ嫌疑までかけられたりで、少々、その——面白くなかったのです。それで素人ながら色々と調べてみましたところ——多分これが真相ではないかと、そう思えるものに行き当ったのです」

「真相、だって——?」

直嗣が驚いた声をあげた。

「それじゃ、君達は事件の謎を解いたって云うのかい」

「ええ」

「親父の一件も、慈雲斎先生の一件も、か」

「ええ」

神代は低い声で、はっきり答える。成一はびっくりして猫丸の顔色を窺ったが、相手はバカみたいににこにこしたまま、表情を変えようとしない。直嗣も一瞬絶句した。しかしやがて、お得意の皮肉っぽいにやにや笑いを浮かべて、

「そいつは凄い。それで、その真相を発表するためにわざわざ来てくれたってことか」

「まあ、そうです」

「ほほう、それは楽しみだ。どんなご高説を伺えるものか、拝聴しようじゃないの」

直嗣はにやにやしたまま、椅子の背もたれにもたれかかる。

神代は、隣の席の大内山にちょっと目だけでうなずいた。大内山の方は、どことなく困ったような戸惑ったような、捉えどころのない顔つきで相棒の横顔を見守る。

勝行はいつものごとく無表情に、黒ブチ眼鏡の奥の目を、テーブルの上に彷徨《さまよ》わせている。

多喜枝は不信の念を隠そうとせずに、神代と大内山を見較べている。霊媒の事件で、このコンビへの信頼はすっかり消えてしまったようだ。美亜が、栗鼠みたいな目を輝かせて身を乗り出し、左枝子は俯いたまま――。そして猫丸は微笑みを崩さない。

「では――お話しします。まず我々の調査で、穴山慈雲斎氏の前身が判明しました」

と、神代は、女性のような唇をちょっと舌で湿らせて、

「本名を、穴山善介。昭和四年、寄席芸人だった穴山嘉平《かへい》と、囃方《はやしかた》で三味線弾きの梅女《うめじょ》の間に千住《せんじゅ》で生まれています。声帯模写の芸人の父を早くに亡くし――その影響もあったんでしょうね、彼は若くして大道芸人になりました。得意なのは、人間ポンプの芸だったそうです」

「人間ポンプって――アレのこと?」

と、美亜が目をぱちくりさせて、

「金魚呑んだり出したりするヤツ、あたし、テレビで見たことあるよ」

「そうです、その芸です」

「あのオジサン、そんなことしてたの」

「ええ――もっとも善介氏の芸はもっと高度で複雑だったようですが――。今日の昼、彼の古くからの親友だという人物に聞いてきましたから確かです」

神代達もあの武井を訪ねたようだ――。成一が猫丸を見ると、まん丸い目だけでそっとうなずき返してきた。

「そうした特技のある彼にとっては、霊媒になって不思議な現象を見せるのは、難しいことではなかったでしょう。あの数珠やナイフも、胃の中に隠しておけばいいのですから――。だから我々の身体検査を受けても、彼は平然としていられたのですね」

「しかしね、君――」

と、直嗣が云った。気取ったポーズで指を一本振って見せて、

「いくら胃の中に物を隠せるって云っても、あの怪奇現象はどうだったと云うんだい。手はテーブルにくっついて動かせなかったはずだろう」

「まあ――そうですね」

「そうだろう。あの人の前身がどうで、どんな特技があったからって――それだけで全部イカ

サマ扱いなんて、それは乱暴な理屈ってもんだよ。手が使えなくっちゃあんな霊現象、ペテンでやってみせることなんて無理だろう」

直嗣は皮肉っぽい口調でそう云ったが、神代は少しも慌てず騒がず、

「そこで、これが必要になります」

静かに云って、ポケットから何かを取り出した。そしてそれを、音もなくテーブルの上に転がす。二本の短い棒のような物――。成一はぎくりとして目を見張った。

「やだっ、何それっ」

美亜が悲鳴をあげて飛び上がる。さすがの勝行もぎょっとしたように、眼鏡を指で押し上げて顔を近づけた。

それは二本の指――人の指だった。

ちょうどつけ根の部分から切り落としたくらいの長さか――ごく緩やかな弧を描いた、硬直した二本の指。それがテーブルの上に転がっている。なんとも異様な眺めだった。

「何だい？　これは」

直嗣が気の抜けたような声で尋ねるのを、神代は笑いもせずに、

「ご覧の通り――小指の模型です。プラスチックにラバー被膜で細工してあります。どうです、よくできているでしょう」

なるほど、よくよく見てみると、指の切断面は空洞で、内側だけに変なテカリがある。人工物だけがもつ、不自然なつやだ。しかし表面には、しっかりした肉質の量感があり、くすんだ

色の爪の先までリアルに作られている。

「実はこれ、あの時死体のそばで拾ったんです」

神代は云う。確かにあの時――異変を察知して電灯が点いた時、神代は慈雲斎の傍らに佇んでいた。

「でも――これ、何なの?」

美亜がきょとんとして聞くと、神代はやっと少し笑みをもらして、

「ちょっとやってみましょうか、こうするんです――」

そう云って自分の小指に、その人体模型の一部をすっぽりと嵌めた。そして両手を前に伸ばして、掌を何度も裏表とひっくり返して成一達に示す。

「どうですか、見たところあまり違和感はないでしょう」

指サックをぴっちりと嵌めたような感じだった。模型は、神代の指の根本まで確実に嵌まりこんでいる。接点の段差が気になるのと、小指だけが若干太く見えることを除けば、完璧と云っていい偽装だった。

次に神代は、自分のティーカップをテーブルの中央に押しやって場所を空けた。その空いたスペースに、両掌を開いて乗せる。蛙が這いつくばったようなポーズ――降霊会の時と同じだった。

「あの時、穴山さんから手をこうするように指示があったのは、電灯を消した後でしたね」

神代は云う。

「蠟燭に火がつき、電気を消せと云われた――美亜さんがスイッチを切ったんでした」

「うん――」

美亜がびっくり目のままうなずく。

「その後――蠟燭の灯りだけになって部屋が薄暗くなってから、穴山さんは僕達にこうするように要求しました。それは、蛍光灯の灯りの下では、この仕掛けがバレてしまう恐れがあったからです。部屋が薄灯りになってから初めて、彼は手をテーブルに乗せた――それはこのためだったのです。あの暗がりの中でならば、よほど注意して見なくてはこのインチキは見破れません――。我々のミスでした、まさかこんな手を――洒落ではなく――こんな手があるとは思いもよらなかった」

神代は、自嘲気味に目を細めて云う。そして隣の成一に向かって、

「では、ちょっと成一さん、手伝ってください。私の手を穴山さんの手だと思って――あの時と同じように押さえてみてください」

成一はそれに従った。片手をテーブルにぴったりつけ、神代の小指を――指サックの嵌まった指を、自分の小指の下に押さえこむ。感触にも不自然さはない。そうと知らなければ、人間の本物の指ではないと疑うことはできそうになかった。神代のもう一方の指は、向こうにいる大内山が同様に押さえる。

「もうお判りでしょう。穴山さんは講釈の後、蠟燭を吹き消しました――」

神代が唇を尖らせて、ふっと息を吹く。

「そして部屋がまっ暗になってから——後は、こうです——」

そう云って神代は、ゆっくりと自分の手を引き抜いて行く。奇妙な生物の脱皮を見るようだった。

「うひゃあ——凄い」

美亜が小さく、感嘆の声を発した。

成一の小指の下に、指サックだけが残った。内部のプラスチック部分が硬いためか、成一の指の重みで潰れるようなこともない。多少力を入れてみても、変らぬ弾力を返してくるだけだった。

ほう——と、一同の間からため息がもれた。美亜はもちろん、多喜枝や勝行さえも驚きを隠せないようだった。勝行が、眼鏡の黒いフチをしきりに指で押し上げ、猫丸は仔猫みたいな丸い目をさらに丸くして、成一の手元を見つめていた。フミもキッチンで手を止め、感心したようにこちらを眺めている。

「私も成一さんも、こうして騙されたのです」

神代は淡々と言葉を続ける。成一達の驚嘆に動じた風でもなく、むしろ自らの不明を恥じているようにさえ見えた。

「ただ穴山さんの云いなりに、こうやってバカ正直に玩具の指を押さえていたんですから——お恥ずかしい限りです」

降霊会の最中、慈雲斎の指がぴくりとも動かなかったのが、これでうなずける。作り物の指は動くはずもないし、本物の手は別のことをするのに忙しかったはずなのだから――。成一はやっと、それに思い至った。果たして神代も、

「その後はご想像に難くないでしょう」

と、自由になった両手を軽く叩き合わせて見せ、

「木の玩具や鐘の位置は手探りでもよし、目測でもよし――多分彼の頭の中には、何をどの辺に置くか、青写真があったことでしょう。あらかじめそれに従って小道具を配しておけば、暗闇でもおおよその位置関係は摑めます。手を伸ばして目的の物を取り、自在にそれを動かす――邪魔をされる危険はまったくありません――。穴山さんがああして、参加者全員の指をお互いに押さえさせたのは、自分の手を動かせないのを印象づけるためより、ここで邪魔が入るのを防止するのが目的だったのでしょう」

神代の解説を聞きながら、成一は指サックを手に取って眺めてみた。自然と苦笑がこみ上げてくる。よくできているとはいえ、こんな玩具ひとつにきりきり舞いさせられていたとは――。

「あの光る布を事前に発見できなかったのも、我々のミスでした。あれも胃の中に隠していたのか、それとも、あの作務衣の裏にでも縫いこんであったのか――いずれにせよ、今後の反省材料とさせていただきます――すでに騙されてしまった、皆さんには申し訳ないのですが――。それに、身体検査の際には指先一本一本まで疎《おろそ》かにしない――これも反省点ですね」

神代は苦々しそうに微笑した。

「それから、あの声ですが――、先ほど申しました穴山さんの友人のお話ですと、彼は非常に

芸熱心な方だったそうです。機会があれば様々な芸を覚えていたようで——腹話術も得意だったらしい。あの声——兵馬氏の名を騙《かた》ったあの声は、もちろん彼の芸の一つだったのでしょう。そして、声がテーブルの上から聞こえた、と証言した方もいらっしゃったようですが、これは一種の錯覚ですね。腹話術には、発声源の位置が摑みにくいという特性があるそうです。これは横隔膜を振動させるという、特殊な発声法を使うためだということですが——それで、声の した地点が判りにくくなったのでしょう。もちろん、穴山さんの話術に誘導されて、そう思いこんでしまったという一面もあるのでしょうが——」

そう云って神代は、自分のカップを引き戻し、一口ゆっくりすすった。それで成一も、喉が渇いていることを思い出した。意外な展開に興奮していたようだ。手つかずで残っているカップの中身を一息に飲む。紅茶は冷めきっていて苦かったが、そんなことは気にならなかった。

「それで——その指、だがね」

勝行が、おずおずといった調子で口を開く。

「それは警察に届けていないんだろう」

「ええ——まだです」

神代は少し首をすくめて答える。勝行は顔をしかめて、

「いかんな、重要な証拠になるはずだよ、それは。どうしてあの時、すぐに渡さなかったのかね」

「ええ、申し訳ありません——」

と、神代は頭をかいて笑った。いたずらを見つかった子供のようで、珍しく見せる青年らしい仕草だった。

「別に警察の鼻を明かしてやりたい、などと思ったわけではありませんが——最初はちゃんと云うつもりだったのです。でも取り調べが思いのほか厳しくて——まあ、穴山さんとは敵対関係でしたから、無理もないでしょうが——それで、ちょっと反発心、とでも云いますか——面白くありませんでしたので——。自ら疑念を晴らす意味でも、少し先に調べてやろうと思いまして——すみません。しかし、これから刑事に渡しに行くつもりですので、どうぞご心配なく」

神代は決まり悪そうに云う。そして、

「それに、先にこうして明解な解決を示して皆さんの信頼を得たかった——という理由もありまして——」

ああ、あの資金援助の件だ——そう思って、成一は神代の横顔を盗み見た。しかし気づかなかったようで、神代はまたひと口、紅茶を口に含んだ。

「で、まあ、慈雲斎先生のナニはアレだったのは、ともかくだね——」

と、直嗣が陽気に、

「肝心の殺しの方はどうなったんだい。さっき君、事件の真相が判ったって云ってたはずだよね」

自分の擁立する霊媒のインチキが暴露されたことなど、歯牙にもかけていない様子で云った。

「ええ、だいたいは」

「それじゃ、その犯人は誰なんだい。誰が慈雲斎先生を殺したんだ」

「もちろん、自殺でしょうね」

神代の言葉に美亜が、

「自殺ぅ?」

ひっくり返った声で応じる。左枝子が怯えたように、びくりと身体を震わす。

「ねえねえ、あの人、自殺したの?」

美亜が叫ぶと、神代は静かにうなずいて、

「ええ、間違いないと思います。あの時、彼以外の誰も自由に動くことはできなかったことを思い出してください。それにあの部屋は他の人物が出入りできる隙間などなかった。そうなると、彼が自分で自分を刺す以外には、方法はないはずです」

「はあ――そりゃそうだよね」

美亜がため息まじりに云う。

「おそらく彼は、片手であの光る布を操り、もう片方の手で自分の首筋を突いたのでしょう。さっきも申しましたが、ナイフは彼の胃の中から出てきたのです、それを使えるのも彼しか考えられません」

「嫌あねえ――」

と、多喜枝が大げさに眉をしかめて、

「どうしてあの人、他人の家でそんなことしたのよ。だから嫌だって云ったでしょう、あんな変な人、家に入れるのは。それをあんたが霊媒だの降霊会だのって――」

「いや、ちょっと待ってくれよ、姉さん」

直嗣が、慌てて姉の文句を止めて、

「ご非難は後で甘んじて受けるよ、でも今はそれどころじゃない。なあ君、なぜ慈雲斎先生が自殺なんてしなくちゃならないんだ」

と、神代に云った。

「それは――彼が兵馬氏を殺した犯人だから、ではないでしょうか」

神代は、落ち着いて答える。

「うっそおっ」

「何だって」

美亜と直嗣が同時に叫んだ。成一もあっけにとられて息を飲んだ。それを神代は、静かに手で制して、

「彼は、兵馬氏を殺害して――それで、逃げ切れないと判断したのだと思います。警察の手は迫って来るし、罪の意識にも耐えられなくなってきます――そこで穴山さんは、こう考えたのではないでしょうか、せめて霊媒として死にたい、と――。芸人として、できるだけ華々しく最期の時を飾りたい――、彼はそんな妄執に囚われていたのだと思います」

神代は訥々と続ける。

「少年の頃から芸一筋で生きてきた穴山さんにとっては、犯罪者として獄に繋がれるより、芸を演じている最中の至福の死の方が望ましかったのではないでしょうか。降霊会の最中に霊に取り殺される、という設定は、霊媒の最後のステージとしては、願ってもないとは思いませんか——。彼は、そうした状況を作りたかったのだろうと思います。皆さんにかかる迷惑など、もう眼中になかったことでしょう。思えば哀しい、芸人の性《さが》ですね」

「だから——あんな自殺の仕方したのかあ——」

美亜が呆れたように呟いた。

「なるほどね——原因は、親父の事件にあるってことか——。それじゃ、そっちの方の真相も話してもらえるんだろうね」

直嗣が云う。

「ええ、我々もそのつもりです」

と、神代は紅茶の最後のひと口を飲み干して、

「では、次は兵馬氏の事件です。まず、あの日——我々がこちらへお邪魔すると、穴山さんはすでに、兵馬氏の離れに来ていました。直嗣さんもご一緒でしたね」

「ああ——」

「そして、我々が成一さん達と応接間で雑談していると、直嗣さんと穴山さんがやって来ました」

そう、美亜に連れられて、成一は神代達に引き会わされた。その後左枝子が加わり、五人で

サイ研究に関して話していた。そこへ直嗣が顔を出し、慈雲斎も現れたのだった。慈雲斎は、二人の研究者に面罵《めんば》の言葉を浴びせかけ、神代達も応戦した。そして、降霊会に立ち会う許可を与えてから、慈雲斎は云いたいことだけ喋り散らして帰って行った――。

「それから、穴山さんは帰ると見せかけて、実はもう一度離れへ引き返したのです」

神代は云う。

「もちろんその時は、殺害の意図はなかったでしょう。――そして兵馬氏に断って、トイレか押し入れに身を隠します。我々の説得を陰で聞いて、それがどれほど的外れか後で説明する――おそらく兵馬氏にはそんな口実を設けたのでしょうが、実際は、こちらがどんな話をするのか聞きたかったのでしょう。彼は口でこそああして強く云っていましたが、内心我々を恐れていたのではないでしょうか。どんなにうまくやる自信があっても、しょせんイカサマはイカサマです――それを暴かれるのが、彼には恐ろしかったのでしょう。我々の知識がどこまでのものなのか、それを知りたかったのだと思います。どの程度のトリックなら通用するのか――こちらの力量を知って、降霊会での対決のヒントになればいいと考えたのです」

神代の物静かな声が食堂に流れる。フミもキッチンで手を休めて、こちらの話に聞き入っている。猫丸まで一言も口を挟まずに、気色悪いくらい静かにしている。おとなしくしているとは云っていたが、この場にいることを忘れてしまいそうなほどだ。

「しかし我々は、早々に兵馬氏に追い返されてしまいました。穴山さんが兵馬氏を殴り殺したのは、その後のことです。そして裾を割って倒れている兵馬氏の死体を尻目に、彼は離れから逃げ出したのです」

「だけどどうして――」

と、直嗣が不満そうに、

「どうして親父を殺さなきゃいけないんだ、動機はどう説明してくれるんだい」

「多分――兵馬氏が、我々を軽くあしらったのに気をよくしたのでしょう。自分がどれだけ信頼されているか、よく判って有頂天になった。そこでかねてからの計画通り、金を無心したのだと思います」

「金か」

勝行が独り言みたいに云った。神代はそれに応えて、

「ええ、ああした連中の最終目的は、やはり金品を掠《かす》め取ることですから。その要求を兵馬氏が一蹴したか――そうでなかったら、何かのきっかけでイカサマが露見しそうになったか――十中八九金品が絡んでいるでしょうが――兵馬氏はあの通り怒ると恐い方です。そこでつい手元にあった凶器で――」

神代が言葉を濁すと、部屋には沈黙が落ちてきた。重苦しいまでの静けさだった。身じろぎさえ許されないような、張りつめた空気の中で、多喜枝が深くため息をつくのが、驚くほど大きく響いた。

そこへ、

「お茶のお代わりをお淹れしましょう」

フミがキッチンから出てきて云った。

「そうだね、頼むよフミさん」

直嗣が、殊更明るくそう云った。その場の雰囲気が砕け、皆一様に、はっとしたように息をついた。

成一のカップも、とうに空になっている。思いがけない話の成り行きに緊張して、喉が渇いていた。

フミはテーブルを一周し、紅茶を淹れて回る。巨大な、如雨露《じょうろ》みたいなティーポットを片手で軽々と持ち、それぞれのカップを満たしていく。成一はなんとなく、その姿を眺めていた。キッチン側にいた美亜、猫丸、左枝子、多喜枝、成一、神代、大内山、勝行、そして直嗣——順ぐりに、黄金色の暖かそうな飲み物が注がれる。成一はぼんやりとそれを見ながら——どうやら、これで終りそうだな——そんなことを考えていた。まさか、こんなことになるとは、想像もしなかった。今日帰ってみたら、事件が解決するなどとは——。わざわざやって来たものの、猫丸の出る幕はなくなりそうだ。しかし、それならばそれで構わない。犯人が判明して、左枝子に危害が加えられる危険が去りさえすれば——それだけでいいことだ。成一はそう思っていた。

だが、まだまだはっきりしないことが多すぎる。神代は本当に、細部まで謎を解明してくれるのだろうか——。

お茶が入るのを待ちわびていたようで、美亜が早速手を伸ばした。カップに口を当てて「熱いっ」と顔をしかめている。大内山も早々にカップを口に運んでいる。成一もゆっくりと、二杯目の紅茶を味わった。熱く、深みのある渋さが、昂《たかぶ》った気持ちを静めてくれる。

勝行が、ひと口口をつけてから、

「それで——結局、犯人はあの霊媒だった、と、そういうことか」

誰にともなく、ぼそりと云った。美亜も音を立てて紅茶を啜りこんで、

「でもさあ、アリバイはどうなってるの？　お祖父ちゃんの事件の時、あの人アリバイがあったはずだよ」

「そうだ、それにいつ逃げたのかも問題だ」

と、直嗣がカップを口元で止めたまま、

「渡り廊下は俺と成ちゃんで見てたんだ。離れから先生が逃げて行くとこなんか見てないぜ」

そう、その問題にも解答が欲しい。建物の周囲に痕跡がない以上、慈雲斎は、渡り廊下を通って逃亡するしかない。しかしそこは、死体が発見されるまで、成一と直嗣の監視下にあった、という問題——。

「そうですね、時間的な問題ですね」

隣の大内山が心配そうに見守る中、神代はそれでも余裕のある表情で、

「それも、多分解けたと思います」

と、二杯目の紅茶を口に含んだ。

「刑事に聞いたところによると、あの日の穴山さんのアリバイは、五時半に浅草の居酒屋にい

た、というものでした。そこで、このアリバイを崩すにはどうしたらいいかを、我々は考えました」

神代はぽつりと言葉を切った。

再び静寂が訪れる。

成一は、紅茶のカップを両手で持って、神代の次の言葉を待った。しかし、それはいつまで経っても聞こえて来なかった。不思議に思った成一は、隣を見ようとしたが――。

最初に気づいたのは美亜だった。

「神代さん――？　どうしたの？」

その声に、左枝子がびくりとして顔を上げる。

成一は、弾《はじ》かれたように神代を見た。そして――息を飲んだ。

様子が――おかしい。

神代は、椅子から半分腰を浮かせている。ティーカップを持った手が、中途半端な位置で宙に止まっていた。

ぎょっとしたように大きく開いた目。まるで、眼前の大気中に、何か信じられないものを発見した、とでもいうように――。

そして、びくんと大きく身体をのけぞらせ――その勢いで、神代の椅子が後ろへ倒れた。椅子はガタンと、大きな音を立てて床に転がる。中腰になった神代の手から、ティーカップが滑り落ちた。カップはテーブルで、トンとひとつバウンドして、そのまま二つに割れた。薄茶色の液体が幾筋も、テーブルの上を蛇のように這う。

「神代さんっ」

「どうした——」

成一が怒鳴るのと、直嗣が叫ぶのが同時だった。

全員が棒立ちになった。大内山は痴呆のように口をあんぐり開けて、一言もない。

神代の上体が、ぎくっ、ぎくっ——咳こむみたいに激しく上下する。

「——く——く——」

喉の奥でおかしな音を発してから、神代は、胸の辺りを両手で押さえ、きりっと身体を反転させる。そしてそのまま、どうと、倒木のように——神代の身体は床に崩れ落ちた。大きな痙攣を二度三度——それきり、動かなくなった。

「ひゃああ」

美亜が悲鳴をあげ、ぺたりと椅子にへたりこむ。

「しまった——こういう方向があったんだ——」

猫丸が間の抜けた声で呟いたのが、ひどく場違いに感じられる。

「神代さん」

成一は云い、神代の傍に跪《ひざまず》いた。揺り動かしても、反応はまったくない。直嗣も駆け寄って来て、

「おい、どうしたんだ」

「ちょ、ちょっと――これ、どういうことよ」

多喜枝がまっ蒼な顔でおろおろする。

「とにかく医者だ」

勝行が、腰が抜けたみたいな歩き方で、電話の方へ歩み寄る。

「義兄さん、あと警察も、です」

直嗣は神代の身体から目を上げて、

「警察も呼んだ方がいい――息を、していない」

震える声で云った。直嗣の額には、脂汗が光っている。

「いやあっ、何なの、これ」

美亜が脚をバタバタさせて叫ぶ。その後ろに、キッチンから飛び出してきたフミが、割烹着と同じくらい白い顔で、茫然と立っている。

まただ――また隣だ。

成一は、血が上って過熱し始めた頭で考えていた。

死者は、また成一の隣から現れた――。それに気がついて、ひとつの可能性に思い至ったのだ。

犯人は、成一を陥れようとしているのではないだろうか。昨夜の猫丸の謎かけ――降霊会を犯行の場に選んだ理由。それは、成一が慈雲斎の隣だったから――。そして兵馬殺害の日取りも、成一の帰宅を待って決定された――。

「もしもし――ええ、救急です、ええ、客が倒れまして」

勝行が電話口で怒鳴っている。

「いえ、そうではないようです――ええ、息をしていません。――違います、若い男性――は？　あ、ああ、いいですか、世田谷区成城――」

受話器を持つ手が、ぶるぶる震える。

「毒――かな」

直嗣が、屈みこんだままぼそりと云った。

「え――？」

問い返す成一に、直嗣は刺すような眼差しを向けて、

「これは、きっと毒を盛られたんだよ、成ちゃん――」

「まさか――」

成一は反射的に、テーブルの上を見た。三つに割れた神代のティーカップ。

まさか――成一はもう一度繰り返した。

確かに神代は、二杯目の紅茶に口をつけた直後倒れた。しかし――しかし、一体誰が、どうやったら神代のカップに毒など入れることができたのか。一杯目の時は平気だった。そして二杯目は――各人の空のカップにフミが大きなポットで注いで回った。全員に同じように注いでいた。しかもそのお茶を――同じポットから注がれた紅茶を、美亜も大内山も勝行も直嗣も、そして成一自身も飲んでいるのだ、しかも神代より先に――。もちろん、フミが注ぐ時に投入

したのでもない。成一は意味もなく、フミの動きを目で追っていた。フミはただ普通に、誰のカップにも同じように、ポットからお茶を注いでいただけだ。不審な行動は、何ひとつなかった。その上、神代は砂糖を入れずにそれを飲んでいた。どこかに毒物を仕込んでおくのも不可能である。だが――だがしかし、神代のカップにだけ毒が混入されていた。そんなことがあるはずがない――。

神代のカップはテーブルに置いてあった。特に指サックの実演で、場所を空けるのに神代は、それをテーブルの中央にずらしていた。誰の目にも入る、目立つ場所にあったのだ。そっと毒を混ぜたり、もちろん放り投げ入れることなど、できるはずはない。

「でも――でも、おかしいよ、叔父さん」

美亜が云った。大きな瞳がわななくように、割れたカップを見つめている。

「だってさ、毒なんかどうやったら入るのよ――。ねえ、まさか――もしかしたら、これも幽霊がやったの？」

「いい加減にしてちょうだいっ」

多喜枝が金切り声をあげて、

「もう勘弁してちょうだいよ、毒だとか霊だとか、どうして家でばっかりそんな変なことが起こるのよ」

「でもママ、ホントに何がどうなったのか、判らないじゃないの」

「それに姉さん、これじゃ、毒死としか考えられないだろう」

美亜と直嗣が、てんでに大声で喚く。勝行が苛々と振り向いて、

「静かにしてくれ、電話ができないだろう」

火のついたような興奮の中、皆が怒鳴り合っている。怒号と混乱の行き交う部屋で、大内山と猫丸、そして左枝子の三人は言葉を失ったままだった。

大内山は、さっきから一言も発していない。ただ茫漠と、放心の体。幽鬼のように突っ立っているだけだ。神代の、意思を失った身体を足元に見下ろしながら、茫然と立ちつくしているだけだった。

猫丸も完全に魂が抜けている。立ったまま、腰まで抜けているようで、これではまるで役に立たない。これほど頼りにならないとは思わなかった。今まで、この男を買い被りすぎていたことを、ようやく成一は悟った。

そして左枝子は――揺れていた。椅子の背もたれに片手を預け、それでかろうじてバランスを取って――ゆらりゆらりと揺れている。紙のように白くなった美しい面には、もはや何の表情もない。喪心しきって長い髪を揺らし、ただ立っているのがやっとのようだった。心配になって立ち上がった成一の背に、勝行の声がする。

「あ――至急、大至急柏木警部に、あ、ああ、すみません、捜査一課の柏木警部を――いえ、その方が早い――あ、方城といいます、世田谷の方城――ええ、そうですそうです、その事件の――ええ、ですから、その担当の柏木警部に大至急――」

＊

「ああ、警部さん、ええ、はい、方城です——ええ、またです、また事件が——はい、私の家で——え、ああ、神代さんです、正径大の、ええ、呼びました、しかし多分もう——いえ、それがよく判らないのですが——」

伯父さまの、電話をする声が遠くに聞こえる。でも、ひどくかすかで、とても小さい。

耳鳴りがする。

まるで、私の頭の中に、何万匹もの蜂の大群が住みついてしまったみたい——。

わんわんわんわん——。

頭の中で、蜂の群れが旋回しているように。

耳鳴りがする。

それで伯父さまの声も、美亜ちゃん達の声も、とても遠くにしか聞こえない。

頭が——痛い。

がんがんする——。

でも、何か思い出さなくちゃいけないのに——。

どうしてだろう——どうしてかしら——。

何か——とても恐ろしいことが起こったような気がする。

わんわんわんわん――耳鳴りが繰り返す。

あってはいけない出来事。

あるはずのない出来事。

そんなことが本当に起きると、人の心は動きを止めてしまう。

あってはいけない出来事――だけど、それって何だったのかしら――。

わんわんわんわん――耳鳴りが止まらない。

あってはいけないこと――。

何だったっけ――。

思い出せない。

たった今、ここで起きたことみたいな気がするのに――。

わんわんわんわん――耳鳴りが、痛いほどに、頭の内側をかき回す。頭が――痛い――。

でも――平気。

大丈夫。一晩眠れば、きっとよくなるから。

そう、夢と同じ。

朝になれば、溶けて流れて、別にどうってことなくなるに決まっている。

だって、あってはいけない出来事なんて、本当にあるはずないんだもの。当り前よね、あってはいけないからこそ、あるわけはないんだから――。何を云ってるの？　私は――。

わんわんわんわん――頭が、痛いの。

とっても、痛い——。

だから私を放っておいてね。

しばらくじっとしていたいから。だから誰も、私に何も云ったりしないでね。だって私、頭がとても痛いんだから——。

「——枝子——」

誰？

ダメ——今はお話ししたくないの。

「——左枝子」

母さん？　うん、平気。頭痛がするだけ。だからそんなに揺り動かさないで——頭に響いて痛いんだから——。

ねえ、母さん、少し眠るね——。明日の朝まで、ぐっすり眠るから——だから声をかけないで——。

「左枝子——大丈夫か」

兄さん——。

兄さんの声。現実の兄さんの——。現実——？

現実に——今あったこと。

現実に——起こった出来事。

瞬間——私の頭の中の蜂達が、光った。

無数のガラス片になって、砕けて舞った。

キラキラと、ひらひらと――幾千幾万の光の粒が、砕け、飛び散った。音もなく、静かに
――そんなイメージが、なぜだか脳裏を走る。

子供の頃の、悪夢――？

あの事故の時の――。

フロントガラスが、光の雨になる――。

母さん――父さん――。

神様――ああ、神様。

現実の、出来事。

神代さんが――神代さんが――。

死んで――。

そこまで――そこまでだった。

そのまま私は、深い暗黒の中に意識を放りこまれて――。

第七章

柏木警部が、物凄い形相でこちらを睨んでいる。

応接間――。

事件の関係者全員が――ただし、気を失ってしまった左枝子を除いて――ここに押し込められていた。

警部はドアを背にして立ち、開いた手帳と成一達の顔を交互に睨みつける。口を不機嫌にへの字にし、苦虫を嚙み潰したみたいな表情。警部の左右に立った、他の四人の刑事も、一様にむっつりしている。地味な背広の三人の中年刑事に、育ちのよさそうな、上品な顔立ちの若い刑事が一人。警部の不機嫌が伝染したように、四人とも険しい表情を崩さなかった。

「で――庭の物置には鍵がついていなかった――だから誰にでも自由に出入りができた――。間違いありませんな」

警部が云った。口から火でも吹きそうな口調だった。先日の慇懃さはどこへやら、誰彼構わず嚙みつきかねない勢いである。

「ええ──間違いありません」

勝行が、消え入りそうな声で答えた。

「物置の除草剤は、誰にでも入手可能だった──ということになる。これも間違いありませんな」

「はあ──」

警部の恫喝《どうかつ》にも似た質問に、勝行は力なくうなだれる。

「一体どういう管理をしとるんですか、ジクワット系除草剤の致死量はわずか六グラムですぞ、猛毒なんですよ──それをあんなところに、鍵もかけずに放り込んで置くとは──なんたることですか」

「しかし、まあ──警部さん」

怒れる警部に、直嗣が困り果てたように、

「さっきも云いましたけど、あそこへそんな物を置いたのは、庭の業者の人ですよ。家の者は与り知らないことですから、それをそんなに責められても──」

「何を云っとるんです。だからと云って責任がまったくないとは云い切れんでしょう」

「でも、たかが庭の物置に鍵をつけるというのも──」

「それが無責任だと云っとるんです。あんな劇薬を保管するんなら、相応の処置をするのが常識じゃないですか」

「だから警部さん──家の者はあそこにあんな物があるとは知らなかった、と、さっきから何度も──」

「知らない物がどうして客のティーカップに入っとるんですかっ」

柏木警部は一喝した。こめかみがぴくぴく震えている。

かなり苛立っているようだったが、それも仕方ない──現場の責任者としては、こうも次々と関係者に死なれては、立つ瀬も何もあったものではないだろう。

「それじゃ、神代さんはやっぱり、その除草剤を盛られたんですね」

懲りもせず直嗣が聞くのを、柏木警部は、

「そんなことはあなたに心配してもらわんでも結構です。そのために監察医と鑑識が今働いております」

ぎろりとひと睨みして一蹴する。団栗まなこが血走っている。鹿児島の偉人も、怒るとこんな顔になったのだろうか──。警部は、その刃物みたいな目つきのまま、一同を見回して、

「一体この家はどうなっとるんです。ご主人が殺されてからまだ日も浅いというのに、バタバタと関係者が殺されるとは」

荒い鼻息で、苛々と云う。

「そんなことおっしゃったって警部さん──」

と、多喜枝が涙声で抗議する。

「ウチだって迷惑なんですよ。どうして家でばっかりこんなことが──こちらが聞きたいくらいです」

「聞いとるのはこっちです」

「でも、警部さん――父の事件だってまだ解決してないでしょう。警察の方がそっちを早くなんとかしてくだされば、こんなことにはならなかったと思いますけど――」

すねるように多喜枝は云う。

母さん、余計なことを――成一は、思わず下を向いた。呑気で大らかなのはいいのだが、それが災いして母は、時折相手の神経を逆撫でするようなことを云う。果たして、今度は、西郷さんの左に立った中年刑事が声を荒げた。

「だからこうして事情を聞いてるんでしょうがっ。それを何です、あなた達は、少しは協力しようという気があるんですかっ。だいたい何なんです、全員同じようにお茶を飲んで、被害者だけ倒れるというのは――そんなふざけた話が、いつまでも通るとでも思ってるんですかっ。それを霊だの何だの、くだらない戯言《ざれごと》ばかり云って――いい加減にしてもらいたいものですなっ」

「殿村《とのむら》君、まあ、そのくらいで――」

激昂する刑事を、柏木警部が宥《なだ》める。見るからに、気の入っていない宥め方だった。刑事はまだ息も荒く、燃え立つみたいな目つきで多喜枝を睨んでいる。

西郷さんは、気を変えるように、太い息をひとつついて、

「では、詳しい事情は個々にまた、後ほど伺います。今はこちらで待機していただきます」

高飛車な口調でそう云った。後でこってり絞るから、覚悟しておいてくださいよ――そんな

ニュアンスが、たっぷり感じられた。

刑事達を促して、柏木警部がドアノブに手をかけるのを、

「あの――警部さん――」

呼び止めたのはフミだった。

「何ですかな」

「あの、嬢ちゃまの――左枝子さまの付き添いを、私が――」

「ご遠慮ください、医師も看護婦もついていますので」

「でも――私、心配で」

「ご心配なく、ショックで貧血を起こしただけだと、医者も云ってました。ああしてお部屋で休ませておけば、じき快復するとのことです」

云い捨てて、ドアを開けた警部の背中に、再びフミが、

「あの――警部さん、それと」

「――何ですか」

摑みかかりそうな顔で警部が振り向く。

「あの――警察の皆さんにお茶でも――一服なすったらどうかと――」

「結構です」

と、出て行こうとする。

「あの、警部さん」

今度は美亜だ。

「はい、何かっ」

「がんばってくださいね」

「――」

露骨に歯ぎしりして、

「ありがとう」

怒鳴るように云って、ようやく警部は部屋を出て行った。三人の中年刑事もその後に従う。若い刑事が一人だけ残り、ドアを閉めるとガードマンみたいに、その前に直立不動。どうやら関係者――いや、容疑者の監視役なのだろう。

西郷さん達がいなくなると、応接間にはゆっくりと、弛緩した雰囲気が降りそそいでくる。台風一過――。まるで、部屋全体がため息をついたみたいに――。

今日はこの繰り返しだな――成一はそう思った。興奮と沈黙とを、交互に繰り返している――。

家族達は、それぞれの物思いに耽っているようだった。

勝行はソファに座り、いつものごとく無表情に、テーブルの一点を見つめている。

多喜枝はその隣で、身体をだらしなくソファに投げ出している。

美亜はカーペットにぺたりと座っている。長いジーパンの脚を伸ばし、時々ドアの刑事に向ける眼差しが不安そうだ。

直嗣はソファの肘掛けに腰だけ乗せ、例によってキザにも見える仕草で腕組みをしている。さすがに、得意の皮肉な笑みは影を潜め、組んだ膝が貧乏揺すりに揺れていた。

フミは所在なさげに、勝行達の背後をうろうろしている。落ち着かないようで、大きな丸い身体の、身の置き所を探しているようにも見える。

そして大内山は、まだ衝撃から立ち直っていないようだった。多喜枝の向かいのソファで、身を硬くして——まるで自身の体が椅子になったかのように座っている。何かを恐れているように、アンパンみたいな丸顔が血の気を失っている。完全に混乱しているらしく、さっきまでの警部の質問にも、満足に答えられないありさまだった。「何も知らない、今日は神代に連れられて来ただけだ」と、繰り返していた。

猫丸は、というと——これも虚脱したように、ただただ悄然と座っているだけだった。抜けてしまった魂が、どこかで迷子になっている——そんな感じだ。頼りにならないことこの上ない。

放心しきった人達が集う部屋の中で、若い刑事だけが、一人難しい顔をしていた。背が高く、どことなくなよなよした印象の、おとなしい顔立ちではあったが、それでも精一杯威厳を取り繕って、ドアの前で頑張っていた。

何がなんだかさっぱり判らない——沈黙を持て余して、成一はそう考えていた。兵馬の事件が起きてからこっち、何度も思ったその感想が、頭の中に渦巻いている。どうして神代まで殺されたのか——。あのカップに、どうやったら毒を入れられるのか——。神代の推理はどこまで正しいのか――。それについては柏木警部も、何らコメントは残さなかった。一体何がどうなっているのやら――。無性に煙草が欲しくなったが、成一は普段吸わないので、持っていない。直嗣に一本もらおう――そう考えて顔を上げると、猫丸と目が合った。

魂が、戻って来ている――。半分前髪に隠れた仔猫じみた双眸に、精気が甦っている。それも、いつになく神妙な光を帯びているのに、成一は気がついた。

猫丸は、その丸い目を、まっすぐに成一へ向けると、

「すまん、僕が迂闊《うかつ》だった――こんな方向があるとまでは気が回りきらなかった。どっちにしろ僕のミスだ、許せ――」

おかしなことを云いだす。成一はびっくりした。このヘソ曲がりが、こんなに素直に謝るのは、稀なことなのだ。まだ寝ボケているのかもしれない。

猫丸は、成一の返事など待たずに、すいと目を逸らし、

「時間が――ない、か」

と、呟いた。独り言だった。

「こりゃ急がないとマズいな――手遅れになったらエライことだ――。ちょいと芝居がかりでみっともないけど――この際仕様がないか――」

そして何を思ったか、やにわに立ち上がって猫丸は、

「皆さん、ご安心ください、これで事件はすべて解決しました」

大きな声で叫んだ。

その場にいる全員が、きょとんとしてその小柄な変人を見る。刑事も、このいきなりの発言に対処しきれないようで、口をあんぐり開けている。

多喜枝が毒気に当てられたように、

「――あの――ねえ、成一、こちらはどういう――？」

「うん、俺も聞こうと思ってた――」

と、直嗣も気味悪そうに、

「成ちゃん、この人何者なんだ」

猫丸はそうした声をきっぱりと無視して、

「安心してください。皆さんを苦しめていた怪異な事件の数々、すべてが今日で終りなのです。こうして僕が来たからには、皆さんはもう何も案ずることはありません。今夜からは安んじて、枕を高くして眠りについていただけることをお約束しましょう。ところで、ひとつ質問があります――美亜さん、あなた夜寝る時、何を着て寝ますか」

「はあ――？」

美亜の目が、猫丸に負けず劣らず丸くなる。無理もない。兄の友人と称してやって来た人物が、突如として変なことを口走ったと思ったら、今度は「エッチなおじさん」的質問を投げかけたのだから――。これではただの変質者だ。

「何を着て寝ますかっ？」

猫丸の迫力に気圧されて、美亜はもぐもぐと、

「あの――パジャマ、ですけど――」

「パジャマですか、そうですか――それじゃ、例えばあなた、日本旅館に泊まって、ユカタで寝るとしますね」

「はあ――」

「その時、帯はどこで締めますか」

「――え?」

「帯ですよ、帯。知ってるでしょう、着物を着る時巻くヤツ――旅館でユカタが畳んであって、その上にこう、丸まって乗っかってる」

「はあ」

「その帯、どの辺りで締めますか」

「はあ、ええと――こうやって――」

美亜は、自分の腰の辺りで両手をひらひらさせてから、

「あの――ここかなあ、この腰骨の出てるとこ」

脇腹の下を押さえて云った。猫丸はそれを見て、ちょっと目を細めると、

「なるほど、そこですか、結構――で、勝行さん、あなただったらどうです」

突然聞かれて勝行は、釣り込まれるように、

「ああ、寝るんだったら私もその辺だがね――いや、それより君は一体――」

「結構です、大体皆さんその辺で結びますよね、よろしい」

と、猫丸は真面目くさった顔つきで、

「それで、刑事さん」

「——あ？」

若い刑事は、ぎくりとして猫丸を見た。

「今からちょっと僕達、雑談しますからね——いいんでしょう、雑談くらいしても——。だからここからの話は、あくまでもただの、他愛ないお喋りですからね——聞いてても聞かなくても結構です、あまりお気にせずに——いいですね」

猫丸が云っても、刑事は何の反応も示さなかった。雑談くらい勝手にすればいいことだし、頭のおかしな関係者が何を喚こうが、職掌外と判断したらしい。

「さあ、それじゃどこからお話ししましょうかね——」

と、猫丸は、勿体をつけるように、

「まず、降霊会のトリックから行きますか、あれが一番判りやすいし、皆さん気になるようですからね——。霊媒の穴山氏が、どんな手法でもってみなさんをたばかったか——それをお聞かせします」

「いや、ちょっと、猫丸先輩——」

成一は慌てて止めた。これ以上とんちんかんを続けられてはたまらない。

「それはもう判ってるじゃないですか、さっき神代さんが説明してくれたでしょう」

神代が死ぬ前に証明した指サックのトリック。現物はもう警察の手に渡っている。ほんの少し前に聞いたばかりなのに――この男、やけにおとなしいと思ったら、居眠りでもしていたのだろうか。

しかし猫丸は、逆に呆れたように成一に一瞥をよこして、

「あの、指の玩具がどうこうとかってあれか――やれやれ、バカバカしい、お前さん、どこで物を考えてるんだよ、その首の上に乗っかってるのはパイナップルか、その頭の中に詰まってるのは、ジューシィな果汁百パーセントかよ」

家族の面前で平気で罵倒してくれる。情けも容赦もない。あまりのことに、成一は返す言葉もない。食堂で被っていた猫は、完全に脱ぎ捨ててしまっている。猫丸が猫を脱いだら丸くなるはずだが、現物は相当角が立っている。

「いいか、よく考えてもみろよ――現実問題として、霊媒がそんな危なっかしい手を使うわきゃねえだろ。隣で指を押さえてたのは神代なんだぞ。霊媒の気持ちになって想像してみろや――論敵が隣にいるのに、玩具に代役任せようって気になると思うか。相手はどうにかしてこっちのイカサマ暴こうって虎視眈々《こしたんたん》と狙ってるんだぞ。芸の最中に、隣の神代が指をちょっとでも動かしたらどうしよう――って、そういう危険を考慮に入れるのが普通じゃないか。そんな中で、誰が指の玩具なんか使うもんか。いいか、例えば――もし神代が勝手に、ひょいっと手をずらしてみろよ――コロコロコロってんで、指が一本だけ転がっちまう。それでパーだ。神代が玩具を引っ摑んで電気をつければ、それでオシマイ。イカサマの証拠は丸々相手に渡って、にっちもさっちも進退窮まる――な、そうだろう。そんなリスクを背負って、霊媒の大将

が、あんな方法使うなんて、普通に考えりゃおかしいと思うぜ。本当にお前さん、単純だね——こんなバカげた説を鵜呑みにしやがって。こんなの信じてるの、きっとお前さんだけだぜ。警察はもちろん、ここにいる家族の皆さんだって、とっくにそれくらい気がついてるはずだよ」

「え？　でも、あたし——」

美亜が何か云いかけて、途中でやめた。少なくとも、単純なのは成一だけではないようだ。

「それじゃ——先輩」

と、成一は、口を開き、

「あのさっきの、神代さんが解説してくれたのは——」

「残念ながら、不正解だよ」

猫丸はこともなげに云いきる。

「全部とまでは云わんが、ほとんど間違いだ。多分、あの指の玩具は、前に神代が別の霊媒からせしめた戦利品なんじゃないかな」

「別の霊媒——？　じゃ、あれは穴山さんの物じゃなかったって云うんですか」

「当り前だろう、今云ったばかりじゃないか」

「だったら神代さんは何のためにそんな物を持って来て、あんな話をしたんですか」

「まあ、彼には彼なりの事情があったんだ、それも追い追い話してやるさ」

「では、穴山さんが自殺だったというのも間違いなんですか」

「当然。神代説では、ナイフも、霊媒の大将が胃の中から出したことになってたみたいだけど——ナイフは呑めないんだよ。数珠はいいとして、ナイフなんか呑んだら胃に穴空くぜ。長い剣を、ずるっと呑んで見せる芸があるけど、あれだって、あらかじめ食道に鞘《さや》を隠し呑んでるからできるんだ。単独でナイフだけ呑むなんて、いかに熟練の人間ポンプにだって無茶だよ。けど、そんな鞘みたいな物は現場から発見されていないし、被害者の胃の中から見つかった、なんて警察発表もない。凶器はやっぱり、他の誰かが隠し持ってたと考える他はないだろう——つまり、犯人が、な」

「じゃ、穴山さんが祖父の事件の犯人だというのも——」

「無論、ボツだ」

「——それでは、事件はフリダシに戻る、ですか」

「いや、云っただろう。上がりだ。今日で上がり、みごと打ち止めだよ」

猫丸はにやりと笑って、周囲を見回した。

誰もが、不思議そうに、このおかしな小男を見つめている。何か珍しい見せ物でも見るかのように——。中でも直嗣は興味を引かれたようで、頻にいつもの皮肉っぽい笑みが戻っている。

「ご高説、拝聴しましょうか——」とでも云いたそうだった。猫丸は、そんな周りの反応を楽しむように、もう一度ぐるりを見渡して、

「さあ、では、降霊会での慈雲斎氏のトリックをご披露いたしましょう。実際、簡単なことだったんです、実にまったくもって、バカバカしいと云ってもいい手口だったんですよ」

猫丸は、気を持たせるようにゆっくりと喋る。それが、聴衆の耳を欹たせるテクニックだと、心得ているようだった。

「さっきも申しました通り――術を行っている最中は、両隣の手が、いつ確認のために動くか判らないのですから、慈雲斎氏の両手は、確実に最初の位置から動かなかったはずです。つまり彼は、本当に手を使うことができなかった――いいですね。では、実際にやってみましょうか」

そう云って猫丸は、両手を拡げてぺたりとテーブルの上に置く。蛙の真似のようなポーズ。もうお馴染みの、ここにいる全員――フミと刑事を除外した全員が、つい先日同様のポーズを取った。

「この態勢で、慈雲斎氏は数々の怪異を演じて見せました」

猫丸は、そこで大きく間《ま》を取る。一同の関心を招き寄せる、効果的な間だった。

「この姿勢のままで、鐘を鳴らしたり光る布を操ったりしたわけですね、そう考えると、一見不可能なように思えなくもありません」

「そうだよ、そんなことできっこないから、幽霊の仕業だと思ったんだもん」

最初に猫丸のペースに嵌まったのは美亜だった。猫丸は、子供みたいな笑い顔をそちらに向け、

「そう、そう思わせるのが霊媒の仕事ですからね。――じゃ、やってみますよ、僕は訓練してませんから、慈雲斎氏みたいにうまくはできませんけど、まあ、そこはご愛嬌ということでご

勘弁を――。まずこの格好のまま講釈があって、蠟燭を吹き消す。そしてまっ暗になって、呪文を唱えた後――こうです――よいこらっと」

掛け声と共に、猫丸は両手をついたまま肘を伸ばし、膝をバタつかせながらテーブルの上によじ登る――。

全員が、あっけにとられて、猫丸の狂態を見守る。

猫丸は、よっこらしょっとテーブルに乗り上げて、尻をつける。もちろん掌の位置だけは変らない。

「降霊会のバックに流れていたテープの音は、もちろん、この時のテーブルの揺れと音をカムフラージュするためのものでした。音は相当大きくて、テーブルが振動するほどだったそうですからね――」

そう云いながら猫丸は、テーブルにつけた尻をもぞもぞと動かす。掌は動かず、尻だけが前へ移動して――ちょうど、手を後ろについてくつろぐ時の格好、とでも云おうか。

「それで――神代さんもさっき云ってましたが――慈雲斎氏は芸熱心な人だったようで、得意の人間ポンプの他にも色々な芸を身につけていました。兵馬氏の声を演じた腹話術もそうですが――そのひとつに足芸がありました」

足芸――そう云えば、あの武井が云っていた。穴山の仲間達の芸――大神楽、椅子の曲乗り、曲技、足芸――。

「足芸、というのは読んで字のごとく、文字通り足を使った芸のことでしてね、逆立ちしたまま足で、樽を回したり、お手玉をしたり——まあ、正確にはお足玉でしょうが——」

テーブルに座ったまま、両足を天井に伸ばして猫丸は、器用にひょいひょいと動かして見せる。シンクロナイズド・スイミングのようだ。

「それに凄いのになると、足の指の間に竹串を挟みましてね、客の投げる穴開き銭を、それで受け止める——なんてのもあったそうです、銭はご祝儀として芸人の懐に入ったそうですが——。つまり、慈雲斎氏が使ったのもこの足芸だったんですよ。考えてもみてください、手を使えないのなら、後はもう足を使うしかないでしょう。どう考えてもこれが一番自然な発想ですね」

猫丸が言葉を切っても、一同は言葉もなく唖然とするだけだった。猫丸の両足だけが、ひょいひょいと動いている。他人の家の応接間で演じるには、いささか無作法な芸だったが、誰も咎《とが》め立てする気分にはなれないようだった。

「ほら、ご覧なさい、こんなに楽に両足を動かせますよ。高齢の慈雲斎氏にはちょいとキツいかもしれませんが、若い頃はもっとハードなことをやってたでしょうからお茶の子でしょうね。体にぴったりした作務衣を着てたのも、足の動きの邪魔にならないためです。袖が、両隣の人の腕に触れないための用心でもあったのでしょう。降霊会の最中、小指が動かなかったのも、それが作り物だったからじゃなくて、掌を支点にして体を支えていたからです。ほうら、こんなに自由自在ですよ」

調子に乗って、ひょこひょこと足を踊らせ続ける。

「それで、この足でテーブルの上の物を動かすのは、子供にだってできることです。光る布は、簡単なボディチェックくらいでは見つからないように巧妙にズボンの縫い目にでも細工して、縫い込んであったんでしょう。そうすれば片足で引き出せますからね――。兵馬氏の声がテーブルの上から聞こえてきたのも、錯覚なんかじゃなくて、当然のことです。腹話術の発声源が、こうしてテーブルの上にあるんですから――。慈雲斎氏本人の台詞の時だけは、のけぞって、口を、自分の椅子の上辺りに持って行けばいいわけです。感覚の鋭い人なら、テーブルの上空に、何かの気配を感じたりもしたことでしょうね」

そこまで云って猫丸は、ひょいとテーブルから飛び降りた。きれいに着地して、体操競技のフィニッシュを決めたかのようだった。

しかしそれにしても、こんなバカげた手口とは――。

「本当に私達――こんなのに騙されてたの――?」

多喜枝がぼんやりと云った。誰もが、猫丸の話術の策中に、次々と嵌まり込んでいく。

「霊媒のやり口は、いつでもバカバカしくもシンプルで、意外なものでしてね」

猫丸は愉快そうに云う。

「いい手品のタネがそうであるように、聞けば、なあんだそんな簡単なことなのか――って、拍子抜けするようなものが多いんですよ」

猫丸は、煙草を取り出して深々と一息吸いこんだ。

その時、バタンっと、ドアが開いた。

見ると、張り番の若い刑事が慌てて駆け出して行くところだった。猫丸もその背中をちょっと見て、大きく煙を吐くと、

「さて、この一連の事件に共通する特性は、無計画性、突発性にある——そう僕は思います」

いきなり朗々とした声で喋りだす。今の実演で見せていた飄逸《ひょういつ》な調子とはかけ離れた、真剣そのものの態度だった。その変換も術の一つらしく、聴衆の興味がさらに傾いたようだった。

「すなわちすべてが中途半端なのです。計画性がなく突発的で、行きあたりばったりの印象すら感じられる——。なぜ僕がそう思ったかと云いますと——まず、最初の兵馬氏の事件です。犯行現場だった離れが少しも散らかっていない。僕が成一君に頼んで調べてもらったところ——離れは仏像やら仏具やらで、古道具屋のように雑然としていたようですが、それは元々そうなっていただけで、犯人の手によって散らかされたのではないんです。つまり、犯人はあそこにあった物に手を触れていない——いいですか、そこで、です——」

と、猫丸は煙草を深く吸って、

「兵馬氏の事件は、一見不可能と思える状況の下にありました。誰も出入りできないはずなのに、犯行は成された——それで、霊の殺人という、突拍子もない発想が出てくる余地が生じたわけですが——。しかし——しかしですよ、もし犯人に最初からそういう意図があったとしたら——計画的に不可能状況を作り上げて、霊の手による殺人というコンセプトをアピールする気があったのなら——どうして離れは散らかっていなかったのでしょう。霊の手による殺人を、もっと端的に示すための小道具が、あそこには山ほどあるじゃありませんか。兵馬氏の奥さん

の遺影でもいいし、仏像でもいい、幽霊を描いた掛け軸でもいいし、降霊会の時、慈雲斎氏がそうしたように数珠でもいい――どうして山とある小道具を使って、イタズラを仕掛けなかったのか――。かろうじて、兵馬氏が茶椀を抱いていたのが、不気味と云えば不気味ですがしかし、もっとあくどい演出をしようと思ったら、できたはずなんです。数珠を死体の首に巻きつける、とか、木魚を口に突っ込むとか、凶器を仏像の手に握らせるとか――、そのつもりさえあれば、格好の材料が、あの部屋にはごまんとあったのです。――だが、犯人はそうした小道具を使わなかった。これは、犯人にそんなつもりはなかったのではないか――そう僕は判断します。初めから不可能状況を作る予定ではなかった――つまり、計画的ではなかった、と思うのです」

猫丸は、短くなった煙草を、灰皿に押しつけて丁寧に消し、

「ちょっと判りにくかったですね――それじゃ、もっと判りいい例でお話ししましょうか――次の降霊会の事件です。ここに一つ、大きな問題があります。すなわち――なぜ犯人は、犯行の場として、降霊会という特殊な場を選んだのか――という問題です」

長い前髪をはらりとかき上げ、ちょっと成一に目配せを送って猫丸は、

「考えてみればおかしいですよね、もし慈雲斎氏に対して殺意を抱いているのなら、犯行は外でやればいいんですよ。なにもわざわざ容疑者が限定される、あの特異な閉塞状況下で殺人などやらかす必然性がないんです。現に、容疑者の枠はぐんと小さくなってしまっています。――あの会の参加者の中に犯人がいる――自分からそれを宣伝しているみたいなものですよね。

そう考えれば、この事件も計画性のない、突発的な犯行であるという、僕の意見にもうなずいていただけるはずです」

猫丸がそこまで云った時、刑事達が部屋に雪崩れ込んで来た。五人ほどの頭数で、先頭には西郷さんの、見慣れたイガグリ頭があった。さっきの若い刑事を別にすれば、他の三人は成一の初めて見る顔だった。

若い刑事が、柏木警部に何やら耳打ちしている。その手は猫丸を指差していて、告げ口でもしているように見えた。蟹みたいな顔の刑事が何か云おうとしたのを、柏木警部が手で制した。警部自身から何か発言があるのかと見ていたが、不機嫌に腕組みしただけで、何も云わない。不安になって、猫丸はと様子を窺えば、当の変人は面白そうに微笑している。そして平然と、また成一達を見回して、

「さて、ではなぜ犯人は、降霊会の会場を犯行の場として選んだのか――。もちろん慈雲斎氏を殺害するのなら、会の前日にでも、夜道か何かで襲えばいいことです。その方が容疑者の枠は拡散されて、今より犯人の限定が難しくなるはずですから――。では、どうしてそうしなかったのか――？　それはきっと、犯人の方に、当日になってそうせざるを得ない必要が生じたから――これ以外には考えられないと思うんです。それまではそんなつもりなど露ほどもなかったのに、あの日になって初めて、あの閉塞状況で殺人を犯さなくてはならない理由ができてしまった――。そうでなかったら、あんな密閉された部屋で人を殺す必然性がありませんからね。では――その必然性とは何か――。これはもう云うまでもないでしょう、降霊会の当日、

変更事項があったからに他なりません」

「変更事項――？　何を変更したんだっけ」

直嗣が聞いた。その問いかけは、不審の表れではなく、純粋な質問だった。いつの間にか直嗣まで、猫丸のペースに巻き込まれている。猫丸は少し苦笑して、

「あなたが忘れちゃいけませんね。変更――あったじゃないですか――当日になって、慈雲斎の大将は急に云い出したでしょう、呼び出す霊を変えるって」

「ああ――そうか、そうだった」

直嗣が膝を叩いた。猫丸の物云いが、いつものくだけた調子に戻ってきていたが、そんなことは気にならないようだった。

「あの日――午後の遅い時間になってから――慈雲斎の大将は、兵馬氏本人の霊を呼ぶことにした、と変更を発表しました。これが犯行の、直接の動機になったと考えるのが最も自然なんじゃないでしょうか。もし犯人に、前々から大将を殺す気があったのなら――降霊会そのものは日程が決まっていたんですから――それより前の、犯人が特定されにくい状況での殺害になったはずです。その日にきっかけがあるとすれば、この一点しかないんですね――犯人が、あの日に犯行を決意する条件は、他にはないんです。しかし大将は、精神統一と称してこもりっきりになってしまった。そのためチャンスは、大将が姿を現す、降霊会本番の時しかなくなってしまった。だから犯人はやむなく、あの密閉された場で決行するしかなかった――と。そういうわけです。さて、ではどうして、その変更が犯人に犯行を決意させたか――。今度はここ

がポイントになってきます」

猫丸はひと息つき、新しい煙草に火をつけた。

「霊媒の大将本人にとっては、この変更は大して意味などなかったでしょう——。もちろん、三十年も前に亡くなった兵馬氏の細君より、つい先日死んだ兵馬氏を登場させた方が、降霊会が効果的になる、という計算からだったんでしょうが——結局、大将のやることは変らないわけですからね——腹話術で喋る内容がちょっと変るだけのことです。しかし、こいつが犯人にとってはたまらなかった。あの限定空間での、無謀な犯行を決意させるはどのダメージがあった。さあ、それはどうしてなのか——」

ゆっくり煙草の煙を吐きながら、猫丸は云う。紫の煙がゆらゆらと、長い前髪をかすめて上っていく。

「ところで、霊媒の人達が使う手で、こんな方法があるのを知ってますか——? リアリティを出すために、特定の人しか知らないことを、降霊会の場で喋る——というやり方なんですが——。例えば——よくテレビでやってますね——霊能者が霊視とやらをやって、あなたの故郷の実家には、こんな木の生えてる庭があるだろう、とか、玄関にこんな置き物を置いているだろう、とか云って——ゲストのタレントをびっくりさせてます。霊媒が知ってるはずのないことを当てて見せる、というテクニックです。実はあれ、事前に仲間がリサーチに行っているんですね。実家にはそっと調査に行き、玄関にはセールスを装って訪問する——。霊媒はその報告を受けた上で、もっともらしく喋ってるだけなんですから、かなり楽な技と云えるでしょうね。まあ、余談はともかく――慈雲斎の大将も、降霊会でこの手を使おうとしたのかは、今となっては判りません。ただ、犯人にしてみれば、途轍もない脅威だったとは思いませんか――？　兵馬氏を呼び出すと変更したのは、何か特別な意図があるのではないか、もしかしたら兵馬氏しか知らないはずのことを、降霊会の場でぶちまけるつもりじゃないだろうか――と、気が気じゃなかったことと思います。犯人は、こう考えます――ひょっとしたらあの霊媒、事件に関して何か摑んでるんじゃないか、それを降霊会で、兵馬氏のフリをして喋り立てるんじゃあるまいか、わざわざ変更するくらいだから、よほど大きな情報を握ったに違いない――。疑心暗鬼、ですね。兵馬氏の事件に関して、何か後ろ暗いところを持つ人物がいたとしたら、それを恐れるのは当然の心理です。もし大将が秘密の情報を持っていて、それを降霊会で活用すれば、抜群の効果を上げることでしょう。そう、例えば――兵馬氏の霊が降りて、犯行の現場――兵馬氏が殺された時の状況を再現してみせれば、凄いインパクトがあったでしょうね。兵馬氏の声色で――うわあっ、お前は誰それじゃないか、何をするんだ、やめろ、ぎゃあ――ガクっ、てな具合にやるわけです。犯人は、それが恐かったんじゃないでしょうか。あの霊媒は犯人を知っていて、この演出効果を狙うために今まで黙っていたんじゃないだろうか――と、そんな疑心暗鬼に取り憑かれてしまった。それが犯人をして、降霊会を阻止せしめた理由なのではないか――僕はそう思います」

猫丸はそこで煙草を揉み消して、仔猫みたいな目を上げた。もはや誰も異論を挟まない。猫丸の話術は早くも、この部屋全体を支配下においてしまっている。五人の刑事でさえ何も云い出さない。揃って難しい顔つきを壁ぎわに並べ、腕組みをしているだけだった。

「これで、兵馬氏殺しと霊媒殺しの犯人は、同一人物であると云えると思います。あの変更が犯人に、大将を黙らせるのを決意させた、ということは、それは取りも直さず犯人がすでに、兵馬氏の血で手を汚していたことを物語っているんですね。大将があの日あそこで殺される条件は、これしかないんですから。——と、まあ、こんなわけで——全体を通して計画性がない、と云った僕の考えは判ってもらえたと思います。それで、それから——この無計画な犯罪の中で、犯人が今まで捕まらずに乗り切って来られたのは、ひとえに運と度胸からだった、と、僕はそう思います」

猫丸はちょっと考えてから、

「運——そうですね、運です。これだけ何の計画も策略もない犯人の行動が、今日まで露見しなかった——。それは、恐ろしいほどの強運に恵まれていたからだ——と、僕は思うんです。今までバレなかったのが嘘みたいですよ。僕は、超常現象だの心霊現象だの、まったく信じないタチなんですが——もし今回の事件でそういうオカルティックな要素があるとすれば、それはただ一つ。バカみたいに簡単なことに、今まで誰も気がつかなかった——この一点だけだと思うんです。犯人は、まさに幸運の女神に守護されていたとしか思えない——それほどこの事件は、実にきわどい、奇跡的とも云えるすれすれの一点だけで支えられていたんです。犯人にとっては綱渡り——それも、ナイアガラの大瀑布の上に渡した、一本の針金を歩いて渡るみたいな——そんな危険極まる状況だった。そう云えると僕は思います。バカみたいに簡単な一点

——それは、犯人が、ある人物のある特徴を利用したことでした」

＊

意識が、ゆっくりと——。

ぽかり、ぽかり——。泡のように。

まるで、汚れて淀んだ水面に、あぶくが浮かんでくるみたいに。

ぽかり、ぽかり——。

もちろんそのあぶくは、有害なガスをたっぷりはらんでいる。

どろりとした水の中を、あぶくは静かに浮上する。粘液性の水の抵抗を押し退けるように——。

ぽかり、ぽかり——。

やがて水の上に飛び出した泡は、ぱちんと弾けて飛んで——。

そうやって——。

私が気がついた時、ベッドの上だった。

夢——？

嫌な夢だった。

本当に、嫌な夢だった。

まだ、どろっとした気持ちの悪い汚水が、私の身体にこびりついているみたいで――気分が悪い。

今、何時頃なのかしら。

どうやらおかしな時間に寝てしまったらしい。ベッドに入ったのを、少しも覚えていないなんて――。

このところ寝不足だったたから、ついうたた寝してしまったんだ。もう少しこうしていようか、温かいベッドの中に身を委ねて――。

でも、どうしてあんな恐ろしい夢をみたのだろう。あんな、現実にはあるはずのない恐ろしい――。

まだ頭がはっきりしない。なんだか夢と現《うつつ》の境界が曖昧になってしまったみたいで――。

あるはずのない出来事。

あってはならない出来事――。

嘘っ――。

私は、飛び跳ねるように、ベッドに上体を起こした。

嘘――。嘘だ――。

神代さんが、神代さんが――。

そんなことあるはずがない。

けれど、そこに至って、ようやく私は、部屋着を着たままでいることに気がついた。どうしてこんな格好で寝ているんだろう。フミさんはベッドメイクに来てくれなかったのかしら――。

それとも、やっぱりうたた寝していたのだろうか。

「あら、気がついたみたいね」

茫然と、半ば意識を失っている私に声をかけてきたのは、知らない女の人だった。

「気分はどう――先生もただの貧血だって云ってたから――心配はないと思うけど」

そう云って女の人は、私の手首を取った。

「あの――」

「ちょっと静かにね、脈をみてるから――あ、私は看護婦。先生を呼びましょうか」

「いえ、平気です――あの、みんなは」

「ああ、ご家族なら下にいますよ」

現実――。

現実だった。

あれは悪夢なんかじゃなかった。

あってはならないことは――本当にあったことだった。

「――あの」

「何？　気分悪い？」

「いえ――そうじゃなくて――あの人、どうなったんですか」

「ああ、あの倒れた人。お気の毒にね、亡くなったそうですよ」

私は、それきり言葉を失った。

やっぱり――本当だったんだ。

神代さんが――神代さんが死んでしまった。

現実が、私が今いる本物の世界が、ぐいと悪夢の中に取り込まれていく。私が座っているベッドが、そのまま丸ごと、気味の悪い異世界へと落ちていく――。

確かめなくっちゃ――。

私はベッドから降り立った。

確かめなくちゃ。これが本物の世界なのか――。本当に、実際に、あってはならないことが起きてしまったのか――。

確かめなくては、確かめなくては――。

うわごとのように呟いている。

確かめなくては――。

「どうしたの、どこ行くの」

「下へ――みんなのいるところへ――」

「大丈夫なの」

「ええ――」

「そう。だったらその方がいいかもね、一人でいるより――。気をつけて――一緒に行きましょうか」

「いえ――平気です」

看護婦さんが私の杖を取ってくれた。

私はそのまま部屋を出る。

廊下が、松葉杖を介して、ひどく非現実的な感触を伝えてくる。

ふわふわして、雲の上でも歩いているみたいに――。ほら、やっぱり夢なんだ、これは、私がふらふらしているからなんかじゃない。夢の中で歩いているから、こんなに廊下がふわふわしてるんだ。これなら杖なしでも歩けそう――。松葉杖なんか放り出して、私は駆けて行けるかもしれない――あの人のところへ――。あの人のもとへ、一目散に走って――。

「お嬢さん、大丈夫ですか」

でも――階段のところで出くわした男の人が、否応なく、私を現実に引き戻す。刑事さん――だろうか。

「貧血だったそうですね、まあ、無理もありませんな、あんなことがあったんじゃ」

同情を含んだ、私には馴染みの言葉の調子。知らない人が、私に話しかける時決まってする、あの独特の喋り方。それで私は、やはり走ってなど行けないことを思い知らされる。

「あの――家の者は――？」

「ご家族の方達なら応接間です」

「そうですか、すみません」

「ああ、お嬢さん。あまり歩き回らないように――まだ検証中ですんでね」

「――はい、すみません」

がっくりと肩を落として、私は階段を降りる。とぼとぼと、ふらふらと――。

一階は、ざわめきの中にあった。

大勢の人達が動き回り、何事か指示し合って、あちこち引っかき回して――。

もちろん警察の人達だ。

絶望感が、重く、私の体にのしかかってくる。やっぱり本当だったんだ――。

応接間の扉の前に立った。

ドアノブに手を伸ばしかけると――中から男の人の声が聞こえた。少しカン高いけど、よく通る響きの深い声――。確かあの――猫丸さんとかいう人だ、兄さんのお友達の。さっき、あの前に、兄さんと一緒に来たんだった。でも、その人が、こんなところで何を喋っているのかしら――何か演説でもするみたいに――。

「――にとっては綱渡り――それも、ナイアガラの大瀑布の上に渡した、一本の針金を歩いて渡るみたいな――」

猫丸さんが云っている。

「そんな危険極まる状況だった。そう云えると僕は思います。バカみたいに簡単な一点――それは、犯人が、ある人物のある特徴を利用したことでした」

私のことを云っている――。

直感的にそう思った。

だから私は、思わずドアを開いて、部屋の中に向かって叫んでいた。

「それは——私の目が見えないことですか」

中にいた大勢の人達が、一斉に振り返る気配がした。息を飲み、驚いているらしいのも、私にはありありと感じられた。

しばらくの沈黙の後、

「そうです、そういうことです、左枝子さん」

猫丸さんの声が静かにそう云った。

あの事故で——十七年前の忌わしいあの事故で、父さんと母さんを亡くすと同時に、私は、右足の動きと視神経の機能とを失った。だから私は、あまり外へも出かけられないし、家から出たのは盲学校に通った時期くらいだった。私の視覚の記憶は五歳で止まったままで、母さんの写真なんかなくたって私には関係ない——母さんの顔を、その記憶に留めておくこともできた。もちろん、母さんに似ていると云われても、今の私には確かめる術はないのだけれど——。

「しかし、猫丸先輩——」

今度は、兄さんの声がする。

「左枝子の——つまり、その特徴を、犯人はどう利用したって云うんですか」

「うん、まあ、利用ってのは言葉がちょいと適当じゃないかもしれないな」

猫丸さんが答えている。

「要するに——最初はちょっとした勘違いだったんじゃないか、と僕はそう思うんだ。ねえ、そうですよね、大内山さん」

「――その通りです」

と、神代さんの声が云った。

＊

「ご覧なさい、今の左枝子さんの反応で、僕の想像が当ってたことが証明されましたよ――あんなにびっくりしている」

猫丸は、ほうっ、と大きなため息交じりにそう云った。

「すみません、左枝子さん、驚かせてしまったみたいですね――どなたか、左枝子さんを座らせてあげてください、今にも倒れそうです」

美亜が跳ぶように立ち上がって、左枝子をソファに導いてくる。

崩れるように腰を降ろした、左枝子の瞳――決して外界の像を映すことのない、両の瞳に、長い睫が影を宿して震えるのを、慄《おのの》くように震えるのを、成一はそっと見守った。

「最初は、ちょっとした勘違いだったんです――」

猫丸は、左枝子がソファに落ち着くのを待って、口を開いた。

「つまり、こういうことです。神代さんと大内山さんは人に会う時、互いに、相棒を示しながら名前を紹介し合う癖があるようです」

そう、確かにそうだった——成一は、ぼんやりと思い出している。最初にこの応接間で彼らに会った時、確かにそういう自己紹介を受けた覚えがある。あの時は、いいコンビらしいと感じただけだったが——。

「二人一組で活動することが多かったから、そんな癖がついたのでしょうが——。でもまさか、初対面の若い女性の目が不自由だなんて、思いもよらなかったでしょうからね。そこでつい、いつもの癖で名乗りを上げて——それで左枝子さんは声だけ聞いて取り違えてしまった——ね、そうでしょう、大内山さん」

猫丸に問われて、大内山はゆるゆると顎を引いた。

「ええ——しかし——気がついたのは、ちょっと経ってから、でした」

かすれた声で、ぼそぼそと云う。

「——ただ、初めて会った時は、左枝子さんが、その——そんな風だとは知らなかったもので——で、後から、困ったな、と——」

おどおどして、はっきり喋らない大内山の後を引き取って猫丸は、

「要するにこれは、日本人的曖昧の発想なんですね。日常でも誰も、左枝子さんの目のことは、具体的に、はっきり口に出して話題にはしません。僕も、この成一君と話す時にも『例の身体の不自由な従妹さん』としか云わない。しかしそれだけで、会話の相手には充分通じますから、それで済ませてしまいます。現に、たった今も、成一君は言葉を濁してから『つまり、その特徴』なんて云い方をしたし、大内山さんも『そんな風とは』なんて、ぼかした表現しかしなか

った。そのものズバリの単語を云わない――まあ、いってみれば、日常レベルでの忌み言葉、とでも云いましょうか――」

猫丸は、そこでまた煙草に火をつけて、

「ね、大内山さん。後になって、こいつは失敗したなと思ったでしょう。この、左枝子さんの勘違いには、すぐに気づいたでしょうからね。名指しで呼ばれれば、あ、この人は名前を取り違えて覚えてる、と判りますから――。で、どう対処することにしたんですか」

「いえ――別に何も――気づいた時には、彼女がそう思い込んでいて――それを云うのも失礼かな、と――相棒とも相談しまして――」

大内山が云う。アンパンみたいな丸顔がまっ青で、苦痛を堪えているみたいな表情だった。

「なるほど、そうでしょうね。目の不自由な相手に、それが元で起きた思い違いを指摘するのは、大きな恥をかかせるんじゃないか――曖昧にしておいて、云わない方が波風が立たない――僕達日本人は、そういうのが好きですからね」

猫丸は、煙草の灰を盛大に撒き散らしながら言葉を続ける。

「さて、人の印象ってのは、各人の持っている先入観や好感度で大きく違ってくるものでしてね。これは外見の印象に影響されるところが大でして――そういえば、何日か前に、左枝子さんと電話でお話しした際、兵馬氏の印象を聞いてみたんです。左枝子さんによれば兵馬氏は、優しくて、すべてを抱きとめてくれるような大きな人だった、と――そう語ってくれました。ところが成一君によると、兵馬氏に対する周囲の評価は随分違っている。頑固で恐くて傲慢な人物、と、こうなってるんです。左枝子さんは、このギャップを不思議がってましたよね。こんな具合に、人の印象ってのは、家族でさえこれだけ食い違いがある——ましてや他人においてをや、です」

猫丸は短くなった煙草を消して、さらに、

「特に初対面の場合はそうですよね。たいてい誰でも、初めて会った人を外観の特徴——体型や顔立ちなんかの見た目で、その人を一定のカテゴリーに当てはめます。そして、自分の経験に則って、そのカテゴリーに属する人の、性格や行動など心理的側面を判断するわけです。これはシュナイダーの瞬間的判断と呼ばれる心理作用でして——まあ、俗に云う、人を見る目ってヤツですね。とにかく、人は往々にして、外観から他人の心理的属性を判断しがちです。こういうのを『暗黙のパーソナリティ理論』と云うようです。例えば、成一は大内山さんのことを、陰気でぼそぼそ喋る、暗いマニアックな感じ——失礼、この際だから遠慮なく云わせてもらいますけど——そう評していました。——何を変な顔してるんだよ、お前さん、現にそう云ってたんだから、失礼なのは仕方ないだろうが——。この成一の評価は、大内山さんの外見から来るところが大きいんじゃないでしょうか——あれ、僕の方が失礼かな、こりゃ——。それで、左枝子さんに聞いたところによると——彼女は外見が見えないから、そういう先入観が働かないんですね——物静かで知性的な口調、そして研究熱心で真面目——そんな印象を持っているということでした。そんな風にですね、人の印象は各人によって、大きく違ってくるわけなんです。ほら、よく云うでしょう、あばたもえくぼって。ある人物に好感を抱いていると、その人のどんなところにでも、好意的な判断をしてしまうものなんです。おや、どうしました左枝子さん、あなたまで変な顔して——。と、まあ、こういうのを行動心理学の方じゃ『光背《こうはい》効果』と云うそうですが——あ、専門家の大内山さんの前じゃ、これは釈迦に説法でしたね」

猫丸は照れくさそうに、苦笑した。

「ま、そんなことはどうでもいいとしましてポイントは、左枝子さんの取り違えにあるんです。本当に、こんなことに今まで周りにいた誰も思い至らなかったのは、もう奇跡としか云いようがないですよね。普通こんな間違いは、日常会話の中で是正されてしまうもんなんですけど、まあ、左枝子さんが無口なこともあるし——警察の方じゃ、もちろん掴んでいたでしょうが——」

ドアの前に一団となっている刑事達を、見向きもしないで猫丸は云う。刑事の一人が何か云いかけたが、また、柏木警部がそれをとめた。猫丸は構わず、

「さっきも云いましたけど——これはあくまで、関係者同士の雑談ですからね、何を話そうがこっちの勝手、放っておいてほしいですねえ」

とぼけた調子で云う。刑事達など、そこにいないかのような態度だった。むっとしたらしく、今度は蟹顔の刑事が口を開きかける。それをとめたのは、やはり西郷さんだった。最後まで付き合う気になっているのか、それとも何か目論見があるのか——その団栗まなこから読み取ることはできなかった。

猫丸は、そんなことは気にする素振りさえ見せず、しれっとした様子で前髪などかき上げて、

「さあ、雑談を続けますよ——この取り違えによって、何がどうなってくるのでしょうか。当然、兵馬氏の事件は違った様相を呈してきます。具体的に考えてみましょうか——まず、神代さんと大内山さんが帰る時です。あの日、直嗣さんと成一は庭で水撒きをしながら、お二人が離れから出てくるのを目撃しました。説得は不成功らしく、直嗣さんはそれを揶揄したんでしたね。そして、にわか雨がパラついてきて、直嗣さんと成一は慌ててホースを片付けに走った。その間に左枝子さんは、玄関で神代さん達を送り出しています。左枝子さんはそこで、神代さんと言葉を交わしたと証言したはずですが、しかし——もうお判りですね——左枝子さんにとっての神代さんは、僕達にとっては大内山さんなんです。左枝子さんが話したのは、実際はここにいる大内山さんだったわけです。その後、ホースを片付けた成一が玄関のところで、門を出て行く大内山さんの姿を見送った。もちろん、左枝子さんが、忘れ物の件で電話で話したのも大内山さんだった。新宿駅でチンドン屋を見たのも、大内山さん。自宅付近で、馴染みのクリーニング屋さんと話したのも大内山さん——」

そう云えば、学校名入りの茶封筒を持っていたのは、たしか大内山の方だった。左枝子の電話での証言で、神代の持ち物と思い込んでしまっていたが——。

「ね、何から何まで大内山づくしでしょう。つまり、帰ったのは大内山さんだけだった——二人一組と思っていたけど、あの日に限って、二人は別行動を取っていたんです。企まざる一人二役、とでも云いましょうか——」

一人二役——。成一は、いつか猫丸に教わった霊媒の手口を思い出していた。片手に両手の役割をさせるイカサマのトリック――。

「どうです、これで神代さんに関する証言が、ごっそりなくなってしまいました。もちろん彼のアリバイも、です。では、神代さんはどこにいたのか――帰ったのは大内山さんだけなんですから、答えは決まってますよね、この家、です」

「それじゃ――お祖父ちゃん殺した犯人は――」

美亜が、茫然と云う。猫丸は涼しい顔で一言。

「神代さんに間違いありません」

もはや誰も異議を唱えようとしない。猫丸の、完全なる独壇場だった。

「さっき神代さんが主張していた穴山犯人説は、彼の作戦だったんです。罪をすべて、大将に押しつけようとする――まあ、結果的には、最後のあがきみたいになってしまいましたが――。さあ、では、もっと踏み込んで考察を進めてみましょうか、事件当日の段取りです。直嗣さんと成一は、大内山さん達が渡り廊下を歩いて行くのを見ましたが、彼らが母家に入って行く姿までは見守っていなかった。雨で、それどころじゃなかったようですよね。――それで、ここからが僕の推測なんですが――その時、神代さんだけは離れに引き返したんじゃないでしょうか――ね、どうです、大内山さん、間違いありませんね」

「――ええ――簡単に追い返されて――腹が収まらない、と――もう一度、一人で説得してみるから、君は帰ってくれ――と」

呻くように大内山は云った。猫丸は軽くうなずいて、

「よかった――ここで否定されたらどうしようと思ってたんですよ。――でも、まあ、僕の推測が決して当てずっぽうじゃなかったのは、ちょっとした傍証があったからなんです。それは、成一が感じた違和感でした」

「違和感――？」

成一が鸚《おう》返《む》しに云うと、猫丸は、お得意の人を喰ったような笑いを浮かべて、

「そう、お前さんが玄関で感じた違和感。その正体を考えてみたんだよ――それでたどりついた解答が、神代の靴、なんだ」

神代の――靴？

「お前さん、水撒きから戻った時、左枝子さんの様子が変だったらしくて、そっちに気を取られてたみたいだけど――その時、神代の靴を見たはずなんだ。家族の他の靴に紛れてよく判らなかっただろうけど、お前さんは無意識に見ていたんだ。十年ぶりのことで確証はないけど、さっき帰った時とどこか様子が違う――なんとなくそう感じていたんだな。正径大の二人は帰ったはずなのに、どうしてここに一足、余計な靴があるんだろう――って、意識の外で不思議に思ったわけだ。これが、お前さんの違和感の正体だったんだよ」

「あ――そういうことか――」

成一は思わず唸った。自分でも気がつかなかったことを、人に指摘されるのは妙な気分だった。

猫丸は、人の悪そうなにやにや笑いを、上品なものに変えると、

「実を云うと、お母さんも、それに気がついてたはずなんですよ」

「え――私が？」

多喜枝が、ぽかんと猫丸を見やる。

「ええ、本当のことを云えば、僕に違和感の正体を教えてくれたのは、あなたの一言だったんです」

「あらまあ、何のことかしら」

「あなたは帰宅後、こんな風に云ったそうですね――あら、ウチの人まだ戻ってないの？　変ねえ、帰ってると思ったのに――。あなたは、勝行さんがもう帰っていると錯覚した。これは、どこかで何か、それを示す物を見たせいなんだろうと、僕は思いました。簡単に云っちゃえば、玄関で神代の靴を見たんですよね。男物の靴なんて、見た目にはそうそう変りません。帰宅して、勝行さんがもう戻っているのだろうか、と考えていたあなたは、神代の靴を、見るとはなしに見て、それで勝行さんが帰っているものと思ってしまったわけです。細かいことに頓着しない――いや、失礼、大らかな気性の多喜枝さんは、深く考えることなくそう信じ込んで、そのまま忘れてしまったんでしょうけど」

「へえ――そんなこと思ったのかしらねえ」

多喜枝は他人事のように感心している。猫丸は苦笑しながら、

「まあ、そんな靴のこともあり――僕は、大内山さんか神代さんのどちらかが、こっそり離れに引き返したんじゃないかと、何となく考えてたんですが――それに確証を持ったのは、内線

電話の一件があったからなんです」

「内線電話って――親父からのかい？」

直嗣が聞く。猫丸はうなずいて、

「そうです、兵馬氏からの内線電話――。それでね、成一よ、あの電話、何の用があってかかって来たんだっけ」

「はあ――庭に水を撒いとけ、と、フミさんが出て――」

「そりゃ一回目だろ。テンポ崩すんじゃありませんよ、お前さんは――。僕が聞いてるのは二回目のだよ、お前さんが直接取ったヤツ」

「ああ、あれでしたら、夕食後に離れに来い、と」

「誰に？」

「僕に」

「それだけ、か」

「ええ、それだけ――あ――」

「な、おかしいだろ」

と、猫丸は小首をかしげて見せて、

「あの時、兵馬氏は、お前さんが十年ぶりに帰ったことなんか知らなかったはずじゃないか。夕食後に来いって云ったのは、相手がお前さんだと判ってから云いつけたことなんだよ」

そうだった。祖父は、成一が名乗ると驚いていた。

「それで成一、あの時の兵馬氏の本当の用事はなんだったんだ」

「さあ――聞いてませんけど」

「そこだ、いいですか――」

と、猫丸は声のトーンを上げて、

「二回目の兵馬氏の内線電話は、大した用事があったわけじゃなかったんです。久しぶりの孫の帰宅と比べたら、もはやどうでもいい――つまり、意味のない電話だった。そこで思い直さなくちゃならないのは、兵馬氏の癖です。一回目の水撒きの電話の際、直嗣さんはそれを成一に話しましたよね」

「ああ、そうか、判った」

直嗣が膝を叩いた。

「君の云いたいことが判ったよ。あの癖のことだろう――嫌な客があると、内線でどうでもいい用事を云いつける癖。それで、あの二度目の電話の時も、親父のところに嫌な客がいたんだろう――と、そういうことだね」

「あ、そうかあ」

美亜も賛同の声をあげる。猫丸は嬉しそうにうなずいて、

「その通りです。電話をかけたのも、天気の様子を見に外を覗いたのも、すべてその嫌な客に不愉快さをアピールするためだったんじゃないでしょうか。兵馬氏にとっての嫌な客は、あの日は、正径大の研究者しかいませんでした。ここから僕は、どっちかが引き返したんじゃない

か――と、そう思いついたんです。そこで考えました――しかし、どちらにもアリバイがある。どうにかして、どっちかのアリバイを覆すことはできないだろうか――どっちか一人が居残っても、二人とも帰ったように見えるには、どんな条件を満たせばいいのか――その辺を突きつめて考えてみたわけです。そんなこんなで――神代のアリバイを支えている、左枝子さんの証言に穴があるんじゃないかと、思いついた。そこまでくれば、左枝子さんの取り違えに気づくのは、そう難しいことではありませんでした」

ふう――と、感に入ったように息をついたのは勝行だった。

「さて、兵馬氏の事件で一番問題になっていたのは、直嗣さんと成一の証言でした。――渡り廊下は誰も通らなかったから、離れには何者も出入りできたはずはない――この証言です。しかし、入りの方は問題じゃなくなりましたね。犯人は、二人がホースを抱えて庭をうろうろしてるうちに、離れへ入っていたのですから――。後は出――逃走経路です。こうなったらもうパズルですね、逃げ道と、そのタイミングさえ見つけ出せばいいんです。逃げ道は、渡り廊下しかなかったことが、警察の捜査で判明していますから、次にそのタイミングです」

と、猫丸はそこで、少し間をおき、

「神代は兵馬氏を――まあ、その――撲殺しました。もちろんこれは、計画に基いた行動じゃなかったでしょうね、目的はあくまで説得にあったはずです、その辺に関しては後で詳しくお話ししますが――。とにかく殺害後、我に返って凶器の指紋を拭ったりと、後片付けをしている時――そこへフミさんが、夕食の盆を持って来たのです。フミさんは、いきなり戸を開けるような無作法はしないでしょう、必ず一声かけたはずです。お食事をお持ちしました——と。どうです、間違いありませんね」

「ええ、ええ、それに相違ございません」

隅でずっと縮こまっていたフミが、体に似合わぬか細い声で云った。

「その声を聞いた神代は、慌ててトイレにでも隠れたんでしょう。反射的に——とりあえず、発覚を一秒でも先送りしようという心理が働いたんでしょうね。そしてフミさんは、死体だけを発見しました。フミさんは盆を取り落として、急を知らせるために母家に走ります。神代はすかさず、その後を追ったんです」

「後を——追ったっ」

美亜が驚いて叫んだ。

「そう。神代はフミさんの背後を、影のように駆けたんですよ。ここで逃げなくてはもう逃げる機会を逸する、と咄嗟に思ったんでしょう。犯人が現場から消失するには、このタイミングしかあり得ない。その直前まで——フミさんが食事を運ぶまでは、直嗣さんと成一が居間から見ていたんですから——」

フミが太い首を回して、気味悪そうに振り返った。まるで、今も背後に殺人者がいるかのように——。それを見ても成一は、笑う気にはなれなかった。

「成一達が駆けつけた時に、トイレのドアが半開きだったのも、このタイミングを裏付けていると思います。——さて、フミさんと神代が母家に戻ってくる時には、もう誰も渡り廊下を見ていませんでしたね、皆さん食堂に移動していたはずですから――。動転のあまり、背中のほんのすぐ後ろを犯人が追ってきていることに気がつかなかったフミさんは、皆さんのいる食堂へ駆け込んだ――」

そうだ――知らせに来たフミが駆け込む反動で、キッチンのドアが閉ったのだった。あの一瞬ならば、内廊下を何が通っても成一達には見えなかったはずである。

「一方、神代の方はそのまま玄関から逃走しました。玄関も門もまだ鍵がかかっていなかったのは、皆さんご存じのはずです――勝行さんは、そのために奥さんに文句を云われてましたね――。それにしても――実にきわどいタイミングです。計画したらこんなにうまくいくわけはない。犯人は強運に守られていた――と云ったのは、この辺のこともあったんです。ぎりぎりの、危機すれすれのところで逃げ遂《おお》せたんですから。――と、まあ、種々の偶然と犯人の幸運が重なって、例の不可能状況ができあがった、と、そういうことなんです」

猫丸はそう云うと、仔猫みたいな目を巡らせてぐるりと一同を見渡した。

「で、猫丸さんとやら――」

直嗣が云った。

「そのカラクリは判ったけど――どうして彼は親父を殺したんだ」

いつもの天邪鬼はなりを潜め、難しい顔での質問だった。

「それなんですがね――もはやご両人とも鬼籍に入っちゃってるんで、それこそ僕の当てずっぽうでしかないんですが――」

と、猫丸は少し躊《ため》らって、

「例の茶椀、ね——あれを壊そうとしたんじゃないかって、そう想像してるんですよ、僕は」

「茶椀——?」

「ええ、あの兵馬氏の奥方の形見の——。神代は、兵馬氏の心霊盲信を説得するのに、荒療治を試みたんではないか——そんな気がするんです。それについては、神代の高校時代のエピソードが示唆を与えてくれているように思います。神代が、超常現象に興味を持つきっかけになったエピソード——。たしか降霊会の日に左枝子さんが、大内山さんから聞いたんでしたね——神代の長い散歩の後、大内山さんも『庭を見せてもらいたい』と云って出て行って、そこで左枝子さんに話して聞かせたそうですが——」

猫丸は、あの神代の時計の話をかいつまんで説明した。

「そんなことがあって、神代は、それまで自分の生活を律していた時計を壊したそうです。自らがよりどころとしていた物を破壊した——。そうすることで彼は、ひとつの枠組から脱却することができた。視界が広がったように感じた、と語っていたそうです、意識が百八十度変ったと——。それで、もしかしたら神代は、そんな価値観の変革を、兵馬氏に押しつけようとしたのかもしれない——と、僕はそんな風に想像するんです。兵馬氏にとっては、あの茶椀は心霊主義によりかかるための、依《よ》り代《しろ》だったようですね。亡き奥方と自分を繋ぐ、唯一の糸だと思っていたようです。神代は、その、兵馬氏が心霊主義に縋る象徴的な物質を破壊したかったんじゃないでしょうか——ちょうどかつての神代にとっての時計のように——ね。『こんな物ただの瀬戸物じゃないか』『たかが物質なんかに頼ってちゃいかん』ってなもんですね。しかし兵馬氏にとっては、その『たかが物質』が一番大切な物だった、奥方と二人きりで食事を摂るのに使うほどに——失ってはいけない物だった。荒療治で兵馬氏の目を覚まそうと、神代は茶椀を壊そうとする——だが兵馬氏は抵抗する。そんな乱暴狼藉を働く神代に対して、兵馬氏は怒ったか、泣いて懇願したか——若い頃からワンマンで頑固一徹な老人は、必死で抵抗しました。神代にしてみれば、科学に基く進言に耳を貸さない相手の無知に手を焼き、その頑迷さに怒りが湧いたことでしょう」

と、猫丸は何か考える風に一呼吸置き、そして言葉を吟味するように、

「神代は——聞くところによると——『一般の人』という言葉をよく使っていたようです。一般の人に理解してもらう——、一般の人を啓蒙する使命がある——。彼はかなり頭の切れる男だったようですしね、自分と『一般』を区別して考えていたんじゃないか——そんなフシがあったように、僕には感じられます。少々、独善的なところがあり、その根底には、頭のいい人にありがちな、選良意識があったんじゃないか——そんな気がするんですね。彼は、安易なスピリッチュアリズムに毒されやすい大衆を、研究の妨げであり、迷惑な存在だと感じていたようです。そんな彼には、茶椀を守ろうと抵抗する兵馬氏の頑固さと盲信が、たまらぬ嫌悪の対象に思えたことでしょう。老人特有の幼児性と愚直さが許せなかったことでしょう。そして——もみ合っているうちに、研究の弊害になる愚かな大衆への怒りと相まって——彼の感情は一気に爆発したんではないか——僕は、そんな風に想像するんです。それでつい、手近にあっ

た独鈷を掴むと、兵馬氏の額に――」

猫丸は途中で言葉を切った。誰もが、息をつめて猫丸の口元を見ていた。重くなってしまった雰囲気を取り払うように、猫丸はふさりと前髪をかき上げ、

「そんな経緯があって、兵馬氏は茶椀を守るみたいにがっしり抱いていたんじゃないか、と僕は――まあ、想像ですけどね、考えたわけなんです。云ってみればこれは、老いと若さ、妄執と信念、その対決だったんじゃないでしょうか。ま、新聞なんかじゃこういうのは、口論の末カッとなって云々って、散文的な表現で片付けられちゃうんでしょうけど――」

猫丸は少しだけ、苦々しそうに唇を歪めた。

「まあ、僕の想像なんかはともかく――かくして事件は、不可能な状況で、鬼面人を驚かすことになったんですが――一番魂消《たまげ》たのは神代本人だったでしょうね、なにしろ身に覚えのないアリバイが、知らぬ間に成立していたんですから。しかし、そこは頭のいい人のこと――そのアリバイに乗っかることにした。大内山さんと相談の上、新宿駅から電話したのは自分だ、と主張するのを決めた――ね、どうです、大内山さん」

大内山は、ゆっくり顔を上げると、

「――僕も、苦しかったんです――。しかし、あいつは――自分はやってないって、云い張って――。せっかく偶然、アリバイがあることになってるんなら、そのままにしておいてくれ、と――。痛くもない腹を探られて、時間を潰されるのは、くだらない――と、そう云って――。僕も最初は、もっともだと思って――云う通りにして――。でも、少し前からおかしいな、と、

考えはじめて――。だけど、あいつがやってないと云うんなら、信じるしかなくて――もう、どうしていいのか――」

「でもねえ、あんた――」

と、多喜枝が顔をしかめて、

「おかしいと思ったら、警察に云えばよかったじゃないの。どうして早く云ってくれなかったのよ――あんたがもっと早く、そのこと云ってたら、もう事件なんて終ってたかもしれないでしょう」

「すみません――僕も、云わなければと、思ったんですけど――。あいつは、これまで一緒にやってきた仲間で――友人を売るみたいなこと――どうしても、僕には――」

泣きだしそうな大内山を、猫丸は痛ましげに見て、

「なるほど、そんなことだろうと思いましたよ――神代は、大内山さんのこういう性格も計算に入れた上で、釘を刺しとけば喋らないだろうと判断したんでしょうね――。さて、先に進みますよ――そうやって安全を確保した神代が、次に起こした行動は、左枝子さんを消すことにありました」

左枝子の細い肩がぎくりと震えた。美亜が目を丸くする。猫丸は続けて、

「これは、神代が可及的迅速に果たさねばならない使命でした。左枝子さんか、もしくは周りの人達が、いつ彼女の取り違えに気づくか判らないのですから――。こんな簡単なことですから、いつバレても不思議じゃないですからね、それが判明すれば、その時点でゲームオーバー

です。しかしその反面、重要な証人である左枝子さんの口さえ封じてしまえば、証言は紙の上の記録になり、アリバイだけが残るのです。急いでやるだけの価値はありそうです」

「やっぱり、あいつ――」

大内山が悲痛な面持ちで云った。

「やっぱり――そこまで考えていたんでしょうか――そんな、とんでもないことを――」

「あなたもそれに気づいていたんですか」

「ええ――薄々は――様子が変だな、と――でも、まさか、そんな――そこまでは、まさか――」

不安定な視線を投げかける大内山に、猫丸は、

「けど、そうでなかったら兵馬氏の事件の後、この家に、彼が何度も出入りした理由の説明がつかないじゃないですか。普通に考えれば、神代はもう二度とここに近づかない方が安全でしょう。左枝子さんに会えば、それだけ取り違えを悟られる恐れが増すわけだし、警察関係者と顔を合わせる機会も増える。霊媒との対決は、何か口実を作って放棄して、この家とは一切の関わりを断ち切った方がいいに決まってます。しかし彼はそうしなかった。左枝子さんはめったに外出しませんから、多少の危険は顧みず、ここに来ざるを得なかったんです。そうやって、左枝子さんを狙うチャンスを窺っていたわけなんです」

恐ろしい――。そんな考えを裏に秘めながら、ああして平然とした態度でいられた神代の歪んだ精神。それがぞっとするほど恐ろしく、成一には感じられた。

「もちろん危ない場面も、何度かあったみたいですね。例えば、降霊会の日の午後――左枝子さんや成一達と話していて、名指しで質問されると、相棒を手振りだけで制して代わって答えた――そんな苦しい一幕もあったらしい」

　そう云われて成一は、ようやくあの時の二人の行動を思い出した。あれは、専門分野の違いなどではなく、声と名前の不一致を左枝子に気づかせないための方策だったのだ。

「さっきの神代さんの毒殺騒動の時も、物凄い偶然が作用していましたね。皆さんは、神代さんが殺されたと喚き回るだけだったし、大内山さんは仰天のあまり一声も発しませんでした――。奇跡みたいな偶然ですよね。あの騒ぎは、聞いていただけの左枝子さんには、どっちが倒れたか判らなかったことでしょう」

　猫丸はさらに続ける。

「神代の狙いは、左枝子さんの口を塞ぐことでした。しかし、興奮していた兵馬氏の時はいざ知らず、さすがに冷静に殺人を実行するのは、彼にもキツかったんでしょうね。別に左枝子さん本人に恨みつらみがあるわけじゃなし――。そこで神代は、仕掛けを施しました。成一も階段の上で、左枝子さんの通るところにビー玉が仕掛けられているのを発見しています。そんな仕掛けを幾つも、何度も繰り返したんでしょう。何度も、何度も――」

　左枝子は俯いたままだった。しかし強く握られた両手が、小刻みに震えている。己の身に振りかかった罠の数々――。

「そんな狙いがあって、あの人ウチに来てたんだ」

美亜が呆れたように云った。すると、多喜枝が大内山に毒づいて、

「でも、あんたまでのこのこ付いて来ることなかったじゃない」

「申し訳ありません――」

と、大内山は消え入りそうな声で、

「しかし――僕も、ひょっとしたらと――あいつが、そういう恐ろしいことを考えてるのでは――と、思って――もう居ても立ってもいられなくて――だからと云って、友人を売るのは心苦しくて――だから、せめて左枝子さんを守りたくて――何かあったらいけない、と――彼女を見守っていたくて――それで――」

大内山の態度は、しかし真情に溢れたものだった。熱意と、秘めた闘志に満ち満ちている。ひたむきに、目だけはまっすぐに上げて――。

左枝子さんを守りたくて――。

思いがけず味方が身近にいたことに、成一は目を見張る思いだった。それもこんなに真摯な様子で、思いつめた憂いと共に――。心底から左枝子の身を案じているらしい大内山のその言葉に胸を衝かれた。多喜枝もそれに気がついたらしく、云い返したりはしなかった。

猫丸は、ほっとしたようにちょっと笑って、

「まあ、大内山さんの騎士道精神はともかくとしまして――。そういうわけで神代は、何度となく左枝子さんに攻撃を仕掛けましたが――今度は、幸運は弱き者の味方でした。アタックは悉《ことごと》く失敗し、とうとう降霊会当日を迎えてしまったわけなんです。それから――まあ、これ

はどうでもいいことなんですが――どうして直嗣さんが降霊会を実行すると主張していたか、という問題があります。庭でご母堂の幽霊を目撃したなどと、ありもしない心霊現象をデッチ上げて、霊媒を信用したフリをしたり、兵馬氏亡き後、もう必要もないのに降霊会に固執してやまなかったり――僕が思うに、直嗣さんはあの大将のポリシーを知っていたと思うんです。大将のポリシーとは、すなわち偽降霊会で、死期の近い人に安らかな死と、家庭には円満に――」

「いいじゃないかよ、そんな些細なことはもうどうだって」

直嗣が荒っぽい声を出して、猫丸を遮った。

「あんた――何者か知らんが、とんでもない人だな。何でもかんでも見透かしたようなこと云って――。違うよ、金だよ。あの先生と手を組んで、親父から金を引き出そうとしてただけだ。だけどあの先生、そんなのには興味がない、なんて格好つけやがって――」

直嗣はむすっとして云ったが、耳まで赤くなっている。無理をして悪者ぶっているのが一目で判る。ヘタな芝居だった。成一が目配せを送ると、猫丸は軽く片目をつぶってそれに応えて、

「まあ、あなたがそう云うのなら、そういうことにしときましょうか――。さあ、僕の雑談を続けさせてもらいますよ、いい加減喋りくたびれてきた。とっとと片付けちゃいましょうや。――さて、降霊会の事件です。さっきも云いましたが、これは、兵馬氏殺しと同一犯の手でなされたことは、疑う余地はありません。しかし一応弁護しておきますが、神代の目的は、あくまで降霊会の阻止にあったと思います。殺しまでは行かなくても、大将を傷つけて降霊会を中

断させる――これが本当の目的だったと、僕は考えます。これは後からお話ししますが、その前に――降霊会に突入する前に、神代には一つすることがありました」

猫丸はそう云うと、また新しい煙草をくわえる。灰皿は吸い殻がずらりと並んで、その周辺は、火山災害の被災地もかくやという有様。猫丸の頭と舌は、紫の煙を燃料にして動くようだ。

「それは、その日仕掛けた左枝子さんへの罠を解除することでした」

燃料を補給して、調子の出てきた猫丸は疲れを見せぬ口調で云う。

「神代は何度となく、左枝子さんに密かなアタックを仕掛けていましたが、もちろんその日も試みていたことでしょう。数少ない、この家を訪問するチャンスを、無駄に見過ごす手はないですからね。多分この日は、庭を散歩すると云って、姿を消した時にでも仕掛けたんでしょう。それから変更の発表があって、彼は降霊会を中断させる決意を固める。そこで考えた――。ひょっとしたら、左枝子さんが罠にかかるのは、大将を傷つけた後になるかもしれない――と。さすがに一日に二人の怪我人――もしくは死人が出るのはマズい。そこでやむなく、罠を解除したんです。僕が思うに――この日の罠は、金属バーの止め金具を緩めておいたんじゃないか――そう考えます。階段の一番上の、左枝子さんが階段を降りる時に手をかけるところ、あそこのビスを緩めておいた」

「でも先輩――どうしてそんなことまで判るんです」

成一は疑義を挟んだ。

「罠を解除したのなら、元通りに締め直したってことでしょう。そんなものよく判りましたね」

「だって、そうでも考えなくちゃ、左枝子さんの残存思念の説明がつかないじゃないかよ」

「残存思念――?」

「うん、僕はそういうのって信じないからな――左枝子さんが感じた、変な感じってのに合理的な解釈をつけようと思ったんだ」

猫丸は云う。

「僕が思うにね、神代は、緩めたバーの止め金具を締め直す時、ビスの山にほんのわずかな傷を――ちょっとした金属のささくれを作っちまったんじゃないか、と、そう思うんだよ。神代が確認しても、気がつかないほどの微細な傷だ。けれど、日常触り慣れている物は、ちょっとの違いでも違和感を感じさせる。まして左枝子さんは、フミさんに頼んで、点字の本を図書館から借りてきてもらうほど手先の感覚が鋭い人だ。だからその傷も、鋭敏な触覚が見逃さなかったんだ、と思う。そして、左枝子さんはいつだって、階段は危ないと意識している。杖を使うとバランスが悪いから、落ちる危険が高い、と認識している。そんな意識の土台があるところへ、金属バーの違いを感知した。はっきり判るほどの傷ではなかったけど、何かが違う、と違和感を感じた。そこで、本能的に階段の恐さを熟知している左枝子さんの無意識は、それを身の危険に直結させてしまう。兵馬氏の事件で、緊張感と恐怖感が高まっている左枝子さんは、その危険から他人の悪意を連想してしまった――と、まあ、こんな具合だ。こんな流れが、反射的に頭の中で起きたんじゃないかな。そう僕は思います。そして、昼間聞いたばかりの、残存思念の話が印象深かったから、即座にそれと結び付けてしまった、と、こんな解釈でどうでしょうか」

最後の方は、左枝子への問いかけだった。しかし左枝子は、何も答えなかった。それでも、長いつややかな髪を揺らして、少しだけうなずいた。心理のマジック――。自分にも掴みきれなかった心の動きを、猫丸に読み取られて、その驚きを隠せないようだった。

「閑話休題、先を急ぎましょうか――」

猫丸は云う。

「罠を解除すると、神代は離れに忍び込んで、兵馬氏のナイフを持ち出しました。それを凶器に選んだのは、二つほど理由がある、と、僕は思います。まず一つは、急な変更で、突然武器を用意する必要に迫られたから――。それを手に入れるのは、離れが一番です。兵馬氏亡き後、あそこに用のある人なんかいないでしょうから無人で入りやすいし、前に来た時に、そこにそれがあることを知っていた。それに、どこに何があるか判らない他人の家でうろうろ探し回る必要もありませんからね。それで、あのナイフを凶器に選んだんです。もう一つは、後々事が有利に運ぶことを計算したからでした。つまりこういうことです――当初の計画では、神代は大将に怪我を負わせて、降霊会を中断させるつもりでした。先ほど云ったように、大将の口から兵馬氏の事件に関する秘密の情報が暴露されるのを恐れて――。もしそれがうまく行って、大騒ぎになって会が中途半端に終ると――後にはどういう状況ができると思いますか」

「慈雲斎が怪我をして――そこには、お祖父さんのナイフが転がっている――」

成一が云うと、猫丸は、

「そういうこと。そうなったら、怪我はともかく、ナイフは、大将にとってマイナス要因にならないわけなんだよ」

「ああ、そうか」

と、今度は美亜が手を打って云う。

「ナイフなんかなかったはずなのに、いきなり出てきたら、みんなびっくりするよね。本当に、お祖父ちゃんの霊が現れたんだと思っちゃう人もいるかもしれない」

それを一番信じていたことなど、忘れているように美亜は云った。

「その通りです。大将が、数珠を出現させたのと同じ理屈ですね。死者の持ち物が、降霊会の場に湧いて出てくるのは、大将には不利なことではない。そう考えれば、怪我を負わされても、大将がその場で騒ぎ立てるようなことはしないだろう――そう計算したんだと思います。大将はきっと『いや、面目ない、兵馬氏の霊が強くて、刺されてしまった』とかなんとか云って、その場では犯人を追及しないだろう――そう神代は読んだんです。兵馬氏の霊は確かに存在することが証明されて、降霊会は一応の成功を収める。大将は得意満面で、会を終了することでしょう。それで神代の目的は達せられます。とりあえず、大将が知ってるだろう何かを暴露されずに済む――まあ、急場凌《しの》ぎですがね。後はゆっくり大将と取引するか、どこかで口を封じてしまうか――それはお好みのままってわけなんです」

猫丸は云う。

「そんな計画の下に、神代はナイフを帯びて降霊会に臨んだのでした。大将は身体検査されるけど、神代がされる道理はないですからね、隠し持っているのは簡単なことです。神代は、大将の霊能力なんて毛ほどにも信じちゃいませんでした。だから——必ずイカサマをやる、その時こそナイフを使うチャンスだ——と思っていたんでしょうね。そして、本番になって、大将はあの足芸を披露してくれました。神代はきっとすぐに、その手口に気づいたでしょう。僕にだって判ったことですから、日頃からそっち方面を研究してる彼には、難しいトリックじゃなかったはずです。それで、自分も足を伸ばして、隣の椅子を探ってみると——やっぱり体がそこにない。霊媒はテーブルの上に乗っかってるに違いない——それが判った神代は——目には目を足には足を、です、ナイフを足の指に挟んで、ゆっくりテーブルの上に伸ばします——」

「足に？　ナイフを？」

美亜が裏返った声で叫ぶのを、猫丸は煙草の先で制して、

「さっきも云ったでしょ、手を使えなかったんなら、足を使うしかなかったって——。足は便利ですよ、靴下で指紋はつかないし——」

「でもさあ、足であんな風に突き刺すのは、ちょっと無理なんじゃないかなあ」

美亜が云った。しかし猫丸は、

「だからね、神代の方にしても、あそこまで深手を負わせる気はなかったんですよ。ほんのちょっと——大将が痛がって、会を続行できなくなるくらいに怪我をさせようとしただけなんだから」

「でも、実際は死んじゃったじゃない」

「そう、これはタイミングの問題でしてね――いいですか、大将が呻き声をあげたのは、光の帯がひときわ高く上がった時でしたよね。この瞬間の、大将の姿勢を想像してみてください。さっき僕がやって見せた姿勢で、光る布をつまんだ爪先をできるだけ高く上げるには――背中をテーブルにくっつけて、逆立ちするみたいに足を伸ばすしかないでしょう。サッカーのオーバーヘッドキックでもするみたいに――です。その姿勢になるのが、光の帯が高く上がった瞬間です。その前に、神代は大将の位置を足で探っていた――もちろんナイフを指に挟んだままですよ――光の帯の位置と大将の身長から逆算すれば、体がどの辺にあるかは、すぐ判りますよね。神代はナイフを垂直に立てて――」

と、猫丸は煙草を、指の先に直角に立て、

「こうやって――テーブルの表面を、そろそろと這わせていく」

その手を、じわじわ水平に進める。

「そうやって、ナイフの切っ先が大将の背中の下に入った時――大将が問題の姿勢になった。背中をテーブルにくっつけて、でんぐり返しでもするように――。つまり、テーブルを支点にしてナイフが突っ立ってるところへ、大将が背中からお迎えに行っちゃった――と、まあ、そういうことなんですよ。どうです、間がいいと云うか悪いと云うか――偶然とはいえ、そうなる率はかなり高かっただろうと思います。刺された大将はでんぐり返しの勢いを自分で止めることができないですから、そのままテーブルから転げ落ちたわけですね。それから、ナイフの尻でテーブルにへこみがついたでしょうけど、テーブルは古い物だったから、他の傷に埋没して、犯行の痕跡は残らなかった――そういうことです」

あの暗闇で、そんな足技の応酬があったとは――。

「だけどね、君。君のその推測が正しいとしても、だね――」

猫丸を遮ったのは、珍しく勝行だった。

「なにも、ナイフなんて物騒な物を使わなくてもよかったんじゃないのかね」

と、眼鏡を指で押し上げながら、勝行は静かな口調で、

「もし君の云う通りならば、神代君は降霊会を中断したかっただけなんだろう。ならば、足探りで様子を探った時にだね――椅子に霊媒が座っていないと判ったら、椅子を足でおさえて、『電気をつけろ』とでも怒鳴ればいいことじゃないのかな。霊媒が座っていないのは一目瞭然だし、そこに神代君の足があるんだからね――インチキが露見して、目的は遂げられるはずだと思うんだがね」

「いいえ、それじゃダメなんですよ」

「どうしてだい、イカサマが判ってまで降霊会に付き合うほど、家の者はお人よしではないが」

「それが、その程度のことじゃ、イカサマを暴露したことにはならないんですよ。いいですか――もしそんな状況になったとしても――誰かが電気のスイッチに辿り着く前に、大将はテーブルから飛び降りちゃえばいいんです。椅子が神代の足で押さえられていても、大将は床にひっ

くり返って『この若僧に、いきなり蹴飛ばされた』と云い抜けすることができる。神代が『いや、確かに座っていなかった』と云っても、大将は『あんたが蹴落としておいて、何を云うか』と譲らなかったら――立ち会い人はどっちを信じていいか判らない。ね、いつものごとく結局は泥仕合です。こうなると、その場でもう一遍やり直しってことになるかもしれない。そうすれば大将は、また別の手口を使ってくるだろう――。だから神代はどうでも――相手に怪我を負わせてでも――悪くすれば殺してでもナイフを使わざるを得なかった――。そういうことなんです」

猫丸が云う。勝行は、もう反論できないようだった。

「他にご質問はありませんか――いいですね。これが降霊会事件の真相です。神代は疑心暗鬼に取り憑かれ、降霊会を中断させようとして、勢い余って霊媒を殺しちまった――と、平たく云っちゃえば、そんなわけです。そしてそれをいいことに、すべてを大将に押しつけようとした――」

そう云って猫丸は、煙草の箱に指を入れた。しかし遂に吸いきってしまったようで、顔をしかめてパッケージをくしゃりと潰す。未練たらしく、山のような灰皿に指を突っ込んでつつき回している。直嗣が見かねて、

「よかったら一本、どうぞ」

「あ、こりゃすみません、恐縮です」

差し出された煙草を押し戴いて、うまそうに一服深く吸い込む。直嗣が、そののほほんとし

た横顔に向かって、

「君の話、間違ってはいないと思うんだがね——でも、それじゃどうしてあの男は死んだんだろうか」

「そうですよ、罪の意識に駆られて自殺でもしたんですか」

成一も云うと、猫丸は仔猫みたいな目でじろりと見て、

「まだそんなことを云ってやがるのかよ、お前さんは。簡単なことじゃないか、警察の人はもう、とっくに判ってるはずだぞ——まあ、その警察の人達は現場の処理で忙しいだろうから、雑談ついでにこれもちょいと喋ってみるか——」

ドアのところに固まった刑事達を、相変らず無視して猫丸は云う。煙草の煙をゆらゆらさせて、口調を改めると、

「最初に皆さんにお聞きしましたよね——ほら、あの旅館の帯の話ですけど——。ユカタで寝る時、たいてい誰でも帯は腹の横の、この辺で——」

自分の脇腹の下を示して、

「結ぶ、ということでしたよね。これを頭に留めておいてくださいよ。さて、次に質問です。兵馬氏の死体発見の報を受けて、最初に駆けつけたのは——直嗣さんと成一、でしたよね。そこでお二人に質問。その時、兵馬氏はどんな姿勢で倒れていましたか」

まん丸い目に見つめられて、直嗣はちょっと首をかしげると、

「どんな姿勢——って、そうだな——横向きだったよ」

「ええ、横向きで、右を下にして、こう、エビみたいに丸まった感じで――」

成一も補足する。猫丸は満足そうにうなずいて、

「結構です。だったら問題ないな――。それでですね、さっき僕達は神代から、霊媒の大将犯人説を聞かされましたね――そこで次に、美亜さんに質問です」

云われて美亜は、目を白黒させて猫丸を見返す。

「美亜さん、覚えてますか、確か神代はこんなようなことを云いましたよね――大将の行動を追って解説した際、こんな風に――ええと、『我々は兵馬氏に早々に追い返された。穴山さんが兵馬氏を殴り殺したのはその後でした。そして裾を割って倒れている兵馬氏を尻目に、離れから逃げ出したのでした』――と。一字一句正しい自信はないけど――確かこう云ってたはずです。美亜さん、間違ってたら訂正してもらえますか」

「うん、そんなようなこと云ってたね、大体合ってると思うけど――けどそれがどうしたの」

不思議そうな美亜に取り合わず、猫丸は、

「いえ、よろしい、僕の記憶違いじゃないんなら、それでいいんです――。で、今度はフミさん、あなたに質問です」

「はい――何でございましょう」

フミは不審げに返事をする。

「兵馬氏は、普段和服で過ごしておられたようですね」

「ええ――旦那様はいつもお着物で――」

「事件のあった、殺された日もそうでしたね」

「――はい、左様でございます」

「結構です。ね、どうです――これで神代が口を滑らせたのがよく判るでしょう」

猫丸は全員の顔を、順繰りに見回して云う。なんだか得意そうだったが、何がどうですなのかよく判らない。

「僕はさっき神代の話を聞きながら、ずっと思ってましたけど――彼の喋りっぷりには、余計な修辞や喩えをほとんど使わない、という特徴がありましたよね。言葉の表現に無駄がない――僕みたいに言葉に余分な飾りをしないで、簡潔に、客観的事実のみを話す癖があったように思うんです。いらぬ描写をせずに、学者らしく、人に伝わりやすい言葉の選び方をしていました。しかし、今美亜さんに確認したように、彼は大将犯人説を説明する中で『裾を割って』という表現を使っています。彼の癖から考えると、これは修飾的な意味で使われた言葉ではない、と推測されます。つまり文字通りの意味で『裾を割って』いた状況を指した言葉なんじゃないか――と、僕は思うんです。しかしこれは、神代が口を滑らせたのではないか、と僕は考えています。いいですか、直嗣さんと成一によると、兵馬氏は横向きに――エビみたいに体を丸めて倒れていた。しかし、その姿勢で『裾を割って』いるように見えることは、まずあり得ないはずなんです。着物っていうのは――左側の前身頃《まえみごろ》が前になる物でしてね」

と、猫丸は、だぶだぶの上着の胸の辺りを、左右の手でそれぞれ引っぱって、

「まず、こうして右を着てから――」

右手を左胸に持っていき、

「その上に、左を重ねて着るのが当り前なんです」

右襟に、左側の襟を重ねて見せた。

「つまり、着物を着れば、右側の襟は胸にくっつき、左の襟はいつでもその上に重ねられる——そういう形になるはずなんです。反対に着るのは、死者をお棺に入れる時だけで、前面に出るのはいつだって左側の衽《おくみ》なんです。ダブルのコートなんかでも同じようになりますよね——こうなると裾も当然、外に出ているのは左側ってことになる。そこで考えてみてください。倒れていた時、兵馬氏は体の右側面を下にしていた——すなわち、左側面は天井を向いていたことになる。そうなると、裾はどうなります？　体の左が上なんだから、裾はその体にふわっと被さる形になって——決して『裾を割って』いる状況にはならないはずなんです。もしその体勢で『裾を割って』いるとしたら、左裾は思いきりめくれ上がって、脛丸出しになっている場合しか考えられなくなってくる。しかし、誰に聞いても、そんな風になっていたなんて話は聞きません。従って兵馬氏は一時——神代に殺された時は『裾を割って』倒れていたんじゃないか、と、僕はそう思うんです。多分仰向けで、脛を出して裾を割って、人の字形に倒れていたんじゃないでしょうか。その印象が強く残っていて、神代はつい口を滑らせた——要するに、神代は自分が放置してきた時の死体の様子を描写して話してしまった——と、こういうことだと、僕は考えます」

そこで猫丸は、にわかに表情を引き締めて、

「そしてあの日、兵馬氏は角帯ではなく兵児帯を締めていました。兵児帯――ご存じですよね、大幅の布を畳んで、ざっくばらんに結ぶ形になるヤツです」

そういえばそうだ――。成一は思い出していた。水撒きの時庭から見かけた際、そして居間から、離れの入口に立つ兵馬を見た時も、祖父の腰の後ろで帯の先が、猫じゃらしのように垂れていた。

「そこで、もう一度フミさんに質問です。あの時――兵馬氏の死を発見して食堂に駆け込んできた時、あなたは『死んでいる』と云ったそうですね」

「ええ、申しました」

フミはひとつ、大きくうなずいて答える。

「それをあなたは確認しましたか？　いくら血が飛び散っていても、倒れているのを見ただけじゃ、病気なのかただの怪我なのか判らないはずですよね――。だからあなた、ちゃんと離れに入って確認したんでしょうね、そうでなかったら死んでるとは云えないでしょうから」

「ええ、もちろん確かめました」

フミは云う。貰った煙草が短くなったのを、猫丸は惜情をこめて揉み消して、

「結構です。そこでさっきの旅館の帯の話に戻るんですが――。どうして寝る時に帯を腰の、こんな横っちょで縛るか――皆さん判りますよね。もちろんそれは、背中で縛ると痛いからです。仰向けに寝ると、帯の結びっ玉が背中に当って痛い――それを知ってるから、誰でも帯は腰の横で締めるんですね。それで、もう一度兵馬氏の事件に戻りますが――フミさんは、兵馬

氏が倒れているのを発見した際、それを心配したでしょうね。まさかいきなり殺人だなんて思わないでしょうから、――病気にせよ怪我にせよ、背中が苦しいんじゃないか、そう思ったことでしょう。思わないまでも、無意識裏にそれを心配するのはごく自然なことですよね。病気だったら、なおさら呼吸を圧迫してはいけない、と、背中の結びっ玉を気にしたはずです。そこで、抱き起こして死んでいるのを確認するついでに、つい、意識せずに横向きに寝かせてしまったんじゃないか――と、僕はそう思うんです。そしてフミさんは、この事実を誰にも――警察以外には誰にも話していないことに思い至った。兵馬氏が最初仰向けで倒れていたことは、フミさんと、捜査当局と、犯人以外には知らない事実のはずだったのです。それでフミさんは、神代の失言で、今の僕と同じ思考過程を辿って犯人の正体に気がついてしまった。だからフミさん、あなたは、予《かね》てからの計画を実行に移したんですね」

「本当に、間に合ってようございましたよ。警察の方達に先を越されないか、随分気をもみました」

フミはにこにこして云った。まるでお天気の話でもするような、穏やかな口調だった。それで成一は、最初何を云っているのか理解できずにいた。

しかし、驚愕の波紋が拡がっていた。

家族達の間を――フミの言葉の意味をゆっくりと咀嚼する時間をかけて――徐々に衝撃が波打って行く。無言の、声なき動転だった。思いがけぬ、猫丸の沈痛な面持ちを見て、成一もやっとそれを悟った。

沈黙は重く、興奮と沈黙の繰り返しだった今日一日の中で、最も深い静けさだった。

＊

判らない――。

私には判らない。

次々と――嵐が窓ガラスを打ち鳴らすように、次々と襲いかかる驚きに、私は声も出ないでいる。

私にはもう、何がどうなっているのか、判らなくなってしまった。

頭の中がからっぽになってしまったみたい――。

もう、何も考えられない。

もう、何も判らない。

からっぽの頭では、何も考えられるはずはない。

でも――でも、声だけは、耳に流れ込んでくる。からっぽの頭の中に、声だけが流れては、わだかまっていく。

猫丸さんの声――。不思議に人を魅きつける話しぶりで、さっきから、あの恐ろしい事件の謎を解いていく。私にはまるで、魔法みたいに思えていたけど――。けれども、今の猫丸さんの声は、今までとは違って、どこか哀しそうに、切なそうに、痛みを堪えているみたいで――。

「いずれにせよ、あのお茶に直接関わったのは、フミさんだけでした。余計な装飾を取っぱらって素直に考えれば、フミさんがやったということは判り切っていることでしょう」

「でも――どうして――」

伯母さまが、震えているみたいな声で云う。

「どうして――そんなこと」

「だって奥様、当り前でしょう。旦那様をあんな目に遭わせた男なんでございますよ。その上、嬢ちゃまのお命を狙うなんて――ホントにまあ、あんなおとなしそうな顔で、とんでもない男でしたねえ」

フミさんは、いつもと同じ柔らかな口調で云った。

「それじゃ、やっぱりあなたも、左枝子さんが狙われてたことを知ってたんですか」

猫丸さんが聞いている。

「ええ、ええ、外出用のエルボークラッチのビスが緩めてありました。私が気がつかなかったら、嬢ちゃまがどんなことになっていたか――それを思うと、今でもぞっとしますよ。もちろんその時は、誰がやったか判りませんでしたけど」

「神代の、攻撃の一つ、ですね――」

猫丸さんが呟いた。すると今度は、直叔父さんが、

「でも――しかし、なにも殺さなくったって――警察に任せておけば、さ――」

「いいえ、旦那様のご恩を思えば、当然のことですよ。それに何より、嬢ちゃまをひどい目に

遭わせようとするなんて――許しておけませんものねえ」

フミさんは云った。むしろ誇らしそうに――。

何てことを――。

フミさんは、私のために人を殺してまで――そんなこと――そんなこと。

ああ――神様。

「でも、猫丸先輩――」

兄さんが云う。

「どうやったら、あのカップに毒を入れられたんです。僕、ちゃんとフミさんがお茶を注ぐのを見てたんですよ、別に何も変なことはしていませんでしたけど」

「方法か――まあ、今となっちゃそんなの、どうでもいいことだけどさ」

と、猫丸さんは、むすっとした声で、

「まあ、雑談ついでに云っとくか――。例えば、こんなやり方はどうだろうな――。フミさんは、二人の内どちらかが犯人だと目星をつけていたんだろう――。どうやってそこまで限定したのか、僕には判らんけれど――あの兵馬氏の事件の時、この家に来た人の中で大将は死んじまったし、後は――」

「後は簡単ですよ。ご家族の方が、そんなことするはずありませんからね、残りは二人しかいないでしょう。私には判りますよ、それくらいのこと」

フミさんの声。確信に満ちた――そして優しさに溢れた、フミさんの声。

「なるほど――そうでしょうね。いやはや、そういう信念の前じゃ、僕のちゃちな推理なんて霞んじまいますね。――それで、フミさんは機会を狙っていたんでしょう。犯人が判ったらすぐ実行するつもりで、毒を用意して――。そこへ今夜、犯人候補のお二人が現れました。これぞ乾坤一擲《けんこんいってき》の好機到来、と――フミさんは二人のカップに、毒を仕込んだわけなんです」

「そんなバカな――大内山さんの方は無事じゃないですか」

兄さんが云った。

「そりゃ普通に毒を入れとけば、大内山さんだって今頃タダで済んじゃいないさ。でもな、例えば――そう、ティーカップの内側の上の方、フチぎりぎりのところに塗っといたらどうだ。しかも、取っ手の上辺りの一点だけに――。取っ手の上なんて、普通口をつけないだろう。それにフチぎりぎりだったら、中のお茶に混入することもない。こうやって両方のカップに、予め毒をセットしておくんだ。もし、犯人がどちらかに特定できたら決行すればいいし、判らなかったら次の機会に延期すればいいだけだ。しかし――神代が口を滑らせて、今日とうとうフミさんは犯人を探り当ててしまった――。そこで、遂に毒を飲ませる行動に出た。お茶のお代わりを勧めて、フチについた毒を洗い落とすみたいにしてお茶を注ぐんだな。毒を塗った個所にお茶をかけて、中に溶け込むように注ぐ。対して、大内山さんのカップには、底の方から静かに――毒に当てないようにそうっと注ぐんだ。な、あっさりしたもんだろ、これだけのことだ」

「あなたは、素晴らしい方ですねえ」

フミさんが感心したように云った。

「ホントに何でもお見通しなんですから——千里眼みたいですね」

それから、フミさんはゆっくり私の方へ近づいて——そして、私を優しく抱いた。

「嬢ちゃま、嬢ちゃま——ご免なさいね、フミはもう、お傍にいられなくなってしまいました。もうお世話してさしあげることができなくなってしまったんです。フミは、それだけが気がかりなんですよ。——ホントにご免なさいね。でも、嬢ちゃまだってもう大人なんですからね、フミがいなくても平気ですね。淋しくなんてありませんね、フミがいなくったって、大丈夫ですよね」

フミさんはきゅっと、きつく私を抱きしめる。

フミさんの大きな体。

フミさんの柔らかい感触。

フミさんの匂い——暖かい、優しい匂い。

フミさんの手が、私の背中を撫でて——小さい頃、悪夢にうなされた私をあやしてくれた、あの時みたいに——嬢ちゃま、嬢ちゃま、おっかない夢をみたんですね、恐いお化けが嬢ちゃまをいじめたんですね。でも大丈夫、もう平気ですよ。悪いヤツはフミがみいんなやっつけてしまいましたからね。だから嬢ちゃま、安心してお休みなさい——あの頃のように、私の髪を梳き、背中をゆっくり撫でてくれて——。

「フミさん、フミさん、フミさん——」

涙がとまらなくなった。

フミさんの体にしがみついて——私の心は堰《せき》を切ったように、フミさんに向かって溢れ出す。

「フミさん、フミさん、フミさん——」

何度も名を呼び、私はフミさんにすがりついていた。

フミさんの掌が、それに応えて背中をさすってくれる。

涙が、いつ果てるともなく、とまらない——。

＊

左枝子の泣く声を聞きながら、成一は放心するだけだった。

猫丸はぐったりと、ソファに腰を落とした。小柄な体を投げ出すような、ヤケクソじみた態度だった。

刑事達が進み出て、フミを取り囲んだ。事前に打合せていたと思われる、整然とした動きだった。そして、泣きじゃくる左枝子をフミから引き剝がした。倒れんばかりに嘆く左枝子を、多喜枝が強く支えた。美亜もそこに取りすがり、左枝子の髪に顔を埋めた。

刑事の一人がフミの片手を引っぱり、弾みで巨体が少しよろける。

「家の家族に乱暴するなっ」

怒鳴りつけたのは勝行だった。成一は、父親がこれほど険しい声を出せることを、この時まで知らなかった。

刑事がフミを引っ立てて、部屋を出ようとすると、

「警部さん」

猫丸が鋭い一言を飛ばした。研ぎ澄ました矢尻のような、気迫のこもった声だった。

「さっきから何度も云ってますけど――今の話、今までのここでの話は、全部関係者同士の雑談ですからね。いいですか――雑談の中で、たまたま犯人が判明してしまった――そういう形になってるはずですからね。だからその人は自首ですよ。いいですね、その人は自首したんですからね」

猫丸は強く云い放った。そして、口調を改めると、

「雑談が終るまで、待っていてくだすって――ありがとうございました」

深く頭を垂れて、云った。

ちょっとだけ振り返った柏木警部の顎が、ほんのわずかに――かすかにだが、引かれたように、成一には見えた。

刑事達がぞろぞろと出て行く。

フミの、白い割烹着の背中も、それに交じって消える。

猫丸はそれを大儀そうに目だけで見送りながら、

「すまん、成一――こうするより手がなかった。あのカップの仕掛けに警察が気付くのは時間の問題だった――フミさんは、そんなことはとっくに承知して覚悟の上であしてーー。だけ

ど、逮捕より自首の方が――少しはマシだ。だから――こうするしかなかった」

云い訳でもするかのように、ぼそぼそと云った。

――いいんです、先輩、それで充分です――成一が云うより先に直嗣が、ポケットから煙草の箱を取り出すと、ぽんと猫丸の方へ放った。膝の辺りに落ちてきたそれを、猫丸は片手で器用にキャッチする。長い前髪を揺らして、うっそりと一礼すると、猫丸はさっそく一本引き出す。

煙を深く吸い込んだ猫丸は、苦そうに顔をしかめた。

終章

庭、である。

昼下がり。

左枝子は、お気に入りのベンチに座っている。その背後には大内山——左枝子の影みたいに、寄り添うように立っている。彼女が手放すことのできない松葉杖——それとこみでワンセットであるかのようだ。

成一は、二人の側に立ち、あっけらかんと抜けて行くような青空を見上げていた。

そして猫丸。久しぶりにこの家を訪れた猫丸は、庭の芝生を珍しがってはしゃいだ。萌え立ち拡がる緑の絨毯の上を、転げ回って、子供みたいな歓声をあげ、左枝子を笑わせた。そして遊び疲れて今こうして、成一の足元に座っている。決して長くない両足を芝の上に伸ばして猫丸は、仔猫のような丸々とした瞳で、庭の樹々を眺めている。

樹々は、きらめくような緑に輝く。

どこまでも——あくまでも深いライトブルーの空。ほわりとした、綿飴みたいな白い雲がひとつ、空の青に吸いこまれながら流れて行く。

太陽は黄金色にまばゆく照りつけ、立っているだけで汗ばんでくるほどだ。

光の恩恵を激しいほどに浴びて、樹々はその緑豊かな枝々を存分に伸ばしている。眩しいばかりに大らかな生命力を誇示し、精一杯の息吹に満ち溢れ――まるで勝鬨《かちどき》をあげるように――緑は輝く。

静かだった――。

四人とも何も云わずに、豊饒な自然の中にただ身を置くばかりである。

涼やかな風。

樹々の梢が一斉に揺れる。

枝々の歓喜――。その命を、この季節を、さながらいとおしむ踊りのように――枝の緑が揺れている。

まどろむような午後の澄んだ空気。

あれから二ケ月――夏は、もうすぐ近くまで来ているのだ。

成一も、そして家族達も、平穏な暮らしに戻りつつある。もちろんその生活は、以前と少し変ってはきている――少しずつ、ではあるけれども。

勝行は、東京で最高の弁護士を雇うのだと、忙しく駆け回っていた。先日やっとそれも決まり、初公判に向けてこのところ、連日の打合せに多忙な日々を送っている。

美亜はどうやら、本格的に料理に目覚めたようで、志望校も家政科のある短大に切り替えた。

夢は料理研究家——それがダメなら、とっととお嫁に行っちゃおう、というのが本人の弁。この時期になっての進路変更で、両親はやきもきしているが、当人には勝算があるらしく、キッチンから彼女の鼻歌が絶えることがない。もっとも、炊事音痴の母親を助手につけているせいで、鼻歌にはしばしば怒鳴り声が交じる。

多喜枝は、口やかましい炊事教師の目を盗んで、相変らず留守がちである。習い事に買い物に、近所の奥さん達との茶飲み話。しかし、その合間を縫って足繁く拘置所にも通っていることは料理長も承知しているので、あまり文句も出ないようだ。

直嗣は、道楽仕事に精を出している。ただこのところ、どことなく落ち着いてきた雰囲気なのは、身を固めるとの噂のせいかもしれない。本人は否定しているが、「すっごくきれいな人なんだよ。ただの美術好きのお客さんだって、云いわけしてたけどさ、あのムードはもう並の関係じゃないよね」という、画廊に遊びに行った美亜の証言もある。事の真偽は、これから明らかになるだろう。

そして左枝子は——。

成一は、ベンチに座った左枝子をそっと見守る。涼やかな風が、その長い黒髪を緩やかに撫でて行く。

一時期は、食事も満足に喉を通らない状態が続いたが、近頃ようやく、美しい容色にも、本来の輝きを取り戻し始めている。

それが、大内山の献身的な慰めのお陰なのは、誰もが認めるところだった。

「僕のせいです。僕の責任です。僕が優柔不断だったばっかりに、皆さんにご迷惑をかけて、左枝子さんを悲しませてしまった」――。大内山は口癖のように繰り返し、本人の身体が心配になるほど骨身を削って、左枝子を元気づけるように努めた。その挺身《ていしん》が、ただ責任感の発露だけではないことは、もはや周知の事実である。今もこうして、わずかな時間を割いて、左枝子の許へと馳せ参じて来る。無論家族全員が、その来訪を、諸手を挙げて歓迎しているわけではないが、左枝子の目を見張るばかりの快復ぶりを慮《おもんぱか》って、今のところ黙認されている。

成一にしても、若干心配は残る。

左枝子の背後に、騎士のように付き従う大内山。たおやかな姫君を託す相手としては、いささか心許ない気がしないでもない。いまひとつぱっとしない風貌と、明らかに頼りない性格。不安要素は、数え挙げればきりがない――。

そんな成一の胸中を読み取ったように、猫丸が、突然声を張り上げた。

「『恋愛の最初の一歩はインスピレーションである。しかし、その後の長い道程は忍耐と容認にある』――イタリアの詩人、ジェラール・フェリニッツェの言葉です」

芝を毟《むし》っていた手を止めて、猫丸は左枝子達の方を振り仰いだ。仔猫みたいな丸い目を柔和に和ませて、猫丸は二人に笑いかけ、

「人間というのはですね、未完成なもんでしてね――そりゃ欠点だらけなものなんですよ。初めっから完璧な人なんてのはいるわきゃないんですから、ね。でも、面白いもんでね、二人なら――人間二人なら、それを補《おぎな》い合って克服して、お互いを高め合っていくことができる。そ

うやって、二人の人間が一対になっていくんです。そういうのが、本物の恋愛である――と、この詩人は云ってるわけなんですね」

恐ろしくキザったらしい喋り方だった。出来の悪いジゴロみたいで、見ているこっちが恥ずかしくなる。この人が、こんな台詞を口にするのを初めて聞いた。端《はた》で聞いていた成一は赤面してしまったが、左枝子がほんのりと頰を染めたのは、成一と同じ原因ではなさそうだった。大内山もまっすぐに猫丸を見つめ返して、大きくうなずいている。猫丸の言葉はどうやら、二人の琴線に触れるところがあったようだ。猫丸流に云うのなら――まったくもう、バカバカしくって付き合ってられないや――というところか。

成一が苦笑を隠して横を向くと、猫丸はのっそり立ち上がった。だぶだぶの上着をはたはたと叩き、芝生のけばを落として猫丸は、

「さあ、成一――いつまでも邪魔してちゃいけないや、そろそろ退散しようぜ。大ちゃんだってタマの休みなんだしさ」

そう云うと、にんまり笑って成一の肩を叩いた。

大内山は、超心理学研究のグループを抜けて、専門の社会心理学一本で行く決心を固めたそうだ。最近は、その引き継ぎや事務手続きに忙殺されているという。

のんびりと歩き出した猫丸の後に、成一は従った。

うららかな陽光が、小柄な先輩の駄猫みたいな癖っ毛で輝いている。ぶらぶら歩きながら猫丸は、前を向いたまま成一に声をかける。

「なあ、成一よ」

「はあ、何ですか」

成一は、前を行くふわふわ頭を追いながら応じた。

「例のお前さんの予知夢なんだけどな——例えば、こんな解釈はどうだろうか」

ゆったりとした歩調を乱さずに、猫丸は云う。

「お前さん、運転手の人が——栄吉さん、だったっけ？　——その人が寝不足なのを知っていて、それであんな夢をみたんじゃないのかな。——あんな寝不足で運転して、栄吉さん大丈夫なのかな、事故なんか起こさなきゃいいけどな——って、心配してて、それが夢に出てきたんじゃないか」

「何ですかそれ——？　栄吉さんの寝不足って」

「うん。お前さんの記憶にはなくてもな、潜在意識で、それを知ってたんじゃないかって、僕はそんな風に思うんだよ」

「どうして僕がそんなこと知ってたって云うんです」

「それだがな——お前さん、子供の頃、癇が強くって、夜中にふらふら歩き回ることもあったって云うじゃないか——まあ、子供にはたまにあるよな、眠りが深いから寝ボケる時はとことん大ボケかますんだよ——。それで、事故の前夜、お前さん歩き回って、栄吉さんの寝不足の原因を覗き見しちまったんじゃないか」

「寝不足の原因——って何です」

「つまりさ、その――当時若かった栄吉さんとフミさん夫婦の寝室だよ」

猫丸は振り向かないままで云う。

「その時、お前さん十二歳か――、十二っていったら、そろそろ色気づき始める年頃だよな。その時覗き見した情景が、憧れの叔母さんのイメージに重なって――お前さんは罪悪感や自己嫌悪を感じた――。その年頃じゃ、そういうのって結構、嫌悪の対象と思うことがあるだろう。殊にお前さんの場合、それがそのまま叔母さん達の死へ直結してるんだ。強い罪悪観念から、お前さんはその記憶を無意識下へ抑制する――もちろん寝ボケててよく覚えてもいないんだろうけど――それでお前さん本人には、自覚も記憶もないんだ。ただ深層心理ではそれは傷になっていて、性的なイメージは激しい嫌悪感と、ひいては憧れの人の死と直截に繋がる――な、そんな風に考えられないか。それが元でお前さん、女嫌いになっちまったんじゃないのかな――僕はそんな気がするんだ」

「別に僕は、女嫌いなんかじゃありませんけどね――」

成一はもごもご云ったが、猫丸は取り合わなかった。

「そんなわけでお前さん、予知夢をみたと思いこんじまって、その後もたまたまヤマ勘が当ったり偶然起きたことも、全部予知だと考えちまった――とまあ、そんな感じじゃないのかな」

成一が何も答えずにいると、猫丸は足を止めた。そして、ぐいと空を仰ぎ見て、

「でもなあ、お前さん――いつも云ってるだろうに、もうちょいと前向きに物事考えようや。終っちまったことなんかで、いつまでもぐじぐじ思い悩んだりしないでな――どうせ陰気な性

格が直らないんなら、もうちょっと先のことで悩んだ方が、まだマシってもんだろうに。上を見てりゃ、面白いことなんかいくらでも降ってくるんだからさ——ほれ、見ろや、今日だってこんなにいい天気だ。こんな晴れ晴れとした空の下にいるだけで、何かこう、やったるでえって気分になってこないかよ」

猫丸はそう云って、煙草を取り出すとゆっくり火をつける。大きく吸い込んでまずは一服——。煙が、風に煽られて瞬く間に流れて消える。

成一は、そっと後ろを振り返ってみた。

太陽のさんざめく芝生のベンチに、二人の姿。溢れるような陽差しとこぼれんばかりの緑に囲まれて、二人の影も陽炎《かげろう》に揺れている。

確かに——と、成一は考えていた——確かに、猫丸の云ったことは理にかなっている。夢判断としても悪くはないだろう。だがしかし——だったらあの、昨夜の夢は何だったのだろう。昨夜みた夢——。

車椅子の花嫁。

純白のベールに絹のドレス。奇妙にリアルな、まるで本物の映像の一コマを見せられたような——。長い睫が涙にぬれていた。ほっそりした薬指に光るリングはプラチナ。そしてブーケの赤い花の色さえも——。

「おい、どうした。ヤボはやめとけや、馬に蹴られて殺されるぞ。何をぼおっとしてやがるんだよ」

猫丸が云った。その仔猫の目は、いつものとぼけた表情をたたえていた。

「いえ——何でもありません」

今は何も云うまい。あれが、本物の予知夢であったのかどうか、いずれ時間が答えを与えてくれるだろう。

「先輩、行きましょうか」

踵を返し、猫丸の小さな背中を押して促す。

そして成一は、もう二度と振り返らなかった。

＊

兄さんと猫丸さんが行ってしまった。

私達は二人きりになった。

あの人と、二人きりだった。

沈黙が——肌に快い。

樹々の葉がざわめく音だけが、私達の間を走り抜けて行く。

二人でいるのに、これほど心地いい静けさがあることを、私は最近初めて知った。兄さんの気遣いとはまた別な、快い静けさ——。とても心静かに——何と云うか、くつろいだ気分——しっくりと落ち着く、心の奥底から安らぐみたいな、不思議な感覚。

何より嬉しいのは、あの人も――大内山さんも、私と同じくつろいだ気持ちでいてくれる――それが手に取るように私には判るから――。そしてきっとあの人も、私がそう感じていることを知っていてくれる。それがこんなにも、柔らかく心を包んでしまうことを――それも私は最近初めて知った。

あの人とこうしていられるだけで――。

ここでこうしていられるだけで――それで今の私には充分。

もちろん、フミさんがいなくなった淋しさは、まだまだ私の中に深く残っている。

でも――だけど、きっとフミさんは戻って来てくれる。

私はそれを信じている。

神様、神様、お願いです。どうかフミさんが一日も早く帰ってきてくれますように――私のもとへ帰ってきてくれますように――私達のもとへ――。

「左枝子さん――」

あの人が、ぽつりと云った。

「はい」

私も静かに答える。

「僕は、まだ判らないんです――どうやって責任を果たせばいいのか――。僕がぐずぐずしていたせいで、フミさんがあんなことになってしまって、それが、心苦しくて――。僕は、どう償えばいいんでしょうか」

「――大内山さん」

「はい」

「あなたが――それから私と、私の家族がしなくてはならないことは――決まってます」

「それは――何です」

「忍耐と容認、です」

私はゆっくりと、笑顔をあの人の方へ向けた。私の笑った顔は、輝いているだろうか。母さんの微笑みのように、きらめくみたいに輝いているだろうか。あの人は、そう見てくれているだろうか――。

風がまた、一陣――。

風は、吹く。

私とあの人のいる庭を、風が吹き抜けて行く。

父さんと母さんにも――私が生まれるよりもっと前の、父さんと母さんにも、こんな風が吹いたのかしら。

風は――吹いて――。

そして、風は色づく。

みどりの風は流れ過ぎて――風は、私とあの人との、新たな色に色づいてゆく。

だから私は、こうして吹く風に身をまかせていよう。それがどんな色なのかは、私には判らないけれども――。

でも、それだって構わない。
だって、風は過ぎて行くものだから。
時は、うつろうものだから。
そう——風は、いつだって未来へと吹いて行くものなのだから。

参考文献

「超心理学者福来友吉の生涯」　中沢信午（大陸書房）
「実録・株の世界」　安田二郎（廣済堂出版）
「魔法の心理学」　高木重朗（講談社現代新書）
「パラサイコロジー」　ジョン・ペロフ編（工作舎）
「宗教と科学の間」　湯浅泰雄（名著刊行会）
「サイ科学の全貌」　関英男（工作舎）
「超能力・霊能力解明マニュアル」　大槻義彦（筑摩書房）
「超能力のトリック」　松田道弘（講談社現代新書）
「奇跡・大魔法のカラクリ」　W・B・ギブソン（高木重朗訳・東京堂出版）

尚、サイ研究の現状に関しては、ほぼ事実に即しておりますが、一部の描写については完全なる創作であることをお断りしておきます。

著者

解　説

巽　昌章

本格推理小説には、先輩ものというサブジャンルがある。なんてことはないが、有栖川有栖の江神先輩、斎藤肇の陣内先輩、そして倉知淳の猫丸先輩と並べてゆくと、もしかしたらと思えてこないだろうか。これは私のオリジナルでなく、一九九五年に『過ぎ行く風はみどり色』がハードカヴァーで世にでたとき、巻末解説で法月綸太郎が示唆していた考えである。猫丸先輩なる毒舌屋の風来坊が、後輩に突っ込みを入れまくりつつ、ディクスン・カーばりの怪事件を解決する本書は、まさに先輩ものの本格長編なのだ。法月はそこに注目しながら、フーテンの寅さんにつながる風来坊的キャラクターの系譜を説くのだが、たしかに、先輩と後輩という組み合わせを謎解き小説の中心に据え続ける倉知淳のこだわりには、ある特別の意味が含まれているはずだと私も思う。

いわゆる新本格以降の作家には、学生たちを登場させる人が多かったから、そうした設定でホームズ／ワトスンの変種を作り出そうとすれば、自然と先輩を探偵役に任命することにもなるだろう。また、もともと名探偵には、こわばったものを解きほぐすという役割がある。さきに挙げた法月綸太郎の解説は、「天然カー」という名言でもって倉知の作風をいいあらわそうとしたけれども、本家ディクスン・カーは、あのいかにもおどろおどろしい事件を解き明かさせるため、のんべの巨漢ギデオン・フェル博士と暴れん坊貴族ヘンリ・メリヴェル卿という二大探偵を創造したではないか。彼らは推理するだけでなく、そのユーモラスな風貌で、重苦しい怪奇事件の解毒剤ともなっている。いつまでも「社会人」にならない先輩という珍キャラクターもまた、こうした解毒剤的な役割を担っているのだ。

風来坊であることも、この点にかかわってくる。屋敷にせよ村にせよ、あるいは企業や都市の一角にせよ、長編推理小説は閉じた社会集団を舞台に展開されることが多い。こうした小社会の住人たちは、なまじ価値観を共通にしているのが災いして、事件の重さに呪縛されてしまいがちなものだが、そんな息苦しい場面に、先輩というだけででかい面をする珍奇な旅人が乱入したらどうなるか。小社会の価値観という網目にひっかからない存在だからこそ、先入観にとらわれた他の登場人物たちの眼を覚まさせる役割、つまり探偵役が可能になる。

だが、このように考えてきても、まだ、先輩というものを探偵役に据えることの意味を説きつくした気がしない。もっと本質的な点が残っていると私は思う。

ひとことでいえば、先輩がもたらすトホホ感である。買出しと隠し芸を厳命しつつ、酔い潰れればしっかり介抱してくれ、徹夜で青臭い悩みごとにも付きあってくれはするが、うっかり結婚式のスピーチを頼んだら最後、何をばらされるかわからない。それが先輩というものの一般的イメージだろう。かたや後輩とは、何の因果か少し後に生まれたばかりに、ガードをゆるめ、気取りという鎧《よろい》を外して付き合ってしまい、その結果もっとも恥ずかしい「素」の部分を握られてしまったあわれな存在だ。人々が胸の奥にしまっている身も蓋もないトホホ体験、あらゆる気取りや思い込みを脱臼させてしまう究極の日常性、それを思い出させるため、先輩は私たちの前に立つ。

江神先輩などはずいぶん紳士的だし、一種の神秘性を帯びてもいるが、やはり、夢見がちな学生アリスを覚醒させる立場は確保しているだろう。そこには、フェル博士やメリヴェル卿にはない身近さゆえの照れくささ、私たちを何となく落ち着かない気持ちにさせる親しみといったものが漂っている。先輩とは、ロマンティックな思い込みの対極にある、私たちの根っこともいうべき日常性の象徴なのである。というわけで、語り手の目の前でどんな不可思議な事件が起こっていても、そばに先輩がいると、なかなか奇怪な世界の側に没入しきることがかなわなくなってしまう。猫丸先輩こそ、そんな困った存在の代表格だ。

傍若無人、神出鬼没のお気楽男。情けなくも珍奇なアルバイトで生計を立てているらしい永遠の風来坊。落語のご隠居みたいに小うるさいのに、まん丸い顔が何とも憎めない。それが猫丸先輩だ。彼はデビュー作『日曜の夜は出たくない』(創元推理文庫)と本書とで「先輩探偵」をつとめた後、『幻獣遁走曲』(同)では後輩ぬきで活躍したものの、『夜届く』(同)と『猫丸先輩の空論』(講談社文庫)にいたって、またもや先輩風を吹かせはじめている。彼こそ、まぎれもなく倉知作品を代表する人物だ。

『日曜の夜は出たくない』は、空から降ってきたとしか思えない死体の謎を扱った「空中散歩者の最期」に始まる連作短編集だったが、本書は不可能犯罪にあやしげな降霊術をからめた本格長編、後の三冊はいずれも、日常の風景に混入したちょっと奇妙な出来事に猫丸が意表を突く解釈を与える短編集である。一見したところ、大仕掛けの奇想から日常の謎へという振幅を示しているようだが、実際に読んでみれば、日常と非日常が交錯し、優しさと辛辣さが混ざり合う独自の味わいが終始一貫していることや、猫丸先輩という探偵役がいかにもその作品世界にふさわしいことは一目瞭然だ。倉知には雪の山荘ものの『星降り山荘の殺人』(講談社文庫)、一種のサイコ・テーマを扱った『壺中の天国(上下)』(創元推理文庫)という猫丸の登場しない長編があるが、とりわけ第一回本格ミステリ大賞を獲得した後者は、極めて猫丸ものに近い世界を展開してもいる。

これは雰囲気だけの問題ではない。本格推理小説の書き手として倉知淳を位置づけようとするとき、猫丸先輩という存在は見逃せない目じるしなのである。ひとくちに論理的な謎解き小説といっても、謎や論理には個性があるし、それらと作品世界との関係も作り手によってずいぶん違う。たとえば、現実に極力近づけた、いわゆるリアリズムの世界設定をめざす作家もいれば、とんでもなく歪んだ世界ならではの謎解きを得意にする人もいるという具合に、事件とその解決が小説世界とどのように嚙み合い、どんな形で構造化されているかは千差万別だ。

この点、倉知淳の本体は日常の謎派に大きく傾斜したところに位置づけられる。いうまでもなく、日常の謎派とは、北村薫の『空飛ぶ馬』(創元推理文庫)にはじまる、一見平坦で瑣末な日常の風景から意表を突く真相を発掘してみせる作品群だ。倉知が繰り広げる謎解きも、その主眼は、日常嘱目《しょくもく》の事物へのこだわりと、そこから引き出されるときに暖かく、ときに辛辣な観察にあり、両者の近しさは明らかだろう。しかし、ほのぼのとした作品世界の中に、法月が「天然カー」と呼んだような現実離れした本格推理小説への親しみや、不気味な狂気への関心がしっくりと溶け込んでいるところこそ、彼の本領である。より正確にいえば、謎解きの核心部分というべきあたりに、日常と非日常、ほのぼのと狂気といった対比を無化してしまうような仕組みが備わっていて、それが彼の作品に独特の味を与えている。

たとえば、『壺中の天国』は、趣味の世界にはまり込んだ人たちが活躍する日常ほのぼの系の舞台を設けながら、その中に不気味な狂気の影を流し込み、背後に隠された意外な論理の暴露でしめくくるという趣向だったが、これだって作者が突然サイコものに転じたというわけではなく、また、日常と狂気を相容れない対立関係として描いているわけでもない。逆に、一日一日を前向きに生きている人々と狂気の犯罪者とが、どこか似たような心の風景を抱えているらしいことを、からっと明るく語って見せたのがこの小説なのだ。

『過ぎ行く風はみどり色』はこうした倉知のスタンスを知るにふさわしい作品だ。心霊術にはまりこんだ富豪の老人をめぐって、超心理学者と霊媒が張り合う中、密室状態で殺人が突発する。誰も出入りできるはずのない離れにこもっていた老人が、独鈷《どっこ》で頭を割られたのだ。だが、屋敷の人々は、疑心暗鬼に陥りながらも、老人が生前予定していた降霊会を開くことにする。だが、それが第二の殺人を呼ぶとも知らずに。まさにカー流。だが、同じ筋道をたどっているように見えて『過ぎ行く風はみどり色』の残す印象はずいぶん違う。

本書を読み終えてから、もう一度ふりかえっていただきたい。ここでなされた奇怪な事件の謎解きは、登場人物たちをとりかこむ、ありふれた日常の風景へと着地する。といっても、それは、奇怪な謎が「現実的」に解明され、平穏な日常が取り戻されるという意味ではない。ひとくちに日常といっても、私たちの受けとめ方によってその姿は様々に変わって見える。確固不動の「日常」なんてものはないし、私たちはそんな不安定な世界の中でどうにかこうにか生きている。倉知が猫丸先輩の毒舌を借りて本書最大のトリックを披露するとき、私たちは、「日常」の不安定さ、計り知れなさこそがトリックを支えていたことを知るのだ。しかも、ここには、後に『壺中の天国』で展開されることになるテーマ、つまり、私たちの生活に張りを与えている「こだわり」と「狂気」との相似性が、異なる形で先取りされてもいる。

これは、日常の謎派の本質に迫る着想でもある。おりに触れて書いてきたが、日常の謎派とは元来、確固とした日常性に安住しようとする「ほのぼの派」ではない。逆に、彼らこそ、日常なるものの不安定さ、不確かさを繰り返し物語り続けているのだから。

秋来ぬと目にはさやかに見えねども風の音にぞおどろかれぬる

日常の謎派の要諦はこれだ。元祖北村薫をはじめ、その作中にはひんぱんに、「今日は風の感じが違う。そうか、秋が来たんだ」的な小発見のエピソードがちりばめられているが、これらは決して感傷的な飾りではない。世界には自分が気づいていない顔があり、それは時々刻々に変化していて、ごくささいなきっかけからそのことが見えてくる。日常の些事を手がかりにして世界の広がりと変転を実感させることこそ日常の謎派の身上であるとともに、このような発想が謎解きの仕組みに呼応し、事件の解明と「世界」の不安定性の発見とがシンクロするように小説が仕組まれているわけだ。

それを倉知流に変奏すると、ひとりひとりの人間が自分の感じ取れるデータだけから「世界」を紡《つむ》ぎあげ、その中心にかけがえのないこだわりの核をしまいこんで生きているといった、人々が閉じこもる無数の壺が並んでいるような光景が浮かび上がる。彼らの眺めている世界は互いに食い違っているのに、その齟齬《そご》に気づくことがない。裏返していえば、私たちには世界の全貌が見えていない。このように考えてゆけば、狂気と正気の差異も、各自がもぐりこんでいる壺の形の違いにすぎないとみなされようか。

日常というものの得体の知れなさ、狂気とほのぼのとが連続しているような世界のイメージ、それこそ猫丸先輩がもたらそうとしているものだ。「先輩」という存在が漂わせる身も蓋もない日常性の雰囲気と後輩を脱力させるその作用が、やがて、日常とは何かという反省を生む。それが、世界の意外な広がりへの扉となる。

（二〇〇三年六月）

新版刊行によせて

本書は私の二冊目の作品であり、初めての長編でもある。

連作短編集でデビューしたので、次に書くのは長編だな、と勝手に決めていた。当時は短編より長編の方が断然好みだったのだ。だから長編を書こうと思った。

と同時に、これが最後の本になるかもしれないなあ、という覚悟もあった。

なにしろこちとら新人賞を獲《と》ってデビューしたわけではない。何の後《うし》ろ盾《だて》もコネクションもなく、何となくずるずるっとデビューした立場である。編集部から「キミの本は売れないし、もう要らないや」と云われれば、それっきり出版業界とは縁が切れてしまう。だから、これが最後の本になる可能性は十二分にあったわけだ。

そこで、はっちゃけた。

最後になるかもしれないんだから、好きなものを全部ぶち込んで、てんこ盛りにしてしまえ、と思った。

舞台は富豪の屋敷、連続する殺人事件、不可能犯罪、オカルト要素、超心理学、怪しげな霊媒師、衒学《げんがく》趣味、奇術的なギミック、降霊会、推理合戦、科学と迷信の対立、ユーモラスとシリアスの対比、名探偵による鮮やかな解決、様々な要素を有機的に絡み合わせるための細密なプロット、読者に足払いをかける大胆な仕掛け――といった具合に、自分の好きな要素をこれでもかと詰め込むことにした。裏テーマとして〝家族の再生と新生〟というモチーフを仕込み、小説としての厚みが出るようにも工夫した。

アイディアの出し惜しみもしなかった。なにせこれで最後かもしれないのだ。何か思いついても「あ、このネタ、次の小説で使えそうだな」などと考えたところで意味がない。次の小説など発表する機会はないかもしれないのだ。ネタなんて取っておいても仕方がない。だから、考えついたアイディアは惜しみなく、どんどん盛り込むことにした。アイディアをストックしておくことなど考えもせず、すっからかんになるまで絞り尽くして書いた。

そうして出来上がったのが本書『過ぎ行く風はみどり色』である。

タイトルがミステリっぽくないけれど、そこはそれ、東京創元社さんから刊行されるのだから、ミステリだと思わない人はいないだろう。版元のブランドイメージに頼ったネーミングとなった。他の出版社から出ていたら、タイトルは違ったものになったことだろう。

というわけで、これで最後かもしれないという覚悟と、好きなことを全部ぶち込んでしまえという悪乗りのせいで、本は若干、分厚いものになってしまった。内容的にも物理的にも。原稿用紙換算だと九〇〇枚くらいだろうか。やはりちょっと長い気がしないでもないけれど、後悔はしていない。このお話はその分量が必要だったのだと、今でも信じている。まあ、分厚いとはいっても別に難解なわけではないから、するする読めるはずなので、これから読もうとしている方は敬遠する必要はない。さくっと読んでしまってください。

さて、せっかくの新装版のあとがきなので、ここでひとつ創作秘話的なエピソードをひとつ。

【この先に本編の内容に触れる箇所があります。ネタバレが嫌な方は本編読了後まで読まないでください】

本編をもう読まれた方はご存じのように、第三の殺人現場には、探偵役の猫丸先輩がちゃっかり入り込んでいる。名探偵の目の前で三番目の惨劇が起こる展開になっていたはずだ。

しかしこれ、当初のプロットと下書きの段階では違っていた。

猫丸先輩はこの場にはいなかったのだ。

猫丸先輩がいない時に、第三の殺人が起きる展開だった。

そこで皆が、やれ救急車を呼べの警察にも連絡だのと大騒ぎになる中、方城成一がこっそりと猫丸先輩にSOSの電話をかける。

「猫丸先輩、大変です。また殺人事件です、しかも今回も不可解な状況で。助けてください」

そこで、警察の現場検証が行われているまっただ中の方城家に、猫丸先輩が颯爽《さっそう》と乗り込んで来て、関係者一同の前でおもむろに謎解きを始める——というのが第一稿のストーリーだった。

この展開で清書を進めていたのだけれど、そのうち、ちょっと疑問が湧いてきた。

これ、猫丸先輩、カッコよすぎないか？

まあ、探偵役がカッコいいのは構わないのだろうが、いくらなんでもキャラに合ってないんじゃなかろうか、と引っかかったのだ。

それに、この展開だと進行がもたつくような気もする。前半から中盤は登場人物が蘊蓄《うんちく》など傾けるシーンが多くて少しのんびりペースだから、後半はちょっとテンポを上げたいとも思っていた。だから事件が起きてから猫丸先輩が登場するんでは、いささかまどろっこしいんではないかと感じた。これはもっとスピーディに進めたほうがいいな、と思って後半を大幅に改稿することにした。猫丸先輩を第三の殺人現場に居合わせることにしよう、と清書段階で改変したわけである。

こうした経緯で、現在の形になった。

改稿前の下書きでは、方城成一がこっそり電話をかけたり、猫丸先輩が見張りの警察官を口八丁で騙して方城家に潜《もぐ》り込んだり、混乱する殺人現場にいきなり乗り込んで来たおかしな小男に関係者一同も捜査官達も大いに困惑したり、といった場面があったのだけど、それらはばっさりとカットした。事件の本筋には不要な場面だし、スムーズな展開を阻害する。だから猫丸先輩を最初からいることにしたわけだ。

その第一稿はもちろん、もうこの世に存在しない。清書してパソコンに（当時はまだワープロだったか）原稿を打ち込んだ時点で、下書きは要らなくなった。だから今となっては、〝猫丸先輩が乗り込んで来るバージョン〟を読むことは、誰にもできなくなってしまっている。文字通り幻の原稿になったわけだ。だからせめてこうして、あとがきの中に書いて残しておこうと思った次第。いやあ、秘話とかいった割には大した話ではなかったな。どうでもいいエピソードでお目を汚してしまい、失礼しました。

【ネタバレ、ここまで】

さて、この長編では思いついたアイディアをすべてぶち込んだ、というお話を先ほどした。ひょっとしたらこれが最後の本になるかもしれないと思い、ネタのストックなど考慮せずに片っ端からプロットに組み込んだ。次の小説でこのアイディアは使えるかもしれないな、という配慮など一切なしだ。

実を云うと、この傾向は現在でも続いている。

本書を書いてから四半世紀近くの時が流れ、私は今もミステリを書き続けているのだけれど、ストックを考慮しないですべてをぶち込む性分は少しも減っていない。なぜなら「キミの本は売れないし、もう要らないや」と宣告される可能性は抜けていないからである。そんなに売れているわけでも人気があるわけでもない私は、いつ「もう要らないや」と云われるか判ったものではないのだ。可能性ということでいえば、今の方が高いくらいかもしれない

だから今でも、思いついたネタは現在書いている原稿にすべて叩きつける、という方針を貫いている。今書いているものが最後の一作になるかもしれないからだ。だから、もったいぶらない。出し惜しみはしない。ある意味、潔《いさぎよ》いとも云えるし、後先考えないアホとも云える。こんなスタンスでやっているのだから、当然のことながらネタのストックは常にゼロである。新しいアイディアなんて何もない。すっからかんだ。

したがって新作に取りかかる時は、いつも一から考えなくてはならない。その都度、必死に

ネタを絞り出す。まっさらな状態からアイディアを捻《ひね》り出そうと、七転八倒する。まるで、カラカラに干《ひ》からびた雑巾《ぞうきん》を絞って水滴を垂らそうとするみたいな、そんな努力が必要だ。正直、つらい。

でも、これは仕方ない。毎回、どうしてもこうなってしまう。いや、毎度毎度こんなことやってたら、そりゃ時間がかかるわけだよなあ、と我がことながら呆れるばかりだ。だから、新作が出るのが遅くても勘弁してくださいね、などと言い訳しちゃったりして。

とまあ、言い訳はともかく、そんなわけでこうして今日も、干からびた雑巾を必死に絞る私なのであった。

倉知淳

検　印
廃　止

著者紹介　1962年静岡県生まれ。日本大学芸術学部演劇学科卒業。93年、『競作　五十円玉二十枚の謎』で若竹賞を受賞してデビュー。2001年、『壺中の天国』で第1回本格ミステリ大賞を受賞。他の著書に『日曜の夜は出たくない』『星降り山荘の殺人』『皇帝と拳銃と』『ドッペルゲンガーの銃』などがある。

過ぎ行く風はみどり色

2003年7月18日　初版
2003年7月25日　再版
新版　2019年3月22日　初版

著　者　倉《くら》　知《ち》　淳《じゅん》

発行所　（株）東京創元社
代表者　長谷川晋一

162-0814/東京都新宿区新小川町1-5
電　話　03·3268·8231-営業部
03·3268·8204-編集部
URL　http://www.tsogen.co.jp
製　版　フォレスト
旭印刷・本間製本

乱丁・落丁本は、ご面倒ですが小社までご送付ください。送料小社負担にてお取替えいたします。

ISBN978-4-488-42122-9　C0193

車椅子のH·M卿、憎まれ口を叩きつつ推理する

SHE DIED A LADY◆Carter Dickson

貴婦人として死す

カーター・ディクスン

高沢 治 訳　創元推理文庫

◆

戦時下英国の片隅で一大醜聞が村人の耳目を集めた。
海へ真っ逆さまの断崖まで続く足跡を残して
俳優の卵と人妻が姿を消し、
二日後に遺体となって打ち上げられたのだ。
医師ルーク・クロックスリーは心中説を否定、
二人は殺害されたと信じて犯人を捜すべく奮闘し、
得られた情報を手記に綴っていく。
近隣の画家宅に滞在していたヘンリ・メリヴェール卿が
警察に協力を要請され、車椅子で現場に赴く。
ルーク医師はH・Mと行を共にし、
検死審問前夜とうとう核心に迫るが……。
張りめぐらした伏線を見事回収、
本格趣味に満ちた巧緻な逸品。

からくり尽くし謎尽くしの傑作

DANCING GIMMICKS◆Tsumao Awasaka

乱れからくり

泡坂妻夫

創元推理文庫

◆

玩具会社の部長馬割朋浩は
隕石に当たって命を落としてしまう。
その葬儀も終わらぬうちに
彼の幼い息子が誤って睡眠薬を飲み息絶えた。
死神に魅入られたように
馬割家の人々に連続する不可解な死。
幕末期まで遡る一族の謎、
そして「ねじ屋敷」と呼ばれる同家の庭に作られた
巨大迷路に秘められた謎をめぐって、
女流探偵・宇内舞子と
新米助手・勝敏夫の捜査が始まる。
第31回日本推理作家協会賞受賞作。

泡坂ミステリのエッセンスが詰まった名作品集

NO SMOKE WITHOUT MALICE◆Tsumao Awasaka

煙の殺意

泡坂妻夫

創元推理文庫

◆

困っているときには、ことさら身なりに気を配り、紳士の心でいなければならない、という近衛真澄の教えを守り、服装を整えて多武の山公園へ赴いた島津亮彦。折よく近衛に会い、二人で鍋を囲んだが……知る人ぞ知る逸品「紳士の園」。加奈江と毬子の往復書簡で語られる南の島のシンデレラストーリー「閏の花嫁」、大火災の実況中継にかじりつく警部と心惹かれる屍体に高揚する鑑識官コンビの殺人現場リポート「煙の殺意」など、騙しの美学に彩られた八編を収録。

収録作品＝赤の追想，椛山訪雪図，紳士の園，閏の花嫁，煙の殺意，狐の面，歯と胴，開橋式次第

記念すべき清新なデビュー長編

MOONLIGHT GAME ◆ Alice Arisugawa

月光ゲーム
Yの悲劇'88

有栖川有栖

創元推理文庫

◆

矢吹山へ夏合宿にやってきた英都大学推理小説研究会の
江神二郎、有栖川有栖、望月周平、織田光次郎。
テントを張り、飯盒炊爨に興じ、キャンプファイアーを
囲んで楽しい休暇を過ごすはずだった彼らを、
予想だにしない事態が待ち受けていた。
突如山が噴火し、居合わせた十七人の学生が
陸の孤島と化したキャンプ場に閉じ込められたのだ。
この極限状況下、月の魔力に操られたかのように
出没する殺人鬼が、仲間を一人ずつ手に掛けていく。
犯人はいったい誰なのか、
そして現場に遺されたＹの意味するものは何か。
自らも生と死の瀬戸際に立ちつつ
江神二郎が推理する真相とは？

刑事コロンボ、古畑任三郎の系譜

ENTER LIEUTENANT FUKUIE◆Takahiro Okura

福家警部補の挨拶

大倉崇裕

創元推理文庫

◆

本への愛を貫く私設図書館長、
退職後大学講師に転じた科警研の名主任、
長年のライバルを葬った女優、
良い酒を造り続けるために水火を踏む酒造会社社長——
冒頭で犯人側の視点から犯行の首尾を語り、
その後捜査担当の福家警部補が
いかにして事件の真相を手繰り寄せていくかを描く
倒叙形式の本格ミステリ。
刑事コロンボ、古畑任三郎の手法で畳みかける、
四編収録のシリーズ第一集。

収録作品＝最後の一冊，オッカムの剃刀，
愛情のシナリオ，月の雫